ダーウィンと旅して

ジャクリーン・ケリー❈作
斎藤倫子❈訳

ほるぷ出版

ダーウィンと旅して

30年にわたって励ましと支えと笑いを与えてくれた、
グウェン・アーウィンに愛と感謝をこめて。グウェニ、ありがとう。

各章冒頭の文章は、チャールズ・ダーウィン著
『ビーグル号航海記』より抜粋したものです。

Published by arrangement with Folio Literary Management, LLC, New York
and Tuttle-Mori Agency, Inc., Tokyo.
Japanese language edition published by HOLP SHUPPAN, Publishing, Tokyo.
Printed in Japan.

日本語版装幀　羽島一希

第1章　アルマンドかジリーか

われわれがサンブラス湾《わん》から十五キロほど離《はな》れたところにいたある晩、膨大《ぼうだい》な数の蝶《ちょう》が舞《ま》っていた。見渡《みわた》す限りの無数の蝶。望遠鏡の助けを借りても、蝶のいない空間など見つからない。船乗りたちがさけんだ。「蝶の雪が降っている」まさに、そのとおりの光景だった。

――チャールズ・ダーウィン『ビーグル号航海記』より――

一九〇〇年一月一日、わたしは生まれて初めて雪を見た。あんなにびっくりしたことはない。雪なんてたいしたことじゃないと思うかもしれない。けれど、テキサス南部で雪が降るなんて、めったにないすごいことなのだ。そのまえの晩、〈死ぬまえに一度でいいから雪を見る〉と決意しながらも、ほんとうにそんな経験ができるだろうかと思っていた。ところが、その実現しそうもない願いごとがほんの数時間のあいだにかなえられ、ありきたりの町の風景をなにものにも汚《けが》されていない美しい姿へと変えたのだった。夜明けに、わたしはガウンにスリッパというでたちで、しんと静まりかえった茂《しげ》みのなかを駆《か》けぬけ、あたりをおおうきめ細かな雪の美しさや、銀白色の空や、銀色のレース飾《かざ》りをつけたような木々に驚《おどろ》き、やがて、寒さに震《ふる》えながら家にもどった。驚きと興奮と華《はな》やいだ気分のなか、わたしは思った――今まさに、一九〇〇年代という輝《かがや》かしい未来が始まろうとしているのだ、と。十三歳《さい》になるこの年は、魔法《まほう》のように魅力的《みりょくてき》な一年になるのだ、と。

そして、瞬《またた》くまに数か月が過ぎ、春になった。一月一日には、輝かしい期待に胸をふくらませていたというのに、いつのまにか、学業や家事、ピアノの練習を繰《く》り返す、退屈《たいくつ》な日常生活へともどっていた。六人の兄弟（！）がかわるがわる、唯一《ゆいいつ》の姉妹（！）、つまり、わたしをいらだたせるようなことをするせいで多少の変化はあったものの、単調な日々がつづいていた。わたしは、雪を見たあの日、この新しい年にすっかりだまされたというわけだ。そう、輝かしい一年が始まるのだと思いこんでいたのだから。

わたしの名前は、キャルパーニア・ヴァージニア・テイト。けれど、当時はたいてい、コーリー・ヴィーと呼ばれていた。といっても、わたしを叱《しか》るときの母と、あだ名で呼ぶことを良しとしない祖父からはいつも、キャルパーニアと呼ばれていた。

こんな暮らしのなかで、わたしにとって唯一のなぐさめとなったのは、祖父のウォルター・テイト大尉《たいい》といっしょに自然について学ぶことだった。わたしたちが暮らす町フェントレスでは、多くの人が、祖父のことを偏屈《へんくつ》で不愛想な変わり者だと誤解していた。祖父は、綿花と畜産《ちくさん》で財を築き、南北戦争で南軍の兵士として戦ったあと、残りの人生を自然と科学の研究にささげようと決めた。その研究活動の相棒となったわたしは、なんとかやりくりして見つけだした貴重な時間を祖父とともに過ごした。外に観察にいくとき、わたしは、捕蝶網《ほちょうあみ》、革の肩掛《かたか》けかばん、観察ノート、観察したことをすぐに書きとめられるよう削《けず》ってある鉛筆《えんぴつ》をもって、祖父のあとをついていった。

天候がよくないときには、実験室で（実験室といっても、実際は、かつて奴隷《どれい》たちが暮らしていた一画にある古い小屋だったが）標本について調べたり、書斎《しょさい》でいっしょに本を読んだりした。書斎では、祖父に導かれながらチャールズ・ダーウィンさんの本『種《しゅ》の起源』を少しずつ読んでいた。天候に恵《めぐ》まれたときには、わたしたちは、たくさんある鹿《しか》の踏《ふ》み分け道のいずれかをたどって茂《しげ》みのなかをつきすすみ、サンマルコス川までいった。祖父とわたしが見ていた世界は、訓練を積んでいないものの目にはどうということのないものに映ったかもしれない。が、どこに目をむけるべきか知ってさえいれば、いたるところに生命があふれていた。それだけではない。祖父は、どのように見たらいいかも教えてくれた。まえの年に、わたしたちは、ヘアリーベッチの新しい種《しゅ》――正真正銘《しょうめい》の新種――を発見した。のちにこの種には〈テイトのウィキア〉を意味する〈ウィキア・タテイイ〉という学名が与《あた》えられ、世間に知られることになった（正直にいうと、わたしは、どちらかというと動物の新種を発見したかった。植物より動物に興味があったからだ。けれど、わたしと同じ年の――あるいは、あらゆる年齢《ねんれい》の――人間のいったい何人が、生物に自分の名前を永久にとどめているだろう？　新種を発見するというのは、それだけですごいことなのだ）。

わたしは、祖父の志を継《つ》いで博物学の科学者になることを夢見ていた。けれど、母は、わたしのためにべつの道を用意しようとしていた。家政を学び、十八歳で社交界にデビューするという道だ。十八歳のわたしが人前に出せるような娘《むすめ》になっていて、良家の出のりっぱな若者の目をひくことを、母は期待していた（さまざまな理由で、その望みがかなうとは思えなかった。なにしろ、わたしは料理と裁縫《さいほう》が嫌《きら》いだったし、人目をひくようなタイプではなかった）。

さて、話をもとにもどそう。このとき、わたしたちは、春のまっただなかにいた。芽吹《めぶ》きを祝う季節であると同時に、わたしたち一家にとっては、不安を覚える季節でもあった。わたしのひとつ年下の弟、心やさしいトラヴィスのせいだ。春には、命が芽吹き、鳥のひなやアライグマやキツネの子、リスの赤ん坊《ぼう》たちが巣立つが、その一方で、未熟な赤ん坊たちの多くが親をなくしたり、手や足を失ったり、親から見捨てられたりする。そして、そうした動物を見つけたトラヴィスは、動物たちの状況《じょうきょう》が絶望的であればあるほど、見通しが厳しければ厳しいほど、生きのびる可能性が低ければ低いほど、うちにつれてかえって、ペットにしようとするのだった。わたしは、ペットになりそうもない動物が次々につれてこられるのをけっこう楽しんでいたが、両親はそうではなかった――母は「野生動物をつれてきてはいけない」と厳しく注意し、父も「今度、つれてきたら罰《ばつ》を与《あた》える」といった。それでも、困っている動物と出会ったが最後、トラヴィスは両親の言葉などすっかり忘れてしまう。つれてきた動物たちは、うまく育つこともあれば、残念ながら育たないこともあったが、トラヴィスはどの動物にも同じように愛情を注いだ。

そして、三月のある朝、とびきり早起きをしたわたしが廊下《ろうか》に出ると、思いがけないことにトラヴィスがいた。

「川にいくの？　ぼくもいっしょにいっていい？」トラヴィスがいった。

ふだんは、ひとりでいくほうが好きだった。そのほうが、野生生物から怪《あや》しまれることなく、ずっと楽に観察できるからだ。けれど、トラヴィスも、わたしと同じように自然界に関心をもっていた。そういう意味では、六人の兄弟のなかでわたしといちばん近いといえた。わたしは「静かにしているならね。これから、観察しにいくんだから」と答え、トラヴィスをつれていくことにした。

わたしが先に立ち、川へとつづく鹿《しか》の踏《ふ》み分け道を選んで進んだ。そのあいだに、ゆっくりと夜が明け、東の空が温かな色を帯びていく。静かにするようにといいきかせたにもかかわらず、トラヴィスは、ずっとぺちゃくちゃしゃべりつづけていた。「ねえ、コーリー、ホラウェイ夫人のネズミ捕《と》り用テリアに子犬が産まれたって話、きいた？　お母さんとお父さんは、ぼくに一匹《ぴき》飼わせてくれると思う？」

「それは、どうかしらね。だって、お母さんはいつも、うちにはもう四匹も犬がいるって、ぼやいているもの。お母さんの考えでは、三匹ほど多すぎるの」

「でも、子犬よりかわいいものなんていないよ！　まず、投げた棒を拾ってくるよう訓練するんだ。バニーの問題のひとつは、それなんだ。ぼくはバニーが大好きだけど、バニーは棒で遊ばないからね」バニーは、トラヴィスが飼っている、毛がふわふわした巨大《きょだい》な白ウサギだった。共進会で賞をとったこともある。トラヴィスはバニーを溺愛《できあい》して、毎日、えさをやり、毛にブラシをかけ、いっしょに遊んでいた。が、訓練までしようとしていたなんて。

「ちょっと、待って」わたしは思わずいった。「トラヴィス……、バニーに棒を拾ってくるよう教えこもうとしてるの？」

「うん。何度も何度もやってるんだけど、バニーは拾ってこようとしないんだ。ニンジンを棒みたいに切って投げてみたんだけど、拾ってこないで食べちゃった」

「ええと……トラヴィス？」

「え？」

「この世界の歴史上、棒を拾ってきたウサギなんて、一匹《ぴき》もいないの。だから、そんな訓練のことは忘れなさい」

「でも、バニーはすごく頭がいいんだよ」

「ウサギにしては頭がいいかもしれないけど、動物のなかではそれほどでもないわ」

「練習が必要なだけだと思うな」

「そうでしょうとも。だったら、豚《ぶた》にピアノの練習を始めさせることもできるわね」

「コーリーが手伝ってくれたら、バニーはもっと早くやり方を覚えるかもしれない」

「トラヴィス、そうはならないわ。ウサギに棒を拾ってこさせるなんて、絶望的な夢よ」

わたしたちは、こんなふうに論争をつづけながら進み、やがて、川のすぐ手前まできた。と、そのとき、ふいに腐葉土《ふようど》のなかで生き物が鼻を鳴らしているのが見えた。うろのある木の根元だ。若いダシプス・ノウェムキンクトゥス、つまり、ココノオビアルマジロだとわかった。パンの塊《かたまり》――それも、小さめの――

くらいの大きさだ。テキサスでも以前よりは見かけるようになっていたが、こんなに近くで目にするのは初めてだった。アルマジロは、解剖学的《かいぼうがくてき》にいうと、アリクイの顔とラバの耳とリクガメの甲羅《こうら》を不細工に組み合わせたような姿をしていた。全体として、容貌《ようぼう》には恵《めぐ》まれない生き物だ。けれど、祖父がこういったことがある。「美についての人間の定義を、長い年月をかけて進化してきた動物にあてはめることは、非科学的であり、愚《おろ》かなことだ」

トラヴィスがしゃがみこんで、小声でいった。「なにをしてるんだろう？」

「朝食を探しているんだと思うわ。おじいちゃんの話では、アルマジロは、ミミズや甲虫《こうちゅう》の幼虫を食べるんですって」

トラヴィスがいった。「この子、すっごくかわいいね。そう思わない？」

「いいえ、思わない」

けれど、そんな言葉はトラヴィスに通用しない。しかも、アルマジロは不注意にも、決定的なことをした——のんびりトラヴィスのそばまで歩いてくると、トラヴィスの靴下《くつした》のにおいをかいだのだ。我が家で新たなねぐらを手に入れたも同然だった。

まずいわ、すぐにここから離《はな》れないと。トラヴィスがなにかいいはじめるまえに——。

「この子をうちにつれて帰ろう」トラヴィスがいった。

間に合わなかった。手遅《ておく》れだ！「トラヴィス、これは野生の動物よ。つれていってはいけないと思うわ」

トラヴィスはわたしを無視して、いった。「この子をアルマンドって呼ぼうと思うんだ。アルマジロのアルマンドだよ。それとも、この子がメスだったら、ジリー。アルマジロのジリーっていう名前、どう思う?」

ちっ。ほんとうにもう手遅《ておく》れだわ。祖父はいつも、科学的研究の対象に名前をつけないように、とわたしに注意した。名前をつけてしまったら、客観的に見たり、解剖《かいぼう》したり、剥製《はくせい》にしたり、屠場《とじょう》に送りこんだり、放してやったり——なんであれ必要なことが——できなくなるからだ。

トラヴィスはつづけて、いった。「この子はオスだと思う? それとも、メスだと思う?」

「わからない」わたしは、観察ノートをエプロンのポケットから出すと、書いた。〈疑問。アルマンドとジリーの区別はどうやってするのか?〉

トラヴィスは、アルマジロをもちあげて、抱《だ》きしめた。アルマンドは(とりあえず、アルマンドと呼ぶことにした)怖《こわ》がる様子もなく、鼻を猛烈《もうれつ》にひくひくさせながらトラヴィスのシャツの襟《えり》を調べはじめた。トラヴィスはうれしそうに顔をほころばせた。わたしはいらいらしながら、ため息をついた。トラヴィスが新たな友になにやらつぶやいているあいだ、わたしは小枝であたりの土をかきまわして、えさを探した。

やがて、巨大《きょだい》なミミズを掘《ほ》りだし、用心しながらアルマンドにさしだした。すると、アルマンドは、そのりっぱな鉤爪《かぎづめ》でミミズをひったくり、ミミズの破片を汚《きたな》らしくまきちらしながら、ぴったり二秒で食べおえた。気持ちのいい光景ではなかった。まるっきり、ちがった。アルマジロの食事の作法が世界最悪だなんて、きっとだれも知らないにちがいない。けれど、ここでもまた、わたしは、同じ過ちをおかしていた。人間の感覚を、自然界に無理やりあてはめようとしていたのだ。

トラヴィスでさえ、アルマンドの食べ方にはぎょっとしているようだった。「げっ」トラヴィスがいった。わたしももう少しで同じことをいいそうになったが、弟とちがって、〈科学的思考〉の炉《ろ》で鍛《きた》えられていた。科学者はそんなことを声に出していったりはしない(ときどきそう思うことはあるかもしれないけれど)。

アルマンドは、トラヴィスのシャツに飛びちっていたミミズの切れ端《はし》をなめてとった。トラヴィスがいった。「おなかがすいてるんだ、それだけだよ。わあ、それにしても、アルマンドは、あんまりいいにおいじゃないな」

そのとおりだった。ひどい食べ方だけでは足りないとでもいうように、近くにいると、アルマンドからジャコウのような不快なにおいが漂《ただよ》ってきた。

「うちにつれてかえるなんて、まずいわ。お母さんがなんていうかしら?」

「いわなければいいんだから」

「お母さんは必ず気づくわ」どうしてお母さんは、どんなことにも必ず気づいてしまうのだろう──七人の子どもたち全員にとって大いに興味があることであり、どうしてもわからない謎《なぞ》だった。

「納屋で飼えばいいよ。お母さんが納屋にいくことなんて、まずないもん」トラヴィスがいった。

わたしには、トラヴィスを説得することなどできない、とわかっていた。それに、じつのところ、わたしも本気で止めようとはしていなかった。かばんのなかに入れると、アルマンドはうちに着くまでずっと内側をひっかいていた。わたしたちは納屋に入ると、いちばん奥《おく》の隅《すみ》においてあるウサギ用の古い檻《おり》にアルマンドを入れることにした。バニーの檻の隣《となり》だ。アルマンドをかばんから出したあと、かばんの革にいくつもの深いひっかき傷ができているのを見つけて、わたしはむっとした。わたしたちはまず、ウサギや家禽《かきん》用の秤《はかり》でアルマンドの目方を量り（およそ二キログラム）、体長を測った（しっぽを入れずに、およそ二十八センチメートル）。わたしたちは、しっぽをふくめるかどうかで少しいい争ったが、アルマンドのほんとうの大きさをあらわすにはしっぽを入れないほうがいいだろうという結論に達した。

アルマンドは、わたしたちに見られていることをいやがるでもなく、といって、喜んでいるふうでもなかった。完全にわたしたちのことを無視して、周囲を囲われた新しいすみかを調査すると、檻の底をひっかきはじめた。

そのときはまだわからなかったのだが、いつまでたってもアルマンドとわたしたちの関係はこのままだった。つまり、わたしたちを無視してひっかき、さらに、無視してひっかく。けっして、それ以上にはならないのだ。

わたしたちは、アルマンドがわたしたちを無視して、檻の底をひっかきつづけるのを見つめていた。やがて、メイドのサンフワナが裏のポーチで鐘《かね》を鳴らして、朝食の時間だと合図した。わたしたちが台所に飛びこむと、こんがり焼けたベーコンと焼きたてのシナモンロールのうっとりするような香《かお》りがした。

「手洗い」料理をしていたヴァイオラがわたしたちに命じた。

トラヴィスとわたしは流しのまえに立つと、かわるがわるポンプで水をくみあげて、ごしごし手を洗った。アルマンドの朝食のぬるぬるしたひも状の切れ端《はし》がまだ何本かトラヴィスのシャツにくっついていた。わたしはシャツをさしじめして、ぬれた布巾《ふきん》を渡《わた》した。が、トラヴィスがこすると、汚《よご》れが広がり、ますますひどい状態になっただけだった。

ヴァイオラが顔をあげた。「そのにおいはなんです？」

わたしはあわてて、いった。「そのシナモンロール、すごくおいしそう」

トラヴィスがいった。「においって？」

「ぼっちゃん、あなたのそのにおいです」

「ええと、ぼくのウサギたちの一匹《ぴき》だよ。バニーは知ってるでしょ？　ほら、大きくて白いウサギ。バニーの体が汚《よご》れてるんだ、それだけだよ。洗ってやらなくちゃ」

この言葉をきいて、わたしは驚《おどろ》いた。だれもが知っていることだが、トラヴィスは、とっさに嘘《うそ》をつくのがへただ。ところが、このときのトラヴィスは、それをかなりうまくやってのけたのだ。自然観察のほかに、語彙《ごい》を増やすという課題に取りくんでいたわたしの頭に、そのとき、ある単語がふっと浮《う》かんだ。〈口八丁〉。知っているだけの言葉だったが、このとき、ついに使う機会が訪れた。〈口八丁の嘘つき、トラヴィス〉

「ふん。ウサギの体を洗ってやる？　そんな話はきいたことがありません」ヴァイオラがいった。

「バニーは、とっても汚《よご》れてるの」わたしも調子を合わせた。「見せてあげたいわ」

「ふん」ヴァイオラがまた、いった。「そうでしょうとも」

ヴァイオラは、カリカリに焼いたベーコンをお皿に山盛りにすると、自在ドアを抜《ぬ》けて、食堂に運んでいった。わたしたちは、そのあとにつづいて食堂に入ると、ほかの兄弟と並んで、自分たちの席についた。ほかの兄弟というのは、ハリー（いちばん年上で、わたしのお気に入り）と、サム・ヒューストン（いちばんおとなしい）と、ラマー（ほんとうにいやなやつ）と、サル・ロス（二番めにおとなしい）と、みんなからJ・Bと呼ばれているジム・ボウイ（五歳《さい》、いちばん年下でいちばんやかましい）のことだ。

ここでいっておかなくてはならないことがある。ハリーは、恋人《こいびと》のファーン・スピティーとデートをするようになって、わたしの〈お気に入りの兄弟〉の順位をどんどん下げていた。十八歳になっていたから、いつかは結婚《けっこん》するだろう、とわたしもついにあきらめる気持ちになっていたけれど、ハリーが女性に思いを寄せるということは、家を離《はな》れて過ごす時間が増えていくということだ。ファーンはきれいで、気だてがよくて、わたしが標本の入った瓶《びん》をもって歩きまわっていても——どろっとした標本が瓶のなかでちゃぽちゃぽいっていたとしても——、それほどひるんだりしないだけの分別があった。そんなわけで、だいたいにおいてわたしはファーンを認めてはいたが、ファーンがいつかわたしたち家族をばらばらにするだろうと考えると、悲しかった。

父と祖父が入ってきて席につき、家族全員にむかってうなずくと、重々しい声で「おはよう」といった。祖父がわたしにだけもう一度「おはよう」といい、わたしは祖父にほほえんだ。自分が祖父のお気に入りだと思うと、心がなごんだ。

父がいった。「お母さんは、いつものひどい頭痛のせいで、朝食にはこない」

それをきいて、ほっとした。母なら、三十歩ほど離れたところからでも、ミミズのついたシャツに気づいただろう。そして、ヴァイオラではなく母がトラヴィスを問いただした場合、トラヴィスが嘘《うそ》をつきとおせずになにもかも白状してしまう可能性が高かった。わたしはトラヴィスとちがって、これまでどんな場合にも、頑《がん》として否定しつづける戦法をとってきたから、否定するのがとても上手に、とても〈口八丁に〉なっていた——たとえ、明々白々な証《しょう》拠《こ》があったとしても。そういうわけで、母がわたしをまったく問いつめようとしないことがよくあった（ね、信頼《しんらい》されないことが役に立つこともあるのよ。ほかの人にそうなるよう勧《すす》める気はないけれど）。

わたしたちは頭を垂れて、父の食前のお祈《いの》りをきいた。お祈りが終わると、サンフワナが料理ののった皿をまわした。母がいないせいで、わたしたちは母が求める義務から解放されていた——母は、食事の席では、肩《かた》のこらない楽しい会話をするべきだと考えていたのだ。この日、わたしたちは、大喜びで朝食をかきこんだ。何分かのあいだ、きこえていたのは、フォークやナイフのこすれる音、満足げにもらすため息、ときおりだれかがいう「シロップをまわして」という声だけだった。

放課後、トラヴィスとわたしが家に駆《か》けもどって、見にいくと、アルマンドは檻《おり》の隅《すみ》にうずくまって、ときおりちょっと金網《かなあみ》をひっかいていた。その様子は——どういったらいいのだろう、そう——落ちこんでいるように見えた。けれど、なんといっても、相手はアルマジロだ。ほんとうに落ちこんでいるのかどうかは、わからない。

「どうしたんだろう。あんまりうれしそうにしてないね」トラヴィスがいった。

「それは、アルマンドが野生の動物で、こんなところにいるべき生き物じゃないからよ。放してやったほうがいいかもしれないわ」

けれど、トラヴィスはまだ、この新しいペットをあきらめる心の準備ができていなかった。「きっと、おなかがすいてるんだよ。今、ミミズを飼ってる？」

「ちょうど切らしたところよ」ほんとうのこととはいえなかった。じつは、部屋に、巨大《きょだい》なミミズが一匹《ぴき》残っていたからだ。今まで見たなかでいちばん大きいミミズで、初の解剖《かいぼう》のためにとってあった。祖父から「ミミズやヒルといった環形《かんけい》動物から始めて、徐々《じょじょ》にもっと高等な種《しゅ》へと勉強を進めていこう」といわれていた。わたしは、ミミズが大きければ大きいほど器官がよく見えるし、解剖もしやすいだろうと考えたのだった。

わたしは、アルマンドの問題に気持ちを集中させた。アルマンドは、地上で暮らす雑食性の動物だ。つまり、さまざまな動植物を食べるということだ。地中の虫を掘《ほ》りだすような気分ではなかったし、アルマンドを満足させられるくらいたくさんのアリを掘りだすには永遠とも思えるくらい時間がかかるだろうと思った。それで、わたしはいった。「食料貯蔵室になにがあるか、見にいきましょうよ」

わたしたちは裏のポーチまで走っていき、台所に入った。台所ではヴァイオラがコーヒーを飲みながら、次の食事の準備を始めるまでのひととき、休憩《きゅうけい》をしていた。内猫《うちねこ》のアイダベルが、調理用レンジのそばのかごのなかで、ヴァイオラの休憩につきあっている。ヴァイオラは、母の女性むけ雑誌のページを繰《く》っていた。読み書きはできなかったが、最新流行の帽子《ぼうし》の写真をながめて、楽しんでいた。帽子のひとつには、鳥の入ったチュールの巣がのっていた。見たところ、鳥は剥製《はくせい》のフウチョウのようだ。かぶっている人の額に、片方の翼《つばさ》を伸《の》ばしているといったデザインだった。ばかげたデザインだし、希少ですばらしい標本をおそろしくむだにしている。

「なにがほしいんですか？」ヴァイオラが雑誌に目をむけたまま、きいた。

「ええと、ちょっとおなかがすいたの。食料貯蔵室になにかあるかな、と思って」わたしはいった。

「わかりました。でも、パイにはさわらないでくださいよ。夕食のときに出すパイですからね。きこえてますか？」

「きこえてる」

わたしたちは、いちばん手近な食べ物、固ゆでの卵を一個ひっつかむと、納屋に駆けもどった。

アルマンドはゆで卵のにおいをかぎ、鉤爪《かぎづめ》でころがしたあと、殻《から》を割った。そして、あたりにかけらをまきちらしながら猛烈《もうれつ》な勢いで食べた。食べているあいだずっと、うなり声をあげていた。卵をすっかり食べてしまうと、アルマンドは、檻《おり》のいちばん奥《おく》の隅《すみ》っこにひっこんで、ふたたびうずくまり、いかにもみじめそうにした。わたしはその様子を見つめ、アルマンドのおかれた環境《かんきょう》について考えた。アルマンドは、地中で暮らす夜行性の動物だ。ということは、日中は巣穴で眠《ねむ》るのが好きなはずだ。けれど、ここでは、昼間に自分を守ってくれる巣穴がない。なるほど、みじめな姿をしていても不思議はないわ。

わたしはいった。「アルマンドには、地面の下の穴が必要なのよ。つまり、なかで眠るための巣穴が」

「ここにはないよ」

「アルマンドを放してやったら」わたしは期待をこめて、いった。「自分で作れるわ」

「放すなんて、できない。だって、アルマンドはぼくのペットなんだよ。だから、ぼくたちで、作ってやらなくちゃ」

わたしはため息をついた。わたしたちは材料になるものを探しまわり、古新聞の束と、一日の仕事を終えた馬たちの体を拭《ふ》く毛布の切れ端《はし》を見つけて、檻のなかに入れた。すると、アルマンドは、見慣れないものと出会ったときにいつもするようにくんくんにおいをかいでから、古新聞をせっせとかみちぎり、毛布といっしょに檻の奥の隅にひっぱっていって、ほんの数分で、巣のようなものを作った。それから、毛布を自分の体の上にひっぱりあげて、なかでもぞもぞしていたが、やがて、動かなくなった。こんもりとした巣から、かすかにいびきがきこえてきた。

「ほら」トラヴィスが小声でいった。「ね、とっても満足してるみたいだよ。コーリー・ヴィーって、ほんとうに頭がいいね。なんでも知ってるんだから」

そう、もちろん、それをきいて、わたしは少なからず得意になった。アルマンド（あるいは、ジリー）を飼うという考えは、思っていたほど悪くないかもしれない。


その晩、わたしたちきょうだいは、父の部屋のまえで、一週間分のお小遣《こづか》いをもらうために、年の順に並んでいた。父は、一度にひとりずつ部屋に呼びいれ、兄たちにはひとり十セントずつ、弟たちとわたしにはひとり五セントずつ与《あた》えた。わたしは金額が異なる理由を理解していた――つもりだ――が、それでも、十セントもらえる年齢《ねんれい》になる日が待ち遠しかった。お小遣いをもらうというちょっとした儀式《ぎしき》は、「一か所で全部使ってしまうのではないぞ」という父の訓示でしめくくられた。もっとも、わたしたちのほとんどが、フェントレス雑貨店で、キャンディーやタフィーやチョコレートを買って、全部使っていたのだが。父はこの訓示で、お金を蓄《たくわ》えるということをわたしたちに教えようとしたのだが、わたしたちが学んだのは、どういう買い物をしたら、それぞれの商品から最大の楽しみをいちばん長くひきだせるかという複雑な計算だった。たとえば、一セントでシナモンキャンディーを五個買うのと二セントでキャラメルを三個買うのではどちらが得か、あるいは、どのきょうだいがリコリスをグミと交換《こうかん》しそうか、そのときに何個対何個で交換《こうかん》するか――といったようなことだ。じつにこみいった計算だった。

そんななかで、わたしはなんとか少しずつお小遣《こづか》いを貯めて、その額が二十二セントになっていた。貯めたお金は、葉巻の箱に入れて、ベッドの下に隠《かく》してあった。ネズミがこの箱にひきつけられたにちがいない。箱の隅《すみ》がかじられていた。そろそろ祖父から新しい箱をもらう時期だ。書斎《しょさい》の扉《とびら》をノックすると、なかから「用があるなら、お入り」と声がした。入ると、祖父は目を細めて、拡大鏡越《ご》しになにかを見ていた。ランプの明かりをほのかに浴びて、銀色の長いあごひげが淡《あわ》いレモン色に見える。

「キャルパーニア、ランプをもうひとつもってきてくれないか。これは、学名エリトロディプラクス・ベレニケ、一般《いっぱん》にシーサイド・ドラゴンレットと呼ばれるトンボのようだな。現在知られている唯一《ゆいいつ》の〈完全な広塩性トンボ〉、つまり、海水の湿地《しっち》に生息するトンボだよ。だが、そのトンボがこんな内陸になんの用があるというのだ?」

「おじいちゃん、わからないわ」

「ああ、もちろん、そうだろうとも。今のは、われわれが修辞疑問と呼ぶもので、実際に答えを期待していっているのではない」

わたしはもう少しでこういうところだった。「じゃあ、なんできくの?」と。けれど、そんなことをいったら生意気だろう。わたしは祖父に生意気な口をききたくなかった。

「奇妙《きみょう》だ」祖父はいった。「通常、塩性湿地からこれほど遠く離《はな》れたところでこのトンボを見かけることはないんだが」

わたしはランプをもってくると、祖父の肩越《かた》しにのぞきこんだ。この部屋で祖父と過ごす時間が好きだった。祖父の部屋には、興味をそそられるさまざまなものが山積みになっていた。顕微鏡《けんびきょう》に望遠鏡、乾燥《かんそう》させた昆虫《こんちゅう》やトカゲ、瓶《びん》に保存されている動物の標本、古い地球儀《ぎ》、ダチョウの卵、クッションくらいの大きさのラクダ用鞍《くら》、クロクマの毛皮の敷物《しきもの》――大きくあいたクマの口は、やってきた孫娘《まごむすめ》の片足をとらえるのにちょうどぴったりの大きさだ。それから、もちろん、たくさんの本も忘れてはいけない。難解な学術書は、金色の文字がきざまれたモロッコ革の表紙がすりきれている。そして、特別な棚《たな》の特等席には、祖父が崇敬《すうけい》するあの偉大《いだい》なチャールズ・ダーウィンさんその人から送られてきたセピア・オフィキナリス、つまり、コウイカの入った分厚いガラスの広口瓶がおかれていた。瓶につけられた厚紙の札のインクの文字は色あせていたものの、まだうっすらと残っていた。祖父は、その標本をなによりも大切にしていた。

祖父が顔をあげて、においをかいだ。「おまえさんは、なぜ、アルマジロのようなにおいがするのかね？」

どんなことも、祖父に気づかれずにすますことはできない。少なくとも、自然とかかわりのあることは、どんなことも。

「ええと」わたしはいった。「たぶん、おじいちゃんは知らないほうがいいと思うわ」

祖父は、おもしろそうに目を細めた。「アルマジロというのは、スペイン語で〈鎧《よろい》をつけた小さなもの〉という意味だ。初期のドイツ移民は、アルマジロを〈鎧をつけた豚《ぶた》〉と呼んだ。というのも、アルマジロの肉は淡《あわ》い色で、きちんと調理すれば、豚肉《ぶたにく》に似た味と舌《した》ざわりだからだ。わしも、わしの隊のほかの者も、運よくアルマジロを見つけたときには、感謝して食事をしたものだ。戦時中は、アルマジロをめったに見かけなかったのでな。ダーウィン氏は、アルマジロにかなり心ひかれていて、〈小さなかわいい動物〉と呼んでいたが、けっして飼育しようとはしなかった。連中はめったにかむことはないが、ペットにはまるでむかない。成獣《せいじゅう》は社会性をもたず、単独で暮らすから、おそらく人間とのつきあいをまったく求めないのだろう」

祖父は南北戦争のことを語ることがあったが、たびたびというわけではなかった。わたしたちの町には、敗北した南軍で戦った人々が暮らしていたし、戦争が――あるいは、少なくともその結果が――そうした人々にとってまだ腹立たしいものだったから、戦争についてあまり語らないことが、最良の道だったのだろう。わたしもまた、祖父がアルマンドの先祖をおいしく食べたということをトラヴィスにいわないことが最良の道だと考えた。

「おじいちゃん、お願いがあるの。もし、もう使わないのがあったら、また葉巻の箱をもらってもいいかしら？　それと、本を借りたいの。そうしたら、うちにはいないアルマジロのことを本で知ることができるでしょ」

祖父はほほえむと、わたしのために箱を出してくれた。それから、『ゴドウィンによるテキサスの哺乳《ほにゅう》動物《どうぶつ》入門書』を指さした。「自然界には、飼いならすことのできない動物がいる。なぜそうなのかは、まだよく理解されていないがな。アルマジロだけではない。ビーバーや、シマウマや、カバのことを考えてごらん。ほかにも、まだまだいる。こうした動物を飼いならそうとした人間は多いが、そのだれもがみじめに失敗している。しばしば派手に、そして、ときには、死にいたる形で」

わたしは、トラヴィスが引き綱《づな》をひいてカバの赤ん坊《ぼう》をつれてかえってきたときの母の反応を思いうかべることができた。野生のカバがいない国に住んでいてよかったと思い、幸運の星に感謝した。わたしは祖父が貸してくれた本をひらき、祖父とわたしは満ちたりた気持ちで無言のままそれぞれの仕事に没頭《ぼっとう》した。

ベッドに入る直前、トラヴィスとわたしはアルマンドの様子を見にいった（わたしたちは、納屋のアルマジロをアルマンドと呼ぶことで意見が一致《いっち》していた。といっても、まだジリーである可能性を捨てきれずにいたが）。アルマンドは床《ゆか》に鼻をこすりつけたりひっかいたりして、わたしたちには目もむけなかったので、そのままほうっておいた。

翌朝、トラヴィスはまたゆで卵をひとつアルマンドに与《あた》えた。アルマンドは卵を食べ、わたしたちを無視して、巣にもどっていった。

トラヴィスがいった。「アルマンドが友だちになってくれるといいな。毎日食べ物をやったら、きっと友だちになってくれると思うんだ」

「それはただの〈食べ物愛〉よ。食べ物をもってくるから喜ぶっていうようなペットを、ほんとうにほしいと思ってるの？」

わたしは、アルマジロについて祖父から教わったことを話してきかせたが、トラヴィスは耳を貸さなかった。自分で気づくしかないんだわ、とわたしは思った。つらい思いをしてようやく学べることもあるのだ。

第2章　アルマジロ危機

乾燥扇状地《かんそうせんじょうち》のパンパ（草原地帯）で、アルマジロに似た巨大《きょだい》な動物の甲羅《こうら》の化石を発見した。土を取りのぞくと、まるで大釜《おおがま》のようだった。

それから二日ほどして、トラヴィスが目のまわりにくまを作って、朝食にあらわれた。そのうえ、強烈《きょうれつ》なにおいを放っていた。

母が驚《おどろ》いて、いった。「まあ、トラヴィス、大丈夫？　それに、そのひどいにおいはなに？」

「大丈夫」トラヴィスがもごもごいった。「これは、ウサギのにおいだよ。今朝早く、ウサギたちにえさをやってたんだ」

「あらあら、肝油《かんゆ》をスプーン一杯《いっぱい》――」

「いらない、ぼく、どこも悪くないよ！」トラヴィスがさけんだ。「もう学校にいかなくちゃ！」トラヴィスは部屋から飛びだしていった。

トラヴィスは、大嫌《だいきら》いな肝油を飲まされるという危機に瀕《ひん》していた。肝油は、どんな病気にかかったときにも飲まされる母の万能薬であり、人類が知る最もむかつくものだ。具合が悪くなかった者も、肝油を飲まされたあとには必ず具合が悪くなった。だから、〈小さじ一杯《いっぱい》の肝油《かんゆ》〉と脅《おど》されるだけで、重病の子どもも死の床《とこ》から跳《は》ねおき、すっかり元気になって学校や教会、どんないやな仕事へも、駆《か》け足で出かけていくことになる。

学校へいく途中《とちゅう》、わたしはトラヴィスに「なにがあったの？」ときいた。

「昨日の夜、アルマンドを部屋につれてきたんだ」トラヴィスは答えた。

「どういうこと？」

「アルマンドはぼくの部屋で寝《ね》たんだ」

わたしはトラヴィスを見つめた。「嘘《うそ》でしょ。アルマンドの檻《おり》を部屋のなかに入れたっていうの？」

「ううん、アルマンドだけ」

わたしはさらにトラヴィスを見つめた。「まさか……部屋のなかで放してたっていうの？」

「そうだよ。アルマンドのたてる音がきこえたはずだよ」

トラヴィスのいったことが頭のなかでぐるぐるまわった。

トラヴィスはつづけて、いった。「アルマンドは眠《ねむ》ろうとしないんだ。それで、食料貯蔵室にこっそりおりていって、卵を一個もってきたんだけど、それでもおとなしくならないんだ。部屋の隅《すみ》を掘《ほ》ろうとしたり、ベッドの脚《あし》に甲羅《こうら》をこすりつけたりしつづけて、ひと晩じゅう、がりがりひどい音がしてた」

「信じられない」わたしはいった。「ほかのふたりはどうしてたの？」トラヴィスは、弟たちふたり、つまり、サル・ロスとジム・ボウイと部屋を共有していた。

「ふたりとも、ずっと眠ってたよ」トラヴィスは苦々しげにいった。「ふたりとも気づきもしないんだ」

「ね、アルマンドを飼うっていうのは、あんまりいい考えじゃないわ」そう思う理由はたくさんあった。その理由について、姉らしく話してきかせようとしたとき、わたしの友人であり同級生のリューラ・ゲイツが近づいてきた。リューラとは、学校までいっしょに歩いていくことがあり、このときも、たまたま途中で出会ったのだ。わたしの兄弟の何人もが——トラヴィスもふくめて——リューラに夢中になっていた。リューラは、はちみつ色に銀色をまぜたような金色の長い髪《かみ》に新しいリボンをつけていた。淡《あわ》い色の髪が、目の緑色をいっそう際立たせている。トラヴィスは、リューラの目を人魚の目と呼んだ。リューラを見たとたん、トラヴィスの疲《つか》れはふっとんだようだ（ここでいっておかなくてはならないのは、トラヴィスがひとをしあわせにする才能に恵《めぐ》まれているということだ。トラヴィスがほほえむと、その顔は太陽のように輝《かがや》き、体全体からしあわせがにじみだして、周囲の人々に伝染する。こんな人間はめったにいない。トラヴィスは、世界じゅうのだれもが、思わずほほえみかえしたくなるような笑顔を見せるのだ）。

「やあ、リューラ」トラヴィスがいった。「ね、すごいことがあるんだ。なんだと思う？　アルマジロをペットにしたんだよ！」

「ほんと？」

「見においでよ。えさを手から食べるよ。やってみたかったら、させてあげるから。やってみたい？」

「わあ、トラヴィスったら、いつもものすごく珍《めずら》しいペットを飼ってるのね。そのペット、見たいわ」

こうして――おそらく、歴史上初めて――ココノオビアルマジロが求愛行動の手段になったのだった。

その翌日、リューラが我が家にやってきて、トラヴィスは大喜びした。ほかの兄弟とのリューラ獲得《かくとく》レースで、トラヴィスはリードしているといえた。トラヴィスがアルマンドを檻《おり》から出して卵を与《あた》えると、アルマンドはいつもと変わらぬ食欲で食べた。リューラはその様子に見とれていたが、少々臆病《おくびょう》なところがあったから、トラヴィスから「抱《だ》いてごらんよ」と勧《すす》められたときには、辞退した（そのときにはまだわからなかったのだが、それはリューラにとって幸運な選択《せんたく》だった）。

その週末、トラヴィスは、納屋で何時間もアルマンドと過ごし、なんとかなつかせようとむなしい努力をしていた。抱いたり、手からえさをやったり、やわらかい布で鎧《よろい》のような甲羅《こうら》を磨《みが》いてやったりしたが、アルマンドはまったく喜ぶ様子がなかった。

ある晩、夕食の席で、わたしはトラヴィスに驚《おどろ》かされた。祖父に直接話しかけたからだ。トラヴィスが祖父に話しかけることなど、まずない。トラヴィスは「あのう……」と声をかけた。

返事がない。

「あのう……おじいちゃん？」

夢想にひたっていた祖父ははっと我にかえると、食卓《しょくたく》を見まわして、声の主をつきとめようとした。やがて、祖父の目がトラヴィスの上で止まった。

「なんだね……ええと……お若いの」

祖父から好奇心《こうきしん》いっぱいの目でまっすぐに見つめられて、トラヴィスはひるみ、言葉がすっと出てこなかった。「ぼ――ぼく、ちょっと思ったんだけど……。ええと、アルマジロがどのくらい生きるか知っていますか？」

祖父はあごひげをなでて、答えた。「通常、野生では、五年から十年といったところだろう。しかしながら、捕《と》らえられて飼育された場合には、十五年ほど生きると知られている」

トラヴィスとわたしはうろたえて、目を見かわした。祖父はわたしたちの様子に気づいて、おもしろがっているようだったが、それ以上なにもいわなかった。

わたしたちは、一日に二度、アルマンドにえさを与え、アルマンドの体重はどんどん増えていった。明らかに、自然のなかで食べ物を求めて歩きまわることがなくなったせいだ。アルマンドは、少しのあいだならトラヴィスにそっと抱《かか》えられるのを辛抱《しんぼう》したが、それ以上は無理だった。毎日固ゆでの卵をもっていくというのに、わたしたちを歓迎《かんげい》するそぶりはけっして見せない。檻の隅《すみ》を掘《ほ》るのもけっしてやめなかったから、やがて、わたしたちは木切れで檻を補強するはめになった。わたしから見れば理解できないことだが、トラヴィスはそんなアルマンドをとてもかわいがり、けっして手放そうとはしなかった。なにしろ、大の動物好きで、あらゆる動物をかわいがったからだ。

ある朝、食料貯蔵室にいくと、固ゆでの卵がひとつもなかった。ヴァイオラは、台所のテーブルのまえにすわって、山のようなジャガイモの皮をむいていた。わたしの兄弟はみな育ち盛りだったから、毎日、ジャガイモの山を食べつくしていた。わたしは、ヴァイオラに声をかけた。「どうして、卵がないの？」

「それじゃあ、あなただったんですね。どうして卵がどこかにいってしまうのかと思ってたんです。卵でなにをしてるんです？」

「なにも」わたしはひるむことなく、きっぱりと答えた。

「全部、ひとりで食べてるんですか？」

「そう」

「そうですかね。川のあたりで放浪者《ほうろうしゃ》に食べさせてるんじゃないですか？　そんなことをしたら、あなたのママは嫌《いや》がるでしょうよ」

「だったら、お母さんにはいわないほうがいいと思うけど」思ったより生意気な口調になってしまった。

「お嬢《じょう》さん、あたしにそういうもののいい方はしないでください」

「ごめんなさい」わたしはすわって、ヴァイオラのすばやい指の動きに驚《おどろ》きながら、いっしょに皮むきをした。ヴァイオラは、わたしが一個の皮をでこぼこにむくあいだに、きれいに二個の皮をむく。わたしたちはだまったまま皮をむいていたが、しばらくして、わたしはいった。「放浪者じゃないの。べつのものにあげてるの。だれにもいわないって約束してくれたら、ほんとうのことをいうわ」

〈だれにも〉というのは、もちろん、母のことだった。

「あたしにそんな約束をさせないでください。よくないことだって、わかってるはずですよ」

わたしはため息をついた。「ヴァイオラのいうとおりだわ。ごめんなさい」

「そうですよ」

「はは、ほんとにおかしいのよ。どうしてもききたいっていうんなら、いうけど、実験のようなことをしてるの」

「いわないでください。知りたくありませんからね」

「わたし、みんなからよくそういわれるような気がする」

「ふん」

わたしは、内猫《うちねこ》のアイダベルがレンジのそばにおかれたかごのなかにいないことに気づいた。それもまた、ヴァイオラが不機嫌《ふきげん》な理由のひとつにちがいなかった。ネコ科の相棒——いつも台所で傍《かたわ》らにいてくれる相棒、そして、ネズミ捕《と》りをしてくれる相棒——がネズミ探しのパトロールにいったり、二階の陽だまりのなかでのんびり横になったりしていると、ヴァイオラはいらいらしがちだった。アイダベルは、食料貯蔵室に害獣《がいじゅう》がはびこらないようにするという仕事を、りっぱにこなしていた。そのうえ、冬には、ベッドを気持ちよく温めてくれた。我が家には、外猫たちもいた。この猫たちは、裏のポーチと母屋以外の建物を害獣から守ってくれた。外猫たちはときおり檻《おり》の近くまでふらりとやってきて、アルマンドを見つめたが、アルマンドは当然のことながら、猫《ねこ》を無視した。

わたしたちは、ジャガイモの皮むきを終えた。台所から出るときにヴァイオラの頰《ほお》にキスをすると、ヴァイオラは「ほらほら、さっさといってくださいよ」というようにわたしを手で追いはらった。

夕暮れどき、祖父に呼ばれて書斎《しょさい》に入ると、祖父がすわるよう身振《みぶ》りで示したので、わたしはいつものようにラクダの鞍《くら》の上に腰《こし》をおろした。すると、祖父が雑誌をかかげた。「キャルパーニア、これは『南西部地方の生物学研究』という学術誌の最新号だ。このなかに、ルイジアナ州の博物学者の報告がある。この学者はアルマジロを扱《あつか》っていて、ハンセン病にかかったというのだ。アルマジロが媒介《ばいかい》動物、つまり、菌《きん》を媒介した動物ということらしい」

「うわ、ほんとうに?」

「そういうわけだから、おまえさんがたまたまアルマジロを所有するようなことになったら――いいかね、現在、所有しているといっているわけではないぞ――、できるだけ早く自然に帰すことを勧《すす》める」

「ええと……わかったわ。そのハンセン病って、どういう病気?」

「奇妙《きみょう》な、おそろしい病で、一九〇〇年現在、治療法《ちりょうほう》がない。らい菌によってひきおこされ、一般《いっぱん》にはらい病として知られている」

それをきいたとたん、わたしは、やぶのなかから飛びたつキジのような勢いでラクダの鞍から立って、部屋を飛びだした。さまざまな思いがめまぐるしく駆《か》けめぐり、心臓が早鐘《はやがね》のように打っていた――だめ、だめ、トラヴィスがそんなことになるなんて、だめ！　その病気のことなら、きいたことがあった。顔や手に後遺症《こういしょう》が残る病気で、患者《かんじゃ》は病気をうつさないよう、収容所に隔離《かくり》されるという。あの心やさしいトラヴィスがそんな場所につれていかれるなんて、考えられない！

わたしが猛烈《もうれつ》な勢いで納屋に駆けこんだものだから、なかの馬たちはおびえ、外猫たちはびっくりして走りさった。

なかでは、トラヴィスがアルマンドをそっと抱《かか》えて立っていた。わたしは、「おろして！おろして！」とさけびながら、突進《とっしん》した。

トラヴィスはわたしのただならぬ様子にたじろぎ、呆然《ぼうぜん》としているように見えた。「どうしたの？」

「アルマンドをおろして——危険なのよ！」

トラヴィスは、わたしをぽかんと見つめた。

わたしは、手をアルマジロのほうへ伸《の》ばしかけたものの、ひっこめた。どうしても、さわることができなかったのだ。

「おろしなさいったら」わたしはあえぎながらいった。「アルマジロが原因で病気になることがあるんだって、おじいちゃんがいってたわ」わたしはエプロンの裾《すそ》をもつと、直接さわらないようエプロンでアルマンドをくるんでつかみ、地面にどさっとおろした。

「ちょっと」トラヴィスが抗議《こうぎ》の声をあげた。「アルマンドが怪我《けが》しちゃうよ。で、おじいちゃんがいってたのは、どんな病気？　コーリー、見てごらん。アルマンドは、元気そのものだよ」

トラヴィスはかがんで、アルマンドを抱《だ》きあげようとした。

「らい病」わたしはあえいだ。

トラヴィスが凍《こお》りついた。「え？」

「アルマジロが原因でらい病になることがあるって、おじいちゃんがいったの。もしその病気になったら、収容所で暮らすことになって、二度と家族に会えなくなるのよ」

トラヴィスは真っ青になって、あとずさった。

アルマンドは、こぼれ落ちていた干し草にふと気づいてにおいをかいだ。わたしたちは、不発弾《ふはつだん》でも見るような目でアルマンドを見つめた。わたしは息をつくと、トラヴィスの腕《うで》をそっとたたいた。「たぶん大丈夫よ。アルマンドは、病気をもっていないほうのアルマジロかもしれないわ」

トラヴィスが身震《みぶる》いした。アルマンドは鼻を鳴らしながら、少しのあいだ、納屋のなかを歩きまわった。

「トラヴィス、手を洗いにいったほうがいいわよ」

トラヴィスは目を丸くして、情けない声でいった。「そうしたら、病気を防げる？」

手洗いが役立つのかどうかまるっきりわからなかったが、わたしは歯を食いしばりながら嘘《うそ》をついた。

「もちろんよ」

わたしたちは馬用の水槽《すいそう》まで駆《か》けていった。わたしが懸命《けんめい》にポンプの柄《え》を動かし、トラヴィスは歯をガチガチ鳴らしながら死にものぐるいで両手をごしごし洗った。

わたしたちが振《ふ》りかえると、ちょうどアルマンドが我が家の所有地のはずれのやぶへと歩いていくところだった。あれほどまわりのことに気づいていないように見える生き物が、よく自然界で生きていけるものだわ——わたしは、父の優秀《ゆうしゅう》な鳥猟犬《ちょうりょうけん》、エイジャクスとくらべた。エイジャクスは好奇心《こうきしん》いっぱいで、常に自分のなわばりを監視《かんし》し、どんな小さな変化にも油断なく注意をはらい、どんなかすかなにおいにも気づいた。その強烈《きょうれつ》な警戒心《けいかいしん》は、高度に調整された、生存のための手段だった。明らかに、アルマンドにはそれがなかった。

観察ノートに記す疑問。〈アルマンドは、敵から身を守るための鎧《よろい》——甲羅《こうら》——があるせいで、まわりのことに無頓着《むとんじゃく》なのか？　背中に甲羅をつけて歩き、すぐさまそのなかに体をひっこめて硬《かた》いボールのようになれるとしたら、周囲のものにあまり注意をはらう必要がないのかもしれない。それで、周囲のものに反応していないように見えたのだろうか？　それとも、じつは、自分の世界——人間の世界ではなくアルマジロの世界——には敏感《びんかん》に反応していたのだろうか？〉

しだいに暗くなるなか、わたしたちは、アルマンドが地面をひっかくようにしながら去っていくのを見つめていた。

トラヴィスが悲しげに手を振った。「バイバイ、アルマンド。それとも、ジリー。ぼくのお気に入りのアルマジロだったよ。病気にならないでね」

アルマンド、あるいは、ジリーは、いつもどおりトラヴィスを無視した。

次の週、トラヴィスは毎日、皮がすりむけるほどごしごし手を洗っていた。母がそれに気づき、清潔にしているといって、ほめた。「とうとう息子たちのひとりが、手を清潔にすることの大切さを理解するようになって、うれしいわ。どういうわけでそうなったの？」

「ええと、気づいたんだ。あのアル――」

「ちがうの、ちがうの」わたしは咳《せ》きこんだ。「ハーボトル先生が学校で、そういう話をしたの。そうよ、ははは。それで、みんな、よく手を洗うようになったの。うん」

母は疑わしそうに目をすがめたものの、なにもいわなかった。

ああ、トラヴィス、トラヴィス、わたしの小さなひなどりのトラヴィス。トラヴィスが、ごろごろ回転する人生の車輪に押《お》しつぶされずにどうやって一日一日を生きぬいているのか、わたしには想像もつかなかった。そのあとで、わたしはトラヴィスにいった。「ね、もしお母さんがアルマンドのことを知ったら、ほかのどんな動物も飼わせてくれないわよ。どんな動物もね。もう、二度と。そうなってもいいの？」

「いやだ」

「いやじゃないのかと思った。きかれたらなんでも話しちゃうんだから」

トラヴィスがいった。「ぼく、なんだか体がかゆいんだ。それに、むかむかする。それから、ものすごくふらふらする。ああ、それと、髪《かみ》の毛が痛い。あの病気になったんだと思う？」

わたしにはわからなかった。それで、祖父の『人がかかる伝染性熱帯病』という本を調べた。幼虫がはっているような発疹《はっしん》や腐《くさ》っていく体など、直視しないほうがいい（あるいは、可能ならまったく見ないほうがいい）写真がたくさん載《の》っている本だった。

結局、ハンセン病の初期の症状《しょうじょう》として書かれていたのは、発疹、眉毛《まゆげ》が抜けること、膝《ひざ》など体温の低い部分の感覚がなくなることだった。トラヴィスは、一日に百回くらい、鏡で、発疹が出ていないか、眉毛があるかたしかめ、少なくとも一日に一回はわたしに「膝をぎゅっとつねって」といった。つねるたびに、トラヴィスは「いたっ」といいながら、ほっとためいきをつくのだった（その当時、トラヴィスはまだ半ズボンをはいていたから、あざのできた膝を出して、歩きまわっていた。気づいていたとしても、母はそのことについてなにもいわなかった）。

第3章　気圧計が告げたこと

その晩、わたしたちが野営した場所は大気圧が低く、当然のことながら、低地より低い温度で水が沸騰《ふっとう》した……

季節は春から夏へとゆっくり変わっていった。猛暑《もうしょ》と、猛暑にたいする不平を避《さ》けることができない季節、夏へと。ヴァイオラは、「こう暑いと、メンドリが固ゆでの卵を産みますよ」といった。けれど、わたしは、ほかの家族ほど「暑い」とこぼさなかった。みんながよろい戸を閉めた部屋で汗《あせ》をかき、いらいらしながら昼寝《ひるね》をしているときに、こっそり家を抜《ぬ》けだして川へいっていたからだ。水着をもっていなかったからスリップ姿になり、ゆるやかな川の流れのなかで仰《あお》むけに浮《う》いて頭上の雲をながめ、空想の世界にひたった——あそこにあるのは、インディアンのテント、ティピーだわ。あっちのはワルツを踊《おど》ってるホリネズミね。そして、あれは鼻から息を吐《は》いている竜《りゅう》……。

頭上の空では、さまざまな場面がはてしなく形づくられたり、ばらばらになったり、また形づくられたりしている。それをながめていて、もこもこした大きなわた雲は空想の世界をすばらしくふくらませてくれるが、薄《うす》くてまばらなすじ雲は役に立たないということに気づいた。観察ノートに記す疑問。〈雲を形づくるものはなにか？　空気中の湿気《しっけ》と関係があるにちがいない。それでは、うろこ雲はどうなのか？　おじいちゃんと話し合ってみること〉

下流の橋のほうで、町の粗野《そや》な少年たちがさけんだり水しぶきをあげたりしている音がする。どうやら、ロープにぶらさがって遊んでいるようだ。少年たちをうらやましく思ったものの、下着姿で泳いでいたから、どんなに魅力的《みりょくてき》な遊びをしていようともいっしょに遊ぶことなどできなかった。川で涼《すず》んだあと、わたしは、木のうろのなかに隠《かく》してある茶色い紙袋《かみぶくろ》を取りだし、なかに入れてあった櫛《くし》とタオルを使って髪《かみ》の毛や服を精いっぱい整えると、自分の部屋にこっそりもどった。

その日の午後、わたしは祖父に気象のことをたずねた。すると、祖父が、科学者の発見について話してくれた。科学者たちは、大きな気球に乗って地上から三キロメートルほど上空まで実際にあがり、雲の観察をしたのだという。その結果、もこもこした低いわた雲が霧《きり》と同じように小さな水滴《すいてき》からできていることや、高いところにあるまばらなすじ雲が小さな氷の粒《つぶ》からできていることを発見した。さらに、うろこ雲は、わた雲とすじ雲のあいだにあって、氷の粒でできた小さな雲の塊《かたまり》が集まっている珍《めずら》しい雲だということも。それにしても、そんな観察をするなんて、すごい！　最初にそんな上空まであがった人の勇気に驚《おどろ》いた。

わたしたちは、気象の勉強を〈風向き〉から始めた。これは簡単だった。家のいちばん高いところに、避雷針《ひらいしん》と並んで風見が取りつけられていたからだ。風見は、ブリキ板からロングホーン種の子牛の形を切り抜《ぬ》いたもので、風を受けると回転して、自然に風の方向をさししめすようにできていた。これを見れば、どんなおばかさんだって、風向きがわかる。数日間、観察したあと、西から風が吹《ふ》くと、たいてい天気がよくなることに気づいた。わたしはその発見を観察ノートに記した。

次は、〈風速〉だ。風の速度を測るために、わたしはまず、厚紙で円錐《えんすい》を四つ作り、それらを風車のように貼《は》りあわせて〈風速計〉にした。ところが、わたしの使った材料がまずかった。風速計は最初の突風《とっぷう》でやぶれて、紙片が前庭の芝生《しばふ》の上に飛びちった。

「へええ、やぶれた紙を飛ばす実験か？　あれも、おまえの〈科学の実験〉てわけ？」サル・ロスといっしょにポーチに立っていたラマーがいった。

なんていやなやつなんだろう。「ふん、なにもわかっていないくせに。ラマー、ただ泳ぎまわってるだけの魚の学校に通ったとしても、きっと落第するわよ」わたしはいってやった。

ラマーは、大笑いしたサル・ロスの頭をひっぱたいたものの、気の利いた言葉でわたしに反撃《はんげき》することはできなかった。機知に富んだいいあいになると、ラマーには武器がない。

わたしは祖父のところへいった。「風速計が、ばらばらになって飛んでいっちゃったの」

「それは残念だったな。手製の風速計はしばしばこわれる。だが、少なくとも、風速計の原理はわかるようになったはずだ」祖父はいった。

わたしたちは次に、気圧計で測る〈気圧〉というものについて勉強した。風速について学んだときには、風速計を自分で作らなくてはならなかった。うちにはなかったからだ。けれど、わたしたちは――というか、祖父は――気圧計をもっていたから、気圧の勉強にはそれを使うのだろうと思っていた。が、わたしの考えはまちがっていた。

祖父はこういった。「広口瓶《ひろくちびん》一個、風船一個、輪ゴム一本、ストロー一本、縫《ぬ》い針一本、メートル法の定規一本、それに、糊《のり》がひと瓶、必要だ」

まちがいなく興味をそそられるリストだったが、祖父がなにをしようとしているのか、わからなかった。

「なにに使うの？」

「おまえさんの気圧計を作るのだ」

わたしは、書斎《しょさい》の壁《かべ》に取りつけてある真鍮製《しんちゅうせい》のりっぱな計器をさした。「どこかこわれてるの？」

「わしの知るかぎり、どこもこわれておらん」

「ああ、わかった。初歩から順に学んでいくという勉強のひとつなのね？」

「そのとおりだ」祖父は人差し指をなめて、本のページを繰《く》った。「わしはここで待っているよ」

わたしは、必要なものがそろうか、考えた。風船がなかった。兄弟のだれももっていないにちがいない。それで、雑貨店まで走って、五セントで風船をひとつ買った（ふつうなら、こんな法外な値段の風船には目もくれなかっただろう。けれど、科学のためなら五セントを出す価値があった）。ついでに、ソーダ水売り場から紙のストローを一本、失敬した。

それから、祖父の実験室に駆《か》けもどり、ごちゃごちゃと並んだ試験管やビーカーや気味の悪い茶色い液体が入った何百もの小さな瓶《びん》のあいだから、定規と空《から》の広口瓶と糊《のり》の瓶を見つけだした。祖父は、何年ものあいだ、ペカンからウィスキーを蒸留しようと実験をつづけてきた。その結果、実験室のいくつもの棚《たな》には、たくさんの失敗作が詰《つ》めこまれていた。

わたしは必要なものをすべてそろえると、書斎《しょさい》にもどり、祖父の机《つくえ》の上においた。

「さて」と祖父がいった。「始めるまえに、これからなにを測定するのか理解しなくてはならん。気圧というものの概念《がいねん》が充分《じゅうぶん》に理解されるようになったのは、一六四三年のことだ。この年、最初の気圧計を作ったイタリアの科学者トリチェリが、『われわれは大気の海の底で暮らしている』といったのは有名な話だ」

祖父は、びっくりするような説明をつづけた。空気は目に見えないが、実際に重さがあるのだという。地球には、まわりをおおう大気圏《たいきけん》というものがあり、地球の表面から何十キロメートルもの高さまで大気がある。つまり、わたしたちの頭の上には大量の空気があり、その重さは大変なものなのだ。祖父は、「川に飛びこんだときのことを思い出してごらん」といった。ナマズが生息しているくらい深いところまでもぐると、耳のなかでポンと音がする。それは、わたしの上の水の重さが増して、水の圧力が鼓膜《こまく》にかかるせいだ。それと同じように、空気も一平方センチメートルあたり約一キログラムもの圧力でわたしたちを押《お》している。幸運なことに、わたしたちはこの圧力に耐《た》えることができるばかりか、じつのところ、そんな圧力がかかっていることに気づきもしない。なぜなら、わたしたちの体が同時にあらゆる方向から空気に押されているからであり、体のなかの空気と外の空気の圧力がつりあっているからだ。祖父の話に、わたしはかなりめんくらったが、それがこの世界の厳然たる事実だとしたら、避《さ》けて通ることはできない。

祖父の話はつづいた。「これから作る気圧計は、トリチェリの気圧計とはちがうものだ。彼《かれ》が研究していた時代には、ゴム風船がまだ存在していなかったからな。だが、気圧を測定するという考えは、まさに科学に対するトリチェリの貢献《こうけん》だ。その考えの一部は、彼の友人にして同僚《どうりょう》のガリレオから得たものだ。現在は〈近代科学の父〉と敬われているが、ガリレオは晩年、異端審問《いたんしんもん》で有罪判決を受け、死ぬまで軟禁《なんきん》生活を強いられた。そういうことがあったから、トリチェリは、最初の気圧計を近隣《きんりん》の人々から隠《かく》さなくてはならなかった。魔術《まじゅつ》を使っていると告発されないようにな。ああ、それこそが、知識の限界を打ちやぶって新たな領域を広げていく科学者の運命だ。だが、歴史の勉強はこのくらいにして、気圧計作りを始めよう。やってみたら、単純な仕掛《しか》けだとわかるだろうよ」

わたしは、祖父に教えてもらいながら、首の部分を切りおとした風船を、蓋《ふた》を取った広口瓶の上にぴんと伸《の》ばしてかぶせ、ゆるまないように輪ゴムで留めた。それから、ストローの一方の端《はし》に糊をつけて、風船の中央に水平に貼《は》りつけた。最後に、ストローのもう一方の端に針を糊づけした。

わたしはうしろにさがって、自分の作品をじっくりとながめた。こんなぱっとしない装置でうまくいくのかしら？

まるでわたしの心を読んだかのように、祖父がいった。「たしかに、洗練されているとはいいがたいが、働きはすぐれているぞ。さあ、針の高さを測って、書きとめなさい」

わたしは定規を立てて、針先までの高さを測り、ノートに書きとめた。

「気圧が高くなると、風船が下に押《お》されて瓶《びん》のなかの空気が圧縮される。当然のことながら、糊《のり》づけしたストローの端《はし》も、風船とともにさがる。すると、ストローの反対側の端、つまり、針のついているほうの端はあがるというわけだ。シーソーのようなものだな。一方がさがれば、もう一方があがる。したがって、気圧がさがると、針がさがる。一日に数回、針の位置を測定してごらん。そうしたら、気圧と針の上昇《じょうしょう》は、通常、晴天が近づいていることを示し、気圧の低下と針の降下が雨や嵐《あらし》の前兆だと気づくだろう。どこかに熊油《くまあぶら》の瓶があったはずだが。試しに、あれも使ってみるといい。もっとも、わしはその効力を疑わしいと思っておるがな」

「え、なにの瓶？」わたしは、ききまちがいだと思った。

「クマの脂肪《しぼう》だ。何年かまえに、ゴードン・ポティートからもらったものだ。ゴードンは、九歳《さい》のときに、このテキサス州のフレデリクスバーグ市外でコマンチ族にさらわれた。そのとき、わしも、州警察が組織

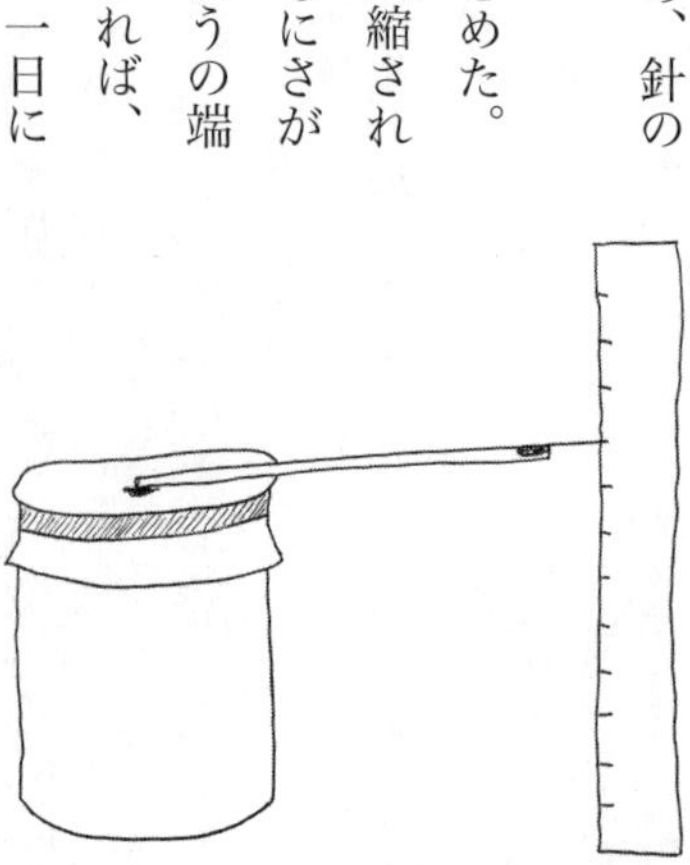

した捜索隊《そうさくたい》に召集《しょうしゅう》されたのだ。わしらは、ゴードンを取りもどそうと、さらっていった連中を追い、テキサスじゅうを捜索した。あれは、不幸なできごとだった。話せば長くなるので、くわしい話はやめておくが、捜索を開始してから二、三年たって、われわれはついにゴードンを両親のもとに帰すことができた。だが、そのとき、ゴードンは、コマンチ族の少年のようになっていて、〈白い羽根のゴードン〉という名で呼ばれていた。ゴードンは現在、ふたつの社会の中間で生きている。こちらの社会でも、あちらの社会でも、しあわせとはいえぬ暮らしだ。そのゴードンが、熊油をひと瓶くれてな、この油の変化によって天候を予想することができるというのだ。呪医《じゅい》からそう教わったのだそうだ。気圧の変化が油になんらかの変化をもたらしているものと、わしは推測しておるのだがな」

「ふーん。わたしは気圧計で予想するわ」ちょうど、一九〇〇年代が始まったところだったから、わたしには、熊油を使うなど一八〇〇年代への大きな後退だと思われた。わたしは、自作の気圧計を表のポーチのいちばん隅《すみ》にもっていき、そこにあった母の鉢植《はちう》えふたつのうしろに設置した。ここなら安全だ。

翌朝は、低い雲がきれぎれに空をおおって、曇《くも》りがちでどんよりした天気だった。わたしは、玄関《げんかん》まえの踏《ふ》み段にすわり、いつものように動植物の観察をして、ノートに記録した。そのあと、次のように書きくわえた。〈気圧計の針が上昇している。これは、気圧の上昇を意味すると考えられる。ということは、晴天を意味していると考えられる。でも、疑わしい。次回は、熊油にしてみたほうがいいだろうか？〉

けれど、学校で休み時間になるころには、雲が消えて、美しい青空で太陽が笑顔を見せていた。気圧計が示した予想は正しかったのだ。

学校では、生徒たちがみな期待に胸をふくらませて待ちのぞんでいる毎年恒例《こうれい》のピクニックが、次の金曜日の午後に予定されていた。わたしは、当日の午前六時十五分に気圧計を確認して、がっかりした。あーあ。学校に着いたとき、空は雲ひとつなくアクアマリンのような水色だった。けれど、わたしは、教室の入り口で生徒を出迎《でむか》えていたハーボトル先生のところへいって、ピクニックの最中に雨が降るかもしれません、と告げた。

すると、先生は、まさかというように空にむかって手を振《ふ》り、ため息をついた。「キャルパーニア・テイト、いったいどこからそんな考えが出てくるの？」

「ハーボトル先生、気圧計からです」

「いいですか、気圧計の代わりに神様からいただいた目を使うことね。目は悪くないんでしょ？」

「ハーボトル先生、わたしの知るかぎりでは、目は悪くありません」

「それはよかったわ。さあ、教室にお入りなさい。あなたのところでつっかえているせいで、うしろに並んでいる人たちが入れずにいますよ」

同級生のふたりがくすくす笑いながら、肘《ひじ》でつつきあっていた。ひとりは、いちばん嫌《きら》いな同級生、ドヴィー・メドリンだった。自分の姉が町の電話交換手《でんわこうかんしゅ》をしているせいで、自分もえらくなったかのような勘違《かんちが》いをしている、うぬぼれやのおばかさん。そんなわけで、あのいやなドヴィーときたら、だれにたいしてもいばっていて、植物の新種に自分の名前がつけられることがとてつもなくすごいことだと認めようとしない。腹立たしいったらない。

先生やドヴィーたちはとりあってくれなかったが、お昼ごろ、最初の雷鳴《らいめい》が不吉《ふきつ》に轟《とどろ》くと、ドヴィーが、信じられないというように完璧《かんぺき》なO《オー》の形に口をあんぐりあけた。ハーボトル先生は、まるでわたしのせいでピクニックがだいなしだとでもいうように、こちらをにらみつけた。ばかばかしいったらない！　ああ、でも、なんていい気分！　わたしはくすくす笑いをかみころし、その場にふさわしい、なにくわぬ顔をしようと必死に努力した。

信じられないことに、アルマジロを失ったトラヴィスは、いつまでもふさぎこんでいた。自由になる時間には、バニー（相変わらず、棒を拾ってこなかった）の毛にブラシをかけたり抱《だ》きしめたり、有名な無法者の名前をつけた納屋の猫《ねこ》たち（ジェシー・ジェームズや、ベル・スターなど）と遊んだりしていた。けれど、バニーや猫たちと過ごしても、それだけではあきらかに元気が出ないようだった。トラヴィスを元気づけようと考えたわたしは、最近ホラウェイさんの農場で産まれた子犬たちを見にいこうと誘《さそ》った。ロックハート通りを七、八百メートルほど歩くと傾《かたむ》きかけた家に着き、汚《きたな》いエプロンをつけたホラウェイ夫人がペンキのはげおちた扉《とびら》をあけてくれた。その足元で、茶と白のまだらの中型犬メイジーが、なにかを訴《うった》えるようにクーン、クーンと鳴いている。メイジーは、ネズミ捕《と》り用のテリアだった。

「ホラウェイさん、こんにちは」わたしは挨拶《あいさつ》した。

「やあ、メイジー」トラヴィスがテリアに声をかけた。「どうしたんだろう？　メイジーはどうしてこんな鳴き方をしてるんだろう？」

「産まれた子犬がみんないなくなってしまったからよ」ホラウェイ夫人が答えた。

「子犬たちは、どこにいるの？」トラヴィスがきいた。

ホラウェイ夫人は、気まずそうな顔になった。「ええと、まず、あの子犬たちのことを理解してもらいたいの。わたしたちにわかっていることは、メイジーの発情期にコヨーテが柵《さく》を飛びこえてきて、おそろしく醜《みにく》い子犬が七匹《ひき》産まれたということ。七匹よ！　想像できる？　あんな醜いものはだれも見たことがないと思うわ。だれかにもらってもらうことすらできないのよ。うんざりだわ」

「ぼくが一匹もらいます」トラヴィスがあわてていった。

わたしはひっくりかえりそうに驚《おどろ》いて、トラヴィスをちらりと見た。両親に話してもいないのに、勝手なことをいっているのだから。

「二匹、もらいます」トラヴィスがいった。

わたしはトラヴィスにむかって、眉《まゆ》をしかめた。

「三匹にします」トラヴィスがいった。

わたしはトラヴィスをにらみつけながら、つま先でつついた。

「あらまあ、ぼうや」ホラウェイ夫人はまた、気まずそうな顔になった。「もう手遅《ておく》れなの。キャンキャン吠《ほ》えたてる声にうんざりした夫が辛抱《しんぼう》できなくなって、十分くらいまえに子犬たちを袋《ふくろ》に入れて川にいったのよ」

「わ、大変だ！」

「走ったら、追いつくかもしれないわ。でも、いかないほうがいいと思うけど。醜い子たちなんだから、ほんとうよ。もう、うんざり」

トラヴィスはくるりとむきを変えると、くるったように走りだした。わたしは、つっかえながらもかろうじてホラウェイ夫人にさよならというと、全速力でトラヴィスのあとを追った。

「トラヴィス、止まって！　見ないほうがいいわ！」

トラヴィスはますます速度をあげた。わたしは途中《とちゅう》まで遅《おく》れずに走っていたが、ふいにわき腹に激しい痛みを感じて、百メートルくらいうしろを小走りでついていった。遠くのほうに、馬に乗ってこちらにむかってくる人が見えた。ホラウェイさんだ。橋からもどってくるところにちがいない。トラヴィスがなにかさけんだが、わたしにはききとれなかった。ホラウェイさんが首を横に振《ふ》り、肩越《かたご》しに親指をぐいと動かして橋をさした。トラヴィスはそのまま走りつづけた。

わたしとすれちがうとき、ホラウェイさんがいった。「コヨーテの雑種なんかほしいものか」

急いであとを追っていくと、トラヴィスが橋の上で、ゆっくりと流れる川に目をこらし、なにか動くものはないかと必死に探していた。けれど、なにも見えなかった。袋《ふくろ》も、子犬も、泡《あわ》さえも見えない。トラヴィスのためには、これでよかったんだわ、と思った。

「もう流れていっちゃったのよ」わたしはいった。

わたしたちは、そのまま少し立っていた。トラヴィスは、ひと言も口をきかない。わたしはトラヴィスの肩《かた》に腕《うで》をまわし、いっしょに家のほうへとむかった。それから何か月ものあいだ、その話はしなかった。

第４章　悪魔《あくま》の鳥

　人をおそれないという性質は、（ガラパゴス諸島の）陸上に生息するすべての鳥に共通している……。ある日、横になっていたときのことだ。一羽のミズベマネシツグミがカメの甲羅《こうら》で作った水差しの縁《ふち》におりたち、わたしはその水差しに片手をかけた。しかし、ミズベマネシツグミはそのまま静かに水を飲みはじめた。


　それから二、三週間後のこと、わたしは台所で内猫《うちねこ》のアイダベルをじゃらし、なにかとヴァイオラの邪魔《じゃま》になっていた。そこへ、トラヴィスが裏口から入ってきた。顔を輝《かがや》かせて、赤いバンダナでおおった古い麦藁帽《むぎわらぼう》を抱《かか》えている。帽子《ぼうし》のなかから、なにかがこすれるような音がしていた。

「ね、みんな、ぼくがなにを見つけたと思う？　ぜったいにわからないと思うな！」

ヴァイオラがぱっと顔をあげた。「それがなんであれ、わたしの台所に入れないでください」

「なんなの？」わたしは、好奇心《こうきしん》でわくわくしつつ、同時におろおろしていた。

トラヴィスがバンダナを手品師のようにさっと取ると、アオカケスのひなが二羽、あらわれた。まだ少ししか羽毛の生えていない、やせて筋ばった体をしていて、ピンク色の口をあんぐりあけている。なんて不細工なんだろう。新鮮な牛乳がすっぱくなって固まってしまうくらい醜《みにく》い姿だ。ひなたちは、耳ざわりな甲高《かんだか》い鳴き声をあげながら、必死に首を伸《の》ばし、体を震《ふる》わせて、えさをほしがっている。

ときおり、巣から落ちたり落とされたりしたひなが、途方《とほう》にくれて鳴いていることがある。偶然《ぐうぜん》こういうひなを見つけるのは、そう珍《めずら》しいことではなかった。けれど、いっぺんに二羽？　うーん……なんだかあやしい。

「二羽とも見つけたの？　ほんとに？　どこで？」

トラヴィスは、わたしと目を合わせようとしない。「綿花工場の近くで」

ヴァイオラがいった。「どこで見つけようと、そんなことはかまいません。それより、そのいやらしい連中を今すぐ、ここから出してください。悪魔《あくま》の鳥ですからね」

あたかもその言葉を証明するかのように、二羽のひなは、ぐらぐらする首にくらべて大きすぎる頭をそらし、甲高い鳴き声を――まさに悪魔のような鳴き声を――あげた。あれほど弱々しい生物体があれほどの騒音《そうおん》をあげられるなんて、だれにも考えられないだろう。けれど、これが、親鳥にえさをねだる方法なのだ。

ヴァイオラは、ひなの声に負けまいと声をはりあげた。「それを外に出して」

納屋にいく途中《とちゅう》、トラヴィスはぺちゃくちゃとしゃべった。「アオカケスはいいペットになるって、きいたことがあるんだ。コーリーは、きいたことない？　アオカケスはとっても頭がいいから、いろいろ芸を教えられるんだって。あの子たちにどんな名前をつけようかって、ずっと考えてるんだ。アオとカケスっていうのはどうかな？　こっちがアオ。ね、少し小さいほうだよ。そして、カケスは少し大きいほう。カケスは、片方の羽がなんだかちょっと変だね。なんともないといいんだけど。でも、そのせいで、二羽の区別がつくね。最後にえさを食べたのはいつかな？　ニワトリのえさを食べると思う？　それとも、ミミズを掘《ほ》りださないとならないかな？」

「トラヴィス、お母さんとお父さんが野生の動物のことをどう考えているか、わかってるでしょ」

「でも、コーリー、この子たちは動物とはいえないよ。鳥だもの。だから、あてはまらないよ」

「まさか。鳥類は、動物界の脊椎《せきつい》動物亜門《あもん》に属するのよ」

「なにをいってるのかわからないけど、ああ、すごい鳴き声だな」

ああ、たしかにすごい鳴き声だった。キーキーとギャーギャーのあいだのような声で、わたしの歌声より六オクターブくらい高かった。トラヴィスは先に立って納屋に入ると、二羽のねぐらになりそうなものを探しはじめた。ところが、アオとカケスの耳ざわりな鳴き声のせいで、すぐさま、外猫《そとねこ》たちが目をきらきらさせ、しっぽをぴくぴくさせながら、興味津々《しんしん》といった様子でまわりに集まってきた。

「鶏小屋《とりごや》に入れないと。安全な場所は、あそこしかないわ」わたしはいった。鶏小屋には、猫やアライグマやタカを寄せつけない頑丈《がんじょう》な屋根があったからだ。わたしたちは、母のお気に入りの雌《め》羊スノー・ホワイトの抜《ぬ》け毛を木箱に敷《し》きつめて、鶏小屋のなかに新しいねぐらを作り、ひなたちを入れてやった。二羽は、ものすごい勢いでえさがほしいとわめきつづけた。鳥というよりは、小さい体についた大きすぎる口といった姿だ。ニワトリのえさをやわらかくすりつぶしてやると、興奮して羽をばたつかせながら飲みこむあいだだけ、すさまじい鳴き声がやむ。

「水もあげたほうがいいかな？」トラヴィスがいった。

「あげても問題はないと思うわ」

トラヴィスは、ニワトリ用の水盤《すいばん》に浸《ひた》した指をひなの口の上でゆすって、水滴《すいてき》をくちばしのなかに落とした。すると、ひなたちは喜んだ。少なくとも、わたしにはそう見えた。

居心地が悪くなったニワトリたちは小屋の奥《おく》までひっこんでかたまり、うろたえたようにコッコッと鳴いていた。とうとう、トラヴィスは、ひなたちを静かにさせるために、木箱の上にバンダナをかけた。すると、この人工的に作られた闇《やみ》のなかで、ひなたちはおとなしくなった。

ところが、翌朝、不幸な出来事が待っていた。小さいほうのひな、アオが死んでいたのだ。カケスはといえば、兄弟の死骸《しがい》など無視して、声をかぎりに朝食をよこせとさけんでいた。そのときのトラヴィスの様子を見た人は、家族にこのうえなく大きな悲劇が起こったのかとでも思ったことだろう。

「ぼくのせいだ」トラヴィスは必死に涙《なみだ》をこらえながらいった。「寝《ね》ないでそばについていてやればよかった。かわいそうなアオ。ぼくが死なせちゃったんだ」

「ううん、ちがうわ」なぐさめてもむだだと思いながらも、わたしは必死に言葉を探して、いった。「小さい動物にはよくあることよ。どうしようもないの、適者生存なのよ。母なる自然はそういうふうにできているの」

そういうわけで、わたしたちはこの不幸を受けいれて、告別式をとりおこなうしかなかった。〈かわいそうなアオ〉を燻製《くんせい》小屋の裏に埋葬《まいそう》する儀式《ぎしき》だ。トラヴィスはここに、杭《くい》で囲ったものがなしい小さな墓地を造り、何年ものあいだ取りくんできた〈ペットの飼育〉が不幸な結果に終わるたびに、亡骸《なきがら》を埋葬していたのだ（わたしだったら、アオをそのまま放置して、アリや甲虫《こうちゅう》に骨になるまで食べさせるだろう。そうしたら、研究用のきれいな骨格標本が手に入る。けれど、トラヴィスがあまりに動揺《どうよう》していたので、わたしはいいだせなかった）。

わたしたちは、わたしがもっていた葉巻の箱に新聞紙を細かくちぎって敷《し》きつめると、アオの亡骸をおさめた。葉巻の箱は鮮《あざ》やかな色をしていて、赤い服にケープ姿で踊《おど》っている女性の絵がついていた。わたしは、もっと地味な色の箱がなくてごめんね、とあやまりそうになった。トラヴィスの悲しみがあまりに深く、わたしにまでうつっていたのだ。トラヴィスは穴を掘《ほ》ると、その色鮮やかな棺《ひつぎ》を黒い土のなかにそっとおろした。

「コーリー、なにかお別れの言葉をいいたい？」

わたしはびっくりして、答えた。「えっと、先にどうぞ。アオのことは、トラヴィスのほうがよく知ってるんだから」

「じゃあ、そうするよ。アオは良い鳥でした」トラヴィスは少し声を詰《つ》まらせた。「すり餌《え》が好きでした。一所懸命《けんめい》がんばりました。飛び方を覚えることはできませんでした。アオ、ぼくたちはきみがいなくなって、さびしいよ。アーメン」

「アーメン」なにもいうことがなかったので、トラヴィスの言葉を繰り返したものの、死んだ鳥にお祈《いの》りをささげてもいいのかしら、と思った。

トラヴィスは穴に土を入れて、シャベルの裏側でたたいてかためた。告別式は終わったと思ったので、わたしはむきを変えて、帰ろうとした。

と、トラヴィスがいった。「待って。なにかお墓のしるしがないと」

わたしたちは、つるつるした、川の石を見つけた。トラヴィスは、石の表面にどうやって鳥の名前をきざんだらいいだろう、と気をもんだ。そのとき、朝食の時間を知らせる鐘《かね》が鳴った。「あとで、もどってくるしかないわ」わたしはハンカチを渡《わた》して、トラヴィスの体に腕《うで》をまわし、いっしょに重い足どりで家にもどった。

食卓《しょくたく》で、母はトラヴィスの腫《は》れあがった赤い目をひと目見るなり、やさしくいった。「ぼうや、なにかあったの?」

「アオカケスの一羽が夜のあいだに死んじゃったんだ」自分の皿に目を落としたまま、トラヴィスがもごもごいった。

「なんの一羽ですって？」母は首をかしげ、きらきらしたつぶらな目でトラヴィスをじっと見た。その目がまるで鳥の目みたいに見えて、わたしはあやうくくすくす笑いそうになった。

「カケスのひなを二羽見つけたんだ。そのうちの一羽が、夜のあいだに死んだんだよ」

「やっぱり、ききまちがいじゃなかったのね。でも、耳を疑ってしまいますよ。野生動物をつれてくることについて、今までに何度話したかしら？」母がいった。

「ふうむ」食事のあいだはいつも物思いにふけっている祖父が、まさにこの瞬間《しゅんかん》、会話に加わった。「北米のアオカケス、学名をキアノキッタ・クリスタタというが、この鳥はカラス科に属する。カラス科の仲間には、ハシボソガラスやワタリガラスがいる。アオカケスは、新世界に固有の鳥だ。あの連中は、利口で、好奇心《こうきしん》が強く、すばらしく物まねがうまいから、しばしば人間の言葉を覚える。専門家のなかには、オウム科の鳥と同じくらい利口だと考えるものもいるくらいだ。インディアンの多くの部族がカケスを、いたずら好きで貪欲《どんよく》、それでいて、賢《かしこ》くていろいろなことを考えつく策士だと考えている。おまえさん、アオカケスを一羽飼っているといったかね？」

祖父の言葉に勇気づけられて、トラヴィスは答えた。「はいっ！　まだ、ひなだけど」

「それでは、おまえさんと緊密《きんみつ》な関係を築くことになるだろう。成鳥になってもずっと世話をする覚悟《かくご》をしなくてはならんな。十年以上は生きるだろうからな」そういうと、祖父はまた、いり卵に注意をむけ、深い物思いの世界へと沈《しず》んでいった。

明らかに、母は、祖父にむかって短剣《たんけん》を次々に投げつけたそうに見えたが、代わりにトラヴィスに投げつけた。

「もう野生の動物をつれてこないと約束したわよね？」

「はい」

「それで？」

「それで……えっと」

わたしは口をはさむと、トラヴィスに代わって答えた。「お母さん、ほんとうにまだ小さいの。トラヴィスがつれてこなかったら、二羽とも死んでいたと思うわ。トラヴィスは、少なくとも一羽は救ったのよ」

「キャルパーニア、口を出さないで。トラヴィスは自分で話ができます」母がいった。

「そうだよ、キャルパーニア」ラマーがにやにやしながら、小声でいった。「鳥なみにまぬけなちびに自分で話をさせろよ。赤んぼうみたいに泣いたりしなけりゃ、できるだろ」

「それに、あなた」母はくるりとラマーのほうをむいた。「なにか役に立つような意見があるの？　ないの？ここそこ話しているから、なにかあるのかと思いましたよ」

ほんとに、ラマーったら、どうしてこんなにいやなやつになったの？　どうして？　それよりなにより、あんなことをいって、なんになるっていうの？

トラヴィスは、また、自分の主張を展開しはじめた。「ママ、ひなは、ニワトリの小屋に入れてあるんだ。

あそこに入れておけば、なにも問題はないよ。ね、ぜったいに大丈夫だって、約束するから」

トラヴィスの話し方が変わったことに気づいた者が、わたしのほかにいただろうか？　トラヴィスが母のことをママと呼ぶのは、八歳《さい》の誕生日以来だった。ママといわれた母の顔つきが、目に見えてやわらかくなった。「でもね、ぼうや、野生の動物は、いつだって、問題を起こすわ」

「こんどは、ぜったいに大丈夫だって、約束するから」

「あなたはいつもそう約束するわ」母は、こめかみをさすった。そのしぐさを見て、目をきらきらさせている少年トラヴィスがまたもや勝ったことがわかった。

案の定、カケスはすぐに飼い主になついた。羽が生えそろい、色が青くなるにつれて、人をひきつける姿になった。が、右のゆがんだ翼《つばさ》が問題だった。トラヴィスとわたしが添《そ》え木で翼を固定しようとするたびに、カケスはわたしたちの手のなかで、青いボールになったかのように羽をふくらませて怒《いか》りくるい、興奮してばたばたはばたき、ギャーギャーわめいた（まったくもう！）。結局わかったことは、わたしたちのせいでばたばたしたのが翼にとってなによりもよかったということだ。右の翼は少しずつ強くなっていった。それでも、ついに飛ぶようになったとき、カケスが円を描《えが》いて飛ぶことに気づいた。左の翼のほうが強いせいで、時計回りにまわってしまうのだ。

カケスはほとんどいつも鶏小屋《とりごや》のなかにいたが、ときおりトラヴィスが〈散歩〉につれだすと、トラヴィスの肩《かた》にとまるか、歩いていくトラヴィスの横で木から木へと飛んだ。また、カケスは、上手に物まねをするようになり、雌鶏《めんどり》のようにクワックワッと鳴いたり、我が家の雄鶏《おんどり》、リー将軍のようにときをつくったりした。そのせいで、ふだんは誇《ほこ》り高きリー将軍が、逆上していらいらと庭を歩きまわり、見えないライバルを見つけようとする。が、結局、徒労に終わるのだった。

カケスの羽毛は美しくなった。が、声はそうならなかった。カケスにとっての〈少年神〉トラヴィスからひきはなされると怒《いか》りくるい、天をも揺《ゆ》るがすほどの悲鳴をあげた。カケスの耳ざわりなわめき声が食卓《しょくたく》についているわたしたちにきこえることさえあった。鶏小屋《とりごや》からたっぷり五十メートルは離《はな》れているというのに。わたしたちはみな、その声に気づかないふりをした。

トラヴィスは、週に一度、お湯の入った浅い鍋《なべ》でカケスを入浴させるようになった。お湯に入ったカケスは大喜びで、ばたばた翼《つばさ》を動かした。トラヴィスとカケスが鶏小屋の外で過ごす時間がどんどん長くなっていった。トラヴィスの肩《かた》にカケスのフンの白い筋がついているのも、見慣れた光景になってしまった。メイドのサンフワナはいまいましく思っていたと思うけれど。トラヴィスは、学校の〈展示と説明〉の授業にカケスをつれていくことまでした。そこで、カケスは人気者になったが、ハーボトル先生はカケスがわめいて、はばたくたびに、たじろいだ。先生が、自分の黒い服とそびえるような髪型《かみがた》のことを心配したのは、もっともなことだった。

カケスは、猫《ねこ》たちをからかうのがとても好きだったが、なぜか、アイダベルが外に出てきてひなたぼっこをしていると、必ずアイダベルを選んで襲《おそ》い、ギャーギャーわめいた。ヴァイオラはトラヴィスに一度ならずいった。「あの悪魔《あくま》の鳥をわたしの猫に近づけないでください」

そして、当然のことながら、ぞっとするようないたましい——そして、まちがいなく予想できる——ことが起こった。裏口から駆《か》けこんできたアイダベルの口に、青い羽のぐったりした塊《かたまり》がくわえられていたのだ。

猫が鳥を食べるからといって、とがめることはできないわよね？　だって、自然とはそういうものなんだから。埋葬《まいそう》できるものは、ほとんどなかった。片方の翼と尾羽《おばね》ひとつかみが残っていただけだ。わたしはそれまで、ほんとうの告別式（つまり、人間のほんものの告別式）に参列したことがなかった。それで、ほんものを見てみたいと思っていたのだが、カケスの告別式のあと、考えを変えた。トラヴィスが、見ていられないほど深く悲しんでいたからだ。嘆《なげ》き悲しむ遺族を見るのはつらいにちがいない。

そんなことを考えるのは不実なことだと感じていたし、けっして口に出していうつもりはなかったけれど、トラヴィス以外の家族全員がカケスの最期にほっとしていたと思う。

第5章　珍《めずら》しいもの

ジャガーは、夜によく吠《ほ》えるやかましい動物だ。とくに、悪天候のまえには、よく吠える。

目ざめたとき、期待が血管のなかを駆《か》けめぐり、ぞくぞくっとした。一瞬《いっしゅん》ののちに、そのわけを思い出した――そうだ、今日は新しい観察ノートをひらく日だった。一年のあいだわたしの誠実な友だった最初の観察ノートは、たくさんの疑問と、それにたいするいくつかの答えと、さまざまな観察やスケッチでいっぱいになっていた。祖父とわたしが発見したヘアリーベッチの新種ウィキア・タテイイについても、このなかに書いてあった。いつの日か、このノートが科学的、歴史的に重要なものになるかもしれない。そう、先のことはだれにもわからないのだから。

いよいよ古いノートに別れを告げて、おじいちゃんからもらった新しいノート、心が浮《う》きたつような赤いノートを使いはじめるんだわ。わたしはノートをひらくと、新しい革と紙のにおいを吸いこんだ。なにも書かれていないまっさらなページは、これから先さまざまなことが記される可能性に満ちている。これよりもすばらしいことなんてあるかしら？　じきに、美しいとはいいがたい書きこみでいっぱいになるだろうけど、かまうもんですか。わたしが書くと、必ず右さがりの文字になってしまうし、インクのしみを作ってしまう。スケッチだって、思い描《えが》いたような形にはならない。でも、どれもこれも、かまうもんですか。重要なことは、可能性よ。可能性があれば、生きていける。少なくとも、しばらくのあいだは。

わたしはそっと階段をおりていった。拳銃《けんじゅう》を発射したかと思うほど大きな音をたてる危険な箇所《かしょ》――七段めの中央――を踏《ふ》まないように気をつける。家のなかは、ちょうど、人の気配がしはじめるころだった。急げば、ひとりで過ごす時間がいくらかあるはずだ。わたしは玄関《げんかん》の扉《とびら》をそろそろひらくと、朝の新鮮《しんせん》な空気のなかに踏みだし、いつものように観察したことを書きとめることにした。

すると、驚《おどろ》いたことに、前庭の芝生《しばふ》の上に見慣れない鳥が一羽いた。体の色は灰色と白。ニワトリくらいの大きさだが、ニワトリとはまったくちがった姿をしていた。体をおおう羽毛がつやつやしている。赤茶色のくちばしは湾曲《わんきょく》していて、つつかれたら痛そうだ。脚《あし》は黄色で、足先にはなんと水かきがついている。ということは、飛ぶだけでなく泳ぐこともできる鳥ということね。それに、あのくちばし――果実をつついたり、虫をつかまえたりするようには見えない。肉をちぎるのにむいているように見える。じゃあ、肉食性の鳥？　肉を食べるカモ？　わたしはポーチに腰《こし》をおろすと、鳥を驚かさないようゆっくりそうっと動いた。まず、新しいノートをひらいて、〈一九〇〇年九月八日　土曜日　雲多い　南西風。芝生に見慣れない鳥。こんな姿〉と書きこみ、鳥の絵を描《か》いた。

わたしは、〈対象〉が飛んでいってしまわないうちに描《か》きおえようと、スケッチを急いだ。最後の仕上げに濃淡《のうたん》をつけているとき、玄関《げんかん》の扉《とびら》があいて、ハリーが出てきた。「コーリー、朝食の時間だよ」

その声に驚《おどろ》いた鳥は飛びたち、芝地《しばち》に接するナラの木立ちのほうへ飛んでいくと、地面におりたった。わたしはびっくりして、考えた。もちろん、あの鳥は燕雀目《えんじゃくもく》、つまり、スズメ目じゃないわ。あんなふうに水かきがついているんですもの。

「ハリー、あの鳥を見た？　あれはなんだと思う？」

けれど、ハリーはもう家のなかに入っていた。

わたしは、ハリーのあとを追ってなかに入るまえに、急いで気圧計を見て、〈気圧はかなりさがっている〉と記録した。気圧計がこわれているのかしら？　爪《つめ》で軽くはじいてみたが、針の位置は変わらない。やだ。ときどき風船を交換《こうかん》して、新しくしなくちゃならないのかもしれないわ。

家のなかに入ったとたん、風が強くなり、わたしのうしろで扉がすさまじい勢いでバタンと閉まったが、そのときは、なにも思わなかった。

その日は土曜日だったから、午前中にピアノを三十分間練習しなくてはならなかった。わたしは、朝食のあとすぐさまピアノの練習をすませ、書斎《しょさい》の祖父のところへいった。扉をノックすると、なかから「用があるなら、お入り」と声がした。祖父は机《つくえ》のまえで、『北アメリカの葉状植物』という本を読んでいた。ほんとうのことを白状すると、わたしは葉状植物の一種、菌類《きんるい》の勉強があまり好きではなかった。けれど、祖父が繰《く》り返し教えてくれるように、すべての生命は互《たが》いにかかわりあっているから、そのどんな面もおろそかにしてはいけないのだ。そんなことをしたら、知性と学識の浅さを示すことになる。

「おじいちゃん、鳥の図解書、見ていい？」

「ふむ、『鳥の図解書を見てもいいですか？』という問いだな。その答えは、もちろん、『どうぞ』だ。わしの本は、おまえさんの本だ」

わたしは、研究中の祖父をそのままにして、棚《たな》から『トンプソンの野外観察用鳥類図鑑《ずかん》』と書かれた重い本をひっぱりだすと、急いで目をとおした。途中《とちゅう》、羽を広げたすばらしく美しいクジャクやぎこちない姿のフラミンゴに少々寄り道をしてから、それまで目を留めたことのなかった項目《こうもく》〈メキシコ湾《わん》の海鳥〉にたどりついた。海岸にいったことのない少女にとって、興味をひかれる記述だった。

「わわっ」わたしは、夢中になって読んだ。

「キャルパーニア、おまえさんは通俗《つうぞく》な感嘆詞《かんたんし》に頼らずに自分の気持ちを表現できるはずだ。俗語《ぞくご》を使うということは、想像力の乏《とぼ》しさと知性の欠如《けつじょ》をあらわすことになる」

「わかりました」わたしはつぶやいたが、頭のなかはべつのことでいっぱいだった。芝生《しばふ》の上で見た鳥の絵に目が釘《くぎ》づけになっていたのだ。「ひゃあ」

「キャルパーニア」

「え？　あ、ごめんなさい。おじいちゃん、この鳥を見て。今朝、これとそっくりの鳥を見たの」

祖父が立ちあがって、わたしの肩越《かたご》しに見た。「ほんとうかね？」祖父は難しい顔をした。

わたしは観察ノートをひらいて、スケッチを見せた。「同じでしょ、どう？」

祖父は、ふしくれだった指を行き来させながら、両方の絵をくらべて、つぶやいた。「外形は合っている。のども、初列風切《しょれつかざきり》、次列風切《じれつ》の色もだ。この部分も、まちがいないかね？」

「はい」

「それから、翼《つばさ》のここに白い部分はなかったかね？」

「ええ、わたしの見たかぎりでは」

「それでは、その鳥は、ワライカモメ、学名レウコパエウス・アトリキッラだ。奇妙《きみょう》だ。海岸線からせいぜい四十キロメートルまでを標準的生息域とするカモメだというのに、こんな内陸にいるとは」ふたたび腰《こし》をおろした祖父は椅子《いす》の背に体を預け、両手を合わせると、天井《てんじょう》にむかって顔をしかめて、考えこんだ。

部屋のなかが静まりかえり、きこえるのは炉棚《ろだな》の上の時計の音だけだ。わたしは考えごとをしている祖父の邪魔《じゃま》をしないようにした。数分後、祖父は立ちあがると、壁《かべ》にかけてある気圧計――祖父の気圧計――をじっと見た。やがて、その顔に、なにかを案じるような、厳しい表情が浮《う》かんだ。

「おじいちゃん、気圧計がおかしいの？　わたしのも、変なのよ」

「いいや。気圧計にはなんの問題もない。だが、用心するよう知らせなくては。まだ間に合うといいのだが」恐怖《きょうふ》で、体に震《ふる》えが走った。「だれに知らせるの？　なにに間に合うの？」

祖父は深く考えこんでいて、返事をしない。無言のまま、コートと帽子《ぼうし》を身につけると、杖《つえ》をつかんで扉《とびら》へとむかった。なにが起こっているのかしら？　わたしは祖父のあとをついていった。不安で気分が悪い。祖父はきびきび歩きながらも、心配そうに何度も空に目をやり、「どうか間に合いますよう」とつぶやいていた。

「なにに間に合うの？」

「大変な嵐《あらし》がくるかもしれん」祖父が答えた。「最悪の嵐がな。沿岸地域の人々に知らせなくては。ガルベストンには、お母さんの親族がいるのではなかったかね？」

「ガスおじさんと、ソフローニアおばさんと、その娘《むすめ》のアギー。アギーはわたしのいとこということになるけど、一度も会ったことがないわ」

「その親族にただちに電話するようにいわなくては」

「電話？　ガルベストンに？」祖父の考えに驚《おどろ》いた。わたしたち家族は、そんな途方《とほう》もないことはしたことがなかった。それにかかる費用と、いくつも電話交換局《こうかんきょく》を経由しなくてはならない手間がとんでもないものだったからだ。わたしは、地平線の上のもこもこした積雲をじっくりとながめた。雲はたくさんあったものの、嵐になる兆しがあるようには見えない。わたしには、いつもと変わらないように見えた。

わたしたちは、綿花工場のまえを過ぎた。祖父から譲《ゆず》られて、父が所有している工場だ。工場のまえには、南軍で戦った老人たちが並んですわり、体を前後に揺《ゆ》らしながら、かつての栄光と挫折《ざせつ》をめぐっていい争っている。もっとも、体をまえに揺《ゆ》すってかみタバコを吐《は》きだすときには、その声がとまった。周囲の地面に点々としている、汚《きたな》らしく光るどろっとした塊《かたまり》が、ナメクジの茶色い死骸《しがい》のようだ。バッキー・メドリンはいちばん年上でよぼよぼだったが、いちばん狙《ねら》いどおりにタバコを吐きだすことができた。おそらく、いちばん長くやってきたからだろう。三メートルの距離《きょり》からでも正確にゴキブリ——ペリプラネタ・アメリカナ——に命中させることができた。これは、わたしの兄弟が大いに称賛《しょうさん》する技だった。年老いた男たちは、口々に祖父に声をかけて挨拶《あいさつ》した。祖父が、自分たちと同じ南軍で戦ったからだ。が、祖父は、まるでなにもきこえていないかのように、無表情だった。

わたしたちは、新聞社(とその一角にある電話交換台《こうかんだい》)の隣《となり》にある、電報会社ウェスタンユニオンの電報局へと急いだ。扉《とびら》をひらくと、上に取りつけてあるベルが鳴り、奥《おく》からフレミングさんが出てきた。やってきたのが祖父だとわかると、フレミングさんは気をつけの姿勢をとり、すばやく敬礼した。「テイト大尉《たいい》」

「こんにちは、フレミングさん。敬礼などいらんよ。わしらは、退役した者同士だ。南北戦争ははるか昔に終わっている」

フレミングさんは、休めの姿勢になった。「北部の攻撃《こうげき》はけっして終わることがありませんよ、大尉。大義は失われておりません！　南部はふたたび立ちあがりますよ！」

「フレミングさん、過去から抜《ぬ》けだして、まえむきに生きていこうじゃありませんか」

わたしは、まえにも同じようなやりとりをきいたことがあった。フレミングさんは、すぐにかっとなるところがあって、北軍のことが話題になると、こきおろす。ふだんのわたしだったら、そんなフレミングさんの話をおもしろがったかもしれないが、この日はとてもそんな気持ちになれなかった。

祖父はつづけて、いった。「急がなければならんのです。ただちに電報を三通打たねばならない」

「承知しました。この空欄《くうらん》に通信文を書いてくださったら、送ります。どちらに送りますか？」

「ガルベストンとヒューストンとコーパスクリスティの市長に。だが、あいにく、三人の名前を知らん」

「それなら、問題ありませんよ。市長閣下とすれば、いいでしょう。わたしは、主任電信技手を全員知っています。電報が必ず届くように念を押《お》しましょう」

祖父は、通信文を書いて、フレミングさんに渡《わた》した。フレミングさんは半月眼鏡越《めがねご》しに文を見て、声に出して読んだ。「コールドウェルグンフェントレスニテ、カモメ、モクゲキス。オオキナアラシガ、チカヅキツツアルショウコ。ヒナンノヒツヨウアリ」フレミングさんは眼鏡を額に押しあげて、眉《まゆ》をひそめた。

「大尉、これでいいんですか？」

「まちがいない、ありがとう。ガルベストン島には堤防《ていぼう》がない。いちばん無防備だから、最初にガルベストンに打ってほしい」

「これはとても重大な問題です。鳥がいたから島民は避難《ひなん》すべきだ、とほんとうにお考えで？」

「フレミングさん、ワライカモメをコールドウェル郡で見たことがあるかね？　こんな内陸で？」

「いや、そのう、ないと思います。それでも、これはずいぶん思いきったやり方だという気がするんです。沿岸地方の連中は、強風には慣れっこですよ」

「フレミングさん、その程度のものではない。最大最悪の災害になるのではないかと危惧《きぐ》しておる」

「ほんとうにカモメを見たんですか？」

「今朝早く、孫娘《まごむすめ》が見た」

フレミングさんが横目でこちらを見たので、わたしはたじろいだ。わたしには、フレミングさんが考えていることがわかった。たぶん、〈子どものいったことを根拠《こんきょ》に、テキサス州の大きな市の人々を避難《ひなん》させるだって？　どうしてそんなばかげたことをするんだ？〉

祖父は話をつづけた。「動物には、明らかに、われわれ人間にない感覚——自然災害の発生を予知する感覚——がある。それを示す逸話《いつわ》がたくさんあるのだ。バタヴィアの象は大津波《おおつなみ》を予知し、マンダレーのコウモリは地震《じしん》を予知するといわれている。

フレミングさんがゆっくりと話しはじめた。「そのう……今、通信が混雑していて、線がふさがっています。今日は綿花の値動きがよくて、商取引の電報がとても多いんです。買い注文と売り注文の山が待っている状態でして、大尉《たいい》には二時間ほど待っていただくことになりそうです」

わたしはそれまで、祖父が声を荒《あら》らげるところを見たことがなかったし、このときも、大きな声をあげたりはしなかった。ただ、氷のようなまなざしになり、鋼のように硬《かた》い声になっただけだ。祖父はカウンターのむこうへ身をのりだして、竜《りゅう》のようにふさふさした眉毛《まゆげ》の下から青い目で射るように相手を見つめた。「フレミングさん、これはゆゆしき事態、生死にかかわりうる重大事だ。ただの商取引などあとまわしにすべきだ」

フレミングさんは、きまりが悪そうにいった。「ええと、ほかならぬ大尉の電報ですから、いちばん最初に打ちましょう。けれど、あと十分はかかります」

「フレミングさん、あなたはいい人だ。この非常時にはかっていただいた便宜《べんぎ》はけっして忘れませんぞ」

祖父は椅子《いす》にかけると、宙を見つめた。わたしはそわそわと落ちつかず、とてもじっとすわってなんかいられなかった。わたしたちは、賭《か》けにでたようなものだったのだから。しばらくはなにも起こりそうになかったから、わたしは、通りのむこうの綿花工場に駆《か》けていった。ガラスに囲まれた事務室で仕事をしていた父が、ガラス越《ご》しに、わたしのほうへ軽く手を振《ふ》った。工場では、いつものように人々が、種子と分けた綿の繊維《せんい》を梱包《こんぽう》するという果てしない仕事を忙《いそが》しそうにしていた。たくさんの巨大《きょだい》な綿の包みは、船で下流に送られる。機械の大きな革のベルトが動く音が単調に繰《く》り返され、作業場からは耳を聾《ろう》する音が響《ひび》き、注文をさけぶ声が飛びかっている。そうしたすべての動きや音がますますわたしの緊張《きんちょう》を高めた。わたしは、ほかよりはいくらか静かな、工場の副監督《ふくかんとく》の事務室にいって、住みこみの鳥、オウムのポリーの様子を充分《じゅうぶん》に離《はな》れたところからじっくりと見た。

ポリーは（オウムはみな、性別にかかわりなくポリーと名づけられるようだ）、まえの年、祖父がわたしたち十月生まれのきょうだいに買ってくれた、背丈《せたけ》が一メートルくらいの、オスのアマゾンオウムだ。金色の胸、空色の翼《つばさ》、深紅色の尾《お》をしていて、これほど華麗《かれい》な鳥は見たことがないとだれもが思うだろう。けれど、ポリーは、怒《おこ》りっぽくて、短気だった。あれほどおそろしいくちばしと巨大《きょだい》な鉤爪《かぎづめ》をもった鳥がそんな性質だったのは、不幸なことだ。家のなかで飼いはじめたものの、あまりに騒《さわ》がしかったため、ポリーは結局、副監督《ふくかんとく》のオフラナギャンさんに寄贈《きぞう》されることになり、だれもが（わたしも）ほっとしたのだった。かつては船乗りだったオフラナギャンさんは心からポリーを愛し、閉めきった部屋のなかで上品とはいえない船乗りのはやし歌をポリーといっしょによくうたっていた。

わたしは、カモメとオウムをくらべてみた。どちらも、生まれ故郷からはるか遠くにいる。一方は自然によって、もう一方は人間によって、移動することになったのだ。ポリーは、熱帯の気候を夢に見るのだろうか？　ねばねばする熟した果実やおいしくて白い地虫でいっぱいの、青々と茂《しげ》るジャングルのことを夢に見るのだろうか？　そのポリーは、ここ、テキサス州フェントレスの綿花工場で、とまり木につながれて暮らしている。そして、ポリーがそうなったことには、わたしもいくらか関係している。このとき初めて、ポリーを気の毒だと思った。

わたしは、ボウルに入っていたクラッカーを一枚取ると、用心しながらポリーに近づいた。すると、ポリーは、獰猛《どうもう》そうな黄色い目でわたしをじっと見て、さけんだ。「グワーーー！」わたしは息をのみ、指の先でつまんだ和解の贈《おく》り物をゆっくりとさしだした。あっというまに指先までいっしょに食べられてしまうんじゃないかしら。わたしは小声でいった。「クラッカーがほしい？」

ポリーが、おそろしい鉤爪を伸《の》ばした。ふいに、わたしは思った――わたしったら、頭がどうかしてるんじゃない？　完全におかしくなってるんじゃない？　全部無事なうちに、指をひっこめなさい！　ところが、ポリーは、わたしの震《ふる》える手から驚《おどろ》くほどそっとクラッカーをひきぬき、鼻にかかった、この世のものとは思えない声で、いった。「アリカト」

わたしはポリーにむかって、目をしばたたいた。ポリーもわたしにむかって、目をしばたたいた。それから、ポリーは、クラッカーを上手にそっとかじった。そのかじり方は、社交界の昼食会に出席しているおしゃれなご婦人のように、作法どおりの上品な食べ方だった。そう、そういうことだった。わたしたちは、一種の休戦協定を結んだのだ。

オフラナギャンさんが部屋に入ってきて、わたしたちに声をかけた。「やあ、ポリーと話していたんだね。ポリーや、おまえはいい子だ、そうだろう？」オフラナギャンさんは、ポリーの首のうしろの羽をくしゃくしゃとなでた。あんなことをされたら、怒りだすにちがいない。ところが、ポリーはオフラナギャンさんの手に体を押《お》しつけて、うれしそうにぺちゃぺちゃとのどを鳴らした。それを見て、わたしは驚いた。ポリーにこんなところがあったなんて。わたしもポリーと友だちになれるかもしれない。でも、今は、もっとさしせまったことがある。そうだ、オフラナギャンさんに助けてもらえるかもしれない。

「あのう、オフラナギャンさん？　オフラナギャンさんは、世界じゅうを船でまわったんでしょう？」

「お嬢《じょう》ちゃん、そのとおりだ。南太平洋のボラボラ島の上に日が昇《のぼ》るのも、南米南端《なんたん》のティエラ・デル・フエゴ島でのろしがあがるのも、見たことがある」

「ええと、動物が……」わたしは、口ごもった。祖父の判断を疑うことに、ためらいがあったのだ。けれど、あまりにたくさんのことにかかわる問題だったし、わたし自身が安心していられるかどうかにもかかわる重大事だった。

「なんだい、お嬢ちゃん？」

わたしは、心を決めて、たずねた。「動物は、災害が近づいていることを予知できるっていうのは、ほんとう？」

「そう思うよ、お嬢ちゃん。そうそう、ニューギニアにいたときのことだ、たくさんのヘビが巣穴から逃《に》げだすのを見た。そうしたら、それからほんの一時間後に地震《じしん》が起こった」

わたしは心の底からほっとして、「ありがとう！」と肩越《かたご》しにさけびながら、部屋を飛びだした。

電報局にもどったとき、ちょうどフレミングさんが電信機にコールサインを入れて、最初の電文をカタカタと打ちこむところだった。わたしは首を伸《の》ばしてカウンターの奥《おく》を見つめ、わくわくしていた。何百キロメートルも離《はな》れたところにいる人に即座《そくざ》に〈話しかける〉ことができるなんて、まるで奇跡《きせき》だわ。フレミングさんの指が電信機のキーの上で跳《は》ねると、ツー、トン、ツー、トンと音がして、実際の言葉がモールス符号《ふごう》となって電線を通り、相手に届けられる。一分間に四十語という驚《おどろ》くべき速さだ。なんてすばらしい道具だろう。わたしは、電信機がほしくてたまらなかった。もしかしたら、将来のいつか、わたしたちのそれぞれが自分の電信機を持って、電線を通じて友人たちと電文のやりとりをするようになるかもしれない。そうね、ありそうもないことだけど、それでも、女の子が夢見るくらいはいいでしょ。

三分後、フレミングさんがいった。「さて、終わりましたよ。大尉《たいい》、これが受け取りです」

「フレミングさん、ご尽力《じんりょく》に感謝する」

フレミングさんがぱっと立って、気をつけの姿勢をとり、また敬礼した。「ありがとうございます、大尉」

わたしたちは工場へとむかったが、祖父はふたたびだまりこんだ。工場に着くと、祖父はガラス張りの事務室のなかに入り、父となにか相談しはじめた。ガラス越しに見ていると、父は最初、当惑《とうわく》したような顔になり、次に心配そうな様子になった。二、三分すると、祖父が出てきて、わたしたちは家にむかって歩きはじめた。

わたしはおびえながら、たずねた。「ここは、大丈夫？　わたしたちも、避難《ひなん》したほうがいいの？」

「なんだって？　ああ、いや。激しい風雨に見舞《みま》われるかもしれんが、生命が失われるようなことはなかろう。こんな内陸ではな」

「ほんと？　どうしてわかるの？」

「あのカモメは、もっと内陸の丘陵《きゅうりょう》地帯まで飛ぶこともできたが、ここで止まった。なにか怪我《けが》をしているように見えたかね？」

「いいえ」

「それでは、怪我《けが》のせいで止まったのではなく、このフェントレスを安全な場所だと考えて止まったということだ。ハリケーンの勢力は、上陸したあと、急速に弱まる。わしは、カモメの判断が正しいと信じる。そう思わないかね？」

オフラナギャンさんが請《う》け合ってくれたにもかかわらず、わたしは祖父に返事ができなかった。わたしがきっかけを作ってしまったと思うと、心配でたまらなかった。キャルパーニア・テイトが見知らぬ鳥をちらっと見たせいで、それだけの理由で、三つの大きな市が大混乱に陥《おちい》るかもしれないのだ。このわたしのせいで。小さな町の無名の少女のわたしのせいで。わたしったら、なにをしてしまったのかしら？　不安のせいで、首に蕁麻疹《じんましん》が出た。

「おじいちゃん」わたしの声は震《ふる》えていた。「もし……もし、あの鳥がほかの鳥だったら？　もし、わたしが見まちがえていたら？」蕁麻疹が胸まで広がってきた。

「キャルパーニア、おまえさんは、自分の観察力を信じるかね、それとも、信じないのかね？」

「ええと……信じます。でも」

「でも、なんだね？」

「たぶん知りたいんだと思うの……おじいちゃんは信じる？」

「わしはおまえさんになにも教えてこなかったのかね？」

「いいえ、たくさんのことを教えてくれたわ。ただ……」

「ただ、なんだね？」

わたしは、必死に涙《なみだ》をこらえた。負わされた重荷が大きすぎた。絶望に圧倒《あっとう》されそうになったそのとき、わたしたちは道のカーブにさしかかった。そして、その先に――あのカモメがいた。我が家の敷地《しきち》内の馬車道に立っていた。わたしたちは、その場で立ちどまった。カモメがくちばしをひらき、わたしたちにむかって笑い声をあげた。ハ、ハ、ハーーーーー。あざけるような、相手をいらいらさせるような、ぞっとする鳴き声は、カケスよりもひどい。そして、カモメはぎこちなく羽ばたいて、飛びさった。わたしは祖父を見あげた。心臓がどきどきしていた。

祖父がいった。「あの鳥がワライカモメと呼ばれるわけがわかったかな？　一度耳にしたら、けっして忘れられない声だ」

どんなにほっとしたことか。全身の力が抜《ぬ》け、蕁麻疹がひいた。祖父のざらざらした大きなてのひらのなかに自分の手をすべりこませると、穏《おだ》やかな温かい気持ちになった。「ええ」わたしの声が震えた。「わたし、わかったわ」

風が出はじめた。東にむかって吹《ふ》いている。さわやかなそよ風のはずなのに、なぜか空気がむっとしている。そんなことがあるのかしら。

家に着くと、わたしたちは書斎《しょさい》に入った。祖父がふたたび気圧計を見た。「水銀がまだ下がりつづけている。ハッチを閉めるときがきた」

「うちにハッチなんて、あった？」

「船乗りの表現をたとえに使ったのだ。船乗りたちは、嵐《あらし》に備えて、甲板《かんぱん》のハッチをしっかりと閉める」

「ああ」

「気象全般《ぜんぱん》についてもっと論じあわなくてはならんが、今はそのときではない」祖父は廊下《ろうか》を渡《わた》って客間に入った。客間では、母がかごのなかから衣類を取りだして、繕《つくろ》いものをしていた。

わたしは、客間の扉《とびら》にそっと近づいた。これは、厳密な意味で、盗《ぬす》みぎきにはあたらないと思う。そうじゃない？　つまり、ふたりがほかの人に話をきかれたくないと思っていたら、扉を閉めたはずだもの。そうでしょ？

母の声が高くなった。「鳥がいたからですって？　一羽の鳥のせいで、州の半分に恐怖《きょうふ》を広めるおつもりですか？」

また発疹《はっしん》が出て、わたしは乱暴に首をかいた。

祖父の声は穏《おだ》やかなままだった。「マーガレット、カモメと気圧の低下が、われわれに重大な懸念《けねん》をもたらす根拠《こんきょ》だ。こうした前兆を無視すれば、われわれの命が危険にさらされる」

そのとき、サル・ロスとジム・ボウイが玄関《げんかん》から駆《か》けこんできて、わたしは熱湯をかけられた猫《ねこ》のように跳《と》びあがった。わたしは二階の自分の部屋に駆けあがった。ふたりから、しつこくあれこれ——なんでそんなにうしろめたそうな顔をしているのかとか、なにをきいたのかとか——きかれたら、扉《とびら》の陰《かげ》にいたことがばれてしまう。

昼食のとき、母は口数が少なく、不安げに祖父から窓へ、窓から祖父へと目を行き来させていた。そして、祖父からしつこくいわれたすえ、電話局にいって、ガルベストンへの長距離《ちょうきょり》通話を申しこんだ。今まで経験したことのない贅沢《ぜいたく》だった。なにしろ、丸々三ドル（！）かかったうえ、四人もの交換手《こうかんしゅ》を中継《ちゅうけい》しなければならなかったのだから。四人の交換手たちは、さだめし、話を盗みぎきしていたことだろう。電話の接続が悪かったものの、小さな奇跡《きせき》が起こって、母は実際に妹のソフローニア・フィンチと話をすることができた。ソフローニアは電話のむこうで大声でさけんだ。「ええ、もう強風が吹《ふ》いているわ。でも、心配はいりませんよ。強風には慣れていますからね。それに、今、この瞬間《しゅんかん》、ガスが長靴《ながぐつ》をはいて、外で家のよろい戸があかないようにしているわ。政府の専門家がいる気象局も、特別に警戒《けいかい》しているようには見えませんよ」

夕食のあと、わたしたちはポーチにすわって、ホタルを探したが、見つからなかった。ホタルの季節は終わりかけていた。あるいは、長く伸《の》びた芝生《しばふ》のなかで、〈小さなハッチを閉じて〉身をひそめているのかもしれない。空気はどんよりとして重苦しかったが、弟たちは芝生の上で、駆《か》けっこや側転をし、互《たが》いを追いかけまわし、重なったり離《はな》れたりしながら次々に敵味方を替《か》えてとっくみあいをしている。

わたしは、祖父の足元にすわっていた。祖父は、葉巻を吸いながら、柳《やなぎ》細工の揺《ゆ》り椅子《いす》をゆったりと揺すっている。闇《やみ》のなかで、葉巻の先がホタルの光のように――どんなホタルの光よりも大きく赤く――輝《かがや》いていた。「気圧計の針はまだ下がりつづけている。気圧の低下が骨の奥《おく》で感じられるよ」

「どうして、そんなことが起こるの？」

祖父が答えるまえに、母が呼びかける声がした。「寝《ね》る時間ですよ」

「おやすみなさい、おじいちゃん」と小声でいって、キスをしたが、祖父は気づかないようだった。わたしはそのままそっと離《はな》れた。祖父は、ゆっくりと椅子を揺すりながら、東の方向へ目をむけていた。その表情は、影《かげ》になっていて見えなかった。

その晩、アイダベルが階段をのぼったりおりたりしながら、ずっと、いらいらするような声で鳴きつづけていた。わたしは、アイダベルを抱《かか》えあげて、部屋につれてきた。ベッドのなかで、なでたり、やさしく話しかけたりしながらなだめるうちに、アイダベルはようやく落ちついた。アイダベルが不安げで落ちつかないのも、前兆かしら？　観察ノートに記す疑問。〈猫《ねこ》たちは、毛とひげで、ふだんと異なる振動《しんどう》などをとらえる。こうした猫たちは、異変にとくべつ敏感《びんかん》だといえないだろうか？〉猫と同じくらい鋭《するど》い感覚が備わっていたら、わたしにも、遠くで起きている異変のたくさんの兆候をとらえられるだろう。そんなことを考えているうちに眠《ねむ》りに落ちて、猫になる夢を見た。

夜中に一度、目がさめた。気温がさがっていた。アイダベルは見あたらない。雨が窓に激しくあたり、ガラスが震《ふる》えている。窓枠《まどわく》のなかでガラスが揺れてカタカタいうせいで、歯が浮《う》くような気がした。わたしは、上掛《うわが》けのキルトを顎《あご》の下までひきあげ、ようやく寝入ったものの、眠りは浅く、見たこともない鳥やピューピューいう風の夢を見た。

翌日、父が、ガルベストンへのすべての通信手段が途絶《とだ》えた、といった。ガルベストンのニュースが入ってこないということだ。そして、こちらのニュースも届かないということだった。

第6章　水にのまれた市

まえの晩、小さなりんごほどもあるすこぶる硬《かた》い雹《ひょう》が激しく降り、野生の動物が多数死んだ。

次の日は、突風《とっぷう》が雨を断続的に打ちつけた。新聞は、ガルベストン島北東部のガルベストン市沿岸が強大な嵐《あらし》に見舞《みま》われたと報じた。通信は完全に途絶《とだ》えているが、本土にたどりついたわずかな生存者の話から、市が壊滅的《かいめつてき》な被害《ひがい》をこうむったことがわかっている。

わたしたちは、風で飛ばされないようしっかり握《にぎ》った黒い傘《かさ》から雨をしたたらせながら、メソジスト教会まで歩いていった。教会では、バーカー牧師がガルベストンの人々のために特別な祈祷《きとう》をささげ、聖歌隊が『主よみもとに近づかん』をうたった。教会に集まったのは、ガルベストンに友人や親族がいる人か、そうした人の知り合いだった。人目もはばからずにすすり泣いているおとなの人たちがいた。泣いていない人たちも、顔をひきつらせ、抑《おさ》えた声で話していた。母の頰《ほお》を涙《なみだ》がつたい、父が母の肩《かた》に腕《うで》をまわして、しっかりと抱《だ》きよせた。

うちにもどると、母は、頭痛の粉薬と婦人薬〈リディア・ピンカム〉を飲んでから、寝室《しんしつ》で休んだ。わたしにピアノの練習をさせることも忘れていた。そこで、わたし、そう、〈考えぶかいキャルパーニア〉

めよう。

は考えた――お母さんには充分《じゅうぶん》すぎるほど心配事があるもの、ピアノの練習のことを思い出させるのはや

翌日、ガルベストンの通りに押《お》しよせた海水が二メートルもの高さまで達したとか、全家族が水にのまれたとか、市がすっかり流されてしまった……といったうわさが流れた。町の人々が身に着けている暗い色の服が、暗い気持ちをあらわしていた。男の人のなかには、黒い腕章《わんしょう》をつけている者もいた。女の人のなかには、黒いヴェールをかぶっている者がいた。町全体が――いいえ、州全体が――固唾《かたず》をのみ、わたしたちは電報と電話の線が復旧するのを待った。そして、その瞬間《しゅんかん》にも、ブラウンズヴィルからニューオーリンズまでのさまざまな蒸気船が、壊滅した市へと次々にむかっていた。積み荷は、食糧《しょくりょう》と水とテントと道具類。それに、棺《ひつぎ》も。

わたしはハリーを探しにいき、ようやく、納屋の先の貯蔵庫で見つけた。ハリーは、目録を作っていた。

「ハリー、なんでそんなことをしてるの?」

「しーっ。七、八、九……小麦粉、九樽《たる》」ハリーはリストに印をつけた。

「ハリー」

「あっちにいけよ。豆、コーヒー、砂糖《さとう》。それから、ベーコン、ラード、粉乳」

「ハリー、教えて」

「サーディン。あっちにいけったら」

「ハリー」

「いいかい、ぼくたちはガルベストンにいくんだ。だけど、お父さんはまだ、ほかのだれにもまったく話していない」

「だれがいくの？　どうしてまだ話せないの？　それに、わたしは〈ほかのだれか〉じゃないわ――ハリーのお気に入りよ、そうでしょ？」

「うるさくするのはやめて、どこかにいけよ」

それで、わたしは、うるさくするのをやめて、出ていった。

しばらくむっつりと歩きまわっているうちに、いいことを思いついた。日刊紙〈フェントレス・インディケーター〉を見てみよう。ふだん、子どもたちのなかで新聞を読むことがゆるされているのは、ハリーだけだった（ほかのきょうだいはまだ幼すぎると考えられていた。わたしたちが〈感じやすい〉とかなんとか、そういった理由らしい）。食料貯蔵室にいくと、新聞の山があった。ヴァイオラが、菜園の根囲いにするために、捨てずにここにしまっているのだ。わたしは、最新の新聞をつかむと、裏のポーチへと飛びだした。見出しの文字が目に飛びこんでくる――ガルベストンの悲劇。壊滅的《かいめつてき》な高潮災害。ハリケーン、〈テキサスの誇《ほこ》り〉を海に流す。アメリカ史上最も破壊的《はかいてき》な自然災害。行方不明者数千にのぼるおそれ。数千。数千人。そのおそろしい言葉が、頭のなかで鳴りひびいた。わたしは、骨の髄《ずい》まで凍《こお》りつき、膝《ひざ》ががくにゃぐにゃした。信じられないと思う気持ちもいくらかはあったが、記事に書かれていることは真実なのだとわかっていた。親戚《しんせき》のフィンチ家の人たちは、その数千人のなかにふくまれているのだろうか？　わたしたちと血のつながりのあるフィンチ一家も？　それに、テキサス一すばらしいガルベストン市――華《はな》やかなオペラハウスや格調高い大邸宅《だいていたく》のある、わたしたちの文化の中心地――が、水にのまれてしまった。

わたしは新聞を落とすと、自分の部屋に駆《か》けこみ、真鍮製《しんちゅうせい》の大きなベッドに体を投げだした。深く傷ついていた。ずっと泣きつづけていると、母がやってきて、わたしに〈リディア・ピンカム〉を飲ませたが、気分がよくなるどころか、頭がくらくらしただけだった。それで、母はさらに肝油《かんゆ》を飲ませたが、そのせいで今度は吐《は》き気がした。やがて、わたしはベッドからなんとかはいだして祖父を探しにいき、実験室で見つけた。祖父は、カウンターのまえの高い腰掛《こしか》けに――わたしはいつも、ここにすわって、祖父の助手をしていた――わたしをすわらせ、わたしの髪《かみ》をなでた。「よしよし。自然界では、こうしたことが起こるものだ。おまえさんのせいではない。おまえさんは、勇敢《ゆうかん》ないい子だ」

ああ、勇敢。ふだんなら、祖父から勇敢だといわれたら、意気揚々《ようよう》としたことだろう。が、このときは、そうではなかった。

「どうして、みんなはおじいちゃんの言葉に耳を貸そうとしなかったの？」わたしはしゃくりあげた。

「人は、しばしばそういうことをする。目のまえに証拠《しょうこ》を出すことはできるが、受けいれようとしない人々に信じさせることはできない」

祖父は、くすんだ茶色い液体が入った小さな瓶《びん》のコルクを抜《ぬ》くと、乾杯《かんぱい》をするかのようにかかげた。「かつてのガルベストンに。来たるべきガルベストンのために」祖父は、瓶の液体――実験中のペカンの蒸留酒――をすすって、顔をしかめた。「なんてこった、ひどい味だ。飲んでみるかね？　ああ、忘れておった、飲まぬのだったな。そのほうがよかろう。今までのものよりましかと思ったが、相変わらずひどい味だ。この部門の研究にかぎっては、見切りをつけようかと考えておる」

あまりに驚《おどろ》いたせいで、わたしは泣きやんだ。

「見切りをつける？」知っているかぎり、祖父がなにかに見切りをつけたことなんか、なかった。わたしにさえも。わたしのせいで、ヘアリーベッチの新種が生えている場所が一時的にわからなくなったことがあった。あのとき、わたしに見切りをつけて当然だったのに、そうはしなかった。

「でも、おじいちゃん、今までずっと研究してきたのに」わたしは、棚《たな》やカウンターにぎっしり並んだ、たくさんの瓶を見た。それぞれの瓶に、蒸留した日と蒸留方法を記したラベルが貼《は》ってある。これほどずっとつづけてきた研究をやめてしまうなんて。

「すべてやめてしまうわけではない。ただ、方向を変えるだけだ。ペカンは、食後酒のような甘《あま》い飲み物を作るのにむいていると悟《さと》ったのだ。それに、これまでの研究でむだになったものなど、ひとつもない。キャルパーニア、覚えておくといい、十《とお》の成功よりひとつの失敗からより多くを学ぶものだ。そして、失敗が華々《はなばな》しければ華々しいほど、学ぶことは大きい」

「華々しい失敗をめざすべきだといってるの？　お母さんはとてもいやがると思うわ。わたしのふつうの失敗にだって、充分《じゅうぶん》すぎるくらい手をやいているもの」

「華々しい失敗をめざせといっているわけではない。ただ、そうした失敗から学べといっているのだ」

「ああ」

「ひとつ失敗をするごとに、次の失敗がよりよいものとなるよう努力しなさい。そして、後悔《こうかい》は……」

「後悔は？」

「教訓の道具にするときにのみ役立つ。後悔から学べるだけのことを学んでしまったら、後悔など捨てさるのがいちばんだ」

「わかったわ。わかったと思う」

「よろしい。さて、最後に作った蒸留酒の調査をするあいだ、メモをとってくれるとありがたいのだがな」

わたしは、カウンターの上においてある、ひびの入ったひげそり用マグカップから鉛筆《えんぴつ》をひきぬいて、削《けず》った。わたしたちは、いつもどおりに作業をしたとはいえないまでも、少なくとも、そうしようとはしていた。

水曜日、父とハリーとうちの雇人《やといにん》のアルベルトは、大型の荷馬車に毛布や道具類や何樽《たる》もの食料を積みあげた。母は涙《なみだ》ぐみながら、父を抱《だ》きしめた。父はなにかそっとささやきかけて、母をなぐさめた。それから、父は祖父の手を握《にぎ》り、次に、わたしたち子どもの手を握って、それぞれの頬《ほお》にキスをした。

「お母さんのいうことをよくきくんだぞ」父は子どもたちの顔を順に見た。その目が、わたしのところでほんの少し長く止まったような気がして、あんまりだわ、と思った。

アルベルトは恥《は》ずかしそうに妻のサンフワナに別れのキスをした。サンフワナが口のなかでお祈《いの》りを唱え、十字を切った。

父とアルベルトが馬車に乗りこみ、父が手綱《たづな》を取った。ハリーは、うちの大きな役馬《えきば》、キング・アーサーに乗った。分厚い胸と広い背中をしたキング・アーサーに乗って長旅をするのは快適とはいえなかったが、この馬の力強さは路上の障害物をどけたり、材木をひいたりするのに役立つだろう。父たちはまずルリングにいき、そこから先は、救援《きゅうえん》のための輸送手段、つまり、船や列車の状況《じょうきょう》によってサンマルコス川の汽船か、列車に荷馬車を乗せ、沿岸まで進む予定だった。州のいたるところから、人や物資を運ぶ馬車がガルベストンへ急いでいるという話だった。そして、わたしの家族も自分たちの役目を果たそうと、ガスおじさんとソフローニアおばさんといとこのアギーを探しだそうと、決心していたのだった。

父が手綱を打ちならして、掛《か》け声をかけた。「進め！」馬たちが足をふんばり、馬具をひっぱると、ゆっくり、ゆっくり、馬車がきしみをあげながら動きだした。トラヴィスは、エイジャクスの首輪をつかんでいた。父と離《はな》ればなれになることに慣れていない父の愛犬エイジャクスは、体をくねらせて逃《のが》れようとし、吠《ほ》えた。母は背をむけて、逃《に》げるようにうちのなかに入った。わたしたちきょうだいは通りのはずれまで馬車についていき、手を振《ふ》って「いってらっしゃい」と声をかけた。二、三分後、馬車は、道のカーブのむこうへ姿を消した。

そのときのわたしたちには、父たちがひと月以上ものあいだ、いったきりになるなんて思ってもいなかったし、もどってきたときにどんな姿になっているかということもわからなかった。

第7章　両生類と爬虫類《はちゅうるい》、同居中

このヘビは、凶暴《きょうぼう》そうな醜《みにく》い顔つきをしていた。斑点《はんてん》のある銅色の虹彩《こうさい》のなかに、縦長《たてなが》の細い割れ目のような瞳孔《どうこう》がある。顎《あご》の付け根は幅《はば》が広く、鼻の先が三角形に突出《とっしゅつ》している。おそらく、チスイコウモリ以外の動物で、これほど醜いものは見たことがないと思う。

父とハリーの席が空いている。食卓《しょくたく》の上座が空席になっているせいで母はひどく気落ちして、祖父に父の席にすわってほしいと頼《たの》んだ。祖父は母の望みどおりにしたものの、食事の際にあまり会話を交わすことのない人だったから、ほとんどずっと宙を見つめていて、話しかけられると目をしばたたき、「ふうむ？なんといったかね？」などとぶつぶつつぶやく。ほかの人たちは、祖父のことをたぶん不作法だと、あるいは、老いぼれていると思っていただろう。けれど、祖父の穏《おだ》やかな外見の下には猛烈《もうれつ》に活発な心が隠《かく》されていて、〈宇宙の神秘〉――と祖父は表現した――について考えていることを、わたしは知っていた。わたしは、祖父のそういうところが大好きだった。

ほとんど毎日、父から母に手紙が届き、母は夕食の席でわたしたちに読んできかせてくれた。わたしは、母が手紙の一部だけを読んで、あとは飛ばしていることに気づいた。読みおわると、母はめそめそすることなく、りっぱににっこりとほほえみ、「お父様は、わたしたちみんなのことをいつも思っていてくださるのよ」とか「わたしたちは、この大変なときに自分たちの役目を果たさなくてはなりません」などといった。

そして、ある日、電報が届いた。旅の途中《とちゅう》の父からではなく、ガルベストン市からだった。

わたしはたまたま二階の自分の部屋で、ラドヤード・キプリング作『ジャングル・ブック』のオオカミ少年モウグリの冒険《ぼうけん》の物語を夢中になって読んでいた（ええ、そう、たしかに、厳密にいうと、その本はサム・ヒューストンのもので、わたしはサム・ヒューストンが見ていないときに〈借りてきた〉の。けれど、サム・ヒューストンは読書好きではなかったから、どうしてわたしではなくサム・ヒューストンが誕生日にこの本をもらったのか、理解できなかった）。

馬車の乗り入れ道の砂利の音がしたので、わたしはぱっと立って、外を見た。フレミングさんが自転車でよろよろやってくる。わたしは集められるかぎりの兄弟を集め、フレミングさんが客間に通されたときには、母やヴァイオラやサンフワナといっしょに待っていた。フレミングさんは深々とお辞儀《じぎ》をすると、いった。「テイト夫人、ガルベストンからの電報です。わたしは……わたしはこの電報をずっとお待ちだと知っていたので、自分でお届けにきたんです」

母はなにかいおうとしたが、ありがとうというようにうなずくのが精いっぱいだった。わたしたちはそろって固唾《かたず》をのみ、母が震《ふる》える手で電報をひらくのを見つめた。一瞬《いっしゅん》ののち、母が声をあげた。「まあ、よかった！」母はそういうと、わっと泣きだした。母の手から電報が落ちた。ヴァイオラは母に手を貸して椅子《いす》にすわらせ、ピアノのそばにあった楽譜《がくふ》であおいだ。

わたしは、電報を拾いあげた。電信技手の書いた電文は、変てこでまとまりが悪かった。

「コーリー、読んでよ」サル・ロスがいった。

「〈カミノオンチョウニヨリ、セイゾン。イエ、ウシナウ。カイガンノテントデクラス。アイヲコメテ、ガス、ソフローニア、アギー、フィンチ〉と書いてあるわ」

わたしたちは、互《たが》いに見つめあった。母はハンカチを顔にあてててすすり泣くばかりで、話すことができない。ヴァイオラが〈リディア・ピンカム〉の瓶《びん》とスプーンをもってきた。「テイト奥《おく》さま、さあ、これをお飲みください。お体にさわったようですからね」

よい知らせがきたあとも、母は相変わらず顔色がすぐれず、不安そうな様子で子どものころの友人ふたりからの連絡《れんらく》を待っていた。けれど、じつのところ、ほかのみんなはかなり元気づいて、いつもどおりの日常生活にもどった。

わたしは祖父と、自然観察の散策に出かけたり、野外研究をしにいったりした。発芽させようとしているベッチの種や、排水溝《はいすいこう》のなかで見つけたゴマダライモリのサー・アイザック・ニュートンの世話もしなくてはならない。サー・アイザックは、わたしの鏡台の上のねぐらで暮らしていた。ねぐらといっても、天火用の浅いガラス容器で、上に金網《かなあみ》がかぶせてある（鏡台の上はどんどんものが増えている。すでに、大切なハチドリの巣が入ったガラスの箱や、さまざまな種類の羽根や化石や小さな骨などがのっていた）。わたしはいつも油断なくサー・アイザックに気を配っていなくてはならなかった。太ったハエを与《あた》えているというのに、サー・アイザックはたびたび脱走《だっそう》しようとしたからだ。ある朝、ベッドの下のいちばん奥の隅《すみ》っこにサー・アイザックがいるのを見つけたが、あまりに埃《ほこり》まみれになっていたから、一階につれていって、台所のポンプの水で洗ってやらなければならなかった。

ヴァイオラが一目見て、金切り声をあげた。「それは、いったいぜんたい、なんていう生き物ですか？」

「そんなに驚《おどろ》くことはないわ。これは、ゴマダライモリよ。学名は、ノトプタルムス・メリディオナリス。心配しないで。完全に無害だから。それどころか、この種《しゅ》は、ハエやほかの害虫を食べてくれるから、人間にとって有益な生き物なの、それに――」

「それがなんであろうと、かまいません。わたしの流しからさっさと出してください！」

「わたしはただ、洗ってやろうと――」

「あなたのお母様が流しのなかのその生き物を目にしたら、わたしは仕事をなくすことになります」

「え？　まさか。そんなの、ばかげてるわ」母がヴァイオラをやめさせるなどという考えは、理解できなかった。ヴァイオラは、ずっとわたしたちといっしょにいた。わたしが生まれるまえから、それどころか、ハリーが生まれるまえから、ここにいた。ヴァイオラがいなかったら、我が家はなりたたない。

「ばかげてなんかいません。わたしの台所から出てください。今すぐ！」

わたしはむっとして、サー・アイザックを外につれていき、馬の水槽《すいそう》に入れてやった。すると、サー・アイザックは、大喜びで、水をはねかせた。

ベッチの種《たね》やサー・アイザックのほかにも、わたしが気にかけていることがあった。ポリーとのあいだに友情が芽生えはじめていたのだ。その友情は、ポリーに桃《もも》を丸々一個あげたときに、たしかなものになった。実際、ポリーがうれしさのあまり、のどを鳴らしたほどだ。ポリーは石ころでさえ喜んで、くちばしを研ぐために大事にしていた。

ポリーは、友だちになるようなメスのオウムがほしいかしら、とわたしは考えた。もしそうなら、どうやって見つけたらいい？　おじいちゃんが、ポリーは百歳《さい》まで生きられる鳥だといっていた。ポリーが仲間もいないままそれほど長く生きるのだと思ったら、悲しくなった。もちろん、ポリーは、オフラナギャンさんにとてもよく世話をしてもらっていた。それでも、かわいそうな気がした。オフラナギャンさんは、暖かい日にはよく、ポリーを外につれていき、ホースで水をかけてやった。すると、ポリーは噴水《ふんすい》のような水のなかで、翼《つばさ》を広げ、恍惚《こうこつ》として体をくねらせるのだった。水浴びをさせたあと、オフラナギャンさんは、ポリーを日の当たっている止まり木にとまらせた。止まり木は、工場まえで毎日、戦争の思い出にふけっている老人たちの横にあった。老人たちは、少しのあいだ昔話をやめてポリーと会話を交わし、〈南部連合はふたたび立ちあがる！〉という言葉を教えこもうとしたが、ポリーはひと言も覚えようとしなかった――大好きなオフラナギャンさんの教えることしか覚えないのだ。わたしは、ポリーがアイルランド訛《なま》りで話すようになっていることに気づいた。オフラナギャンさんは、ポリーが落とした三十センチほどの深紅色の羽根を、わたしのためにとっておいてくれた。すごい宝物だわ！　テキサス州で、鏡台の上にオウムの羽根を飾《かざ》っている女の子なんて、ほかにはひとりもいないにちがいない。

ある晩、デザートのあとで、母が服の内側から手紙を出して、いった。「お父様とハリーは、ようやく沿岸に到着《とうちゃく》したそうです。明日になったら、汽船の〈クイーン・オブ・ブラゾリア号〉に乗って、ガルベストンにむかうんですって。みんなの気持ちは、よくわかっていますよ。お父様たちのことを思い、無事を祈《いの》っていましょうね」

食卓《しょくたく》が重々しい静けさに包まれた。と思ったら、おちびさんのＪ・Ｂが、とつぜん、声をはりあげた。

「パパは船に乗るの？　ぼくもいける？」

母が弱々しい笑みを浮かべた。「いいえ、ぼうや。今回は、いけないわ」

「でも、いきたいよお、ママ、いきたいよお」

ラマーがぶつぶついった。「まったく、もう。またかよ」

わたしはラマーをきっとにらみつけると、ますます声をはりあげて今にも本格的なかんしゃくをおこしそうになっているＪ・Ｂを椅子《いす》から抱《かか》えあげ、部屋の外につれだした。「ほらほら、Ｊ・Ｂ、お話をしてあげるわ。どう、楽しそうでしょ？」

J・Bが泣きわめくのをやめて、いった。「船が出てくる？」まだ、しゃくりあげている。

「そういうお話がよかったら、そうしましょ」

「船、大好きだよ、コーリー」J・Bは涙《なみだ》と鼻水を流しながら、天使のような笑顔を見せた。

わたしの知るかぎり、J・Bは船を見たことがない。けれど、わたしはいった。「そうよね、大好きよね。さあ、お顔をきれいにしましょ。それから、たくさん、たくさん船が出てくるお話をしましょうね。好きなだけ船が出てくるお話にしましょ」それから、わたしはきいた。「J・Bの大好きなおねえちゃんはだあれ？」J・Bに、姉はひとりしかいないのだけど。

すると、J・Bがくすくす笑って、答えた。「コーリーおねえちゃんだよ」これは、わたしたちのちょっとした遊びだった。このやりとりをすると、必ずJ・Bを笑わせることができた。

その晩、歯をみがきながら、フィンチ家の人たちが野宿をしている海岸を思いうかべた。わたしは、海を見たことがなかった。本で読んださまざまな知識から、海は不可思議で、神秘的だという印象を受けていた。どんな音がするんだろう？　どんなにおいがするんだろう？

もちろん、わたしがいつもいく大好きな川のことなら、よく知っていた。けれど、潮や波、常に形を変えている膨大《ぼうだい》な水の集りのことを考えると、まごつき、同時に、わくわくするのだった。暦《こよみ》が一八九九年から一九〇〇年に変わるときに書いた〈新年の決意〉のリストには〈海を見る〉が入っていた（同じリストに、〈雪を見る〉も入っていた）。わたしは、オースティンより先にいったことがなかった。オースティンといえば、うちからわずか七十キロメートルほどの距離《きょり》だ。わたしの外の世界は気がめいるほど陸地に──それも、この地域に──閉じこめられていたが、内なる世界は、本や地図帳や地球儀《ぎ》から得た知識のおかげで珍《めずら》しい土地への空想の旅で満たされていた。たいていはそれで充分《じゅうぶん》だったが、そうでないときもあった。

わたしは、自分の体をひきずりだすようにして、やっとのことでベッドから出た。夜が明けるまで、まだたっぷり三十分はあったが、兄弟が朝の繊細《せんさい》な静けさを粉々にするまえに、なんとしても日課の観察をしたかったのだ。わたしは、たんすのいちばん下のひきだしをあけて、手をつっこんだ。ところが、奥《おく》の陰《かげ》になっているところにあったのは、きちんとたたんだスリップではなく、見慣れない渦巻《うずま》き状のものだった。ひきだしに、見慣れないものが入っているはずがない。とくに、渦巻き状のものなんか。そのとき、脳が金切り声をあげた。「ヘビだ！」わたしは、たじろいだ。ヘビもたじろいで、口をあけた。ずらりと並んだ小さな歯と、白っぽい口蓋《こうがい》が見えた。ヘビとしては、あまり大きいほうではない。が、毒のある動物を扱《あつか》うときに、大きさはあまり重要ではない。そのヘビは、赤と黒と黄色の縞《しま》模様だった。ということは、猛毒《もうどく》をもつサンゴヘビか、無毒のニセサンゴヘビだ。一方は、かまれたら死んでしまうこともあるヘビで、もう一方は、かまれても死ぬことはないペテン師のヘビ。わたしはあわてふためき、この二種類を見分ける古いことわざを必死に思いだそうとした。どんな言葉だったかしら？　わたしの手からほんの数センチのところで、ヘビがこちらにむかって口を大きくあけた。ええと、どんなことわざだったかしら？　さあ、キャルパーニア、今こそ思い出すときよ。とくに、命がかかっているとあってはね。大丈夫、大丈夫。縞《しま》模様の順番にヒントがあるのよね。いいわ。黄・黒・黄——ちがう、待って、そうじゃないわ。黄・赤・黄、だわ。黄・赤・黄は、あの世いき。黒・赤・黒は、薬いらず。これで合ってたかしら？　どうか、合っていますように。

わたしは、目を大きく見ひらいて、薄闇《うすやみ》のなかで必死に見た。二本の黒い縞のあいだに赤い縞がある。黒・赤・黒だわ。わたしは、ヘビの体を見えるかぎりくまなくながめて、再確認した。どの部分を見ても、赤い縞は黒い縞にはさまれている。

ほっ！　ペテン師のほうだわ！

ニセサンゴヘビの姿は、長い年月のあいだに、猛毒《もうどく》をもつヘビに似てきた。危険なヘビに似ることによって、捕食者《ほしょくしゃ》から身を守ることができるからだ。巧妙《こうみょう》な進化だ。祖父が、味のよい蝶《ちょう》のことを話してくれたことがある。この蝶は、進化の過程で、苦くて食べられない蝶に似てきた。こういうふうにほかのものに似た姿をしていることを〈擬態《ぎたい》〉というのだそうだ。ある種《しゅ》がほかの種の評判を勝手に利用するなんて、おもしろいやり方だ。でも、これは、嘘《うそ》をつくってことじゃない？　観察ノートに記す疑問。〈自然は嘘をつくのか？〉このことは、考えてみないと。

危険なヘビではないとわかって、わたしはほっとした。最初に見たときよりずっと親しみを感じる。へビのほうも、なんだかほっとしているように見える。ヘビが、まるで空気をなめるように、舌をちょろっと出した。それにしても、どうして、自然のなかのすみかから、遠く離《はな》れたわたしのひきだしのなかなんかにくることになったんだろう？　かわいそうに、ヘビはひどく途方《とほう》にくれているにちがいない。ふだん暮らしている環境《かんきょう》に、もどしてやらなくちゃ。ネズミやほかの不運な小動物を食べて生きていけるような場所、そう、腐《くさ》った丸太の下かどこかに。手を伸《の》ばすと、ヘビがこちらにむかってシューシューいったので、手をひっこめた。歯は小さいし、毒がないとはいえ、わざわざかまれることはない。

わたしは、袋《ふくろ》のようなものはないかと探した。ヘビがなかに入るようにしむけるつもりだった。結局、ベッドから枕《まくら》カバーを取って、たんすのまえにひきかえすと、ちょうど、ヘビのしっぽの先が、ひきだしの隅《すみ》の割れ目のなかに消えるところだった。

わあ、よかった。ヘビが通り道を見つけて、外に出られますように、と心から願った。もう、ヘビのことをこわいとは思っていなかったが、理想のルームメイトとも思えなかった。

その翌日の夜、うつらうつらしているときに、ひっかくようなかすかな音がきこえた。目をあけると、ヘビが床《ゆか》の上をするすると動いていた。ちょうど月の光があたっているところだ。動きのない小さなかたまりをくわえている。ひょっとしたら、恐怖《きょうふ》のあまり体をこわばらせているネズミかもしれない。わたしはその小さな生き物に同情して、一瞬《いっしゅん》、助けたいという気持ちになった。けれど、結局のところ、そのヘビは、ヘビとしてあたりまえのことをしているだけだ。ほかの生き物と同じように、わたしたちと同じように、夕食を手に入れるのは当然のことだ。そう、まさに、有名な詩人アルフレッド・テニスンの詩の一節〈自然は、血にまみれた歯と鉤爪《かぎづめ》〉の実例だ。祖父はこの詩人の言葉をよく引用した。〈自然は、血にまみれた歯と鉤爪〉というのは、こういうことだ――動物は、ぐるぐる回転している生と死の巨大《きょだい》な車輪の上で、必然的にほかのものを食べ、自分もまた食べられる。それはどうしようもないことなのだ。

祖父との次の勉強で、わたしはそれを思い知ることになる。その日、祖父はわたしを書斎《しょさい》に呼びいれて、「そろそろ解剖《かいぼう》に取りくむときだ」といい、こうつづけた。「ギリシャの医学者ガレノスや、初期の自然哲学者《てつがくしゃ》たちは、動物の外面を研究しさえすれば、解剖学的構造や生理機能が理解できると考えておった。むろん、まったくのたわごとだが、この誤った考えが何世紀ものあいだつづいた。そして、一五〇〇年代になって、ようやく、アンドレアス・ヴェサリウスが、内部も外部と同じように重要で興味深いということを示したのだ。ヴェサリウスが初期におこなった人体解剖は、いまだに、技術と科学双方《そうほう》の驚異《きょうい》だ。ところで、解剖用の生物をもっているかね？」

わたしは、瓶詰《びんづ》め用の瓶を部屋からもってくると、掲《かか》げて見せた。なかには、深さ二、三センチほどの湿《しめ》った土と、大事にとっておいた大ミミズが入っていた。超然《ちょうぜん》としていよう、客観的に見ようと努力していたにもかかわらず、この罪もない大きなミミズを殺すのだと思うと、少し心が痛んだ。農場で暮らしていたから、もちろん、羽根をむしられた七面鳥や皮をはがれたウサギや屠《ほふ》られた豚《ぶた》をたくさん目にしてきたが、こうした作業はたいていアルベルトがしていた。わたしたちが食べるために、動物たちが命を奪《うば》われる。動物たちの死は、わたしたちが生きていくために必要なのだ。そのとき解剖しようとしていたのは、下等な生き物、ミミズだった。それに、たぶん、それまでにも、うっかり踏《ふ》んづけて何百ものミミズを死なせたり、傷つけたりしてきたと思う。けれど、自分の好奇心《こうきしん》を満足させるために、意図的に殺そうとしているのだと思うと、わたしはあやまりたくなった。

「ごめんね」わたしは小声でいった。「でも、科学のためなのよ」

ミミズは、異議を唱えることもできずに、なされるままになるしかない。

祖父がいった。「残酷《ざんこく》なことをする必要はない。できるだけ苦痛のないように、だが同時に、体の構造を保ったまま解剖するよう気をつけるのだ」

「どうやったらいいの？」

「十パーセントのアルコールを入れたビーカーのなかに数分間浸《ひた》すのだ。実験室に必要なものがそろっている。それをすませたら、おまえさんの解剖用トレイを準備するとしよう」

わたしは、ミミズを実験室にもっていき、アルコールの瓶と水を見つけた。水を九、アルコールを一の割合でまぜて、そのなかにミミズを入れた。ミミズは体を一回ひきつらせただけで、ゆっくりと底に沈《しず》んだ。二、三分して、祖父もやってきた。祖父は、カウンターの下から金属製の浅い容器と蜜蝋《みつろう》をひと包み出した。わたしは、祖父に教えられながらゆっくりと蝋《ろう》をとかし、そこに黒いすすを加え——解剖する動物の体を際立たせるためだ——、金属の容器に入れた。

蝋《ろう》を冷ますあいだ、祖父は、詰《つ》め物があちこちから飛びだしたぼろぼろの古い肘掛け椅子《ひじかけいす》にすわって『ポスナーによる、グレーター・サウスウェストの爬虫類《はちゅうるい》』を読んでいた。わたしは腰掛け《こしか》にすわって、『ルンブリクス・テッレストリスの解剖入門書《かいぼう》』という小冊子を読んだ。ルンブリクス・テッレストリスというのは、ドバミミズのことだ。

やがて、蝋がようやくかたまると、わたしたちは解剖を開始した。祖父が、ピンの入った瓶《びん》と拡大鏡と折りたたみナイフをよこして、いった。「解剖に必要なものだ」

わたしはミミズを蝋の上においた。最初の長い切開を始めようとしたとき、祖父がわたしの手を止めた。

「ちょっと待て。まず、観察をおこなおう。なにが見えるかね？」

「ええと、ミミズ？」

「もちろん、そうだ」祖父がほほえんだ。「だが、見えるものを描写《びょうしゃ》してごらん。一方の端《はし》ともう一方の端は同じかね？　一方の面と、もう一方の面は同じかね？」

「こっちの端は、反対側の端とちがうわ」わたしはさしてから、ミミズを指でそっところがした。「そして、こっちの面は反対側の面よりひらべったいわ」

「そのとおり。口前葉《こうぜんよう》のあるほうが先端《せんたん》で、肛門《こうもん》のあるほうが末端《まったん》だ。丸みのある面が背面つまり背で、平らなほうが腹面つまり腹だ。では、拡大鏡で腹面を見てごらん」

目をこらすと、とげのような短い毛がたくさん生えているのがわかった。

「それは剛毛《ごうもう》だ。その毛を使って、移動する。剛毛をさわってごらん」祖父にいわれて、指の腹でなでると、少しざらっとした手ざわりだった。

「それでは、背面に沿って注意深く切りひらいてごらん」

わたしは、背面を先端から末端まで長く切り、祖父からいわれたとおり、切れ目の両側をひらいて、蝋にピンで留めた。

わたしたちは、頭から始めて、咽頭《いんとう》、嗉嚢《そのう》、砂嚢《さのう》と順に調べていった。

「ミミズには歯がない。そこで、食物を摂取《せっしゅ》したあと、この嗉嚢に貯蔵する。嗉嚢のすぐうしろにあるのが、砂嚢《さのう》だ。砂嚢には細かい砂があり、この砂で食物をすり砕《くだ》いてから、腸へと移動させる。ミミズが乾《かん》燥《そう》しはじめている。水を少しふりかけて」

わたしはいわれたとおりにしてから、たずねた。「これは、オス？　それとも、メス？」

「両方だ」

わたしは驚《おどろ》いて、顔をあげた。「ほんとう？」

「有機体がオスの器官とメスの器官の両方を有しているとき、雌雄《しゆう》同体という。被子《ひし》植物の多くがそうだし、ナメクジやカタツムリもそうだ。それほど珍《めずら》しいことではないのだ」

わたしは祖父に導かれて、さらに解剖を進めていった。祖父は、心臓のような働きをしている（原始的な心臓といってもいい）五つの大動脈弓《だいどうみゃくきゅう》を、次に、生殖器《せいしょくき》、神経索《さく》、消化管をさししめした。こうやって、わたしは、ミミズが本質的には一本の長い腸であり、そのなかを通過した土や腐葉《ふよう》は、有機物を豊かにふくんだ糞《ふん》として排出《はいしゅつ》され、植物の成長を促《うなが》すのだということを学んだ。

祖父がいった。「われわれは、この、土を耕すつつましい生き物から多大な恩恵《おんけい》を受けているのだよ。ダーウィン氏はミミズのことを世界史上もっとも重要な動物だといっている。まさにそのとおりだ。世界じゅうのほとんどの植物がミミズの恩恵を受けており、われわれはその植物によって生存している。今朝の食事でどれだけの植物を食べたか考えてごらん」

今朝は、パンケーキにシロップをかけて食べたわ、だから、植物は食べていない。そういおうとしたとき、祖父の期待するような表情に気づいて、自分の答えはたぶんまちがっていると思った。

わたしはいいかけた言葉を飲みこんで、考えた。パンケーキ。あ、パンケーキは小麦粉でできている。そして、小麦粉は、小麦をひいたもの。ということは、パンケーキには、植物が一種類入っている。それから、シロップは、ニューイングランドのカエデの木からとった樹液をうちのペカンのエキスで香《かお》りづけしたものだわ。ということは、さらに二種類の植物ね。

「朝食は、少量のバター以外、すべて植物だったわ。でも、バターは牛のお乳から作ったもので、牛は植物を食べてる。だから、食前のお祈《いの》りをするときに、ミミズにも感謝しないといけないんだわ。そうよね？」

「それは適切なおこないかもしれんな。下等な環形《かんけい》動物がいなくなったら、われわれの世界は悪い変化をとげるだろう」

解剖《かいぼう》が終わったあと、わたしはトラヴィスのところへ駆《か》けていって、成果を見せた。「見て。ミミズに心臓が五つあるって、知ってた？　ここに淡《あわ》いピンク色をした小さなものがいくつかあるでしょ。これが主要な血管よ。ね、おもしろいでしょ？」

トラヴィスは、解剖したミミズを見て、答えた。「ええと……ほんとだね」

「そして、これが脳よ。ほら、口の隣《となり》にある、この小さな灰色の点がそう。見える？」

たしかに、その時点で、ミミズはかなり乾燥《かんそう》していて、世界一美しい姿とはいえなかったと思うし、少しにおっていたかもしれない。けれど、トラヴィスが真っ青になって、あとずさるとは思ってもいなかった。

「見たくないの？　この神経も見て、ほら、灰色の細い筋よ。ね、すごくおもしろいでしょ？」

トラヴィスの顔色がますます悪くなった。「ええと、ぼく、バニーにえさをやるのを忘れたみたいだ」

そういうと、トラヴィスは、猛烈《もうれつ》な勢いで走っていった。

第8章　誕生日の論争

小さなミナミウミカワウソが多数いる。この動物は、アザラシと同様に、魚だけでなく浅瀬《あさせ》の水面近くを泳ぐ小さな赤いカニを大量に食べる。

〈大誕生月〉の十月が待ちうけていた。わたしたちが〈大誕生月〉と呼ぶのは、サム・ヒューストン、ラマー、サル・ロス、わたしの四人が同じ十月生まれだからだ。わたしたちは期待で胸をふくらませ、固唾《かたず》をのんで、誕生月になるのを待っていた。

そのまえの年のすばらしい大騒動《おおそうどう》は、けっして忘れられない。四人の誕生日をいっしょに祝うことにして、盛大なパーティーをひらいたのだ。町じゅうの子どもたちを招待し、ありとあらゆる種類のアイスクリーム、何種類ものパイなどを用意した。ポニー乗り（アルベルトがひくポニーに乗ることができた）や、いろいろなゲーム（クロッケーや蹄鉄《ていてつ》投げなど）と賞品もあった。四十九本（四人の年を足した数）のロウソクをたてた高くそびえるケーキや、誕生日パーティー用の紙の帽子《ぼうし》が用意され、会場のあちこちに色とりどりのクレープペーパーのリボンが飾《かざ》りつけられ、夕暮れどきには花火までした。なにもかもがすばらしい一日だった。

けれど、十月をまえにしても、父とハリーがいつもどってくるのかは、わからなかった。毎日毎日が、くたくたに疲《つか》れる長い一日だという便りがきただけだ。まるで奴隷《どれい》のように、朝の暗いうちから夜遅《よるおそ》くまで馬と自分たちを駆《か》りたてて路上の瓦礫《がれき》を片づけ、へとへとになっているという。父たちは、南部の各地から駆けつけたボランティアや雇人《やといにん》たちとともに、いくらかでも秩序《ちつじょ》らしきものを取りもどせるよう復興に力を尽《つ》くしていた。将来ふたたびくるかもしれない高潮から町を守るために防潮堤《ぼうちょうてい》を造るといううわさがあった。また、これまでテキサス州では試みられたこともないような驚《おどろ》くべき技で、流されずに残った家々を三メートルの支柱の上にのせるといううわさもあった。

わたしが盗《ぬす》み見た新聞の見出しには、こう書かれていた。〈略奪《りゃくだつ》の取り締《し》まり、強化。復興作業、継続《けいぞく》中。行方不明者いまだ数千。遺体を水葬《すいそう》〉

わたしは、もう読むまいと思った。

親族が無事だったといういい知らせをきいたにもかかわらず、不安が我が家に暗い影《かげ》を落とし、わたしは、今年は誕生日のお祝いはないかもしれないと心配した。誕生日のお祝いを抜《ぬ》かすなんて、今までにないことだ。そんなことになったら、ハロウィンはどうなるの？　そして、ああ、クリスマスはどうなるの？　クリスマスのお祝いをしないなんてことができるかしら？　そんなこと、法律でゆるされる？　わあ。あまりに憂鬱《ゆううつ》で、考えることさえできない。

けれど、わたしは誕生日問題について考えた。そして、十月に誕生日を迎《むか》えるほかの三人、つまり、サム・ヒューストンとラマーとサル・ロスを玄関《げんかん》まえのポーチに呼んで、会議をひらくことにした。

ラマーは遅《おく》れてやってくると、乱暴な口調でいった。「いったいなんの用だよ？　本を読んでたのに、邪魔《じゃま》するな」（この場合の〈本〉とは、安っぽい小説のことだ。粗悪《そあく》な印刷の本で、想像力の乏《とぼ》しいどぎつい内容の話がいっぱいつまっている。たとえば、勇敢《ゆうかん》で強い若者がポニー速達便の配達人を窮地《きゅうち》から救ったり、勇敢でたくましい若者が騎馬《きば》警備隊のテキサスレンジャーを窮地から救ったり、勇敢で大柄《おおがら》な若者がピンカートン探偵社《たんていしゃ》の私立探偵を窮地から救ったりする話だ。こうした話に心を奪《うば》われつづけているラマーには、非難されるべき点が多々あるが、想像力が豊かすぎるという非難だけはされないだろう）。

「ラマーったら、ほんとにあきれるわ」わたしは、ほかのふたりに注意をむけた。「みんな、十月生まれでしょ。だれも、お誕生日の心配はしてないの？　今年はパーティーがないかもしれないって、思わなかったの？」

このひと言でひきおこされる三人の怒《いか》りがどれほど激しいものか、わたしは考えてもいなかった。

「なんだって？」

「なんでないんだよ？」

「なんの話だよ？」

「じゃあ、なんでパーティーがあると思うの？」わたしは、三人の鈍《にぶ》さに驚《おどろ》いた。男の子はみんな、こんなふうなの？　それとも、不運なことにわたしがしょいこんでいる兄弟だけがそうなの？「お母さんは悲しんでいるわ。お父さんとハリーがうちを離《はな》れているし、ガスおじさんとソフローニアおばさんは家を失ったし、友だちが行方不明になってるもの。それに、町じゅうの人が喪《も》に服しているのよ」

サム・ヒューストンがいった。「そうだな。お母さんは、いつもよりよけいにあの婦人薬を飲んでる。いつもの量を飲んで、だれも見ていないと思うと、さらにもう一回分飲んでるものな」

「だけど、どうして、それがパーティーなしってことになるんだよ?」ラマーがいった。

「人々が喪に服しているときに、お祝いはしないからよ。それに、お母さんやヴァイオラやほかのみんなにとって、パーティーの準備はものすごく大変だから。去年のパーティーのとき、遊ぶのに夢中で、パーティーをひらくのがどんなに大変か気がつかなかったんでしょ」

みんながだまりこんだ。全員が同じことを考えていながら、だれもそれを口にしたくないのだ。とうとう、いやなやつのラマーがいった。「それがなんだっていうんだよ? どうしたら、パーティーをひらいてもらえる?」

「それにプレゼントは?」サム・ヒューストンだ。

「それに、ケーキは?」サル・ロスもいう。誕生日がくれば九歳《さい》になるというのに、サル・ロスはいつも、そう必ず、ケーキを食べすぎて、気持ちが悪くなるのだった。

三人は、わたしのせいだといわんばかりに、こちらを見つめた。

「わたしのせいじゃないわよ。わたしは、ただ、そうなるかもしれないって、いっただけよ」

「どうしたらいいかな？」サム・ヒューストンがいい、また、みんながだまりこんだ。

とうとうわたしはいった。「ほんとうにそう決まったかどうかは、わからないわ」

サル・ロスが悲しげな声でいった。「コーリー、お母さんに話せない？　お母さんは女で、コーリーも女だから、コーリーの話はきくんじゃないかなあ」

ラマーがぶつぶついった。「コーリーはばかな女だ——そこんところを忘れちゃいけない。それに、お母さんは、今までコーリーのいうことなんか、きいたことがない。それなのに、なんで今度はきいてくれるっていうんだ？　おれが話す」

「だめ！」わたしはさけんだ。「ぜったいに、だいなしにしちゃうから」

「わかったよ、おりこうさん。それじゃあ、おまえがやれよ。ぜったいにへまをするなよ。でないと、ペチュニアの小屋のなかにつきとばすからな」

「やれるもんなら、やってみなさいよ」

強そうなことをいったものの、わたしは、ラマーならほんとうにわたしを泥《どろ》だらけの豚《ぶた》小屋のなかに投げこみかねないと思った。ラマーは、めったに結果を考えない。たとえば、ほんとうにそんなことをしたら、その月ずっとひどい罰《ばつ》を受けることになるだろう、なんてことは考えない。

わたしたちは、一時間後にまた会うことにした。それから、わたしは自分の部屋にもどり、母とむきあうまえに必死に知恵《ちえ》を絞《しぼ》った。結局、父とハリーがいなくて男の子たちがとてもさびしがっていること（もっとも、じつのところ、その証拠《しょうこ》となるような場面をあまり目にしていなかった)、そして、誕生日のお祝いをしたら、わたしたち全員が励《はげ》まされるだろうということを、訴《うった》えてみようと思った。きっと、これがいちばんお母さんの心を動かすわ。この訴えはまったくの嘘《うそ》ではなかったけれど、まるっきりの真実というわけでもなかった。考えれば考えるほど、ほんとうらしくきこえないような気がしてきたうえ、真実ではない部分がぐいぐいわたしの良心のなかに入りこんできて、わたしの心を陰鬱《いんうつ》な灰色の霧《きり》でいっぱいにした。

元気を出して、キャルパーニア。さあ、突撃《とつげき》開始よ。

一階へおりていったわたしは食堂で、ふと、写真に目を留めた。見慣れているのに、初めて気がついたような感じがする。二十年まえの、父と母の結婚式《けっこんしき》の写真だった。当時の服装、とくに、母のばかげたバスル――あの、スカートをふくらませるための腰当《こしあ》て――のことをおかしいくらい時代遅れだといったことがある程度で、ずっと、たいして注意をはらってこなかった。

ところが、このとき、わたしは立ちどまって、じっくりとながめた。よそゆきの一番いい背広を着たお父さんは、なんて背が高くて、自信に満ちているんだろう。高級なブラッセルレースの長いドレスをまとい、小さな愛らしい花飾《はなかざ》りを頭につけ、長いヴェールをもやにけむる滝《たき》のように床《ゆか》まで垂らしたお母さんは、なんてきれいなんだろう。写真を撮《と》るあいだずっと同じ位置で同じ姿勢を保たなくてはならなかったせいで表情は硬《かた》いけれど、それでも、ふたりのまなざしからは未来への希望のようなものが感じられる。

新しくよりあわされることになった人生がしあわせなものになるだろうという期待が、見てとれる。

そして、お父さんとお母さんは、ずっとしあわせだったのよね、そうでしょ？　もちろん、そうよ。ふたりがどんなふうになったか、どういう存在になったかを見れば、わかる。地域社会の中心人物になり、七人のりっぱな子どもたち（そうね、ラマーを入れないとしたら、六人）の親になり、綿花事業は好調で、町いちばんの大きな家の所有者になり、町のみんなから重んじられ、尊敬されている。幸福になるための方法を自分たちで見つけ、その方法がふたりに合っていた。そうよね？

わたしは客間に入っていった。母は、足元に繕《つくろ》いもののかごをおき、膝《ひざ》にやぶれたシャツをのせたまま、椅子《いす》で眠《ねむ》りこんでいた。うしろでまとめた髪《かみ》がゆがんで、だらしなく見える。ふだんは髪をきれいになでつけ、服のボタンを全部かけているような女性にしては、珍《めずら》しい状態だった。わたしは、くっきりしはじめている母の顔の皺《しわ》と、増えてしまった白髪《しらが》を見つめて、母のことを気の毒に思った。いつからこんなにやつれて見えるようになったんだろう？　母のげっそりとした様子に、わたしはもう少しで計画を変えるところだった。

そのとき、母がふっと息をもらして目をさまし、ぱちぱちとまばたきした。「あら、キャルパーニア。わたし、うとうとしてしまったみたいね。ピアノの練習をしていいのよ。ちっとも邪魔《じゃま》じゃありませんからね」

「あとでできるわ」わたしはいった。「わたし……わたし、みんなの誕生日のことで、話があるの」

母の顔が曇《くも》った。わたしを励《はげ》ましてくれるような表情ではない。まったく。けれど、わたしは、用意してきた話をもごもごと始めた。

「ええと、男の子たちは、お父さんとハリーがいなくて、さびしがっているでしょ。それで、わたし、思ったの……ええと、わたしたち、思ったの……そのう、四人いっしょに誕生日のお祝いをしたら、わたしたちみんな、元気がでるんじゃないかって」

母が難しい顔をした。わたしは先を急いだ。「元気になって、勇気がわいてくると思うの、そうじゃない？ それに――」

「キャルパーニア」

「うんと仲のいい友だちだけ招待すればいいし。去年みたいに、町じゅうの子を招待しなくてもいいと思うの。だって、準備が大変だったでしょ。わたし、よくわかっているもの。それに――」

「キャルパーニア」

母の、低く静かで元気のない声に、わたしはいいかけていた言葉をのみこんだ。

「なあに、お母さん？」

「あれほど多くの命が失われたときに、お祝いをすることが正しくふさわしいことだと思う？ 今、ここで、ほんとうに正しいことだといえる？」

「ええと……」

「とてもふさわしくないことだと思いますよ」

「ええと、そのう……」

「大勢の人が亡くなり、助かった人たちも悲惨《ひさん》な暮らしをしているの。ガスおじさんとソフローニアおばさんといとこのアギーだって、気の毒に、なにもかも失ってしまったのよ。想像もできないほど過酷《かこく》な経験をしたにちがいないわ。お父様やハリーが今、どれほど苦労しているか、考えてごらんなさい。悪夢のようなできごとよ。これほど悲しいことはないわ」

母は声をあげはしなかった。そんな必要はなかった。わたしは恥《は》ずかしさでいっぱいになり、首に発疹《はっしん》が出はじめた。「お母さん、そのとおりだわ。ごめんなさい。お母さんのいうとおりよ」

母が繕《つくろ》いものをとりあげた。これで話し合いは終わり、という合図だ。わたしは小さくなって、こそこそと退散した。まるで、身長が十センチくらいに縮んでしまったような感じがする。首に出てきたいやな発疹をひっかきながらポーチに出て、ほかの兄弟に会った。

ラマーはわたしをひと目見るなり、いった。「すっかりだいなしにしたんだな、見ればわかる」

「精いっぱいがんばったのよ」

「だけど、どう見ても、がんばりが足りなかったな」

「ラマー、あそこにいて、お母さんの顔を見たら、そんなことはいえないわ」

「〈お母さんの顔〉だって？　たったそれだけのことで、あきらめたのかよ？　どうしようもない交渉人《こうしょうにん》だな。ばかな妹を送りこんで男の仕事をさせようとした結果がこれだ。次は、おれが自分でする」ラマーは咳《せき》ばらいをして、埃《ほこり》のなかにつばを吐《は》いた。

あまりに不当な扱《あつか》いだったから、ひっぱたいてやってもよかったのだけれど、ラマーはくるりと背をむけて、ずんずん歩いていってしまった。サム・ヒューストンとサル・ロスは、どちらの言葉を信じたらいいのかわからない様子でわたしたちを交互《こうご》に見ていたが、結局、わたしから離《はな》れてラマーについていった。

わたしはさけんだ。「お母さんが、ふさわしくないって、いったんだから!」

三人は、わたしを無視した。おまけに、わたしは、歩く巨大《きょだい》な発疹になっていた。それで、馬の水槽《すいそう》のところへいき、ポンプで冷たい水をくみあげてエプロンにかけ、湿布《しっぷ》がわりに首にあてた。わたしは、ぐるぐる歩きまわりながら深呼吸をして、気持ちを落ちつけようとした。けれど、発疹と怒《いか》りは、少ししかおさまらなかった。それで、わたしに残されている治療法《ちりょうほう》はただひとつだと考えた。発疹と怒りに効く薬は、祖父だ。

祖父は、実験室で作業をしていた。入り口に垂らした麻布《あさぬの》の裾《すそ》をわきの壁《かべ》に留めて、光と新鮮《しんせん》な空気が入るようにしている。

祖父が声をかけてきた。「また、発疹かい? 今度は、なにがあったのかね?」

わたしは祖父を見つめた。「どうしてわかるの? わたしは、思っていることが顔に出やすいの?」

「いいや、そんなことはないが、おまえさんの皮膚《ひふ》には、そう、出やすい」

「ああ。ええと、だれにもいわないでほしいんだけど、わたし、家出をしようかと思ってるの」わたしは、冗談《じょうだん》だとわかってもらえるよう、弱々しくほほえんだ。ほとんど冗談のつもりで。

祖父は、このちょっとしたニュースを冷静に受けとめた。「ほんとうかい？　どこにいくつもりかね？お金はどうする？　行き先やお金のことを考えてみたかい？」

「貯めたお金が二十七セントあるわ」

「二十七セントすべてを使っても、独立を手に入れることはできんと思うがな」

「そうね」わたしはため息をついた。「家出に使うには、みじめな金額ね。オースティンまでの列車代だって、もっとするもの。でも、もしもっとお金を貯めたら、おじいちゃんもいっしょにきてくれる？　おじいちゃんといっしょじゃないと、いやだもの」わたしは、祖父の額にキスをした。「でも、たぶん、おじいちゃんの分はおじいちゃんに払《はら》ってもらわないとならないわ」

「誘《さそ》ってもらって、こんなにうれしいことはないよ。だが、今では、旅のほとんどを書斎《しょさい》でしておるのでな。椅子《いす》に腰《こし》かけたままでも、地球儀《ぎ》と地図帳さえあれば、広く、遠く旅をすることができる。そして、人生のこの段階にあるわしにとっては、顕微鏡《けんびきょう》と望遠鏡のレンズのむこうにあるものが、必要としている冒険《ぼうけん》のすべてだよ。標本や本に囲まれたここは、わしにとって充分《じゅうぶん》、世界という場所だ」

わたしは祖父のいったことを考えてみた。そして、わたしも冒険家だと気づいた。ディケンズの本とともに、広い大洋を越《こ》えてイギリスまでいったんじゃなかったかしら？　ハックといっしょに、偉大《いだい》なるミシシッピ川を漂流《ひょうりゅう》したんじゃなかったかしら？　本をひらくたびに、時と空間を旅したんじゃなかったかしら？

祖父がいった。「突然《とつぜん》この町から逃《に》げだしたいという欲求にかられたのはなぜか、きいてもいいかね？」

「お母さんと話したときに、わたしのふるまいはりっぱだったとはいえないわ。だけど、わたしだけが悪いんじゃないの。兄弟にそそのかされたの」

「兄弟はそういうことをするだろうよ」祖父は重々しい声でいってから、わたしの悲しい話に耳を傾《かたむ》け、人生は不公平だというわたしの考えに賛成してくれた。それから、祖父がわたしに、いくつになるのか、とたずねた。

「十三歳《さい》よ」

「十三歳だって？　じきに、お嬢《じょう》さんと呼ばれるようになる」

「ああ、お願い、それはいわないで」

「どうしてかね？」

「だって、この世界では、女の子にできることは少ししかないのに、わたしの知るかぎり、お嬢さんと呼ばれるようになったら、できることがもっと少しになってしまうもの」

「ふうむ、たしかに、おまえさんのいうことにも一理あるな。もっとも、どうして世の中がそうなっているのかはわからんが。わしは、少女であろうと、お嬢さんであろうと、しっかりと働く頭脳をもっている者は、なんであれ望むことを成し遂《と》げる機会を与《あた》えられるべきだと思うがね」

「おじいちゃんがそんなふうに思ってくれて、うれしいわ。だけど、ほかの人はだれもそう思ってないわ。とくに、このあたりではね」

「誕生日と家出といえば、書斎《しょさい》に、おまえさんが喜びそうなものがある。いっしょにきなさい」

家にむかって歩くとき、わたしは祖父の手を握《にぎ》った。よかった、女の子はいくつになっても、自分のおじいちゃんの手を握ることができるわ。

祖父は、書斎の扉《とびら》の鍵《かぎ》をあけ、緑色の——瓶《びん》みたいな緑色の——カーテンをひらいて、室内に光を入れると、棚《たな》から本を取りだした。「ダーウィン氏は、『種《しゅ》の起源』を書くまえに、イギリス海軍の小さな帆船《はんせん》〈ビーグル号〉で世界を航海し、その五年のあいだに遠い土地の探検をし、標本を集めた」そういうと、祖父は遠くを見つめた。その目がきらきらしている。まるで魔法《まほう》にかかったように、祖父の顔から数十年の歳月《さいげつ》が消えて、わたしには少年時代の祖父の顔が見えた。

「壮大《そうだい》な旅だ！　考えてもごらん！　ダーウィン氏とともに、パタゴニアでピューマやコンドルの跡《あと》を追ったり、アルゼンチンでチスイコウモリを観察したり、マダガスカルのランを採集したりできるなら、わしはなんだって手放すだろうよ。ほれ、あそこを見てごらん、棚の上だ」

祖父は、分厚いガラスでできた大きな瓶を指さした。なかには、ダーウィンさん本人が何年もまえに祖父に送ってくれた生き物が入っていた。

「ダーウィン氏は、あのコウイカ、セピア・オフィキナリスを南アフリカの喜望峰《きぼうほう》で採集した。骨の折れる、快適とはいいがたい航海で、ダーウィン氏は何度も命をおとしかけている。だが、その航海が、ダーウィン氏の自然界にたいする愛情を確固たるものにし、やがて進化について考えるようになるきっかけを作った。おまえさんにとって、この本は『種の起源』よりすいすい進む航海になるだろう」

祖父は、革表紙の本『ビーグル号航海記』を渡《わた》してくれた。「誕生日おめでとう。楽しい旅を」

わあああ。新たな本を手にして、わたしは、喜びと驚《おどろ》きと期待でいっぱいになった。わたしは、ありがとうといいながら祖父を抱《だ》きしめて、ひげのある頰《ほお》にキスをした。それから、その本をエプロンの下に隠《かく》して、自分の部屋に駆《か》けていった。ラマーが腹立ちまぎれに、この神聖な本を汚《よご》すどんなひどいことをするか、わからないもの。

わたしは夜遅《よるおそ》くまで本を読みふけり、ダーウィンさんといっしょにガラパゴス諸島、マダガスカル、カナリア諸島、オーストラリアにいった。そして、ダーウィンさんとともに、それまでは音をたてない昆《こん》虫《ちゅう》だと考えられていた蝶《ちょう》の一種、パピリオ・フェロニアがたてるカチカチという大きな音にぎょっとした。それから、マッコウクジラが、海面からすっかり出てしまうくらい高く跳《は》ねるのをながめた。跳ねあげた水が、砲火《ほうか》のように轟《とどろ》く。わたしたちはいっしょに、ハリセンボンに目をみはった。ハリセンボンは棘《とげ》のある魚で、おびやかされると体をボールのようにふくらませて、食べられないようにする（ダーウィンさんは、この風変わりな魚のことを絵と文で、生きている姿が目に浮《う》かぶように描《えが》いていたけれど、わたしはほんものを見たくてたまらなかった)。わたしたちはいっしょに、ヒョウや海賊《かいぞく》から身を隠《かく》し、未開人や食人族と食事をした。といっても、人肉は食べなかった――そうでありますように。

その晩、わたしが見た夢は、船の索具《さくぐ》のきしみや、甲板《かんぱん》の揺《ゆ》れや、吹《ふ》きつける風であふれていた。海を見たことのない少女の夢にしては、悪くない。実際、楽しい旅だった。

る矢じりとまったく同じ形をしている。

第9章　謎《なぞ》の動物

結局、誕生日のお祝いらしきものはしてもらった。といっても、ラマーが望んでいたようなものではなかったけれど。その点については、わたしもラマーと同じだった。ヴァイオラがフルーツポンチを作り、わたしは、ヴァイオラがペカンのケーキを焼く手伝いをした。不運なことに、わたしはケーキが完全に冷めるまえに砂糖衣《さとうごろも》をかけてしまった。その結果、溶《と》けた砂糖衣は、ケーキのてっぺんのくぼみにたまったり、側面にしたたりおちたりして、ほんとうにみじめな姿になった。ヴァイオラはそのケーキに、ほんのひと握《にぎ》りの小さなロウソクを飾《かざ》った。そのせいで、ケーキはかなり貧弱で、気がめいるようなものになった。四十九本ものロウソクをたてたせいでてっぺんが炎《ほのお》に包まれたように見えた、まえの年のケーキとはくらべ物にならない。母は気丈《きじょう》にも笑みを浮《う》かべ、「わたしたちはみな、避難《ひなん》している人々を支援《しえん》するために、それぞれの務めを果たさなくてはなりません。わたしたちのように家に残って、ただ待機することが務めだとしても、です」と述べた。母の言葉をきいて、わたしたちはうしろめたさでいっぱいになり、弱々しく笑みを浮《う》かべ、今回のお祝いに満足しているというふりをした。気配りの心に恵《めぐ》まれているとはいいがたいラマーでさえ。

お誕生会は活気のないものだったかもしれないが、わたしは、自分のほんとうの誕生日に、一生に一度あるかないかのすばらしい贈《おく》り物をもらった。その日、祖父とわたしは、舟《ふね》に乗って、一日、出かけたのだ。わたしたちは、綿花工場まえの土手をくだり、船着き場から舟をそっと出して出発した。舟には、ピクニック用のかごと捕蝶網《ほちょうあみ》とわたしの観察ノートを積みこんだ。かわるがわるにオールをこいだが、川の流れは穏《おだ》やかで、苦労はなかった。工場の騒々《そうぞう》しさから離《はな》れてしまうと、川の上は静けさにすっぽりと包まれた。わたしたちは、静かに、穏やかに、下流へと進みながら、通りすぎていく動植物について話した。川の水はガラスのように澄《す》んでいて、流れのなかで静かに揺《ゆ》れるシラサギカヤツリやマコモの茎《くき》のあいだをハヤなど銀色に光る小さい魚やスズキがすばやく動いているのが見える。土手の下にひそんでいる、しかめつらの大きなナマズまで一瞬《いっしゅん》、見えた。

綿花工場とプレイリーリーの中間あたりで、わたしたちは砂洲《さす》にあがって、サンドイッチを食べ、観察したことを書きとめた。砂洲の石は水の作用でなめらかになっていたが、そうした石のあいだにひとつだけぎざぎざした石があり、わたしの目をひいた。その石を拾いあげて、はっとした。三角形の形、切り口が斜《なな》めになっているところ――これは、先住民のほんものの矢じりだわ。

「おじいちゃん、見て」わたしは声をあげた。「コマンチ族が戦で使った矢じりだわ」兄や弟たちはそれぞれ、これまでにひとつ、ふたつ矢じりを見つけていたが、わたしはこのとき初めて見つけたのだった。

祖父は、ざらざらしたてのひらにのせて、矢じりを真剣《しんけん》な目で見つめた。「わしが思うに、おまえさんが見つけたものは、もっとずっと古いものだ。おそらく、初期のトンカワ族のものだろう。〈プラム・クリークの戦い〉でわしらの斥候《せっこう》として働いた連中も、トンカワ族だった」

「おじいちゃんも、そのとき、戦ったの？　その戦いを見たの？」プラム・クリークというのは、ロックハートの昔の名前で、コマンチ族との最後の大きな戦いがあった場所だ。しかも、ほんの二十キロメートルくらいしか離れていない。このときまで、自分の親族がその戦いに加わっていたなんて、考えたこともなかった。

祖父は、いくらか驚《おどろ》いたような顔をした。「ああ、そうだとも。まっただなかにいたよ。その話はしたことがなかったかね？」

「きいたことがないわ」

「ふむ、世間はわしらをテキサス共和国の英雄《えいゆう》として歓呼《かんこ》して迎《むか》えたが、あの戦いはわしらにとってけっして喜ばしいものではなかったから、話さなかったのだろう。そして、コマンチ族にとっても、むろん、喜ばしいものではなかった。酋長《しゅうちょう》の〈バッファローのこぶ〉とその戦士たちは、海岸沿いの一帯で開拓者《かいたくしゃ》の集落を襲撃《しゅうげき》して、略奪《りゃくだつ》と焼き討ちを繰《く》り返したあと、手に入れた約二千頭の馬と運搬《うんぱん》用ラバの群れを追いたてて帰るところだった。一八四〇年八月のことだ。連中は、いつもバッファロー狩《が》りをしている土地

——テキサス北西部のコマンチェリアと呼ばれる土地——へとむかっていた。ラバには、鉄を大量に積んでいた。鉄は、矢じりを作るのに大切な原料だからな。それから、ヴィクトリア近くの貯蔵所から略奪《りゃくだつ》した穀類や乾物《かんぶつ》も大量に運んでいた。だが、馬こそ、連中にとってほんとうに貴重な略奪品だった」

わたしはロックハートのことを考えた。裁判所、たくさんの店、図書館があり、電気までとおっている。わたしたちが暮らすコールドウェル郡の郡庁所在地であり、文明の中心地だ。「だけど、おじいちゃんは、どうしてそこにいたの？　その戦いは、どんなふうに始まったの？」

「テキサスレンジャーのベン・マカロック中尉《ちゅうい》は、コマンチ族を数日間追跡《ついせき》しているうちに気づいた。コマンチ族は、このまま進むと、プラム川《クリーク》を渡《わた》らなくてはならない。そこで、マカロックは部下を何人か送りだして、その地域の農夫や入植者、そう、頑強《がんきょう》な体と馬とピストルやライフルなど小火器をもつ農夫や入植者を、集められるかぎりかりだした。わしの父親とわしはその日、畑を耕していた。そこへ、緊急《きんきゅう》の召集状《しょうしゅうじょう》をもったレンジャーが、馬でやってきた。わしはまだ十六歳《さい》だったが、辺境の地の十六歳がみなそうだったように、馬に乗ることも、銃《じゅう》を扱《あつか》うこともできた。そして、それこそが重要な点だったのだ」

「おじいちゃんは……おじいちゃんは、インディアンを殺したの？」

「おそらくそうだろう」

どういうことかしら——くわしい説明をきくまで、意味がわからなかった。祖父はこういった。「煙《けむり》と埃《ほこり》と混乱のなかでは、はっきりとはわからなかった。レンジャー側は、おそらく二百人ほど。それにたいして、インディアン側には、少なくとも五百人の戦士がいたにちがいない。だが、〈バッファローのこぶ〉は最初、われわれと戦おうとしなかった。やがて、連中が戦いの始まりを遅《おく》らせようとしていることが明らかになった。馬やラバの大きな群れを先に安全なところまでいかせようとしていたのだ。馬を捨てる気になれなかったというわけだ。ほかの略奪品はどうだったかというと、連中は、奪《うば》ってきた大量の赤い布をただ運ぶだけでなく、その一部を使って戦用の馬を飾《かざ》り、馬のしっぽには赤い色の長い飾りリボンを編みこんでいた。連中のなかには、ビーバーの山高帽《やまたかぼう》をかぶっている者がいた。傘《かさ》をさしている者もいた。ああ、たいした見ものだったよ。そんななか、隊長のコールドウェル大尉《たいい》が突撃《とつげき》命令を出した。それで、わしらは、ライフルを撃《う》ちながら、馬の群れのなかにつっこんでいった。馬たちはすっかりおびえて、どっと逃《に》げだした。荷を積みすぎたラバたちは身動きがとれなくなり、おののいて走りこんできた二千頭の馬に踏《ふ》みつけられた。そして、コマンチ族は、たいそう大切にしていた動物たちの混乱のなかから抜《ぬ》けだせなくなった。大勢のコマンチが馬に踏みつぶされたり、押《お》しつぶされたりした。逃げだそうとして、撃たれたものも大勢いた。それはもう、大変な混乱だった。〈バッファローのこぶ〉はなんとか生きのびたものの、テキサス州のコマンチ族は、馬に目がないという致命的《ちめいてき》な弱点のせいで――つまり、馬をつれかえることにこだわったせいで――戦いに敗れ、その後、だんだんに力を失っていった」

「おじいちゃんは、怪我《けが》をしなかったの？」

「わしは怪我をしなかった。父さんもだ。われわれの側の犠牲者《ぎせいしゃ》は、驚《おどろ》くほど少なかった。その当時、テキサスはまだ共和国で、共和国のラマー大統領は大いに喜んだ」

「それから、家に帰ってきたのね？」

「われわれはみな、それから二、三日して、家族が待つそれぞれの農場に帰った。だが、そのまえに、大量の略奪品《りゃくだつひん》を山分けした。なにしろ、もとの持ち主に返すすべがなかったのでな。父さんとわしは、赤い木綿一反とブランデーひと樽《たる》を積んだラバを一頭つれて、帰ったよ。母さんは、布を見て、喜んだ。それから何年ものあいだ、母さんは、その布地を利用して、家族全員にシャツとズボンを縫《ぬ》い、キルトをこしらえていたものだ」

わたしは、ふいに思い出した。わたしの冬のキルトのなかに色あせた赤い布がいくつも縫いあわされていた。

「待って。わたしのキルトのなかの赤い布がそれなの？」

「おそらくそうだろう」

わたしは、キルトをもっと大切にしよう、と心に決めた。それまで、キルトのことを考えたこともなかった。まったくもう、わたしったら、これまでずっとなにも知らずに、インディアンの略奪品の下で眠《ねむ》っていたなんて！

「ああ、そうとも。わしは、あの時代をこの目で見てきた。キャルパーニア、おまえさんには理解できないかもしれないが、わしがここから三十キロほど離《はな》れたところで生まれたとき、この地域一帯はメキシコの一部だった。わしが今のおまえさんと同い年のとき、テキサスはメキシコから独立を勝ちとって、テキサス共和国になった。わしは、テキサス独立戦争に負けたメキシコの独裁者サンタ・アナ将軍を見たことがある。鎖《くさり》につながれて、通りをひきまわされていた。その四年後、わしらはコマンチ族と戦った。それからわずか五年後に、われわれの共和国はアメリカ合衆国に併合《へいごう》されたが、これをメキシコに受けいれさせるために、ふたたびメキシコと戦わねばならなかった。併合から十六年後、われわれは合衆国からの独立を決め、最も悲惨《ひさん》な戦い――南北戦争――へとむかうことになった。われわれが唯一《ゆいいつ》負けた戦いだ。われわれは、北軍を打ち負かすことができなかった。そして、今、わしはここにいる。四つの戦いを生き抜《ぬ》き、自動車の時代を見られるほど長生きした老人になったというわけだ」

祖父は立ちあがりながら、いった。「思い出話はこれくらいにしよう。今日は、充分《じゅうぶん》すぎるほど語ったからな。さあ、舟《ふね》の旅をつづけよう」

わたしたちはお弁当の残りを片づけると、小さな舟にまた乗りこんだ。その二、三分後、祖父がふいに唇《くちびる》に指をあて、わたしの肩越《かたご》しに高い土手を指さした。祖父の指さしたほうを見ると、毛におおわれたくさび形の顔が物陰《ものかげ》からこちらを見おろしていた。警戒心《けいかいしん》と好奇心《こうきしん》のあらわれた顔は、猫《ねこ》でもなければ犬でもない、猫と犬の中間のように見える。アメリカクロクマの赤ちゃんかしら？　このあたりには、まだ、アメリカクロクマ、学名でいうとウルスス・アメリカヌスがいたが、その生息地に文明が入りこんできたせいでだんだん希少になっていた。わたしたちはその動物をじっくりとながめた。そして、そのなんだかわからない動物もわたしたちをじっくりと観察しているようだった。少なくとも、わたしたちと同じように、興味をもって見つめているように見えた。ひょっとしたら、わたしたち以上だったかもしれない。その動物は、まだらにこぼれている日の光のなかに踏《ふ》みだした。クマにしては、鼻づらが短い。カナダカワウソだった。カナダカワウソのことはきいたことがあったが、このときまで実際に目にする幸運に恵《めぐ》まれたことがなかった。

そのとき、カワウソがわたしに、誕生日のショーを見せてくれた。腹ばいになって、頭から土手をおりてきたのだ。土手には急斜面《きゅうしゃめん》が崩《くず》れてできた泥《どろ》だらけの狭《せま》い溝《みぞ》があり、そこを目で追えないくらいの速さですべりおりて、ほとんど水しぶきもあげずに川に飛びこんだ。わたしたちからほんの一メートルくらいのところだ。

あまりにびっくりしたせいで、わたしはあやうくオールを落とすところだった。「うわっ、おじいちゃん、見た？」わたしはかすれ声で、ひそひそいった。

カワウソは、水の上に姿をあらわすと、仰《あお》むけに浮《う》かび、好奇心《こうきしん》をむきだしにしてわたしたちを見つめた。そのおかげで、カワウソのきらきら光る目と、つやつやした毛と、ぴんぴんしたひげがよく見えた。どこを見ても、うっとりするような姿だ。もう充分《じゅうぶん》見たとでもいうように、カワウソは突然《とつぜん》、水のなかに勢いよくもぐって、姿を消した。あとには、幻《まぼろし》ではなかったということを示す、小さな泡《あわ》が残っているだけだ。

「ルトラ・カナデンシス」祖父がいった。「このあたりで、最後にカナダカワウソを見たのは何年もまえのことだ。もうこのあたりにはいないと思っておった。あの連中は、川の甲殻類《こうかくるい》や小魚をえさにしている。キャルパーニア、ここで目撃《もくげき》したことを観察ノートに書きとめておきなさい。今日は、まさに、記念すべき日だ」

わたしは、いわれたとおり見たことをノートに記し、さらに（ひどく非科学的な）言葉を書きそえた。

〈すてきなカワウソ記念日！〉

〈誕生日のカワウソ〉のことを知ったトラヴィスは、自分もカワウソを見ないではいられなくなり、しつこく「ぼくも見たい」といいつづけた。結局、わたしたちは、それから二日ほどして、ハムをはさんだ丸パンとレモネードを用意して、舟《ふね》で出発した。レモネードを入れた瓶《びん》にはひもを結びつけ、舟のうしろから水のなかに垂らして冷やした。

やがて、川のカーブをまわると、大きなアオサギが竹馬のような脚《あし》で浅瀬《あさせ》に立って、通りすぎるハヤを短剣《たんけん》のようなくちばしでつきさしていた。アオサギは、わたしたちに驚《おどろ》いて、美しい羽に不釣《ふつ》り合いな耳ざわりな声をあげると、飛びさった。しなやかな長い首を胸にうずめて縮めている。

砂洲《さす》にあがってから、祖父がインディアンと戦った話をきかせると、トラヴィスはとても感動した。「おじいちゃんは、コーリーにはそういう話をするのに、どうして、ほかの兄弟にはしてくれないんだろう？」

そのとおりだった。祖父は、ほかの兄弟にはめったに話しかけなかった。それで、おじいちゃんにはそれぞれの区別がついているのかしら、とわたしは思っていた。けれど、トラヴィスにいわれて、わたしは落ちつかない気持ちになった。わたしは、祖父に絶対的な深い愛情を抱《いだ》いていたし、祖父がわたしを愛してくれていることを知っていた。そして、お互《たが》いにたいする愛情の一部は、科学と自然にたいする共通の愛情に支えられていることもわかっていた。こんなにすばらしいおじいちゃんだもの、兄弟のだれかが——どんな理由であれ——おじいちゃんの愛情のなかにもぐりこもうとしたとしても、無理からぬことだわ、と思っていた。ただ、兄弟のだれひとり、そうしたいという様子を見せていなかったし、じつのところ、たいてい祖父を避《さ》けていた。けれど、もし、だれかがそうしたいと思ったら？　おじいちゃんをひとりじめできないなんて、耐《た》えられない。だって、おじいちゃんはわたしのものだもの、わたしひとりのおじいちゃんだもの。

「コーリー？」

「え？」

「大丈夫？」トラヴィスがわたしを見つめた。ふだんは隠《かく》しだてのない、しあわせそうな表情を見せるのに、心配そうに眉根《まゆね》にしわを寄せている。

「えっと、大丈夫」わたしは答えた。

「どうして、ぼくたちにインディアンとの戦いのこととか話してくれないんだろう、ってきいたんだよ」

わたしは、答えがもたらす結果を考えて、ため息をついた。「頼《たの》んだら、話してくれるわよ」

「どうかな。ぼく、おじいちゃんがこわいんだ。コーリーはこわくないの？」

「まえはこわかったけど、今はこわくないわ」

ほっとしたことに、トラヴィスはすぐに祖父のことに興味を失い、話はトラヴィスがますます頻繁《ひんぱん》に口にするようになっていた話題へとうつっていった。リューラ・ゲイツのことだ。トラヴィスは、リューラの魅力《みりょく》のあれやこれやをべらべらとしゃべりつづけた。やがて、わたしは、もうこれ以上一分だって我慢できないという気持ちになり、荷物をまとめてうちに帰る時間だと宣言した。

「でも、まだカワウソを見てないよ」

「カワウソが姿をあらわしたいと思わなかったら、見られないわ。わたしが帽子《ぼうし》のなかからカワウソをひっぱりだせるなんて思わないでよね。手品師じゃないんだから」

わたしたちは、かわるがわるオールをこぎ、日暮れまえに船着き場にもどった。舟《ふね》をつないでいるとき、なにかがダムのむこう端《はし》の茂《しげ》みのなかで動いた。なにか生き物がわたしたちをじっと見ている。わたしたちは——うろたえながら——見つめかえした。目にしたものは、ひどくみじめな姿をしていた。片方の目は、瞼《まぶた》が半分ずりさがり、涙《なみだ》が流れている。片耳はほとんどまっすぐに立っているが、もう片方の耳は垂れている。わき腹のもつれた赤茶色の毛のなかのあちこちに、ごつごつしたかさぶたがついている。そして、あばらぼねが洗濯板《せんたくいた》のように浮《う》きでていた。

トラヴィスが小声でいった。「あれが、このまえ見たカワウソ？　あんな姿だなんて、いわなかったじゃない。かわいいにちがいないと思ってたんだけど。あのカワウソ、どうしたんだろう？」

「あれはカワウソじゃないわ。うん、まちがいない」

「じゃあ、なんだと思うのさ？」

「コヨーテかもしれない。それとも、キツネかな」

わたしたちは、この不思議な動物を見つめた。わたしは、たぶんキツネだと思った。たいていは、用心深くて、わたしたちに危害を加えたりはしない。けれど、昼間にその姿を目にすることはほとんどない。

「なにか変だよ。どこが悪いんだろう？」トラヴィスがいった。

「飢《う》え死にしかかっているんだわ。それに、なにかと戦ったように見えるわ。どんな戦いだったのか、わからないけど」

わたしは目の端《はし》からこっそりトラヴィスを見て、またいつもと同じ結果になるんだわ、と思った。けれど（あとになってわかることだが）、トラヴィスはこのとき、待ち望んでいた動物とついに出会ったのだ――世界で唯一《ゆいいつ》の相棒に。あまりにひどい姿で、うちにはつれてかえれないペットに。

むだだとは思ったけれど、わたしはいってみた。「近くにいっちゃだめよ。たぶん狂犬病《きょうけんびょう》にかかっているから」

「でも、口から泡《あわ》を吹《ふ》いていないよ」

わたしは、すぐれた知識をひけらかした。「そんなことは、なんの証明にもならないわ。狂犬病の初期には、泡を吹かないのよ」

このやりとりをきいて、その生き物は下生えのなかにすうっと姿を消した。トラヴィスとわたしは、だまったまま、うちへと歩いた。それぞれが、物思いにふけっていた。

第10章　家族の再会

これから長い航海を始めようとしている者に助言を求められた場合、わたしの答えは相手によって異なる。すなわち、航海によって高められる可能性のある専門知識をなんとしても得たいと思っているかどうかによって、わたしの答えはちがうものになるだろう……クックの時代でさえ、こうした遠征《えんせい》のために家庭をあとにした者は、厳しい困難や苦労を耐《た》えしのんだ。

父とハリーが出かけてから丸ひと月がたったある日、母は夕食の席でいつもより元気そうに見えた。「すばらしい知らせがあるわ。順調にいったら、お父様とハリーは木曜日の夕方にうちに到着《とうちゃく》するそうよ」わたしたちは大喜びでいっせいにしゃべりはじめ、サム・ヒューストンが家にいるいちばん年上の兄として、万歳《ばんざい》三唱の音頭をとった。母は晴れやかな顔で、ふだんの食卓《しょくたく》では考えられないような大騒《おおさわ》ぎにも文句をいわなかった。「全員がお風呂《ふろ》に入り、アイロンのかかった服を着て、精いっぱい身なりを整えてちょうだいね。ラマーとサル・ロスは、お湯をわかす準備をしてちょうだい。余分に薪《まき》を運びこむんですよ。コーリー、ガスおじさんが家を建てなおすまでしばらくのあいだ、アギーがうちで暮らしますからね」

「アギーが？」興味深い知らせだった。「どのくらい？」

「数か月になると思いますよ」

「それで、アギーはどの部屋に泊《と》まるの？」

「もちろん、あなたの部屋ですよ。アギーにはあなたのベッドを使ってもらいましょう。あなたには、床《ゆか》に寝床《ねどこ》をこしらえてあげますからね」

「でも——」

「この大変なときに、いとこを温かくもてなすのは当然のことです。わたしの娘《むすめ》にかぎって、よもやいやがることはないと信じていますよ」母は鋭《するど》いまなざしでわたしを見た。「とくに、あれほどさまざまなものを失っておそろしい目にあっているいとこ、今、なによりも平安と静けさと思いやりを必要としているいとこですものね。わたしの娘が、いやがるなんて想像もできませんよ。そうでしょ？」

そんなことを問いかけるなんて、ちょっとずるいように思ったけれど、じつのところ、うまい答えが見つからなかった。わたしは自分のお皿を見つめて、小さな声で答えた。「ええ、お母さん」

「よかった。そうだと思いましたよ」母はため息をつくと、例の表情を浮《う》かべた。こういう顔つきをすると、たいてい母の頭痛が始まる。「アギーには、わたしたちの理解と思いやりが必要なのよ。親切にしてあげるわよね？」

わたしは、いっそう小さな声になって、答えた。「はい、お母さん」

「よかったわ。そういってくれると思っていたわ」

その晩、家のなかがなんとなく落ちつかなかった。わたしは、夜中に、廊下《ろうか》の足音で目をさました。だれかはわからなかったが、その人は階段を二回ほどあがったりおりたりした。大きなきしみをあげる七段目に注意することも忘れているようだ。そこにいるのがばれてしまうというのに。子どもたちのだれひとりとして、こっそりうろつくときに七段目で音をたてるなどというへまはしない。ということは、階段をのぼりおりしているのは母にちがいなかった。お母さんにしては珍《めずら》しいことだけど、きっと、我が家の男性陣《だんせいじん》がもどってくるとわかって興奮しているのね、とわたしは思った。

木曜日の朝、わたしは、蝶《ちょう》を目にした。オナガセセリだ。ルドベキア・ヒルタの花の蜜《みつ》を吸っている。わたしがあと五、六十センチというところまで近づいたとき、蝶は飛びたった。この蝶はつかまえるのが難しいうえ、標本にするときに崩《くず》れやすい。できることなら、かすかに光る青い体と一対の尾《お》をもつオナガセセリをわたしのコレクションに加えたかった。が、こんな特別な日には、どんなこともわたしの気持ちをくじいたりしない。

サム・ヒューストンは薪《まき》を割り、ふだんはつらい仕事を疫病《えきびょう》かなにかのように避《さ》けるラマーも一日中湯を沸《わ》かしつづけた。わたしたちきょうだいは、順番にお風呂《ふろ》に入り、母はサファイア色のドレスに着替えた。母の目と同じ色のこのドレスは、父のお気に入りだった。ドレスを着た母は、いつもより十歳《さい》くらい若く見えた。祖父は、とっておきのバーボン（もちろん、自家製ではなく店で買ったものだ）を出してきた。子どもたちは、当然、じっとしてなどいられず、何度も窓へ駆《か》けよっては外をのぞいた。やがて、とうとう、ラマーがさけんだ。「きたよ！　帰ってきた！」

わたしたちは次々に外へ飛びだして、父たちを出迎《でむか》えた。ハリーは馬に乗り、父は馬車の御者席《ぎょしゃせき》で手綱《たづな》を握《にぎ》っていた。包帯で腕《うで》を吊《つ》った見知らぬ男の人が、父の隣《となり》にすわっていた。積み荷がなくなって空になった荷台には、アルベルトと十七歳くらいの若い女性がすわっていた。その人は、少しわたしに似ていた。もちろん、そうよね――いとこのアガサ・フィンチにちがいないもの。共通の祖先の特徴《とくちょう》が顔にあらわれている。あと数年で、わたしもアギーと同じような顔だちになるのかしら。このことは、じっくり考えてみなくちゃ、と思った。

アギーのプリント地の服は色あせて、時代遅《じだいおく》れで、おかしいくらい小さかった。骨ばった手首が袖《そで》からつきだし、青白いすねがむきだしになっている。なんであんなみすぼらしい服を着ているのかしら？　そのとき、はっとした。嵐《あらし》でなにもかもなくしてしまったんだわ。母からそのことはきいていた。けれど、この瞬間《しゅんかん》、アギーが着ている慈善《じぜん》物資の服を目にするまで、充分《じゅうぶん》に理解していなかった。わたしは自分を叱《しか》りつけた――キャルパーニア・ヴァージニア・テイト、あなたはばか者だわ。おまけに、思いやりがないんだから。

そして、あの知らない男の人はだれ？　それに、どうして、みんな、うちひしがれて、元気のない疲《つか》れきった表情をしてるの？　喜びに満ちた帰宅、楽しいお祝いのはずだったのに。わたしたち家族は、みな無事だった。ずっと空いていた食卓《しょくたく》の席もまた、埋《う》まる。

父が馬車から降りた。父の顔にきざまれたしわとこわばった足どりに、わたしは衝撃《しょうげき》を受けた。父は母を抱《だ》きしめると、いとおしそうに母の頬《ほお》をてのひらで包み、ふたりは小声でひと言、ふた言、なにか言葉をかわした。

ハリーが、キング・アーサーからおりた。服は汚《よご》れ、髪《かみ》はぼさぼさで、すっかりやせていたから、わたしは思わず駆《か》けよって抱きしめた。

「ああ、ハリー」

「やあ、コーリー」ハリーが静かにいった。「おまえの顔を見て、ほっとしたよ。ほら、気をつけないと、泥《どろ》だらけになるぞ」

「かまわないわ」わたしはハリーをぎゅっと抱きしめた。「とっても会いたかったわ。むこうはどんなふうだったの？　ひどいことになってたの？　みんながいってるのはほんと？　ほんとうに、たくさんの人が亡くなったの？　あれはアギー？　アギーよね、そうでしょ？　アギーはどんな様子？　いっしょにきた男の人はだれ？」

わたしたちの会話は、「おかえり」とさけびながら押《お》しよせてきたほかの者たちにさえぎられた。犬たち、とくにエイジャクスはすっかり興奮して、だれかれかまわず飛びつき、みんなの邪魔《じゃま》をしている。父は、わたしたち全員を抱きしめ、キスをしてくれた。父からぎゅっと抱きしめられて、わたしはなぜかはにかんでしまった。と、同時に、ほっとした。見かけは変わってしまったが、以前と変わらぬ父のにおいだった。

見知らぬ男の人が苦労しながら、馬車から降りた。若くはない。大柄《おおがら》で、鍛冶屋《かじや》のように厚い胸板と広い肩《かた》をしている。ぼさぼさの髪は、すぐにも散髪《さんぱつ》が必要だった。右腕《みぎうで》は汚れた包帯で動かないように固定されている。指が鉤爪《かぎづめ》のように内側にまがっていた。明らかにひどく疲《つか》れているように見えたが、その人は笑みを浮《う》かべて母の手を握《にぎ》り、深々と頭をさげた。

アギーは、手を借りて、荷物といっしょに馬車から降りた。荷物といっても、麻袋《あさぶくろ》がひとつと、帽子《ぼうし》箱くらいの大きさで、見たこともないような形をしたブリキのケースがひとつきりだった。あのケースには、楽器が入っているのかしら？　小型のアコーディオンのコンサーティーナか、バグパイプかもしれない。だったら、わたしたち、二重奏ができるかもしれないわ。けれど、わたしが話しかけるまえに、アギーはサンフワナの手に委ねられた。サンフワナは、母から「食事を出してね。それから、お風呂《ふろ》に入れて、寝《ね》かせてあげて」などと細かく指示されて、アギーをさっとつれていってしまった。

ええ、そう、わたしのベッドに。でも、大丈夫、気にしてなんかいないから。

男性たちが手や顔を洗ったあと、わたしたちは夕食の席についた。父は、特別長いお祈《いの》りをした。ききなれたお祈りの言葉と父の声を久しぶりに耳にして、不思議な気がすると同時に、ほっとした。父は、最後に、「ガルベストンの人々に神のみ恵《めぐ》みがありますように。また、温かく迎《むか》えてくれる家族のもとに無事帰ることができたことを感謝します」とつけくわえた。そのとき、父の顔に影《かげ》がよぎった。「多くを失い、耐《た》えがたい思いをしている人々が大勢いるときに、妻も子どもたちも無事に安全に過ごしているわたしほど幸運なものはおりません」父は咳《せき》ばらいをすると、弱々しい笑みを浮かべて、いった。「アーメン」

わたしたちは父につづいて口々に「アーメン」を唱えると、ガルベストンのことをたずねはじめた。最初はためらいがちだったが、しだいに矢継《やつ》ぎ早に質問を浴びせるようになり、やがて、父が手をあげて、いった。「もう充分《じゅうぶん》だ。わたしたちが知っているガルベストンは、もうない」

母がいった。「お父様をわずらわせてはいけませんよ。今夜はもう、ガルベストンの話はよしましょう。ラマー、お父様にジャガイモをまわしてちょうだい」

この場にいなかった人は、当然のことながら、父たちの帰宅を祝うお祝いの食事だったと思うだろう。けれど、そうではなかった。父とハリーは、沈《しず》んでいた。〈プリツカー先生〉と紹介《しょうかい》された見知らぬ男性は、腕《うで》に痛みがあるようだった。が、それを見せまいとしながら母に語りかけ、母がきりもりしている家庭や、愛らしい子どもたち（当然だわ）や、並べられた料理をほめた。食卓《しょくたく》では、プリツカー先生の席が、なぜか、わたしの席の隣《となり》に押《お》しこまれ、持ち分以上の場所を取っていた。そのごつい体からは想像できないが、プリツカー先生からは教養や文化のかおりがした。料理ごとに正しいフォークを選び、田舎者みたいにシャンデリアをじろじろ見たりしない。けれど、片腕を怪我《けが》しているせいで、ナイフとフォークの使い方がぎこちなく、フォークで牛肉を刺《さ》そうとするもののうまくいかなかった。そっとつつくと、プリツカー先生がいぶかしげにこちらを見たので、わたしは小声でいった。「よかったら、わたしがお肉を切りますけど」するど、先生が小声で返事をした。「お嬢《じょう》さん、それはありがたい」

わたしがきれいにうまく切り分けていると、母がふいに気づいて、声をあげた。「まあ、プリツカー先生！申し訳ありません。ヴァイオラを呼んで、お手伝いさせますから」

「奥様《おくさま》、ご心配には及《およ》びません。この大変有能なお嬢さんが手伝ってくれますから」それから、先生はわたしを見た。「ありがとう、ええと……」

「キャルパーニア・ヴァージニア・テイトです」

「キャルパーニア・ヴァージニア・テイトお嬢さん、お近づきになれてうれしいよ。わたしは、ジェイコブ・プリツカー。災害にあうまでガルベストンにいた。この手がすっかりよくなったら、正式に握手《あくしゅ》しよう」

わたしは好奇心《こうきしん》でいっぱいになり、うずうずした。手のことをたずねたりじしたら、母は最悪のお行儀《ぎょうぎ》だと考えるだろう。それで、わたしはしばらく待った。やがて、母の注意がべつのところにむいた。もう大丈夫だ。わたしは、プリツカー先生のほうへ顔を寄せて、そっとたずねた。「プリツカー先生、その手はどうしたんですか？」

先生が小声で答えた。「高潮から逃《に》げるために、木に登らなくてはならなかったんだが、その木には毒ヘビが群がっていてね」

「やだ！」わたしは思わずさけんでしまった。

食卓が静まりかえり、全員の目がわたしにむけられた。ほとんどが好奇心いっぱいの目だったが、ひと組だけはちがった。その目には――予想どおり――、猛烈《もうれつ》な怒《いか》りがあふれていた。「こほっ」わたしは咳《せき》をした。「ええと、のどに骨がささっちゃったの。そうなの。でも、もう大丈夫。みんな、心配してくれて、ありがとう」わたしは、大げさに咳《せき》ばらいをした。

J・Bがふいに声をあげた。「見てもいい？　その骨を見てもいい？」

母はわたしをにらみつけてから、J・Bにいった。「いけません、ぼうや」氷のような声だった。

わたしはうつむいて、みんなが会話を再開するのを待った。さしあたって、行儀《ぎょうぎ》のよい娘《むすめ》のふりをしなくてはならない。わたしは、ヘビとの出会いについて、じっくりと考えた。わたしの幸運な出会いと、先生の不運な出会い。同じ出会いでも、ずいぶんちがう。

母がいった。「コーリー、お客様を独占《どくせん》しないでちょうだいね。プリッツカー先生、どちらのご出身ですの？　ご家族はどちらに？」

「親族はオハイオにいます。わたしも、オハイオ生まれのオハイオ育ちです」

「そうでしたか」

礼儀《れいぎ》正しい母にはいえなかったが、ラマーはちがった。ラマーがさけんだ。「ヤンキーだ！　北軍だ！」

食卓《しょくたく》を囲む家族全員が、はっと息をのんだ。プリッツカー先生の出身地に驚《おどろ》いたのか、ラマーの行儀の悪さに驚いたのかは、わからない。母はラマーにむかって顔をしかめ、父は詫《わ》びをいった。

「テイト夫妻、一向にかまいませんよ。そのとおり、わたしは、オハイオ第九騎馬隊《きばたい》の馬丁として従軍しました。だが、それから三十五年もたっている。みなさんは、そんな昔のことをもちだしてわたしを非難なさらないと思いますが……。それに、是非《ぜひ》いっておきたいのですが、この十年間はガルベストンで暮らしていたし、残りの人生を偉大《いだい》なるテキサス州で過ごしたいと願っています」

父が、食卓の全員に告げた。「プリッツカー先生は、シカゴ獣医科《じゅういか》大学を卒業されている。それで、この土地で新たに開業するよう説得したのだ。このコールドウェル郡には充分《じゅうぶん》すぎるほどたくさんの家畜《かちく》がいて、仕事には事欠かないと思うのでね」

いくつもの目がぱっと輝《かがや》いた。その理由はまちまちだった。

「ああ」祖父が満足げに声をあげた。「科学と商業の交わるところに立つ者だな」

「ええ、そのとおりです。息子さんから、あなたの研究についてはうかがっています。相互《そうご》に有益な議論がたくさんできると、楽しみにしているところですよ」

トラヴィスとわたしは目を見かわして、にんまりした。動物のお医者さん！

男性たちが葉巻とブランデーを楽しんだあと、アルベルトがプリッツカー先生と荷物を馬車に乗せて、先生が部屋を借りることになっているエルシー・ベルの下宿屋まで送った。

トラヴィスとわたしは、先生の仕事に興味津々《しんしん》で、馬車の横を歩いてついていった。

トラヴィスがきいた。「どんな種類の動物を診《み》るんですか？」

「ほとんどどんな動物もだよ。もっとも、農場の家畜の診察《しんさつ》を頼《たの》まれることが多いのだがね。おもに、牛や馬や豚《ぶた》だ」

「野生の動物も診察《しんさつ》しますか？」トラヴィスがまたたずねる。

「そうだな、ときおり、傷ついたリスやアライグマをつれてくる人がいる。だが、できれば、そうした動物の治療《ちりょう》はしたくない。苦しんでいるし、おびえているうえ、人間が自分を助けようとしていることが理解できないからね。しかも、野生動物がつれてこられるときは、致命傷《ちめいしょう》の場合が多く、安楽死させてやることが最良の選択《せんたく》になる」

トラヴィスは賛成しないわ――わたしにはわかった。トラヴィスがいった。「アルマジロを飼ってたことがあるんです。名前はアルマンド。少なくとも、ぼくたちはオスだと思って、アルマンドって呼んでたんだけど、メスでジリーだったかもしれません。アルマジロを治療したことはありますか？」

プリツカー先生がほほえんだ。「いいや、ないよ。それに、アルマジロを診察している者がいるという話もきいたことがない」

わたしは話に割りこんだ。「ええ、そうしないほうがいい理由が山ほどあります。個人的には、アルマジロをペットにするのは勧《すす》められないです」

トラヴィスがいった。「動物が死んだとき、悲しくなりますか？」

「人生のほとんどのことがらと同じように、動物の死にも慣れてしまうものなんだ。それに、あまり情がうつらないように努力するのでね」

「おじいちゃんはいつもわたしに同じことをいいます」わたしはいった。「いつか、動物を治療しているところをわたしたちが見にいってもいいですか？」

プリッツカー先生は驚《おどろ》いたような顔をすると、少し考えてからいった。「きみたちのお母さんが反対しなければ、問題ないと思うが」

わたしはその言葉に飛びついた。「もちろん全然反対しないと思います」そういいながら、トラヴィスに意味ありげな視線を投げた。トラヴィスはその意味を理解して、だまっていた。

わたしたちは、先生を下宿でおろすと、おやすみなさい、と手を振《ふ》った。

トラヴィスとわたしは家までずっと、興奮してぺちゃくちゃしゃべった。動物のお医者さん！　最高だわ。これ以上のことなんて、ある？


〈これ以上のこと〉は、自分のベッドで眠《ねむ》ることだろう。わたしが二階にあがると、いとこがわたしのベッドで丸くなっていた。ランプの炎《ほのお》を小さくして、顔を壁《かべ》にむけて眠っている。ベッドばかりか、わたしの枕《まくら》まで使っていた。慣れない枕で寝《ね》ると、どれほど落ちつかないかわかるでしょう？　わたしのために用意されていたのは、床《ゆか》の上においたごつごつした木綿のマットレスと、ごつごつした木綿の枕だった。ヘビが動きまわる床の上に。ランプを吹《ふ》き消したとき、部屋のむこう側からかすかな音がきこえてきた。ニセサンゴヘビが夜の巡回《じゅんかい》をしているのかしら？　それとも、アギーがすすり泣いているのかしら？

「おやすみなさい」わたしは小声でいった。が、返事はなかった。

わたしは、ガルベストンの高潮が我が家に打ちあげたふたりの被災者《ひさいしゃ》について考えた。ひとりは、明らかに、すばらしい贈《おく》り物だった。けれど、もうひとりは？　そうね、アギーのほうはまだわからない。だから、〈ただ今、調査中〉ってとこね。

第11章　アギーの試練

バルディヴィアの近くで、ひとりの老人が、りんごから作るいくつかの有益な物を例にあげながら、モットーとしている言葉――必要は発明の母――について説明してくれた。

翌朝、目をさますと、わたしの枕《まくら》を抱《だ》きしめた〈ただ今、調査中〉がわたしのベッドの端《はし》にすわって、こちらを見つめていた。ただ、見つめていた。いつからあんなふうにすわっていたのかしら？　どうして、あんな表情でわたしを見ているの？　わたしったら、眠《ねむ》っているあいだに寝言《ねごと》をいったのかしら？　いびき？　それとも、おなら？　ヘビでも見かけたの？　でも、そんなことはどうでもいいことよね。だって、今のアギーは、心をこめて世話をしてあげなきゃならない傷ついたハトと同じだもの。元気になるよう、やさしく声をかけてあげないと。傷をいやしてくれる自然のなかをいっしょに遠くまで散歩したり、夜には最高の健康と美容に必要だといわれる百回のブラッシングをしてあげたりするわ。それから、お互《たが》いのお気に入りの本を貸し借りもする。わたしにも、とうとう女のきょうだいができるんだわ。

「えっと、おはよう」わたしはいった。

返事、なし。

「気分はどう？」

返事、なし。

わたしはアギーをじっくりと見た。平均的な背丈《せたけ》と体形。髪《かみ》は明るくもなく暗くもない茶色で、十人並みの顔だち。美人ではないけれど、醜《みにく》くもない。全体的に見て、ふつうの若い娘《むすめ》だ。けれど、わたしは心のなかでいった――思い出して、キャルパーニア・テイト。見かけだけでひとを判断しちゃだめ。わたしだって、とびきりの美人というわけじゃないけど、それでも、なかなかおもしろい人間でしょ？　いっしょにいて気が楽で、愉快《ゆかい》な人間でしょ？　だから、今のところは、アギーについて判断しないでおくことにしよう。

けれど、アギーには、ひとつ、ふつうじゃないところがあった。油断できないと思っているようなまなざしだ。まるで、わたしにかみつかれるかもしれない、と不安に思っているように見える。

わたしは声をかけた。「あのね、わたしは、キャルパーニア・ヴァージニア・テイト。でも、コーリー・ヴィーでいいわよ。あなたは、アガサと呼ばれているの？　それとも、アギー？　あなたの家のことやいろいろなこと、ほんとうに気の毒に思うわ」

相変わらず、返事がない。だんだん居心地が悪くなってきたけれど、我慢《がまん》してつづけた。「もちろん、話したくなかったら、そのことは話さなくていいのよ、アガサ」

「アギーよ。わたし、話したくないわ」そういうと、アギーは顔をゆがめて、わっと泣きだした。

「ああ、アギー、ごめんなさい。話さなくて、いいのよ」

そう、もちろん、そうよ――いうまでもないことだった。けれど、いつか、災害のことをアギーと話そうと決めていた。ここに、アメリカ史上最大の自然災害を生きぬいた身内がいるのだから。テキサスだけじゃない、アメリカ全土の歴史上最大の災害だった。そのうち、アギーからなんとかうまく話をきかなきゃ、とわたしは思っていた。アギーにあまりつらい思いをさせないよう、小さなことを一度にほんの少しききだすだけだとしても。

わたしは、ヘビのひきだしからいちばん上等なレースのハンカチをひっぱりだして、アギーに渡《わた》した。

「はい、どうぞ。わたし、学校にいく支度をしなきゃ。アギーもいっしょにくる？」

「いいえ」アギーが鼻をすすった。「わたしはもう、卒業証書をもらってるもの」

「それじゃあ、この先、なにをするの？」

「する？」アギーはわけがわからないというような顔をした。「〈する〉って、どういう意味？　わたしは、パパが新しい家を建てるのを待ってるのよ。わたしが帰れるように建ててくれるの」

「どのくらいかかるの？」

「ほんの二、三か月だって」

それは、つまり、床《ゆか》の上で寝《ね》るのも、〈ほんの二、三か月〉ってわけね。

アギーは遠くを見るような目になって、また泣いた。「でも、わたし、あそこにはもどりたくないの。

あんなにいろいろなことを目にしたんですもの」

この言葉が、わたしの好奇心《こうきしん》を刺激《しげき》した。わたしは小声でたずねた。「アギー、なにを見たの？」

そのとき、ふいに、朝食を知らせる銅鑼《どら》が鳴り、アギーが縮みあがった。「あの大きな音はなに？」

「ヴァイオラが、朝食の用意ができたからおりてくるようにって、知らせてるのよ」

「マーガレットおばさまは、自分の部屋で食べてもいいって、いってらしたわ」

一瞬《いっしゅん》ののち、ふたつのことに気づいた。まず、〈マーガレットおばさま〉が母だということ、二番目にアギーが〈自分の部屋〉といったこと。


学校にむかって歩いていると、いつもより大勢の兄弟がわたしに追いついてきた。その全員が、いとこのことをあれこれしつこくたずねてきた。

「アギーは、おまえみたいにめそめそしたつまらないやつか？」ラマーだ。「それとも、基本的には、まあまあか？」

わたしは侮辱《ぶじょく》を無視して、答えた。「なんともいえないわ。アギーは、まちがいなく、とても動揺《どうよう》してる。だから、もともとめそめそしているのか、そうじゃないのか、簡単にはいえないわ。悲しかったりつらかったりで気持ちが沈《しず》んで、ぼそぼそしゃべってるのかもしれない」

サム・ヒューストンがいった。「おもしろいシャレだ、コーリー」

「ありがとう」わたしは謙虚《けんきょ》にいった。「そうだと思ったわ」

このときにはもう、町じゅうの人がアギーのことを耳にしていた。学校のハーボトル先生はわたしにアギーのことを質問して、アギーが卒業証書をもらっているとわかると、学校で奉仕《ほうし》をしてはどうか、といった。低学年の授業の手伝いをしてはどうか、と。

「ハーボトル先生、わかりません。アギーは熱く焼けた岩の上のトカゲみたいにびくついて、落ちつかないんです」

「まあ、気の毒に。でも、授業の手伝いは、アガサの役に立つかもしれませんよ。殻《から》のなかからアガサをひっぱりだすかもしれないわ。もう少し時間がたって落ちついたころに、そのことについてあなたのお母様とお話ししてみましょう」

休み時間に石けりをしているとき、リューラ・ゲイツがきいた。「アギーはピアノを弾《ひ》くの?」

「どうしてそんなことを知りたいの?」わたしはむきを変え、チョークでひいた線をほんの少しもはずれてはいない――たぶん――というように堂々と、片足で跳《は》ねてもどった。

「アギーと連弾《れんだん》ができたら楽しいと思ったの」

わたしは傷ついた。「わたしと連弾するのはいやなの?」

「わたしが連弾しようと誘《さそ》っても、あなたはいつもなにかほかにやることがあるか、おじいちゃんといっしょに昆虫《こんちゅう》やヒキガエルなんかを観察しに出かけるところでしょ」

そのとおりだと認めないわけにはいかなかった。連弾《れんだん》そのものは楽しそうだと思う。けれど、実際に連弾するとなると、練習しなくてはならない。そして、しばしば、わたしにはその練習が足りない。そうよね、リューラはわたしよりはるかに上手にピアノが弾《ひ》けるんだもの、もっと上手な相手と連弾すべきよね。わたしは親友のリューラの気持ちをくんで、「アギーがピアノを弾けるくらい元気になったら、うちにきてね」と誘《さそ》った。

うちに着くと、小さな衣裳戸棚《いしょうとだな》がわたしの部屋のなかにあった。アルベルトが運んできたのだ。アギー用ね、と思った。が、アギーがもともとあった大きいほうの戸棚を自分用にしたため、わたしの衣類は小さいほうに詰《つ》めこまれることになった。どう考えても、納得がいかない。だって、アギーはほとんど衣類をもっていないのだから。けれど、アギーは、奇妙《きみょう》な形のケースをもっていた。なにが入っているのか、いまだに謎《なぞ》だった。

アギーはほとんどずっと、部屋のカーテンをひいて、ベッドのなかで過ごし、お盆《ぼん》で運ばれてきたおいしそうな食べ物を無気力につつき、体も心も弱っているような様子だった。大きな物音がしたりふいになにかが動いたりすると、驚《おどろ》いて跳《と》びあがり、どんな小さなことにも、わっと泣きだす。

わたしが涙《なみだ》のわけをそれとなくたずねると、アギーはいった。「涙が止まらないの。止められたらいいのに。わたし、どうしちゃったのかしら？　まえはこんなふうじゃなかったのよ」

「大丈夫よ、アギー。必ず元気になるわ」わたしはいった（もちろん、なにも根拠《こんきょ》はなかったけれど、そういうべきだという気がしたのだ）。「髪《かみ》にブラシをかけましょうか？」

「いいえ、かまわないで」

わたしは、アギーをそっとしておいた。

それから二、三日後、わたしは、アギーの苦しみの大きさを痛感した。その日、客間のまえを通ると、母の姿がちらりと見えた。動揺《どうよう》した様子で、手紙らしきものを裁縫《さいほう》道具の入ったかごのなかにそっとしまっていた。その直後に、母はヴァイオラに呼ばれて台所へいき、手紙が無防備に残された。

〈キャルパーニア〉わたしは心のなかで自分にいいきかせた。〈だめよ。手紙は個人的なものなんだから〉

そういいつづけながらも、わたしは忍《しの》び足でかごに近づき、すりのようにこそこそと手紙を抜《ぬ》きとった。

それは、ガルベストンにいるアギーの母親からきた手紙だった。

親愛なるマーガレットへ
わたしたちが神様のご慈悲《じひ》によって生きぬいた試練を理解してもらうために、あの嵐《あらし》のことをあなたに書き送ろうと思います。あの嵐によって激しく動揺したアギーが完全に立ち直ることはないかもしれない……とわたしは案じています。
マーガレット、あなたが電話で危険を知らせてくれたときになぜ耳を貸さなかったのかと、どれほど後《こう》悔《かい》したことか！　けれど、こちらの気象局は、危険を予測していませんでした。警報が出ていれば、わたしたちの市は助かったかもしれません。もっとも、あの朝、市の上空に、だれも見たことがないような奇《き》妙《みょう》なオレンジ色の光があらわれていました。やがて、空が暗くなり、低くたれこめる黒い雲におおいつくされました。また、気温が下がって底冷えするような寒さになり、雨が降りはじめました。それから一時間後、外に目をやると、庭が水におおわれ、その深さは十センチ以上にもなっていました。そして、おそろしく奇妙な光景を目にしたのです――何百もの、いえ、何千もの小さなヒキガエルが、水に浮《う》いているありとあらゆるものにしがみついているのです。あれほどたくさんのカエルが、いったいどこからきたのでしょう？　わたしはガスに声をかけました。「見にきて。見たこともないようなことが起こっているわ」けれど、ガスは、前庭で、よろい戸に板を必死に打ちつけていて、手が離《はな》せませんでした。

それから、風が強くなってきました。昼食時には、通りの大部分が水没《すいぼつ》して、水深六、七十センチほどの茶色い水が流れていました。このときには、ヒキガエルはすっかりいなくなり、通りで魚が泳いでいました。近所の子どもたちはこの驚《おどろ》くような光景を目にしておもしろがり、声をあげて笑っていました。午後の二時ごろになると、海岸からこんなところまで流されてきた流木が通りすぎていきました。三時に、わたしたちはポーチに立って、恐怖《きょうふ》におののきながら、水があがってくるのを見つめていました。水は、ほんの数秒間で正面の踏《ふ》み段まであがってきて、わたしたちは家のなかに逃《に》げこみました。その一瞬《いっしゅん》のち、プリツカー先生が水のなかをバシャバシャ歩いて――というよりは、泳いで――通りを渡《わた》り、わたしたちのところへやってきました。先生の家は平屋だったうえ、屋根のほとんどが風で吹《ふ》きとばされていたのです。わたしたちは先生を家のなかに入れ、客間で肩《かた》を寄せあっていました。その二、三分後、隣《となり》のアレグザンダー家の人々もやってきました。アレグザンダー氏は、夫人と三人の子どもたちを物干し綱《づな》でつなぎ、その綱を自分の腰《こし》に結びつけていました。わたしたちは、おぼれかかっているアレグザンダー一家を波のなかからひっぱりあげました。水のなかをありとあらゆる所帯道具やその残骸《ざんがい》が流れていくところは、ほんとうに奇妙な光景でした。四時に、馬の死骸《しがい》を初めて目にしました。その後、たくさん目にすることになるのですけれどね。

玄関《げんかん》の扉《とびら》の下から入った水が押《お》しよせてきて、わたしたちは階段まで逃げなくてはなりませんでした。水はどんどんあがり、わたしたちは階段をのぼって、二階の寝室《しんしつ》まで逃げました。五時には、高潮のせいでガルベストン島全体が水没していました。ソファーや、二輪馬車や、ピアノまで流れていくのが見えました。ピアノには、男の人と子どもがしがみついていました。わたしたちは気持ちがくじけないよう、讃《さん》美歌《びか》をうたい、お祈《いの》りを唱えました。悲鳴をあげて吹きすさぶ風のなかで窓がこわれ、降りかかってくるガラスの破片から身を守るためにマットレスの下に隠《かく》れました。やがて、水が階段のいちばん上まであがってきて、わたしたちは、屋根にのぼってべつの場所に避難《ひなん》するか、家に留まってなんとか嵐《あらし》をのりきるかの決断を迫《せま》られました。ほんとうにつらい決断でした。わたしたち全員の命がかかっていたのですから。まさにその瞬間《しゅんかん》、家全体がわたしたちの足の下で、まるで生きているかのように動いたのです。木材が裂《さ》けるギシギシという音に、わたしたちは血が凍《こお》るような思いをしました。ポーチと家の正面の部分がひきはがされてなくなりました。ガスは、家を捨てて、ウルスラ女子修道院への避難《ひなん》を試みるという決断をしました。この修道院は、レンガ造りの三階建ての建物で、我が家から二、三区画離《はな》れたところにあります。ガスは、アレグザンダー一家にも、同じ決断をしてほしいといいました。けれど、アレグザンダー氏はそうしようとせず、おびえている夫人と泣きさけんでいる子どもたちを祖母のものだった四柱式ベッドに結わえつけました。また木材が高い音をたてて裂《さ》けたかと思うと、わたしたちの周囲で家が崩《くず》れはじめました。わたしたち家族とプリツカー先生は、床板《ゆかいた》ごと水のなかに投げだされ、牙《きば》をむき獣《けもの》のように吠《ほ》える嵐《あらし》のなかへとまっしぐらに進んでいきました。

ひもで結びあわせたよろい戸がそばを漂《ただよ》っていきました。だれかが間に合わせに作ったいかだのようでしたが、だれも乗っていませんでした。それになんとか乗りうつろうとしながら（実際には、乗るというよりしがみついたのですが）振《ふ》りかえって見ると、我が家が――まだ崩れずに残っていた部分が――波のなかに沈《しず》んでいくのが見えました。そして、今日まで、アレグザンダー一家の姿を目にしていません。

水は凍るように冷たく、まわりにはただ闇《やみ》が広がるばかりでした。けれど、わたしたちは命にしがみつくように、いかだにしがみついていました。激しい風が服に吹《ふ》きつけ、雨が銃弾《じゅうだん》のように体を打ちました。ガスが、遠くに光が見えるぞ、とさけび、ガスとプリツカー先生はいかだを光にむかって進めようとしました。半分ほど進んだとき、プリツカー先生が波にさらわれ、押《お》しながされて、立木にひっかかりました。木には、嵐を避《さ》けようとした多数の毒ヘビがいて、先生はいくつもの傷を負いました。その跡《あと》が今もはっきり残っていると思います。

ときおり、雲が薄《うす》くなり、満月が周囲の惨状《さんじょう》を照らしだしました。ガスは、いかだを光のほうへと進めました。その光が、修道院の上の階の窓からもれるランプの明かりだと見てとれました。それから数分後、明かりが遠のき、わたしたちは流されてきたさまざまなものの渦《うず》に巻きこまれて、修道院から遠ざかっていることに気づきました。渦がふたたびわたしたちを修道院の明かりに近づけたとき、ガスは、必死になっていかだを進め、渦から離れました。けれど、そのとき、いかだにつかまっていた手が離れて、ガスは水のなかを漂いながら遠ざかっていきました。ああ、マーガレット、わたしはあの瞬間《しゅんかん》をけっして忘れないでしょう。生きているかぎりずっと。わたしは声をふりしぼってガスの名前を呼びました。それから、数秒後、闇のなかからわたしに応えてさけんでいるガスの声がきこえました。ガスは生きていたんです！

けれど、ガスの声はしだいに遠ざかり、わたしの心のなかの希望も薄れていきました。

そして、わたしたちは、安全な修道院になんとかたどりつき、修道女やほかの避難者《ひなんしゃ》たちによって無事、上の階の窓のなかへとひきあげられたのです。修道女たちが親切に、乾いた衣服をくださいました。もっとも、正直にいうと、あの時点で、わたしはもはや自分が生きていようといまいと、どうでもよかったのです。わたしは、暗く長い夜を通して、ガスの無事を祈《いの》りつづけました。

翌日の日曜日の朝になると、水はすでにひいていて、修道院は、割れた木材や漂着物《ひょうちゃくぶつ》が積みかさなった荒涼《こうりょう》とした風景の真ん中にぽつんと立っていました。不気味で重い静寂《せいじゃく》があたりを包みこんでいました。これほど大きな災難のあとにきこえてくるはずの声——泣きさけぶ声、嘆《なげ》く声、悲痛な声——もまったくきこえてきませんでした。生き残った者は、あまりに大きな衝撃《しょうげき》を受けたせいで感覚が麻痺《まひ》し、ふつうに嘆きかなしむことができなくなっていたのです。わたしたちは瓦礫《がれき》の山のあいだを縫《ぬ》って進み、医科大学へとむかいました。そして、そこで、ガスと喜ばしい再会を果たしたのです。神様のはからいで扉《とびら》が漂《ただよ》ってきたおかげで、ガスは安全な場所にたどりつくことができたのです。

マーガレット、この途方《とほう》もない悲劇についてくわしく書いた今、わたしはもう二度とこの話はしないと心に決めています。

永遠に変わらぬ愛をこめて。

ソフローニア・フィンチ

わたしは手紙をもとにもどした。吐《は》き気がしていた。アギーが嵐《あらし》のことを話せないのも無理はない。アギーが心にひどい傷を負っているというのに、わたしはなんて思いやりがなかったんだろう。これからは、アギーにやさしくしてあげようと心に決めた。そして、二度とガルベストンのことは考えないわ、と自分にいいきかせた。けれど、当然のことながら、考えないようにといいきかせればいいきかせるほど、そのことを考えてしまうものだ。好むと好まざるとにかかわらず。

その翌日、両親が心配そうに話しているのを一、二度耳にした。それから、医師のウォーカー先生がやってきた。背が高く、我が家では大いに尊敬されている生《き》まじめな人物で、いつも喪服《もふく》のような黒い服を着ていた。ウォーカー先生がやってくると、子どもたちはたいてい、小枝でつつかれたアリの群れのように散り散りに姿を消した。必ず、冷たい金属の器具を耳や口につっこまれたり、氷のような聴診器《ちょうしんき》を胸にあてられたりするからだ（家族からきいた話では、三歳《さい》のときに偽膜性喉頭炎《ぎまくせいこうとうえん》にかかったわたしは、診察《しんさつ》にきたウォーカー先生にクマのぬいぐるみの心臓の音をききたいから聴診器を貸してほしいと頼《たの》んだそうだ。そして、ウォーカー先生は冷淡《れいたん》にもその頼みを断ったという。わたしにはまったく記憶《きおく》がないので、そのときのことをなんとか弁解しようと思ってもできない）。

ウォーカー先生と母はわたしの部屋に入ってくると、わたしを追いだして、目のまえで扉を完全に閉じてしまった。わたしは鍵《かぎ》穴のまえでぐずぐずしていた。もっとましなことを思いつかなかったからだ。なかから、次々に指図するくぐもった声がきこえてきた。

「大きくあけて、〈あー〉といって」

「あーーーーーー」

「口から何回か深く息を吸って」

診察を受けるのが自分ではないから、いつもよりずっとおもしろい。先生のかばんがパチンと閉まる音がして、わたしは逃《に》げだすときだと思った。

母とウォーカー先生が階段をおりて、客間にむかった。手をもみしぼっていた母はなにかに気をとられている様子で、廊下《ろうか》にひそんでいたわたしに気づかなかった。

「テイト夫人、気を落ちつけてください」ウォーカー先生がいった。「軽い貧血があるほかには、体の異常は見うけられません。貧血の治療《ちりょう》は簡単です。鉄の釘《くぎ》を刺《さ》しこんで、そのまま数日間おいたりんごを、朝食で必ず一個食べるようにすることです。それを六週間つづければ、貧血は治ります。それよりも、現在の大きな問題は、重い神経衰弱《すいじゃく》——神経疲憊《ひはい》ともいいますが——になっているということです。神経に激しい衝撃《しょうげき》を受けています。これを治すには、何か月もかかると思われます。数週間では無理です。気持ちを落ちつかせ、なぐさめとなるような気晴らしを与《あた》えるようにしてみてください。たとえば、裁縫《さいほう》や、静かな音楽や、刺激的《しげきてき》でない本などです。注意しておきますが、小説はいけません——いや、いや、小説は想像力を刺激し、心を煽《あお》りたて、この病の治療でもとめているのとは正反対の効果をもたらしますのでね」

ほんと？　それだから、お母さんはいつも、ディケンズやオルコットの本をわたしの手からもぎとって、代わりに編み物や裁縫を押《お》しつけようとするの？

「いや、いや」ウォーカー先生は話をつづける。「こういう症状《しょうじょう》には、まじめでためになる、教育的な伝記がいいでしょう。長ければ長いほど、よろしい。読んでごらんになれば、そうした本が、まさに医者の注文どおりの内容だとおわかりになるでしょう」そういったあと、ウォーカー先生は、奇妙《きみょう》なかすれた咳《せき》をした。その乾《かわ》いた音が笑い声だと気づくのに、一瞬《いっしゅん》の時間がかかった。ひどいユーモアのセンスをもった男のきしるような笑い声だった。

先生はつづける。「アギーに、コカの葉のお茶から作った、気持ちを高揚《こうよう》させる薬をだしましょう。これは、朝に飲む薬です。それから、就寝《しゅうしん》まえに飲む、アヘンチンキから作った鎮静《ちんせい》作用のある水薬も出します。朝と就寝まえに飲む薬をまちがえないよう注意してくださいよ。さて、それでは、これで失礼します」

母は馬車までウォーカー先生についていき、「どんなに感謝していることか」と何度もお礼の言葉を口にした。

わたしは二階のわたしの——わたしたちの——部屋に駆《か》けあがった。アギーは、きちんと服を着たまま、わたしの——アギーの——ベッドに横になっていた。アギーはみじろぎもせずに天井《てんじょう》を見つめている。

「わたし、死ぬの？」アギーが力のない声でいった。

「アギー！」わたしは心底、ぎょっとした。「もちろん、ちがうわ」

「先生はなんておっしゃったの？」

「貧血があるって。だから、わたしたちはアギーに鉄の入ったりんごを食べさせなきゃいけないの。それから、アギーが大きな衝撃を受けているから、アギーに退屈《たいくつ》な伝記を処方するんですって」

アギーは片肘《かたひじ》をついて体を起こすと、わたしを見つめた。無表情だった顔に、かすかに好奇心《こうきしん》があらわれていた。「ほんとうに？　なんだか、にせ医者みたい」

「ちがう、ちがう。町でいちばんのお医者さまよ」

「そんなことをいっても、あまり意味がないわ。どうせ、町でひとりきりのお医者さまなんでしょ」

「ええと、そうね。でも、気分がよくなる薬も処方してくれるわ」

「わかったわ」そういうと、アギーはまた、どさりと横になった。

わたしは、りんごの係を買ってでた。わたしが〈アギーの看病に関心を示していること〉を母がとても喜んだので、「そうじゃなくて、すべて、実験のつもりで見ているの」というのはやめておいた。わたしは週に一度、長さ二十五ミリの釘《くぎ》を七つのりんごにつきさし、毎朝、そのうちの一個から釘を抜《ぬ》いた。すると、釘のあたっていたところは、白っぽい果肉がさびのような茶色になっている。わたしは、科学のために、こっそりひと切れ食べてみた。まるで鋳鉄製《ちゅうてつせい》の管をなめているような味だった。

アギーはゆっくりと回復していった。が、ある朝、あやうく逆もどりしそうになった。その朝、アギーがこういったのだ。「昨日の晩、おそろしい夢を見たわ。この部屋に毒ヘビが、そう、サンゴヘビがいる夢よ」

「サンゴヘビじゃないわ」思わず言葉が飛びだして、止められなかった。しまった。わたしはあわてて手で口をおさえた。

「どういうこと？」アギーは不思議そうにこちらを見た。

「なんれいもない」

ウォーカー先生の薬は役に立つということがわかった。けれど、そのあと、なによりも役に立つことが起こった。ガルベストンから手紙が届き、アギーはひと晩で気分がよくなったのだ。アギーは手紙の中身を教えてくれなかったけれど、わたしたちは、アギーの両親からきた手紙にちがいないと思った。わたしたちがまちがいに気づくのは、何か月も先のことだ。

手紙がきた翌日、わたしが学校からもどると、アギーはベッドから出て、起きていた。きちんと服を着て、髪《かみ》を手のこんだばかげた髪型《かみがた》にしている。それまでとはちがって、周囲に関心をもっているように見えた。

「ただいま、アギー」わたしは礼儀《れいぎ》正しく挨拶《あいさつ》をした。「気分がよくなってきたみたいね」

「あれはなに?」アギーがいった。

「どれのこと?」

「鏡台の上のあれよ」アギーが、サー・アイザック・ニュートンを指さした。

「ああ、あれは、一般《いっぱん》に〈ゴマダライモリ〉と呼ばれているわ。アギーも知っていると思うけど、サラマンドリダエ科ノトプタルムス属の両生類よ」

「なんで、そんなわけのわからないことをいってるの?」

わたしはショックを受け、腹を立てた。「わけのわからないこと? わけのわからないことなんかじゃないわ。ラテン語よ。植物学者リンネが考案した二名法と呼ばれるものなの。わたしたち科学者が自然界全体を分類する方法よ」

アギーは、感心しているように見えなかった。

「見てて」わたしはいった。「このイモリにハエを食べさせるから。缶《かん》にハエの死骸《しがい》が入れてあってね、それに糸を結びつけるんだけど、これが簡単じゃないの、ほんとよ。それから、糸をつけたハエをイモリの上にぶらさげて、食欲を刺激《しげき》するの。イモリは、動いていないハエにはあんまり興味を示さないのよ」

「むかむかするわ。そんなもの、捨ててよ」

なんてことなの。あっというまに元気になったと思ったら、毒舌まで吐《は》くようになってる。「イモリはわたしが飼ってるのよ。それに、イモリの研究をしてるんだから。勝手にさわらないほうがいいわよ」

「さわるもんですか」アギーが身震《みぶる》いした。

かわいそうなサー・アイザック。なんで世間の人たちは、イモリを毛嫌《けぎら》いするのかしら？　わたしはアギーの反応を見て、思った。アギーがヘビのことを夢だと思ってよかったわ。

その晩、それぞれがベッドと床《ゆか》の上のマットレスに横になってから、わたしはきいてみた。「ね、衣裳《いしょう》戸棚《とだな》に入ってる、あのおかしな形のケースの中身はなんなの？」

「勝手にさわらないほうがいいわよ」

「わかったわ。でも、なにが入ってるの？　アコーディオン？　なにかの楽器よね、そうでしょ？」

「それをきいて、あなたがいかにものを知らないか、わかったわ。だまって寝《ね》なさいよ」

「中身を教えてくれるまで、寝ない」

アギーはためいきをついた。「タイプライターという機械。だから、勝手にさわらないほうがいいわ。

もしさわったら、おばさまにいうからね」

「わあ」わたしの知るかぎり、こういう新式の機械がこの町にもまちがいなく一台あった。地方紙の『フエントレス・インディケーター』が所有している。その機械に紙を一枚巻きこみ、キーをたたいて文字を打ちこむ――ちょうど、ピアノの鍵盤《けんばん》をたたくような具合だ。すると、ものすごいことが起こる。まるで本のようにきれいな文字が紙に打ちだされるのだ。

「いつか、見せてくれる?」

「だめ。もう寝なさいよ」

「どうしてその機械をもってきたの?」

「だまって寝なさいよ」

そうね、正直にいうと、そのあと、タイプライターに近づかないようにするなんて、とうてい無理なことだった。翌日、アギーがお風呂《ふろ》に入っているあいだに、わたしは衣裳戸棚の扉《とびら》をあけて、ケースの位置をじっくりと観察した。もとにもどすときに、まちがいなくぴったり同じ場所におけるようにするためだ
――悪賢《わるがしこ》いキャルパーニア! わたしはケースをもちあげて、その重さに驚《おどろ》いた。うわっ、なんて重いの。期待で固唾《かたず》をのみながら、ケースの蓋《ふた》をひらいた。ひと目見て、この機械があの災害を無事くぐりぬけて、元の状態のまま残っていたことがわかった。黒く輝《かがや》く機械は複雑な造りで、いちばん上に金色の文字で〈アンダーウッド〉と記されている。下のほうにはたくさんの丸いキーが並び、キーの上にアルファベットの

すべての文字が書かれていた。ただ、順番がめちゃくちゃで、ぐちゃぐちゃに並んでいる。必要な文字をどうやって見つけるのかしら？　複雑なレバーやダイヤルがたくさんあり、こわくてさわることができなかった。アギーはどうしてこの機械をもってきたのかしら？　この機械は動くにちがいないし、アギーは使い方を知っているにちがいない。まともな人間なら、使う気もない機械を、しかもこんなに運びにくいものを、はるばる州のむこう側からひきずってきたりはしない。わたしは注意深く蓋《ふた》を閉めて、見つけたときとぴったり同じ場所にもどした。

翌朝、アギーが朝食の席に加わった。J・Bは興味津々《しんしん》といった様子でアギーを見つめて、口いっぱいにパンケーキをほおばったまま、いった。「あの女の人は、だれ？」

「いとこのアギーよ。食べ物をほおばっているときに、話さないでね」わたしは答えた。

「いとこって、なに？」

「ええと、ソフローニアおばさんとガスおじさんを知ってるでしょ？」

「知らない」

「あら、知ってるわよ。ピアノの上にふたりの写真があるでしょ」

J・Bがぽかんとわたしを見ている。それで、気がついた。家系についてどんなに簡単な説明をしても、幼いJ・Bには理解できないのだ。「J・B、なんでもないわ。アギーはしばらくわたしたちといっしょに暮らすのよ。大きな風がアギーの家を吹《ふ》きたおして、ほかに住むところがないの」

すると、Ｊ・Ｂが生き生きとして、いった。「三匹《びき》の子ブタみたいに？」

「Ｊ・Ｂ、家を吹きたおしたのはオオカミじゃないのよ。ものすごく強い風、嵐《あらし》なの。嵐は知ってるでしょ？」

けれど、六歳《さい》の子どもは、嵐の話に興味を示さなかった。Ｊ・Ｂはふたたび、朝食に注意をむけた。

自身の帰宅を祝うために、また、わたしたちの誕生日に家にいなかったことを埋《う》めあわせるために、父はやがて、わたしたちきょうだいをひとりずつ自分の部屋に呼びいれた。そして、無事に帰宅できて幸運だと思っていること、また、家族全員の無事と健康に感謝していることを少しばかり話したあと、自分の留守のあいだにわたしたちがどんなふるまいをしたかたずねた。

「キャルパーニア、わたしが留守のあいだ、いい子だったかい？」

「ええと、お父さん、たいていは、はい」

「わたしが留守のあいだ、お母さんのいうことをよくきいたかい？」

「ええと、お父さん、はい、ほとんど」

わたしが答えると、父は、あたかも決断しようとしているかのように、じっくり考えた。「そういうことなら、この特別なときに特別な贈《おく》り物をしよう。手を出してごらん」

父は、五セントではない、それどころか十セントでもない、びっくりするほど重い硬貨《こうか》をわたしのてのひらに乗せた。わたしは手の上の硬貨を見つめた。硬貨は温かな光をかすかに放って、光っている。自由の女神が描《えが》かれた五ドル金貨だった。表の面に自由の女神の頭が描かれ、裏面にワシと楯《たて》が描かれている。これほどの大金を目にするのは、初めてだった。ひと財産だわ！　しかも、全部わたしのものよ！

「ばかげたことに使わぬようにな」

わたしはすぐさま本のことを考えた。このお金で本が何冊も買える。そうしたら、もう、ロックハート図書館のウィップル夫人に頼《たの》んで、貸してもらわなくてもよくなる。そうよ、意地悪なウィップル夫人が不機嫌《ふきげん》になったり、怒《いか》りでスモモみたいな赤紫色《あかむらさきいろ》の顔色になったりするのを見なくてすむのよ。

父がいった。「自分の将来にたいする投資だと考えるのだよ」

それから、このお金で買えるさまざまな科学的装置のことを考えた。たぶん、中古のまた中古の顕微《けんび》鏡《きょう》を買って、わたし専用にできるわ。

「今は使わずに貯めておいて、将来、賢《かしこ》い使い方をしなさい。そう、おまえの嫁入《よめい》り支度に使うといい」

わたしのなんですって？　嫁入り支度のためのリネン類ですって？　衣裳《いしょう》？　お父さんは冗談《じょうだん》をいってるのかしら？　からかわれているのだろうと思って父の顔を見たが、そんな様子はまったくなかった。信じられない。どうして、こんなことになったんだろう？　自分の父親にこんなにも理解されていないなんて。わたしは、自分の家にいながら、よそ者だった。べつの〈族〉の構成員、あるいは、べつの〈属〉の構成員だった。

父はとまどったような様子で、わたしがなにか答えるのを待っていた。

わたしは一瞬《いっしゅん》、言葉を失い、つっかえながら「お父さん、ありがとう」というのが精いっぱいだった。

「どういたしまして。部屋から出たら、トラヴィスにここにくるようにいっておくれ」

わたしは五ドル硬貨《こうか》をエプロンの奥深《おくふか》くにつっこんで、部屋を出た。心が傷ついていた。わたしはたったひとりの娘だっていうのに、お父さんは、その娘のことをこんなにも理解していないんだわ。

トラヴィス、ラマー、サル・ロスが廊下《ろうか》に並んでいた。トラヴィスがわたしをひと目見るなり、小声でいった。「ぼくたち、叱《しか》られるの？」

「ううん、いい話よ」

「それじゃあ、なんでそんな顔をしてるの？」

「なんでもないわ。お父さんは、次にトラヴィスと話したいって」

わたしは自分の部屋にひきこもり、五ドル硬貨をもらった喜びと父にたいする失望とで悶々《もんもん》としていた。わたしは、もらわれた子なのかしら？　わたしのほんとうの両親は――それがだれであれ――、わたしをテイト家という巣にこっそり入れて、育てさせようとしたのかしら？　カッコーがほかの鳥の巣のなかに卵を産んで、育てさせるみたいに？　ああ、なにもかもが、なんて不公平なんだろう。こんなとき、わたしのなぐさめとなるのは祖父しかいなかった。祖父がいるという幸運に感謝しながら、祖父がおじいちゃんでなくてお父さんだったらよかったのにと思った。当然のことながら、わたしの人生にたいする祖父の発言権は限られていた。わたしは、五ドル硬貨を――文字どおり財産を――どうしようかとじっくり考えたすえ、薄紙《うすがみ》に包んで、ベッドの下の葉巻の箱にそっとしまった。

一週間後、母が「町に出かけて、フェントレス雑貨店で買い物でもしたらどうかしら」といった。自分の殻《から》にひきこもっていたアギーが、少しずつ外に出はじめたことにほっとして、喜んでいたのだ。母から誘《さそ》われて、わたしもいっしょにいくことにした。なにしろ、店に買い物にいくのは、いつもとびきり楽しいことだったからだ。わたしは賢明《けんめい》にも、父からもらった五ドル硬貨を家においていった。使いたいという誘惑《ゆうわく》に負けないためだ。母とアギーがさまざまな生地――モスリンや亜麻布《あまぬの》やキャラコ――を手にとって見ているあいだ、わたしは、カウンターに鎖《くさり》でつないであるシアーズ・ローバック社の最新カタログに目をとおした。こうしていると、少なくとも三十分は楽しむことができた。このカタログから、世界のありとあらゆるものを注文して、買うことができるのだ。オーバーコートから下着まで、かつらから腕時計《うでどけい》まで、ピアノからテューバまで、ヘビにかまれたときの応急処置セットから散弾銃《さんだんじゅう》まで。シンガー社のミシンだって買えるし（我が家のミシンは、このカタログで注文したものだ）、既製品《きせいひん》のブラウスやスカートやほかの衣類だって買える。既製服を買えば、自分で縫《ぬ》う手間がはぶけるのだ。すばらしい！ カーテンやじゅうたんも買えるし、トラクターや新式の乗り物〈自動車〉までも買える。そして、たった三か月後には、注文したものが玄関《げんかん》に届く。魔法《まほう》みたいだ。迅速《じんそく》な対応とは、まさにこのことだ！ ありふれた商品、たとえば、大袋《おおぶくろ》入りの小麦や砂糖《さとう》や豆なども買える。平原のみすぼらしい芝土《しばつち》造りの小屋で暮らしながら、配達はまだかと毎日地平線に目をこらしている多くの開拓者《かいたくしゃ》の妻たちにとって、シアーズ・ローバック社は救世主だった。

リューラのお父さんのゲイツさんが店に入ってきて、散弾銃の弾《たま》を買った。ゲイツさんは帽子《ぼうし》を傾《かたむ》けて挨拶《あいさつ》しながら、母にいった。「テイト夫人、注意したほうがいいですよ。ご主人に、うちのニワトリがやられていると伝えてください。アライグマかキツネか、あるいはほかのなんの仕業かわかりませんがね。このあいだの晩、銃《じゅう》でしとめたと思ったんだが、いぜんとしてニワトリが襲《おそ》われている」

「ゲイツさん、ありがとうございます。まちがいなく主人に伝えますわ」

わたしたちが購入《こうにゅう》するものを選ぶと、店員がそれらの品々をみごとな手際で茶色い紙に包み、荷造り用のひもでしばってくれた。店を出ようとむきを変えたとき、母がいった。「あら、待ってちょうだい。キャルパーニア、あなたの針を忘れていたわ」

「わたしのなに？」

「あなたの三号の針よ」

「なにに使うの？」

「あなたの編み物ですよ。クリスマス用のね」

「わたしのなに？」わたしはこの会話がむかっていく方向が気に入らなかった。

「おやめなさい。まるで、あの不快なポリーみたいな話し方ですよ。オフラナギャンさんがポリーをひきとってくれて、ほんとうにありがたいわ。おじいさまは、いったいなにを考えてらしたのか……。いえ、そんなことより、あなたのクリスマスの編み物のことを話していたんだわ。今年は手袋《てぶくろ》に挑戦《ちょうせん》しましょう」

わたしの気持ちが一気に沈《しず》んだ。まえの年のクリスマス、わたしは靴下《くつした》の編み方を無理やり教えられて、クリスマスプレゼント用の男物の靴下を編んだ。男の家族全員分——まるで、何千人分も編んだような気がした。このつらい編み物の練習のせいで、何週間も自然観察ができず、編み物をしなくてはならない一分一分に猛烈《もうれつ》に腹を立てていた。そして、その結果できあがったものは、なんとなく靴下に似た形のこぶだらけでおそまつな代物だった。だれひとりとして、わたしの靴下をはいてくれないが、そんな家族を責められないと思っている。それなのに、こんどは手袋？

「どうして編み物をしなくちゃいけないの？　シアーズのカタログで文句のつけようがないくらいすてきな手袋を買えるのに」必死にいいながら、わたしは小走りでカウンターまでもどって、カタログをぱらぱらとめくった。「ほら、手袋の載《の》っているページだって見せてあげられるわ。わたしが編んだのよりずっとすてきな手袋がシアーズから買えるのに、だれがわたしの手袋なんかほしがるかしら？」わたしは手袋の載ったページを指で狂《くる》ったようについた。「これを見て。〈お気に召《め》すようなあらゆるデザインと色の手袋を各種サイズ、取りそろえております〉と書いてあるわ。それにここ。〈ご満足いただけることまちがいなし〉って。そう書いてあるの、ほら、ここよ」

母が唇《くちびる》をぎゅっと結んだ。これは、いつだって危険な兆候だ。「そういう問題ではありません」

「じゃあ、なにが問題なの？」わたしは、かっとなって、きいた。ふだんなら、〈そんな横柄《おうへい》な口をきいてはいけない〉とりっぱに判断できるのに、そのときは怒《いか》りのあまり、つい、いってしまったのだ。

このやりとりに、店員が興味を――過度の興味を――見せていた。そのことに気づいた母は、店員にむかってぞっとするような作り笑いをすると、わたしの肘《ひじ》をぎゅっとつかんで、わたしを店の外にだした。通りの真ん中までひきずりだしたとはいわないが、それに近い勢いだった。アギーが買い物の包みをもって、小走りでうしろをついてくる。唇に薄ら笑いを浮《う》かべていた。

「大切な問題は、キャルパーニア、若い娘《むすめ》ならだれでもふつうに知っていることを、そう、家事をきりもりする術を、あなたが学ぶということです。これは、すべての若い娘に求められているのですよ。そして、それこそが大切な点なのです。さあ、この話はこれでおしまいにします。アガサ、娘が不作法でごめんなさいね」

母はくるりとむきを変えて店に入ると、一分ほどでもどってきた。その手には、ひと組の編み針が握《にぎ》られていた。うちに帰る道々、わたしは、知り合いなんかじゃないというように母とアギーから遅《おく》れて、ぷんぷん怒《おこ》りながら罪もない土くれを蹴《け》とばして歩いた。ふたりもまた、うしろからむっつりとついてくるわたしに気づかないふりをして、裁縫《さいほう》のことをぺちゃくちゃしゃべっていた。

わたしは、家についたら一気に逃《に》げさることができると思っていた。ところが、その機会をとらえるまえに、母がわたしを客間に入れた。

「すわりなさい」母に命じられて、わたしはすわった。

すると、母から、編み針と編み図と濃紺《のうこん》の毛糸ひとかせを渡《わた》された。

「目をたてて」母にいわれて、わたしは、編みはじめの目をたて、手袋《てぶくろ》を編みはじめた。

アギーは、ペルシャじゅうたんの上に膝《ひざ》をついて、シャツブラウスとスカート用生地の裁断を始めた。

アギーと母は流行の話をして、またわたしを無視している。かまうもんですか。わたしは編み図と格闘《かくとう》し、毛糸と戦いながら、ぶつぶついい、ぷりぷり腹を立て、編み目を落とした。とてもいらいらする。といっても、静かないらだちだったけれど。思いどおりにさせてもらえるなら、ぐちゃぐちゃの情けない編み物を床《ゆか》に投げつけて、さけび声をあげながら川に走っていっただろう。

ヴァイオラが銅鑼《どら》を鳴らして夕食の時間を知らせたときには、小さな手袋の片方をほとんど編みあげていた。わたしは得意げに手袋をかかげて、じっくりと見た。母が、信じられないという目で見つめていた。アギーが、耳ざわりな声であざけるように笑った。まるでカモメみたいな声だ。しかも、驚《おどろ》くほど残酷《ざんこく》な笑い方だ。わたしは目をすがめて手袋を見つめた。なんだかおかしい。手袋の指をかぞえてみた。一、二、三、四、五。そして、六。

こんなできばえだったら、一生、手袋作りをしなくてもすむと思うでしょう？　ところが、なんと、そうではなかった。母は、ただ、わたしを五本指の手袋からミトンの手袋作りへと降格しただけだった。手袋といっても、ミトンはまさに手にはめる靴下《くつした》で、五本指の手袋を編むよりずっとやさしい。今、ここで、断言するわ。手袋を編むのはおそろしく難しいけれど、その一方で（ははは！）ミトンを編むのは楽な仕事よ。

そして、アギーはといえば、そう、アギーには本にたいする友情がめばえていなかった（「わたしには読書より大切なことがあるのよ」ですって）。それに、アギーには、寝《ね》るまえに髪《かみ》にブラシをかけるという〈儀式《ぎしき》〉もなかった（アギーは、ブラシをかけようとするわたしに「わたしからそのイモリみたいな手を離《はな》してよ」といった）。結局、アギーは、姉の――わたしにはいなかった姉の――代わりにはならないとわかった。よかった。

第12章　バンディットの物語

F・キュヴィエの観察によれば、たやすく飼いならされる動物はすべて、人間を自分たちの社会の一員だと考え、そう考えることにより群集を作ろうとする本能を満たしている。

ある日の午後、わたしがピアノの練習をしていると、珍《めずら》しいことに、途中《とちゅう》でトラヴィスが客間に入ってきた。たいてい、わたしのピアノを聴《き》いているのは母ひとりだった。母は、音楽愛好家というよりは練習を強制する監督者《かんとくしゃ》として、聴いていた（もっとも、ブラウン先生がショパンの曲を――とくに、夜想曲を――わたしに練習させているときには、母は楽しんで聴いていたということをいわなくてはならない。そういうときの母は、うっとりとして、物思わしげだった。わたしのせいで母が生涯《しょうがい》にわたるショパン嫌《ぎら》いにならなかったのは、奇跡《きせき》だ。なにしろ、音ははずすし、ブラウン先生から〈機械的〉だといわれるような弾《ひ》き方をしていたのだから。でもね、木の定規が、ピアノを弾いている指のすぐ上でまちがいを正そうと待ちかまえていたら、だれだって、機械的な弾き方になると思うわ）。

わたしは、炉棚《ろだな》の上の時計をタカのような目で見ていた。義務づけられている三十分の練習時間より一秒だって長く弾くものかと思っていたのだ。トラヴィスは顔を輝《かがや》かせて、跳《は》ねるように入ってくると、興奮をおさえきれない様子でそわそわしていた。そのとき、わたしはちょうど、チャイコフスキーの『金平糖の精の踊《おど》り』をだいなしにしているところだった。どう考えても、トラヴィスがわたしの演奏に感動して、興奮しているとは思えない。ということは、なにかがあったのね。演奏が終わると、トラヴィスは礼《れい》儀《ぎ》正しく、母とともに拍手《はくしゅ》した。それから、さしせまった様子で、〈ついてきて〉とわたしに合図した。わたしはトラヴィスについて、台所を抜《ぬ》け、裏口から外に出た。トラヴィスが、小走りで納屋にむかいながら、いった。「急いで——どうしても見せたいんだ」

「なにを？」わたしは、トラヴィスのうしろを走りながらきいた。

「早くおいでったら。新しいペットができたんだ」

トラヴィスのペットはたいてい、たくさんのやっかいごとをひきおこすとわかっていた。けれど、トラヴィスは、傍目《はため》にもはっきりとわかるほど興奮していて、その喜びと熱意がわたしにうつった。「どんなペットなの？」

「すぐにわかるよ。今は、アルマンドの檻《おり》に入れてある」

「そのペットがどんな動物なのか、先にいったほうがいいと思うけど。わたしが心の準備をできるようにね」

ところが、トラヴィスは答えようとしない。トラヴィスを追って納屋に入ると、薄暗《うすぐら》い隅《すみ》におかれた檻のなかに、アライグマの子どもがいた。赤ちゃん猫《ねこ》よりは大きいが、おとなの猫よりは小さい。とがった鼻に、環状《かんじょう》の模様のあるふさふさしたしっぽ。目のまわりが黒くて、ハロウィンで強盗《ごうとう》に扮《ふん》したいたずらっ子みたいだ。

「ね、かわいいでしょ？　バンディット（山賊《さんぞく》）っていう名前にしようと思うんだ」

バンディットが不機嫌《ふきげん》そうにうなり声をあげた。用心深くこちらを見つめている。そのきらきらした黒い目は、ちょうど母が特別なときにつけるネックレスの黒玉《こくぎょく》と同じ大きさと色だった。

「トラヴィス」わたしは、おざなりのいいかたしかできなかった。「この子はほんとうにかわいいけど、アライグマを飼うことなんかできないわ。お父さんがかんかんに怒《おこ》るわよ。いつだって、アライグマを見つけたら、すぐさま銃《じゅう》で撃《う》っているもの。アライグマは鶏小屋《とりごや》を襲《おそ》うし、菜園を荒《あ》らすし、木になっているペカンを食べてしまうんだから」

「これを見て」トラヴィスがレタスの切れ端《はし》を檻《おり》の金網《かなあみ》のあいだから押《お》しこんだ。すると、バンディットはすぐさま前足でレタスをつかみ、水を入れた鉢《はち》のなかで注意深く洗って、食べた。その様子は、まるで、ピクニックをしている人間みたいだ――といっても、体はずっと小さいけれど。なるほど、だから、アライグマの学名はプロキオン・ロトルなのね。プロキオンというのは〈犬のまえのもの〉という意味。昔は、アライグマが犬の祖先だと考えられていたから、こういう学名がついたらしい。ロトルは、〈洗うもの〉という意味。だから、ふたつをあわせて、〈犬のまえの、洗う動物〉ということになる。

「それに」わたしは話をつづけた。「お父さんが撃たなかったとしても、ヴァイオラが撃つわよ。ヴァイオラが菜園をどんなに大切にしているか、知ってるでしょ」

トラヴィスは、バンディットにやさしくささやきかけながら、レタスをもう一枚やった。

「あのね、アライグマは成長すると、凶暴《きょうぼう》になるから、ペットにはむかないのよ。わかってるでしょ？」

「この子をやぶのなかで見つけたんだ。ひとりぼっちで、鳴いてたんだよ」

「リューラの家の近く？　リューラのお父さんが、ニワトリをとられているといっていたわ」

トラヴィスは答えない。

わたしはいらいらして、いった。「この子の母親は？　母親を探したの？」

「え？　ああ、ええと……うん」

「トラヴィス」

「飢《う》え死にしそうになってたんだ！　ひとりぼっちだったんだよ！　ほかにどうできたっていうのさ？　コーリーだって、この子をおいてきたりしなかったと思うよ。ね、この子を見てよ。ほんとにかわいいね」

バンディットは、器用な小さい前足でレタスをまわしながら、むしゃむしゃ食べつづけている。そのあいだずっと、黒い目で警戒《けいかい》するようにわたしたちを見つめていた。ほんとに、かわいいとしかいいようがないわ。少なくとも、しばらくのあいだはね。「それに」トラヴィスがつづける。「だれにもいわなきゃいいんだから」

「こんな秘密を隠《かく》しとおせると、本気で思ってるの？」わたしは、無理だろうと思った。

「もちろん。だれにもいわなきゃいいんだから」

その晩、夕食の席で、父がトラヴィスにいった。「ところで、トラヴィス、おまえが納屋でアライグマを飼っている、とアルベルトがいっていたが、ほんとうかね？」

トラヴィスがぽかんと口をあけた。うまくいいつくろうために話をでっちあげる時間がないまま、不意をつかれたのは明らかだ。アルベルトはうちの雇人《やといにん》で、父が賃金を払《はら》っているのだから、もちろん、こうしたできごとは父に報告するだろう。

父がいった。「わたしがアライグマの類をどう思っているか、知っているはずだ。害獣《がいじゅう》だ。ああいった動物はすべてそうだ」

「はい、お父さん」トラヴィスが頭を垂れた。「ごめんなさい」そういうと、頭をあげ、ペットにした理由を並べはじめた。「あの子には親がいないんだよ。それに、見つけたとき、飢《う》え死にしそうだった。だから、おいてこられなかったんだ。ぼく、約束するよ、ちゃんと世話をするから。あの子が鶏小屋《とりごや》に近づかないようにする、約束するよ」

父は母を見た。母は、深いため息をついたが、なにもいわなかった。何年ものあいだ、多少のちがいはあるものの同じ論争がくりひろげられ、母はまちがいなく根負けしていた。

「わかった」父がしぶしぶいった。「だが、なにか問題が生じたら、それがどんな問題であれ、そのアライグマをわたしが撃《う》ち殺して、犬たちにやるぞ。わかったかね？」

「はい、お父さん」トラヴィスが、どきっとするほど愛らしい笑みを浮《う》かべた。父でさえ思わず頰《ほお》をゆるめそうになる、効果満点の笑顔だ。

こうして、バンディットの物語が始まったのだった。バンディットは、アルマンドとカケスをあわせたのよりもっとやっかいなペットだった。そのわけは、バンディットには、無限の好奇心《こうきしん》とせっせと働く小さな前足があったからだ。バンディットの前足は、足というより手だった。実際、その〈手〉でなんでもあけることができた。トラヴィスが子犬用の首輪をつけると、バンディットは五分とたたないうちにはずしてしまった。トラヴィスが、革の切れ端《はし》で馬具のような小さなベルトを作って体につけると、十分とたたないうちにはずした。そのあと、トラヴィスはいいことを思いついた。ベルトのバックルがバンディットの肩甲骨《けんこうこつ》のあいだにくるようにするのだ。唯一《ゆいいつ》、バンディットの〈手〉が届かない場所だった。少なくとも、このときはまだ。トラヴィスはバンディットに引き綱《づな》をつけ、散歩につれていこうとした。すると、バンディットは激しく怒《おこ》って、疲労困憊《ひろうこんぱい》するまで大暴れした。まるで、釣針《つりばり》にかかったマスのように跳《は》ねたり、のたうちまわったりする。そこで、トラヴィスは、なだめすかす方法を思いついた。チーズのかけらをえさにして、一メートルほどついてこさせるのだ。そのうち、バンディットがなんでも――文字どおりなんでも――食べることがわかった。実際、とても食べられそうにないものまで。ジャガイモの皮、料理の材料の切れ端、ごみ、腐《くさ》りかけた魚の頭などを、どれもおいしそうに食べる。そう、注意深く洗ってから。バンディットは、むかむかするような物を平気で食べる。それなのに、食べるまえに、潔癖《けっぺき》ともいえるほど入念に洗う。わたしたちは、それをおもしろがった。

「バンディットは、いわゆる雑食性動物ね」わたしはいった。「植物だけを食べる草食動物と肉だけを食べる肉食動物のあいだの動物よ。おじいちゃんが、あらゆる居住環境《かんきょう》に適応して生き残るための仕組みだって、いってたわ。コヨーテも雑食動物よ。コヨーテはほとんどどんな場所でも生きられるの」

そして、バンディットは、ほとんどどんなものからも逃《に》げだせた。どんな檻《おり》も、バンディットを入れておけるのは、一日か二日がいいところだ。とくに、夜が問題だった。あっというまにトラヴィスになついたバンディットは、トラヴィスが夜寝《ね》るまえに檻に入れると、いやがって鳴いた。

「夜、バンディットをひとりぼっちにするのはいやだな」トラヴィスがいった。「とってもさびしそうで、悲しそうにするんだもん」トラヴィスが横目でわたしを見る。

「冗談《じょうだん》でしょ。家のなかに入れるなんて、できっこないわよ」

「ええと……」

「ぜったいにだめ。どうやったらバンディットを落ちつかせられるか、わたしが調査してみるから。だけど、家のなかに入れないって、考えることさえしないって、約束――いい？ 約束よ――しないとだめ」

「わかった。とにかく、バンディットが悲しそうにしてるところなんて、見たくないんだ」

〈調査する〉というのは、ずいぶんおおげさないい方だった。実際は、動物界のあらゆる知識の泉ともいえる祖父のところにいって、話しただけなのだから。

祖父は、わたしの話を真剣《しんけん》にきいてから、こういった。「たしかに、アライグマの子どもには、ひとをひきつけるところがある。若いころは群れで暮らす動物で、まだ幼いうちに捕《とら》えた場合には、飼いならすことができる。だが、成獣《せいじゅう》はめったに満足のいくようなペットにはならない。成獣になると、気質が変わるのだ。人間の仲間を必要としなくなり、えさをやろうとした手をかむことさえある」

「ということは、あとになって、とても手に負えなくなるのね」

「そのとおりだ。どうやって檻のなかで満足させるかという質問については、『テキサスの哺乳動物入門《ほにゅうどうぶつ》』を読んでみるといい。参考になるだろう」

わたしは、その本を棚《たな》からおろして、読んだ。本には、アライグマの赤ん坊《ぼう》は群れのなかで暮らし、きょうだいと折り重なるようにして眠《ねむ》っているときがいちばんしあわせなので、家族から離《はな》されると苦痛を感じる、と書いてあった。そして、そう、おとなになったアライグマについては、祖父がいったのと同じことが書かれていた。

わたしは、〈調査した〉ことをトラヴィスに伝えた。「いつか、バンディットに攻撃《こうげき》されるかもしれないわよ」するとトラヴィスは、ふん、と鼻で笑った。「あのかわいい小さな顔を見てごらんよ」

わたしたちがバンディットを見たちょうどそのとき、自分の将来について話しているのがわかったかのように、バンディットは体を起こしてすわり、頭をかしげて前足をさしだした。まるで、お願い、と懇願《こんがん》しているようなしぐさだ。

「ああ」トラヴィスとわたしは同時に声をあげた。

結局、わたしたちは、寝《ね》るときにさびしくないようJ・Bの古いぬいぐるみをバンディットに与《あた》えた。バンディットと同じくらいの大きさの、クマのぬいぐるみだ。すると、バンディットはクマをすぐに気に入り、体をすり寄せた。さらに、毛づくろいをしようと、クマのビロードのような毛皮をそっとさぐってノミやダニを探しはじめた。きょうだいができたバンディットは明らかに落ちつきを見せ、体重が増えて、よくじゃれるようになった。最初のうち、納屋の猫《ねこ》たちとバンディットは、注意深く相手のことをさぐっていた。やがてお互《たが》いに慣れてくると、雌牛《めうし》のフロッシーの一日二度の乳しぼりのときに、バンディットも猫たちといっしょに並ぶまでになった。フロッシーの乳首からほとばしる温かいお乳をもらうためだ。

しばらくすると、バンディットは、外につれだされたときに綱《つな》をひっぱることもなくなり、おとなしくついて歩くようになった。それからは、トラヴィスとバンディットのほんとうの散歩が始まった。犬のエイジャクスには、目にした動物が害獣《がいじゅう》かどうかがわかる。あるとき、トラヴィスとバンディットが散歩をしていると、エイジャクスがバンディットに襲《おそ》いかかった。バンディットは、命からがらいちばん近くのもの——それは、たまたまトラヴィスだった——に駆《か》けあがり、猛烈《もうれつ》な勢いでてっぺんまでのぼりつめると、そこに——つまり、トラヴィスの頭に——つかまって、うなったり威嚇《いかく》したりした。バンディットの鉤爪《かぎづめ》がトラヴィスの頭皮に食いこんでいた。トラヴィスが痛みに声をあげなかったら、愉快《ゆかい》な光景だっただろう。わたしは、走って救出にむかい、興奮したエイジャクスをひきはなした。叱《しか》りつけられたエイジャクスは、ひどく混乱した様子を見せた。当然よね。だって、これまでずっと、害獣を追いかけるよう訓練されてきたのだから。じつのところ、アライグマは、エイジャクスが追跡《ついせき》を得意としている動物のひとつだった。

バンディットは、攻撃的《こうげきてき》になるどころか、ますますかわいらしくなっていった。その一方で、わたしたちは、どうしたら檻《おり》があかないようにできるかと頭を悩《なや》ませつづけた。そして、ついに、掛《か》け金とレバーの完璧《かんぺき》な組みあわせを思いつき、針金で扉《とびら》をしっかり閉じた。わたしたちは、うしろにさがってながめ、脱走《だっそう》できない檻をすばらしいと思った。

わたしはトラヴィスにいった。「名前のつけかたをまちがえたわね」

「どういうこと？　バンディットは、完璧な名前だよ」

「フーディーニにすればよかったのよ。箱から脱出《だっしゅつ》するのが得意な奇術師《きじゅつし》フーディーニの名前をもらって」

二日後、バンディット／フーディーニが〈脱走できない〉檻から脱走して、トラヴィスがわたしのところに駆けてきた。

「コーリー、助けて。バンディットを見つけないと。犬たちにつかまっちゃうよ。でなきゃ、どこかの農夫に銃《じゅう》で撃《う》たれちゃう」トラヴィスは、こみあげてくる涙《なみだ》を必死にこらえようとしている。わたしたちは、ありとあらゆる場所を探した。少し離《はな》れたやぶまでいってみた。けれど、もしバンディットがこんなところまできたとしたら、二度と見つけられないだろうと、わたしにはわかっていた。

トラヴィスは、まるで家族を失ったかのように悲嘆《ひたん》に暮れた。ラマーはそんなトラヴィスをばかにして、両親にきこえないところで〈おっぱい飲んでる赤ちゃん〉と呼んだ。両親にきこえないところにいたのは幸運だった。わたしが脛《すね》を蹴《け》とばしたときにラマーがあげた悲鳴も、きこえなかったからだ。

翌朝早く、トラヴィスがウサギのバニーにえさをやりにいくと、バンディットがバニーの檻《おり》の上にすわって、朝食を待っていた。わたしはその場にいなかったので、感動的な再会を目にしたわけではないけれど、そのときのなにからなにまでをくわしくきいた。トラヴィスの顔に太陽がもどり、輝《かがや》きつづけた――少なくとも、バンディットが次に姿を消すまでは。これが、繰《く》り返された。しばらく姿を消し、もどってきてしばらくいる。トラヴィスを見てうれしそうにし、喜んで食べ物をもらう一方で、また、うれしそうに出ていってしまう。そして、祖父が予想していたとおり、バンディットがいなくなる期間がしだいに長くなっていった。

不幸なことに、充分《じゅうぶん》に長くはならなかった。ある日曜日、教会からもどった両親は、昼食までのあいだ、二階で休んでいた。納屋でバニーの毛づくろいをしていたトラヴィスは、鶏小屋《とりごや》で騒々《そうぞう》しい音がしたので、様子を見にいった。すると、うずくまったバンディットの足元に、首がねじれ、血まみれになったニワトリの死骸《しがい》があった。トラヴィスはあわてふためいた。バンディットは、自分で自分に死の宣告をしたようなものだからだ。

外出したアギーが夕方までもどってこないとわかっていたので、わたしは二階で、たまにはでこぼこしたマットレスではなくて心地いいベッドを使おうと考え、ベッドの上で本を読んでいた。そこへ、トラヴィスがいきなり飛びこんできた。それまで、ノックもせずに入ってきたことなど一度もなかった。目を血走らせ、顔をひきつらせている。わたしは一瞬《いっしゅん》、恐怖《きょうふ》におののき、家族のだれかが死んだのだと思った。

「バンディットが」トラヴィスがむせた。「鶏小屋のニワトリを一羽殺したんだ。お願い、助けて！」

「なにをしてっていうの？」わたしはベッドから飛びおりながら、いったいなにができるかしら、と考えていた。

わたしたちは鶏小屋に駆《か》けていった。すると、恐怖で混乱したニワトリたちが異様に興奮して、バンディットのまわりで右往左往していた。バンディットの前足と鼻づらが血で汚《よご》れている。目がらんらんと光っていた。そのとき、わたしは悟《さと》った。バンディットは、成獣《せいじゅう》だといっていいくらい成長している。もう手に負えない。バンディットの口の端《はし》から羽根がたれさがり、まるでおどけているように見えた。足元を見ると、ニワトリの死骸がふたつに増えていた。

「どうしよう？」トラヴィスが泣き声をあげた。

「トラヴィス、なかに入って、やめさせなさい」そういうと、わたしは納屋に走っていき、帆布《はんぷ》でできた丈夫な袋《ふくろ》を探しだした。鶏小屋にもどると、トラヴィスがバンディットをニワトリたちのいない隅《すみ》に追いつめ、「ぼくのところにおいで」と声をかけていた。その声が震《ふる》えている。そのときのバンディットは、だれのペットにも見えなかった。野生の動物に見えた。

わたしは腹を立てながら低い声でいった。「トラヴィス、あなたが落ちつけば、バンディットも落ちつくのよ」

トラヴィスはなんとか自分の気持ちを抑《おさ》えて、バンディットに低い声でなだめるように話しかけた。わたしはニワトリの巣のひとつから産みたての卵を取り、地面の上で割った。とろとろの卵を前足でなんとかすくいあげようと夢中になっていたバンディットは、わたしがうしろから忍《しの》び足で近づいていることに気づかなかった。わたしが袋《ふくろ》をぱっとかぶせると、バンディットは激しく怒《おこ》って、甲高《かんだか》い声をあげた。袋の口を握《にぎ》ったものの、わたしには、怒りくるうアライグマが飛びださないよう握りつづけることなどできないとわかっていた。トラのしっぽをつかんでいるようなものなのだから。

トラヴィスは目を見ひらいて、ぼうっとつったっていた。わたしはぜえぜえ息をしながら、いった。「ロープか梱包用《こんぽうよう》針金をもってきて。急いで!」

わたしのせっぱつまった声に、トラヴィスははっとして、ふいに走りだし、すぐに納屋から麻《あさ》ひもをもってもどってきた。わたしたちは、そのひもで袋の口をしばると、ひと息ついた。トラヴィスの手には、血の筋がついていた。わたしの手は、卵の黄身でべたべたしていた。地面の上の袋が、鳴き声をあげ、のたくっている。

顔を見あわせ、わたしたちふたりは同時に悟《さと》った。わたしたちの問題は解決するどころか、増えているのだ、と。トラヴィスのせいで、わたしたちはとんでもない泥沼《どろぬま》にはまってしまったんだわ。

トラヴィスがつらそうに、小声でいった。「みんなに見つかったら、バンディットは殺されちゃうよ」

ほんの一瞬《いっしゅん》、わたしは迷った。わたしは、責任ある行動、〈おとなの〉行動をとることもできる。つまり、父のところにいくということだ。その結果、トラヴィスは胸のはりさける思いをするだろう。あるいは、トラヴィスの側に立って、ともに苦難に立ちむかうこともできる。

わたしはいった。「まず、バンディットをみんなから見えないところにつれていかないと。手伝って」

わたしたちは、のたくっている袋をいっしょにもちあげて、納屋のなかへ運び——体重がたっぷり十キロはあるアライグマをひきずって歩くのは、想像以上に大変だった——、バンディットの古い檻《おり》のそばに隠《かく》した。それから、〈わが軍〉の再編成をおこなった。

わたしはシャベルをつかむと、いった。「証拠《しょうこ》を埋《う》めないと」

わたしたちが鶏小屋《とりごや》にもどると、メンドリたちは落ちつきをとりもどして、調査でもするかのように姉妹だった二羽の骸《むくろ》に近づいていた。わたしは、死んだニワトリをその場に埋めようと考えていたが、そこは裏のポーチから丸見えだった。どこかよそへ移して、あとから埋めたほうがよさそうだ。わたしは、シャベルで血の上に土をかけながら、死んだニワトリを納屋にもっていきなさい、とトラヴィスに命じた。

すると、トラヴィスがいった。「ぼく……ぼく、できそうにないよ」

「まったく、もう。気持ちが悪いなんていってる場合じゃないのよ」わたしはシャベルをトラヴィスに渡《わた》すと、ニワトリの脚《あし》をつかんで、納屋にむかった。ニワトリの首がゆらゆら揺《ゆ》れていた。

次の仕事は、自分たちの汚《よご》れを落とすことだ。わたしたちは馬の水槽《すいそう》までいき、ハンカチをぬらして、かわるがわる、相手の汚れをこすりおとした。鏡がなかったから、わたしがトラヴィスの頬《ほお》の血をぬぐい(トラヴィスには、なにがついているかいわなかった)、次に、トラヴィスがわたしの顎《あご》についた卵をこすった。それから、お互《たが》いを見て、点検しあった。ふたりとも、いくらかだらしなくなっていたが、さっと点検されるぶんには、これで大丈夫だろう。

「次は、どうする？」トラヴィスがきいた。

「バンディットをできるだけ遠くにつれていかないと。もどってこられないくらい遠くまで」

「手押《ており》し車に乗せたら、プレイリーリーにいく道路までつれていけるよ」

最高にいい考えというわけではなかったけれど、よしとしなければならないと思った。トラヴィスが、少なくとも、自分の頭で考えているのだから。

「そうね、できるかもしれない。でも、たぶん、途中《とちゅう》で知っている人に出会うと思うの。そうしたら、お母さんとお父さんに伝わってしまうかもしれない。鹿《しか》の踏《ふ》み分け道を通って、川下にいかないとだめよ」

わたしたちにとって運のいいことに、日曜日の午後は、みんな、いつもよりくつろいで過ごしている。おとなの監督《かんとく》の目も、ゆるんでいる。二、三時間家を離《はな》れても、大丈夫だろう。

「ここで待ってて。自然観察の散歩にいく、っていってくるから」

わたしは裏のポーチへ駆《か》けていくと、ちょっと立ちどまって服のしわをなでつけてから、台所に入った。台所では、ヴァイオラが昼食を作っていた。ヴァイオラはわたしをひと目見るなり、いった。「どうしたんです？　なにかあったんですか？」本気で心配しているような顔つきだ。明らかに、わたしの様子がふつうではないということだ。ヴァイオラの心配そうな顔と、わたしのなかでふくれあがっている緊張《きんちょう》のせいで、もう限界だと思った。その場で泣きくずれることができたら、どんなに楽だったろう。けれど、そんな贅沢《ぜいたく》は、わたしにもトラヴィスにも、ゆるされないことだった。好むと好まざるとにかかわらず、トラヴィスのしあわせはわたしにかかっているのだ。

わたしは気持ちを落ちつけた。「これから、トラヴィスといっしょに自然観察の散歩にいくの。お願い、そのことをお母さんにいっておいてもらえる？　遠くにはいかないし、夕食までにもどってくるから」そういうと、裏口からぱっと飛びだした。ヴァイオラからあれこれ問いつめられるまえに、そして、自分が泣きくずれるまえに。

トラヴィスは、ときおり抗議《こうぎ》の声をあげるバンディットに、なだめるような言葉をかけていた。袋《ふくろ》が分厚い帆布《はんぷ》でできていてよかった。とはいえ、バンディットには悪知恵《わるぢえ》の働く頭と器用な前足がある。いつまで袋に入れておけるか心配だった。この瞬間《しゅんかん》にも、脱出《だっしゅつ》をたくらんでいるだろう。

「さ、いくわよ。急がないと。入り江《え》にむかう道を進みましょう」わたしたちは、どちらも、時計をもっていなかった。けれど、太陽の位置を見て、夕食まで約四時間、多くて五時間くらいあると考えた。

わたしが二羽のニワトリをもち、トラヴィスが怒《いか》りや不満をもらす袋《ふくろ》を抱《かか》えあげて、出発した。わたしたちは、やぶのなかを歩いたり小走りをしたりしながら進んでいった。入り江《え》に着くと、わたしは、あわれなニワトリの死骸《しがい》を川の浅瀬《あさせ》においた。ここなら、さまざまな野生生物が喜んで受けとってくれるだろう。

それから、不満の声をあげる荷物をかわるがわるもって、さらに先を急いだ。もし、うなり声をあげてのたくるアライグマが入った袋を運ぶのはたやすいことだと思っているなら、考えなおしたほうがいい。わたしたちは、両側から袋をもってひきずったり、袋をサンタクロースのように背負ったりしながら——もっとも、世界一手に負えない贈《おく》り物を運んでいるサンタクロースということになるが——、進んでいった。途中《とちゅう》でたびたび立ちどまって、休まなくてはならなかった。しかも、食べ物や飲み物をほんの少しももってきていなかったから、川の水を飲むしかなかった。途中で一度、トラヴィスが「袋をあけて、バンディットにも水を飲ませてあげようよ」といった。が、わたしの顔を見るなり、トラヴィスはあわててその考えをひっこめた。

わたしたちは、苦労して進んでいった。顔にあたる枝、脚《あし》にひっかき傷を作るとげ、コハナバチ、ヌカカが、さらにわたしたちを苦しめた。けれど、ありがたいことに、わたしたちはだれも見かけなかったし、だれにも見られなかった。ついに、もう一歩も歩けなくなって、わたしたちは重なりあうようにしてすわりこんだ。わたしは、プレイリーリーまでの道のりの半分くらいまできた、と判断した。

トラヴィスが肩《かた》で息をしながら、いった。「コーリー、ありがとう。借りがひとつできたね」

「ちがう。百万個くらいの借りよ。さあ、袋をあけて」

するとトラヴィスの表情が変わった。さよならの瞬間《しゅんかん》が迫《せま》っていることに気づいたのだ。

トラヴィスがひもをゆるめはじめたとたん、とがった鼻がまちきれないというようにつきでて、バンディットが無理やり出てきた。自由の身になる瞬間を待ちに待って、ここぞとばかりに飛びだしたのだ。バンディットは数メートル先まで駆《か》けていき、地面のにおいをかぎ、空気のにおいをかぎ、振《ふ》りかえってわたしたちのほうに鼻をむけて、くんくんいわせた。それから、トラヴィスのところまでのんびりもどってくると、いつもの、〈わたしの夕食はどこ?〉というような期待に満ちた顔つきをした。

わたしは「いきなさい、バンディット、どこかにいって」といって、足を踏《ふ》みならした。が、バンディットはわたしを無視した。「トラヴィス、いかなくちゃ。背をむけて、バンディットを見ないようにするのよ。いくわよ、ついてきて。すぐに」わたしは、踏み分け道をもどりはじめた。

「バイバイ、バンディット」トラヴィスがつらそうにいった。「いい子にするんだよ。いい子にして、楽しく過ごすんだよ」トラヴィスはあふれる涙《なみだ》をさっとぬぐうと、わたしについてきた。

すると、バンディットがトラヴィスのあとを追ってきた。

「だめ!」わたしは大声をあげ、バンディットにむかって腕《うで》を振った。けれど、バンディットはほんのちらっとこちらに目をむけただけだ。

「トラヴィス」わたしはせっぱつまって、いった。「ついてこさせちゃ、だめ。バンディットをどこかにいかせなさい」

バンディットがうしろ足立ちになり、前足をトラヴィスの膝《ひざ》にかけた。トラヴィスの顔から涙《なみだ》がしたたり、バンディットの毛のなかに落ちている。トラヴィスが手を伸《の》ばして、バンディットを抱《だ》きあげようとした。わたしはさけんだ。「だめ、バンディットを死なせることになるのよ！　うちにもどってきたら、バンディットは撃《う》たれてしまう。わかってるでしょ」

ぎょっとした顔で、トラヴィスがいった。「バンディット、あっちにいくんだ」それから、もっと強い口調でいった。「さっさといけ！」トラヴィスがバンディットを膝から押《お》しのけると、バンディットがとまどったような顔で――ええ、まちがいなくそういう顔で――トラヴィスを見た。

「どなりつけて。追いたてて」わたしはいった。

トラヴィスは大声をあげ、腕《うで》をばたばた振《ふ》りまわした。「いけ、バンディット！」

「もっと大声で」わたしはいった。「もっと」

トラヴィスが声をはりあげると、バンディットはわけがわからないという顔をした。トラヴィスがむかっていくと、バンディットがあとずさった。

そして、トラヴィスは、これまでの人生で最もつらかったにちがいないことをした。小石をひとつかみ拾いあげて、バンディットに投げつけはじめたのだ。そのあいだじゅう、泣きながらわめいていた。「あっちにいけ、ばかなアライグマめ」トラヴィスはさけんだ。「おまえなんか、もう嫌《きら》いだ」

最初の小石が頭の上をビュンと通りすぎたとき、バンディットは振りかえって、なんだろうというように自分のうしろにいったものを見た。ふたつめの石が前足のまえの地面にあたると、バンディットはびくりとした。三つめの石がズンとかすかな音をたてて、わき腹にあたった。大きな石ではなくただの小石だったから、おそらく痛くはなかっただろう。けれど、わたしには、どちらのほうが衝撃《しょうげき》を受けているのか、わからなかった。バンディットなのか、トラヴィスなのか。バンディットの首のうしろの毛が逆立ち、バンディットはかつての主人にむかって犬のようなうなり声をあげると、背をむけて、やぶのなかに姿を消した。

トラヴィスはすすり泣きながら、くるりとむきを変え、家にむかって踏《ふ》み分け道を走りだした。わたしは、なすすべもなくトラヴィスのあとを追いながら、同情と称賛《しょうさん》で胸がいっぱいになった。そして、心のなかで、アライグマの神々に、わたしたちが二度とバンディットを見かけませんようにと祈《いの》った。

〈自然観察の散歩〉の行きがみじめなものだったとしたら、帰りは痛みに苦しむものだった。ひっかき傷ができ、日に焼け、空腹で、疲《つか》れはてていたうえ、アライグマではなく悲嘆《ひたん》に暮れる弟をつれていたからだ。

休むために立ちどまったとき、わたしはトラヴィスを抱きしめて、いった。「とっても勇敢《ゆうかん》だったわ。あなたはバンディットの命を救ったのよ」

トラヴィスはだまったままうなずき、すすり泣いた。そして、ありがたいことに、泣くだけ泣くと、家に着くころにはなんとか泣きやみ、泣き顔もしていなかった。家のなかに入るまえに、わたしたちは精いっぱい身づくろいをしたけれど、食卓《しょくたく》では、みんなからいぶかしげに見られた。ラマーがわたしにきこえるように（けれど母にはきこえないよう）注意深く計算した声で、話しかけてきた。「まるで、サボテン畑のなかをうしろむきにひきずられて、ノスリかコンドルのはらわたでひっぱたかれたみたいだぞ、おい」

腹が立ったものの、あまりに疲《つか》れていて、気の利いた逆襲《ぎゃくしゅう》の言葉が思い浮かばなかった。わたしは、トラヴィスと自分自身が食事のあいだじゅう、なんとか平静を保ったことを誇《ほこ》りに思った。ただ、わたしたちが忘れていたことがひとつ、あった。十四羽のニワトリのうち二羽がいなくなったことをどう説明するか？　わたしがもっとしっかり頭を働かせていたら、鶏小屋《とりごや》の隅《すみ》に〈脱走《だっそう》した穴〉をあけておいて、いなくなったわけを説明したと思う。

翌日、朝食用の卵を集めにいったヴァイオラは、ニワトリがいなくなっていることに気づいたはずだ。そして、そのことにわたしたちふたりがかかわっているのではないかと疑ったにちがいないが、それを口にしなかった。どんなできごとであれそのできごとにたいして、どんな代償《だいしょう》であれ充分《じゅうぶん》に高い代償をわたしたちが払《はら》った、と考えたにちがいない。

一週間後、トラヴィスの心の傷をおおいはじめたかさぶたが裂《さ》けて、ふたたび傷口がひらいた。というのも、わたしたちは、川の土手で乾《かわ》いた巣穴を見つけて、バンディットがトラヴィスに発見されるまえに棲《す》んでいた巣穴にちがいないと考えたのだ。その悪臭《あくしゅう》を放つ穴には、ニワトリの骨や魚のはらわた、そして汚《きたな》らしい布きれまで散らばっていた。その布は男性用のシャツの一部だとわかった。どこかの主婦が干した洗濯物《せんたくもの》をくすねてきたにちがいない。

トラヴィスは青ざめて、いった。「うちに近すぎるよ。もしバンディットがこの穴にもどってきたら、うちまでもどってくるかもしれない」

この巣穴を発見したせいで、トラヴィスはいく晩も眠《ねむ》れぬ夜を過ごしたのだが、ありがたいことにわたしたちがバンディットを目にすることは二度となかった。わたしはできるかぎりトラヴィスをなぐさめたが、やがて、わたし自身が動物にかかわるできごとで心の傷を負うことになるのだった。

第13章　プリッツカー先生、開業中

この土地の人々が用いる治療法《ちりょうほう》の多くは、滑稽《こっけい》なほど奇妙《きみょう》なもので、口にするのもはばかられる。

プリッツカー先生は、診療所《しんりょうじょ》にする部屋を借りると、ヴァイオラの甥《おい》のサミュエルを助手に雇《やと》って、正式に仕事を始めた。診療所は町の大通りからはずれたところにあり、家畜《かちく》用の囲いと馬小屋を鍛冶屋《かじや》と共有している。獣医《じゅうい》と鍛冶屋の仕事場が近ければ、どちらにとっても仕事が増えて好都合だと考えてのことだった。獣医師の仕事を見る機会はすぐに訪れた。役馬《えきば》のキング・アーサーの脚《あし》の具合が悪くなり、その状態がどんどん悪化していたのだ。我が家には、足は速くないが力のある役馬が六頭と、乗馬用の馬が四頭と、サンシャインという名前の癖《くせ》の悪い年老いたシェトランドポニーがいた。わたしたちきょうだいのほとんどが、サンシャインに乗るには大きくなりすぎているか、賢《かしこ》くなりすぎていた。なにしろ、サンシャインときたら、乗った者の脚をがぶりとやろうとするし、かみついたものを放そうとしない。まるでカミツキガメみたいなのだ。

プリッツカー先生とサミュエルは、荷馬車で到着《とうちゃく》した。馬車をひいているのは、薄茶色《うすちゃいろ》の体に黒っぽいたてがみとしっぽの雌馬《めすうま》だ。サミュエルは、なかでガチャガチャ音のする大きな帆布《はんぷ》のかばんをおろし、納

屋へと運んだ。トラヴィスとわたしは、片腕《かたうで》しか使えない獣医師がどうやって治療するのか知りたくて、あとをついていった。

「プリツカー先生、手の具合はいかがですか？」わたしはきいた。

「少し力が入るようになってきたよ、キャルパーニア。気にかけてくれて、ありがとう。インドゴム製のボールをもっていてね、毎日、朝と晩に十分間、そのボールを力いっぱい握《にぎ》るようにしているんだ。この訓練が筋肉を強くしてくれる」そういうと、プリツカー先生は手をあげて、鉤爪《かぎづめ》のようにまがっているこわばった指を動かそうとした。

「ふうん」わたしは半信半疑でいった。わたしには、まえとほとんど同じに見えたからだ。

わたしたちはプリツカー先生たちのあとからひんやりとした納屋に入り、一頭分ずつ仕切った馬房《ばぼう》が並ぶ奥へと進み、キング・アーサーのそばまでいった。キング・アーサーはクライズデールという品種の馬で、灰色の体に黒っぽいぶちがあり、蹴爪《けづめ》から蹄《ひづめ》にかけてふさふさと毛が生えている。大きな体をしていて、その気になれば背中に子どもを六人くらい乗せられる。人をおじけづかせるほどの体格だが、それとはひどく不釣《ふつ》りあいな、おとなしい性格だ。キング・アーサーはサンシャインとちがって、子どもを乗せても、まばたきひとつしないだろう。もちろん、脚をがぶりとやろうなどとはしない。

アーサーは、左の前足を少しまげて浮《う》かし、三本足で立っていた。頭を垂れ、膜《まく》がかかったような目をしている。まさに、具合の悪いウマ科の動物そのものだった。

サミュエルとプリツカー先生は、それぞれ革のエプロンをつけてから、馬房《ばぼう》のなかに入った。サミュエルがアーサーの端綱《はづな》にロープを結びつけ、前髪《まえがみ》と長い顔をやさしくなでている。

トラヴィスがいった。「プリツカー先生、どこが悪いんですか？」

「どんなふうに立っているか、見えるだろう？　あの蹄《ひづめ》に体重をかけたくないからだ。ということは、蹄《てい》葉炎《ようえん》か膿瘍《のうよう》だ。膿瘍であることを願おう」

「どうして？」トラヴィスがきいた。

「蹄葉炎は膿瘍とちがって、くそいまいましい——ええと、治療《ちりょう》が難しい病気だからだ。膿瘍は治しやすい」

「どうやって治すんですか？」

「見ていれば、わかるさ。サミュエル、アーサーをしっかり固定して」

サミュエルは、固定用の環《わ》にロープをとおして巻きつけると、傷めている脚《あし》をそっと持ちあげ、蹄を両手で包みこむようにして支えた。プリツカー先生は、奇妙《きみょう》な形をした道具を取りだした。治療器具というよりは、中世の拷問《ごうもん》道具のように見える。祖父の教え方に慣れていたわたしは、プリツカー先生がその器具の名前と使用目的を教えてくれるものと思っていた。ところが、先生はなにもいわずに、その器具をアーサーの蹄のあちこちに押《お》しつけはじめた。

わたしは我慢ができなくなって、声をかけた。「それはなんですか？」

先生が目をあげた。驚《おどろ》いたような顔をしている。あら、どうして？　わたしは、飾《かざ》りものかなにかみたいに、ただそこに立っていなきゃいけないっていうの？　おじいちゃんはいつもいっているわ。「人生は、この世界について新たなことを学ぶ機会にあふれている。だから、それがどんな分野であれ、その分野の専門家から得られることをなにもかも、こつこつと収集しなければならない」って。

プリツカー先生がいった。「これは、蹄テスターというものだ。これで蹄のあちこちを押してみると、痛みのある箇所《かしょ》がわかる」先生がアーサーの蹄をそっとたたいた。すると、アーサーがびくりとしていなき、ロープをつけられている頭を振《ふ》りあげようとした。

「膿瘍だな」先生は、器具の入ったかばんから、湾曲《わんきょく》した長いナイフをひっぱりだした。「きみたちは見ないほうがいいように思うが……」

「どうして見ないほうがいいんですか？」わたしはきいた。

「かよわいものは見ないほうがいいからだ」

わたしが？　かよわい？　笑っちゃうわ。「かよわく見えるだけで、実際はちがいます。ほんとうに」

「きみたちのお母さんがいいというとは思えないな」

「母は気にしません」わたしは嘘《うそ》をついた。先生がなにを見せたくないと思っているのかはわからなかったが、母が認めないことは、たいてい、ものすごくおもしろいとわかっていた。そう、これまでの経験から事実としてわかっていた。

「このことは気にすると思うよ。さがっていたほうがいい」

わたしたちは、小さく一歩さがった。

「もう少し」

わたしたちはまた、小さく一歩さがった。プリツカー先生はさらに、さがりなさいといいそうに見えた。それで、わたしはいった。「わたしたち、どうしても見えるところにいたいんです」

「まえもって注意されなかった、なんていわないでくれよ」先生は顔をしかめた。わたしが〈なんについての注意?〉と考える間もなく、先生がナイフの先を蹄《ひづめ》の底にさしこんで、ねじった。すると、蹄からいやなにおいのする黒い液体がどっと流れでた。その液体は、馬房《ばぼう》のなかを流れて、反対側の壁《かべ》まではねた。あと数センチでわたしたちにもかかるところだった。

「うわっ!」こんなものを見るのは初めてだった。びっくりしてものもいえない……むかかするような……それでいて、目をみはるようなことだった。わたしはトラヴィスを振りかえって、いった。「今の見た?」トラヴィスは返事をしない。顔が奇妙《きみょう》な緑がかった色になって、はあはあ息をしている。

わたしは先生にきいた。「あれはなんですか?」

「感染症《かんせんしょう》による膿《うみ》と血だ。膿を出したから、楽になるはずだ」

「アーサーは、蹄にあの膿がたまったまま歩いていたんですか? どうしてあんなにおいがするんですか?」

「細菌《さいきん》が体の組織を破壊《はかい》しているときに出すにおいだ。組織が破壊されて、膿になる」

膿がわたしたちにかからなくて、よかった。馬の膿にまみれた姿を見たら、お母さんがどんな反応をするか想像がつく。しかも、馬の黒い膿だ。二度と家から――いいえ、わたしの部屋から――出してもらえなくなるだろう。一生のあいだ、けっして（じつのところ、そう悪いことではないかもしれない。もし、アギーの退屈《たいくつ》な伝記だけじゃなくて、ほしいと思う本をすべて手に入れられるなら）。

サミュエルが、バケツ一杯《いっぱい》のお湯とエプソム塩をもらいにヴァイオラのところへいった。トラヴィスは、馬房の扉《とびら》にもたれている。

「大丈夫？」わたしはきいた。

トラヴィスが大きく息を吸った。「うん。大丈夫だよ」

「ほんとに？　顔色がよくないわよ」

「大丈夫」

わたしはまたプリッツカー先生に注意をむけると、先生が傷めていないほうの手をアーサーの体にあてて、歯、肩甲骨《けんこうこつ》のあたり、蹴爪《けづめ》、うしろ脚《あし》の膝《ひざ》を調べているところをながめた。

「膿瘍《のうよう》がなければ、申し分ない馬だ。まだ何年もりっぱに畑を耕すにちがいない」

アーサーはすでに楽になった様子で、治療《ちりょう》にうらみを抱《いだ》くどころか、先生が慣れた手つきで体をなでると、気持ちよさそうにしている。サミュエルがバケツをもってもどってくると、先生とサミュエルは感染している蹄の下にうまくバケツをおいた。アーサーはバケツに脚を入れて、ほっとしたようにため息をもらした。トラヴィスに目をむけると、顔色がよくなりはじめていた。

「温めることによって、残っている膿《うみ》が外に出る。そうしたら、清潔に保つために蹄《ひづめ》に包帯を巻こう」

「あのね、おじいちゃんがいっているんです。馬の時代はもうすぐ終わるって。じきに、自動車を使って、畑を耕すようになるって。わたしには想像もできないけれど。でも、そういうことについておじいちゃんがいうことは、たいてい正しいわ」

「そうだな、わたしもおじいさんのいうことは正しいと思う。蒸気で動くトラクターを使っているところもあるよ。もっとも、こうしたよき仲間たちが去っていくのを見たくはないがね」先生は、てのひらに穀物をたっぷりとのせてアーサーに食べさせてから、アーサーの太い首をいとおしげにたたいた。

「よし。さあ、包帯を巻こう」プリッツカー先生がかばんから四角いシカ革を出すと、サミュエルはお湯に浸していた脚《あし》をもちあげて、清潔な木綿のはぎれでぬぐった。先生とサミュエルは、シカ革をあてがうと、なめしていない細い皮ひもでしばってずれないようにした。わたしは一心に見つめながら、きいた。「どうしてそうするんですか?」

「治るまで清潔にしておくことが大事だからだ。外からほかの細菌《さいきん》が入りこまないようにしたいからね。明日、また様子を見にこよう」

その日の夕方、トラヴィスとわたしは散歩に出て、納屋に入ると、〈患者《かんじゃ》〉の馬房《ばぼう》のまえで止まった。アーサーを見て、わたしは愕然《がくぜん》とした。包帯を固定しているひもをひっぱっていたからだ。すでに、包帯が半分ほどはずれている。なんとか取りさろうとしているのだろう。

「ああ、アーサー、悪い子ね。どうしたらいいかしら？」

アーサーはなにも答えない。が、トラヴィスが答えた。「プリッカー先生を呼びに走ろうか？」

「そうね、だれかにいってもらえると思うわ。それとも……」わたしはだまりこみ、猛烈《もうれつ》な勢いで考えをめぐらした。

「それとも、なに？」

「わたしが元どおりにすることもできるわ」

「ほんと？」トラヴィスが感心したようにいった。「やり方を知ってるの？」

今さら取り消すことなどできなかったから、わたしは馬房《ばぼう》のなかにそっと入った。「今日、先生たちがやっているところを見たもの。ただの包帯よ。できるわよ。そう思うわ。だけど、手伝いが必要だわ。トラヴィス、手伝って」

アーサーは、体高が約百八十センチ、体重が約九百キロもあったけれど、体高が低くて気性のよくないサンシャインよりアーサーの世話をするほうがいいと思った。わたしの考えでは、たちの悪い小型種よりおとなしい大型種のほうがいい。アーサーが、鼻づらでわたしをやさしくつついた。これまでにわたしがもってきた、たくさんのりんごのことを思い出しているにちがいない。いいわ。今までにもってきたりんごのことをひとつ残らず思い出してね。

わたしは、端綱《はづな》を短く結んでから、脚《あし》をもちあげようとした。びくともしない。それで、アーサーの広い肩《かた》に寄りかかって、押《お》した。びくともしない。わたしは、深々と息を吸って、アーサーのわき腹に思いきりぶつかった。それでも、動かない。こぶしを握《にぎ》って、たたいた。アーサーは知らん顔をしている。蚊《か》がとまったくらいにしか感じていないようだ。

「トラヴィス」わたしは肩で息をしながら、いった。「なにかとがったものをちょうだい」

「どんなもの？」

「わからない、なにかとがったものよ。帽子《ぼうし》のピンとか」

「帽子のピンを見つけるの？　納屋で？」

「なにかそんなもの、なんでもいいから。お願い、急いで」

トラヴィスは馬具のおいてある部屋に駆《か》けていくと、すぐにねじまわしをもってもどってきた。「これでどう？」

わたしがフーッと息を吐《は》きながら受けとると、トラヴィスがきいた。「それで、なにをするの？」

そのとき、わたしは思った――アーサーは穏《おだ》やかな性質だけど、わたしの命は今、この手のなかにあるのかもしれない。アーサーに踏《ふ》みつけられて骨が砕《くだ》けたら、体の不自由な子どものための施設《しせつ》で暮らすことになるのかしら。

「ああ」わたしはつぶやいた。「始めるわよ。ごめんね、アーサー」わたしは腕《うで》をうしろにひくと、振《ふ》りおろして、アーサーのたくましい肩をすばやくぐっとついた。アーサーをびくりとさせるくらいの強さで、けれど、皮膚《ひふ》を傷つけないくらいの力で。トラヴィスがさけび声をあげた。アーサーが驚《おどろ》いて鼻を鳴らし、わたしから離《はな》れようとして……脚をあげた。わたしはねじまわしを捨てると、全体重をアーサーにかけ、包帯をひっぱって蹄《ひづめ》の中央にあたるように直し、ひもを結びなおした。ひもを結ぶのはやっかいな仕事で、しかも、すばやくすませなくてはならなかった。結びおえるのにかかった時間はほんの二、三秒だったが、一時間くらいかかったような気がして、体が汗《あせ》ばんだ。

「ふう」わたしは、アーサーの肩にかけていた体重をもとにもどした。アーサーが脚をわらのなかにおろしたが、包帯はゆるまなかった。

「わ、コーリー、すごいな。動物のお医者さんになれるかもしれないよ」

わたしはトラヴィスにほとんど注意をむけていなかった。まだ肩で息をしていたし、初めての馬の治《ち》療《りょう》を、手足を砕かれることなく無事に終えることができて、喜んでいたからだ。

翌日は土曜日だったから、トラヴィスといっしょにぶらぶらして待っていると、やがて、プリツカー先生とサミュエルが〈患者《かんじゃ》〉の様子を見にやってきた。サミュエルがアーサーを馬房《ばぼう》からひきだした。アーサーの歩きぶりを観察するためだ。アーサーは、わずかに脚をひきずっていた。包帯は、巻いたときのまま、ずれていなかった。プリツカー先生はアーサーの脚を持ちあげて、難しい顔をした。

おっと。

「これは、わたしのいつもの結び方とちがうぞ」先生の言葉をきいて、わたしはじりじりと離《はな》れた。

家のなかのだれかが、わたしに用をいいつけようとしているにちがいないわ。ええと、ベッドは整えてあったかしら？　イモリにえさはあげたかしら？

プリツカー先生がつづけて、いった。「アルベルトがしたのかね？　いい仕事をしている」

わたしは急に足を止めた。トラヴィスが、自慢《じまん》げに声をあげた。「ぼくたちがやったんだよ。包帯がはずれていたから、つけなおしたんだ」

「ほんとうかね？」

わたしたちはそろってうなずいた。

「ほう、きみがねえ。これは驚《おどろ》いた。じつに適切な仕事ぶりだ。きみなら、獣医《じゅうい》になれるぞ」

なんですって？　わたしは耳を疑った。その〈きみ〉がそばで、にこにこしている。わたしはトラヴィスを肘《ひじ》でつついた。

「いたっ」トラヴィスはこちらを振《ふ》りかえって、抗議《こうぎ》した。「ぼくだって、手伝ったじゃないか」そこで、わたしの表情を見て、つけくわえた。「少しは」それから、白状した。「ほんとうは、コーリーがしたんです。そういうことをするのが上手だから」

プリツカー先生は、疑わしげにわたしたちを見た。まるで、わたしたちが嘘《うそ》をついているとでもいうように。

「だから」トラヴィスがつづけた。「ぼくたちふたりとも、動物のお医者さんになれるかもしれないね、そうでしょ？」

「ふうむ」プリツカー先生がいった。

わたしは、先生が考えこんだりせずにほめてくれるものと思っていたから、こうきいてみた。「わたしも獣医になれますよね？」

獣医になろう、などと本気で思ったことはなかったけれど、口に出していってみると、なんだかいい響《ひび》きだ。

「ふうむ、そんな話はきいたことがないな。汚《よご》れるし、重労働だから、女性の手にはあまる仕事だ。獣医として働く日々の半分は、泥《どろ》のなかでオスの子牛と格闘《かくとう》し、残りの半分はラバに蹴《け》られている。女性がそういう仕事をしているところは、ちょっと想像がつかんな。サミュエル、どうだい？」

「はい、先生、想像もできません」そして、ふたりは、おもしろい冗談《じょうだん》をきいたとでもいうように、愉快《ゆかい》そうに大笑いした。わたしは、ひっぱたいてやりたいと思った。

プリツカー先生がつづけて、いった。「だが、トラヴィスのほうは、本人が望めば獣医大学にいくことができる。どうだい、きみは獣医大学にいくことを考えてみたことがあるかい？　動物好きには、いい職業だ。だが、二年のあいだ、一所懸命《けんめい》勉強しなくてはならないし、学費もかなりかかる」

わたしのことは？　先生はどうしてわたしを無視して、ミミズの内臓さえ直視できないような男の子に話しかけているの？　わたしはくるりとむきを変えて納屋から出ていくと、荒々しく家のなかに入り、二階にむかった。と、そのとき、母が客間から声をかけてきた。「ピアノの時間よ」

ちっ。おじいちゃんの実験室にいくべきだったわ。でも、もう手遅《ておく》れね。一日三十分の練習は、絶対に守らなくてはならない約束ごとだ。わたしはいらいらして、足を踏《ふ》みならした。すると、母がまた声をかけてきた。「足を踏みならしたりするものじゃありませんよ。すぐにここにいらっしゃい」

わたしは客間に入り、炉棚《ろだな》の上の時計で時刻を確認すると、三十分のあいだ――一分たりとも過ぎずに――ピアノのまえにすわった。わたしの気分は、馬の黒い膿《うみ》よりもさらに黒々として、険悪だった。それで、かつてないほど凶暴《きょうぼう》な弾《ひ》き方で、ジョアキーノ・ロッシーニの『ウィリアム・テル序曲』に取りくんだ。その荒々しさは、たまたまこの作品に求められている弾き方だった。

母がいった。「まあ、今日は、すばらしい気迫《きはく》ね。もっとたびたびそういうふうに弾いたらどうかしら？　明らかな進歩だわ。ブラウン先生がとてもお喜びになるでしょうね」

ああ、そうだわ、ピアノを教えてくれる老ブラウン先生ね。生徒をおどす定規と、おできだって切開できる鋭《するど》い言葉をもった先生（獣医《じゅうい》さんなんか必要ないわ、ブラウン先生を呼べばいいのよ！）。あの意地悪ばあさんを喜ばせておくことは大切よね。だって、毎年ひらかれる発表会で演奏しなくてすむよう説得はしたけれど、十八歳《さい》になるまで毎週ピアノのレッスンを受けなきゃならないんですもの。十八歳なんて、永遠といってもいいくらい先なのに。

ピアノの練習が終わり、やがて、夕食用の清潔なエプロンに替《か》える時間になった。食事の席では、祖父をのぞく全員が、母が〈話術〉と呼ぶところの務めを果たして礼儀《れいぎ》正しくおしゃべりすることを求められていた。まだ六歳のＪ・Ｂでさえ貢献《こうけん》を期待されていた。その晩のＪ・Ｂの貢献は「ぼくね、今日、〈cat（猫《ねこ》）〉の綴《つづ》りを習ったんだ。Ｔを書いて、次にＡを書いて、その次にＣを書くと、〈猫〉だよ。ママ、知ってた？」

「あら、そう、明日、もう少し練習しましょうね。トラヴィス、あなたはなにをしたの？」

トラヴィスはそれに答えて、いった。「昨日、ぼくとコーリーはプリツカー先生がキング・アーサーの膿瘍《のうよう》をひらくところを見たよ。ものすごくたくさん膿が出た。ずっと水が出つづける噴水《ふんすい》みたいだったんだから。お母さんにも見せたかったな」

「なんですって？」母がききかえした。

わたしは食卓《しょくたく》の下でトラヴィスの足を蹴《け》った。

「そうなんだよ」トラヴィスは話をつづける。「それで、プリツカー先生が、ぼくは動物のお医者さんになれるっていったんだ。お父さんもそう思う？　先生がね、二年間一所懸命《けんめい》勉強しないといけないって。それに、たくさんお金がかかるんだって」

父は考えこむような様子でトラヴィスを見つめてから、答えた。「そうだな、テキサスの人口は増えているから、牛肉の需要《じゅよう》も増えている。獣医の需要も同じように増えるにちがいないから、自分自身と未来の家族を養うための安定した収入が得られるだろう」父はほほえんだ。「トラヴィス、いい職業だと思うよ。学費のことは心配しなくていい。なんとかなる」

トラヴィスは、うれしそうに顔を輝《かがや》かせると、こちらを見て、いった。「コーリーがキング・アーサーの包帯をなおしたんだよ。プリッツカー先生が上手だって、いってた。コーリーも、とってもいい獣医《じゅうい》になれるよ」

食卓《しょくたく》が静まりかえった。そのとき、わたしは、いよいよ自分の出番だと気づき、深々と息を吸ってから、いった。「たぶん、トラヴィスとわたしはいっしょに学校に通えるわ」

母と父が驚《おどろ》いたような顔をした。食事のときにはたいてい夢想にふけっている祖父まで、はっと我にかえり、おもしろそうにわたしを見つめた。父は母をちらりと見てから、咳《せき》ばらいをした。「そうだな、キャルパーニア、ええと、一年間、大学に通わせることはできるかもしれない。おそらく、教員免状《めんじょう》を取得するには一年で充分《じゅうぶん》だと思うがね」

耳にした言葉を信じられなかった。一年。二年じゃなくて。

「それに――」父は、助けをもとめるように母を見ながら、つづけた。「そのあいだに、よい青年と出会って、結婚《けっこん》するかもしれないしな」父はくすりと笑った。

一年。二年じゃなくて。一年。それは、トラヴィスとくらべてきっかり半分しか教育を受けられないということだ。なんて不公平なの。わたしは打ちのめされた。次に頭のなかに浮《う》かんだのは、これまでずっときいてみたいと思いながら、その機会を待っていた疑問だ――そう、頭に浮かんだとたん、ずっと待っていたことに気づいた。

「それが公平なの？」わたしはきいた。

父と母が、ありえないものを見るような目でわたしを見つめた。

「じつに」祖父がつぶやいた。「すばらしい質問だ」

「わたしのことを、大学にいけるほど頭がよくないと思っているの？　そういうこと？」

母が気まずそうな顔をした。「そうではありませんよ、キャルパーニア。ただ――」

「ただ、なに？」乱暴ないいかたになった。

母がわたしに鋭《するど》い視線を投げた。それ以上の不作法はゆるしませんからね、という警告だ。わたしは、危険な領域の一歩手前にいた。「今、この場でするような話ではありません。いいですか、わたしたちはこれまでずっと、あなたの将来のためにさまざまな計画をたててきましたよ。さあ、この話はこのくらいにしておきましょう。サル・ロス、グレービーソースをお父様にまわしてちょうだい」

目のまえに赤いもやがかかった。怒《いか》りのせいで首に発疹《はっしん》があらわれた。わたしたちは、始まったばかりの一九〇〇年代のなかで暮らしていた。そして、わたしは自分のことを新しいアメリカの少女だと考えていた。笑っちゃうわね！　のどが締《し》めつけられるような感じがしたけれど、わたしは言葉を押《お》しだした。

「わたしの計画って？　わたしのための計画って、どういうこと？　なんのことなの？」

ラマーがにやにやした。「どうして女のおまえが大学にいかなきゃならないんだよ？　ばかばかしくて、笑っちゃうね」

父が顔をしかめた。「ラマー、妹にそういう口のききかたをするものじゃない」

わたしはかっとなっていたが、それでも、父がいっていることと、いっていないことのちがいはわかった。父は、ラマーがまちがっているとはいっていない。ただ、ラマーが不作法だといっているだけだ。

わたしは、無礼なラマーにいいかえす言葉を必死に探し、両親にわたしの主張を納得させる言葉をなんとか見つけようとした。ところが、悔《くや》しいことに、わっと泣きだしてしまった。みんながわたしをぽかんと見た。みんなの視線が熱く感じられ、もうほんの少しも耐《た》えられないと思った。それで、わたしは、椅《い》子《す》を押《お》しさげて食卓《しょくたく》から離《はな》れると、二階に駆《か》けあがり、みすぼらしいマットレスに体を投げだした。だれもなぐさめにこなかった。自分で自分をなぐさめるしかなかった。わたしは、いつまでも流れる涙《なみだ》をぬぐいながら、気がついた。テイト家始まって以来初めて、子どもが許可を得ずに食卓の席を立ったのだ。そうだわ、勝手に席を立って、世界一小さな勝利を勝ちとったのね。でも、これじゃあ、まだ足りない。まだ足りないわ。

一時間後、アギーが寝《ね》る支度をしにあがってきた。わたしの心は、激しい怒《いか》りと悲しみのあいだで揺《ゆ》れ動いていた。

「ほんとにあなたときたら」アギーがいった。「とんでもないへまをしたわね」

「うるさい」わたしはわめいた。「よけいなお世話よ」そういって、寝返《ねがえ》りをうつと、壁《かべ》のほうをむいた。

アギーがだまった。わたしの言葉にショックを受けたにちがいない。じつは、わたし自身もショックを受けていた。年上の人に、ラマーにさえ、いったことがないような言葉を投げつけたからだ。

つまるところ、すべては、頭のなかに繰《く》り返し浮かぶ、ひとつの疑問にいきつくように思われた。わたしはほかの兄弟より頭が悪いの？　答えは、いいえ、だ。いいえ、そんなことはない。

わたしは賢《かしこ》いわ。

わたしが自分で自分の道を見つけなくてはならないのなら、そうする。自分の道を見つけるわ。

第14章　お金の問題

フィッツ・ロイ船長は、盗《ぬす》まれた船の代償《だいしょう》として原住民の一団を人質にとり……そのうちの数人と、真珠《しんじゅ》のボタン一個で買った子どもを、イギリスにつれかえった……

その土曜日は、冷たい雨の降る陰気《いんき》な日だった。わたしは、客間でクッションの上にすわらされ、またひとつミトンを編むよう命じられていた。編み物はだんだんに上達していた。でも、編み物の腕前《うでまえ》なんか、わたしが気にかけていたと思う？　いいえ、どうでもよかった。

母とアギーは針仕事をしていた。J・Bは、部屋の隅《すみ》で積み木を積みながら、うれしそうに笑い声をあげ、J・Bにしかわからない空想の物語をぶつぶつつぶやいていた。天気が陰鬱《いんうつ》で、わたしの気分も天気と同じくらい陰鬱だというのに、暖炉《だんろ》の火床《ひどこ》のなかでは、ペカンの薪《まき》が元気よく炎《ほのお》をあげ、パチパチとはじけるような音をたてている。

そのとき、玄関《げんかん》の呼び鈴《りん》がなった。つらい仕事から一時的に解放してくれる合図だ。わたしはぱっと立ちあがって、声をあげた。「わたしが出るわ」扉《とびら》の外にいたのは、担任のハーボトル先生だった。母とアギーに話があってきたのだ。わたしは、先生からぬれたマントと雨のしたたる傘《かさ》を受けとって、外套《がいとう》かけにかけた。飾《かざ》り気のない黒い服を着て、ぐっしょりぬれた帽子《ぼうし》をかぶっている先生は、まるでずぶぬれのカラスのようだった。

「キャルパーニア、変わりはありませんか？」

「はい、ありがとうございます、とても元気です、ハーボトル先生」わたしが小さくお辞儀《じぎ》をすると、先生は喜んだようだった。「先生はいかがですか？」

わたしたちはありきたりの挨拶《あいさつ》をかわした。学校で生意気だと叱《しか》られている（その結果、教室の〈不名《ふめい》誉《よ》な隅〉でひどく長い時間を過ごしている）わたしのような者は、学校の外で先生のそばにいると、妙《みょう》にびくついた。先生は本来、学校という〈自然環境《かんきょう》〉に存在する人だから、その〈外の世界〉で出会うと、いつも少しどぎまぎしてしまうのだ。それは、自分の部屋のたんすのなかにヘビがいるのを発見したり、トラヴィスの部屋にアルマジロがいるのを発見したりするのとちょっと似た感覚だ。

わたしが先生を客間に案内すると、母とアギーが立ちあがって先生と握手《あくしゅ》をし、礼儀《れいぎ》正しく健康を気遣《きづか》うような挨拶をした。それから、母が振《ふ》りむいて、わたしにいった。「コーリー、ヴァイオラにお茶とお菓子《かし》をもってくるよう頼《たの》んでちょうだい」

わたしは、うきうきと台所へスキップしていった。こんなに重要なお客様ですもの、ヴァイオラのチョコレート・レイヤー・ケーキが出されるにちがいないわ。ほかのどんなお菓子よりも豪華《ごうか》で、ふだんは、特別なときにしか子どもたちの口に入らないケーキだ。客間でみんなにお茶（やケーキ）を出して、模範《もはん》的な子どものふりをしていたら、ひと切れくらいもらえるかもしれない。

わたしが入っていったので、ジャガイモの皮むき——もちろん、皮むきにきまっている——をしていたヴァイオラは、仕事を中断した。

「お母さんがお茶を用意してほしいって。あ、それから、四人分のチョコレートケーキも」わたしはJ・Bを勘定《かんじょう》に入れなかった。そこまですると、あつかましすぎると思ったからだ。それに、たぶん、わたしのケーキをひと口あげれば、J・Bはおとなしくしているだろう。

ヴァイオラは手を止めると、目をすがめてわたしを見た。「上等なカップですか?」

「うん、ハーボトル先生がきてるから」

ヴァイオラはエプロンを洗いたてのものに替《か》えて、茶器をのせるお盆《ぼん》を用意した。わたしはお茶の用意をヴァイオラに任せて客間にもどり、クッションに腰《こし》をおろした。

みんなの会話は、あちらの話題、こちらの話題へと移りながらつづいている。わたしには興味のない話ばかりだ。だれそれが病気だとか健康に暮らしているとか、だれそれが結婚《けっこん》したとか亡くなったとか……。とりとめのない会話だった。そう、まさにわたしが最近覚えた言葉、〈とりとめのない〉だわ。この言葉をトラヴィスに教えてあげなくちゃ。

ヴァイオラがお茶をのせたお盆をもって、せかせかと入ってきた。わたしは、さっと立ちあがってお盆を受けとると、ケーキの数をかぞえた。ヴァイオラが台所にもどると、母がお茶をカップに注ぎ、わたしがケーキとカップをそれぞれのまえにおいた。みんなが食べようとしたとき、ハーボトル先生が用件を切りだした。

先生はまず母を見た。「アガサのことですが、学校で助手をする気はないかと思いましてね。卒業証書をもらっているときいていますし、小さい生徒に〈ＡＢＣ〉を教えるときに手伝ってもらえたら、大いに助かります」

わたしはケーキを口に入れた。すばらしくおいしい。ああ、しあわせ。わたしはケーキをゆっくりと食べた。この喜びをあますところなく、そう、小さなかけらにいたるまで味わおうとしていたからだ。わたしはこの御馳走《ごちそう》にすっかり心を奪《うば》われていた。が、しばらくして、ふと気づいた。

あら、なにかが変だわ。だけど、なにが？

潮の満ち引きのように低く響《ひび》いていた話し声が、止まっていた。部屋のなかがしんと静まり、静寂《せいじゃく》がつづいた。わたしは母を見た。母は、励《はげ》ますようなまなざしでアギーを見つめている――赤ちゃんに豆を食べさせようとしている母親みたいな顔つきだ。それなのに、アギーはなにか考えこむような様子でケーキを食べている。わたしったら、なにを見逃《みのが》したのかしら？　静寂がさらにつづいた。Ｊ・Ｂまで、積み木から顔をあげている。

母がいった。「アギー、ハーボトル先生がおっしゃったことがきこえなかったの？」

「きこえてます」アギーが答えた。「わたしは、報酬《ほうしゅう》についてのお話を待っているだけです」

「報酬《ほうしゅう》？」母は、ききなれない言葉だとでもいうようにききかえした。「報酬ですって？」

女性が人前でお金のことを話しあうのはおそろしく不作法なことだと教えられてきたわたしは、このやりとりをきいて、おもしろくなってきたと思った。

ハーボトル先生はショックを受けたような表情を浮《う》かべ、つづいて、むっとした顔になった。「さあ、その点については、なんともいえません。わたくしたちは、奉仕《ほうし》の精神で手伝ってくださることを望んでいます。けれど、学校の評議員の方たちのところへいって、あなたに給与《きゅうよ》を、そうね、たとえば、一時間二十セントくらいの給与を支払《しはら》ってほしいと頼《たの》むことはできるかもしれません」

わたしは、頭のなかですばやく計算した。一時間に二十セント×一日に六時間×週に五日間は……ちょうど六ドル。ものすごい金額だわ。わたしは、あらためて感心しながら、アギーを見た。アギーが報酬を期待するなんて、わたしたちのだれひとり考えていなかったと思う。けれど、考えれば考えるほど、当然だという気がした。なんといっても、一九〇〇年代に入ったのだ。女の仕事だって、男の仕事と同じように考えられるべきだ。そうよ、去年、綿花を収穫《しゅうかく》したとき、わたしだって、お父さんがお駄賃《だちん》の五セントをくれるまですねたわ。黒人の労働者が畑で骨の折れる仕事をしているあいだ、わたしはその子どもたちの世話をして、一日に五セントのお駄賃をもらった。あのとき、わたしはわくわくしたわ。

そのとき、アギーがわたしたち全員をあっと驚《おどろ》かせるようなことをした。アギーはフォークをおき、ナプキンで上品にそっと唇《くちびる》をおさえると、それまで少女の口から、若い女性の、いえ、おとなの女性の口からもきいたことのない言葉を発した。

「充分《じゅうぶん》な額だとはいえません」

まあ！　アギーの大胆《だいたん》な発言に、わたしたちはあんぐりと口をあけた。お金のことを口にしただけじゃない、もっとほしいといっているのだ！　なんてわくわくする展開かしら。電気を帯びたように空気がぴりぴりしていた。母は顔を真っ赤にした。ハーボトル先生は、咳《せ》きこんだ。ショックのあまり、ケーキのかけらが気管に入ってしまったにちがいない。わたしは台所に駆《か》けこみ、井戸《いど》の水をコップにくんでもどってきた。先生はほっとしたように水をごくごく飲み、ハンカチで顔をあおいだり、咳《せき》をとめようと胸をたたいたりした。

アギーは落ちついて、いいえ、落ちつきはらって、紅茶をすすった。「一時間につき三十セントいただきたいです」

「まあ、あきれた」ハーボトル先生がぷりぷりいった。

「ご存知のように、わたしは卒業証書をもらっています。だから、一時間につき十セントよけいにいただいて当然だと思うんです」

母がいった。「アガサ、あきれてものがいえませんよ。いったいどういうわけで、それほどお金にこだわるの？　どうして報酬の話になるの？　あなたが奉仕の精神で授業のお手伝いをするということは、わたしたち一族にとって名誉《めいよ》なことですよ。わたしたちがあなたに提供するものだけでは、充分じゃないということ?」

「いいえ、マーガレットおばさま、充分《じゅうぶん》よくしていただいて、とても感謝しています。でも、ガルベストンの家を建てなおすために、わたしも自分にできることをしなくてはならないんです。ガルベストンのママとパパにお金を送りたいんです」

「まあ、そういうことなのね。ええ、ええ、もちろん、そうしたいでしょうね」母がいった。

「なるほど、わかりました。感心な目標ですよ。そういうことなら、できるだけのことをしましょう」

そういうわけで、部屋のなかの空気は荒《あ》れ模様から晴天へと変わったのだった。

一週間後、アギーは、コールドウェル郡学区のいちばん新しい職員になった。しかも、時給三十セントという気前のいい報酬《ほうしゅう》を約束されて。そう、週に九ドル。そして、アギーは、ずいぶん感じがよくなった
——少なくとも家では。

もっとも、学校では、べつだった。親戚《しんせき》ではないというふりをして、すれちがったときにわたしが笑顔をむけても、けっしてそれにこたえなかった。それどころか、家に着くまでアギーのことをフィンチ先生と呼ばなくてはならなかった。アギーが、ユーモアのセンスのない、厳格な(この点についてはそれほど驚《おどろ》かなかったが)先生だということもわかった。そのせいで、生徒たちはあっというまに行儀《ぎょうぎ》よくふるまうことを学んだ。幼い生徒たちはアギーからアルファベットを教わり、アギーに導かれながら退屈《たいくつ》な『マガフィー読本』をつかえつかえ読んだ。この読本には、〈ねこ。しきもの。ねこは、しきもののうえにい

ますか？　ねこは、しきもののうえにいます。〉といったわくわくする話が書かれている。物語とはいえないような話だ。けれど、わたしたちはみな、どこかから始めるしかないのだろう。

アギーが一週間ごとに報酬を受けとっているのを見て、わたしはお金を貯めるのもいいかもしれないと考えはじめた。といっても、なにかこれといった使い道を考えていたわけではないが。いつか、ふたり分の切符《きっぷ》を買えるだけのお金が貯まったら、おじいちゃんといっしょに列車に乗ってオースティンにいけるかもしれない。いつか、自分用の顕微鏡《けんびきょう》が買えるかもしれない……現実的な目標は、それ以上思い浮かばなかった。わたしは、意志の力を最高に強くして、一週間に買うキャンディーは一セント分だけというとにした。そして、そのキャンディーを兄弟が買ったほかのお菓子《かし》と交換《こうかん》して、まんべんなくいろいろなお菓子を楽しめるよう工夫した。毎週金曜日の午後にお小遣《こづか》いをもらうと、わたしは、ちょっとした――それでいて、満ちたりた気持ちにさせてくれる――儀式《ぎしき》を楽しんだ。一セント銅貨や五セント白銅貨をかぞえ、大切な金貨をほれぼれとながめてから、それらのお金を薄紙《うすがみ》に包みなおして箱にしまい、その箱をベッドの下にもどすのだ。貯めたお金は、驚くべき金額に達していた。なんと、五ドル四十二セントにもなっていた。

その日の金曜日も、わたしは、父から五セントのお小遣いをもらってお礼をいうと、自分の部屋に駆《か》けこんで、いつものように葉巻の箱をあけた。お金を包んでいた薄紙《うすがみ》に触《ふ》れたとたん、なにかが変だと思った。そして、〈まさか〉と思いながら、紙をひらいた。

ない。

わたしの世界が傾《かたむ》き、ぐるぐる回った。自由の女神が刻印された、お気に入りの金貨。太陽のように輝《かがや》き、ずっしりと重く、未来を約束してくれる金貨がなくなっている。わたしは、箱の中身——小銭や、ちょっとした宝物や、大切にしている紙きれ——をかきまわして探した。そうしながらも、見つからないだろうとわかっていた。

やっぱり、ない。

それじゃあ、ほんとうになくなってしまったんだわ。こんなときこそ、気を落ちつけて、その事実を受けとめなくちゃ。わたしの優秀《ゆうしゅう》な頭脳を働かせて、お金を取りもどさなくちゃ。わたしは、箱をじっくりと調べた。角のひとつに、なにかにかじられたような穴があいている。けれど、小さすぎて硬貨《こうか》はとおらないだろう。だれが、あるいは、なにがベッドの下にいたのかしら？　まちがいなくネズミがいたわ。もしかしたら、ヘビも。ヘビも、カササギみたいにきらきらしたものが好きなのかしら？　それで、たんすの奥《おく》にもっていったの？　ううん、ちがう、どう考えても、そんなことはありそうにない。まえに、イモリのアイザック・ニュートンがベッドの下で埃《ほこり》まみれになっているのを見つけたことがあった。けれど今、アイザック・ニュートンは、ガラスの器のなかで、じっと水に浮《う》かんでいた。かぶせてある金網《かなあみ》も、上に石ころを乗せてあるので、ずれていない。

動物じゃないとすると、人間？　兄弟のだれか？　ばれたら、お父さんにこっぴどく叱《しか》られるにきまっているから、だれもそんな危険はおかさないだろう。もっとも、ラマーなら、わからないけど。長年うちでメイドをしているサンフワナは？　とても信頼《しんらい》できる人です、とお母さんがいっているのをきいたことがあるわ。じゃあ、ハリーが生まれるまえからうちにいるヴァイオラは？　ヴァイオラがそんなことをするなんて、考えられない。そうすると、残るのは……アギー。

もちろん、いちばん怪《あや》しい人物だ。貪欲《どんよく》で、お金に目がくらんでいるアギーには、手段と動機と機会がある。それに、アギーは、わたしの〈第一度近親者〉――つまり、親や子やきょうだい――じゃない。血のつながりが薄《うす》いから、あまり良心の痛みを感じずに、わたしのものを盗《ぬす》んだのかもしれない。シャーロック・ホームズのように考えてみると、すべてがぴたりとおさまるような気がした。彼女《かのじょ》にちがいない。

まさにその瞬間《しゅんかん》〈彼女〉が入ってきて、わたしに――不当な扱《あつか》いを受けた個人、傷ついた当事者に――これ以上ないほど冷ややかな視線を投げた。

「なにをしてるの？」アギーがなにげない口調でいった。罪の意識などまるで感じられない。なるほど、アギーの血管には氷水が流れているということね。アギーは鏡台のまえの椅子《いす》にすわると、帽子《ぼうし》をぬいで、髪《かみ》をなでつけた。

その瞬間、わたしはアギーに襲《おそ》いかかって、椅子からつきとばした。アギーは甲高《かんだか》いさけび声をあげて、床《ゆか》にばたんと倒《たお》れた。スカートがずりあがって、ペチコートが見えている。おそろしく見苦しい。

「頭がどうかしたの?」アギーがいった。

わたしは、怒《いか》りに震《ふる》える手を握《にぎ》りしめ、あえぎながら、のしかかるようにアギーを見おろした。アギーはわたしより四歳《さい》年上で、三十センチほど背が高かったが、こちらを盗《ぬす》み見る目に恐怖《きょうふ》がよぎった。よろよろと立ちあがったアギーの服と髪《かみ》が、ぐしゃぐしゃになっている。

「返してよ」わたしは言葉をしぼりだした。

「どうしたっていうの? 頭がおかしくなったの?」

わたしが詰《つ》めよると、アギーは部屋の隅《すみ》にあとずさった。

「か・え・し・て」

「なんのことをいってるの?」

「わたしのお金よ。返して」

「それ以上近寄らないで」アギーは両手をまえにつきだして、わたしを近づけまいとした。「いったいなにをいっているのか、さっぱりわからないわ」

アギーは、まったくわけがわからないというような顔をしている。それを見て、わたしの自信がかすかに揺《ゆ》らいだ。さらに、ふと頭に浮《う》かんだ——その気になれば、アギーは取っくみあいのけんかでわたしを負かすこともできるだろう。わたしは詰めよるのをやめて、精いっぱい穏《おだ》やかな声でいった。「わたしのお金よ。わたしの五ドル金貨をとったでしょ」

「あなたのものなんか、なにひとつとってないわ。あなた、頭がおかしいわよ」

憤慨《ふんがい》した顔を見て、こんどは、アギーのいうことを信じた。アギーはわたしを押《お》しのけると、部屋を出て階段を駆《か》けおりた。あとに残されたわたしの心は、しなびた風船のようにゆっくりとしぼんだ。わたしは窮地《きゅうち》に陥《おちい》っていた。叱《しか》られるにちがいない。

案の定、一分後に、階段の下から母の声がした。あんなに怒《おこ》った声はきいたことがなかった。「キャルパーニア！　すぐにここにいらっしゃい」

いとこに乱暴なことをして自ら招いた問題にくらべたら、お金をなくしたことなんかなんでもない、とわかった。ああ。わたしは重い足どりで階段をおりながら、自分のしたことを正当化できるような話をでっちあげようとしたけれど、そんなものはなかった。

わたしは客間に入ると、トルコじゅうたんの上に立った。昔から、子どもたちが叱られるときに立つ場所だ。わたしは、それまでにもその場所にたびたびうなだれて立っていたから、じゅうたんの入りくんだ模様とすっかりなじみになっていた。

「それで？」母がきいた。「ほんとうなの？　アギーに襲《おそ》いかかって、椅子《いす》からつきおとしたというのは、ほんと？　そんなことはあるはずがない、とおっしゃい」

母のいいかたは妙《みょう》だという気がした。嘘《うそ》をついてもいいということかしら？　わたしはちらっと母を見て、あわてて目をそらした。これほどかんかんに怒《おこ》っている母は見たことがない。

「お母さん、ごめんなさい」わたしは、小声で、しおらしくいった。

「なんですって？　もっとはっきりおっしゃい！」

「お母さん、ごめんなさい」声を大きくして、いった。

「あやまるのは、アギーにです。わたしにではありません」

「アギー、ごめんなさい」わたしは、靴《くつ》のつまさきをじゅうたんの模様がすりきれたところに押《お》しつけた。

何年ものあいだに、わたしと兄弟ですりへらした部分だ。

母が鋭《するど》い声でいった。「アギーの目を見て、あやまりなさい！」

「アギー、ほんとうにごめんなさい」こんどは、心からいっているという口調でいった。「わたし……わたし、アギーがわたしの金貨をとったんだと思ったの」

「ふん」アギーが鼻であしらった。

母の怒《いか》りを鎮《しず》めようとしたいい訳は、期待した効果をもたらさなかった。それどころか、母の声はますます大きく、甲高《かんだか》くなった。「お父様にいただいた金貨？　あなたはそれをなくしたの？　あなたときたら、どうしてそう不注意なの？」

「なくしたんじゃないの。だれかに盗《ぬす》まれたの」

「ばかなことをいうんじゃありません！　この家の屋根の下で暮らす者のだれひとりとして、そのようなことはしません。せっかくお父様から十ドル金貨をいただいても、あなたという人は、自分の不注意でなくしてしまうのだから」

わたしは、わけがわからずに目をしばたたいた。「えっと、五ドル金貨でしょ?」

母も、わたしと同じようにわけがわからないといった目で、こちらを見つめた。「十ドルです。五ドルではありません。そういうところもまた、あなたが感謝を知らないということのあらわれなのかしら? ほんとうに情けない子だこと」

首に発疹《はっしん》が出はじめて、ひりひりした。「わたし……わたし、そんな――」

母がぴしゃりといった。「お父様はあなたに十ドルくださったんですよ。それなのに、あなたはそれをなくしてしまったのね。どこかにいきなさい。自分の部屋にいって。いいえ、待って、外にいきなさい。アギーが静かに穏《おだ》やかに過ごせるようになさい。寝《ね》るときまで、部屋に入ってはいけません。わかりましたか?」

「でも、わたし――」

「わかりましたか?」

「はい、お母さん。アギー、ほんとうにごめんなさい。ゆるしてもらえるといいんだけど」

アギーは「うーん……そうねえ」と答えただけだった。

わたしは玄関《げんかん》から出て、ポーチに立つと、発疹をひっかいた。そのとたん、怒りと混乱で、わっと涙《なみだ》があふれでた。どうなっているの? お母さんがいっていたのはなんのこと? そのとき、サム・ヒューストンとトラヴィスが馬車の乗り入れ道のいちばん端《はし》にあらわれた。こんな屈辱的《くつじょくてき》な姿を見られるなんて、いやだ。わたしはやぶのなかに駆《か》けこみ、川にむかった。

入り江《え》に着くと、わたしは土手にすわって、なにもかも不公平だわ、と思いながら泣いた。それに、自分の愚《おろ》かさを思って。祖父から、観察、分析《ぶんせき》、判断ということを教わっていたというのに、その手順を守らなかった。正しい根拠《こんきょ》もなしに結論に飛びついてしまった。その結果がこれだわ。過去最高のやっかいごとをひきおこした。たぶん、この先もこれ以上のやっかいごとはないわね。そのうえ、盗《ぬす》まれたお金については、ちっとも解決に近づいていない。わたしはハンカチをひんやりした川の水に浸して、顔をぬらした。かぞえられないくらいたくさんのボルボックスやゾウリムシが肌《はだ》についたって、かまうもんですか。顔のほてりがしだいにおさまってくるにつれて、かっとなっていた気持ちも落ちついてきた。お金のおき場所をまちがえたなんてこと、あるかしら？　ありそうになかった。お金がどこにいってしまったのか考えていると、頭が痛くなってきた。それで、自慢《じまん》の知性を五ドル対十ドルの問題にむけることに集中した。お母さんが思いちがいをしているか正しいかのどちらかだわ。お母さんやお父さんにききにいくなんて考えられないから、自分で答えを見つけなければならない。ええと、兄さんたちはお小遣《こづか》いを十セントもらっている。弟たちとわたしは五セントだけ。それから考えると、お父さんは年上の三人には十ドル、年下の四人には五ドルをくれたにちがいない。けれど、ほんとうにそうなのかは、わからない。年上の三人のうちだれが教えてくれるかしら？　たぶん、ハリーなら知っている。といっても、あの日、廊下《ろうか》に並んでいたなかにハリーがいたという記憶《きおく》はない。あの傲慢《ごうまん》な態度の（あんな態度を正当化できる理由なんてないと思う）腹立たしいラマーに近づくのは、最後の手段だ。ということは、サム・ヒューストンしかいない。サム・ヒューストンは、かなりいい候補者だと思う。たいていは、わたしと仲良くしているもの。ラマーのいいなりになっていないときはね。うん、サムにきこう。

裏のポーチでヴァイオラが鐘《かね》を鳴らすのがきこえた。夕食の時間だ。わたしは顔と手をかわかすと、きだす計画を胸におさめて、家にむかった。

食卓《しょくたく》の空気はぴりぴりしていた。母は、だまったままだ。父は、ひどく驚《おどろ》いているような様子でわたしを見た。ハリーは、初めて出会った種《しゅ》を見るような目でわたしを見る。アギーは、わざとらしく無表情を装っている。兄弟はみんな、わたしとアギーのことをきいたにちがいない。スープをすくいながら、こちらを横目で見ている。わたしはひと言もしゃべらず、甲羅《こうら》に首をひっこめたカメのようにときおり上に目をむけるだけで、ほとんどうつむいていた。トラヴィスが眉《まゆ》を動かして、こっそり同情を示してくれた。

祖父とJ・Bだけが、食堂の不穏《ふおん》な空気に気づいていないように見える。いつになく会話のない食卓の静けさをJ・Bのおしゃべりが埋《う》めた。J・Bは、おもちゃの兵隊の話をぺちゃくちゃつづけた。南軍のい兵士たちのことや、南軍の兵士たちが北軍の悪い兵士たちをどんなふうにやっつけたか、自分がどんなふうにコルク鉄砲《てっぽう》を撃《う》ったか、そして、〈犬〉の綴《つづ》りがD‐O‐O‐Gだと覚えたこと（残念ながら、J・Bが覚えた綴りにはO《オー》がひとつ多かった）などだ。

母はうわの空でつぶやいた。「まあ、すてきね、ぼうや」

サンフワナがメインコースの食器を片づけて、デザートを深皿に取りわけはじめた。デザートは、生クリームを添《そ》えたチェリーパイだった。サンフワナがわたしのまえに皿をおいたとき、母がはっと我にかえり、鋭《するど》い声でいった。「キャルパーニアは、デザートなしです。これから二――いえ、三週間ずっと」

この前例のない罰《ばつ》に、食卓《しょくたく》の周囲でいっせいにぐっと息を吸う音がした。最高に厳しい罰だったが、わたしは異議を申し立てる立場になかった。

トラヴィスがつぶやいた。「コーリー、ぼくのを分けてあげるよ」それを耳にした母が即座《そくざ》につけくわえた。「それから、だれもキャルパーニアに分けてあげてはいけません！」

わたしが両手を膝《ひざ》においてじっとすわっていると、ラマーがわざとらしく舌つづみをうって、いった。

「うわあ、こんなにおいしいパイは初めてだ」

いかにもラマーのやりそうなことだ。

寝室《しんしつ》にむかって階段をあがっているとき、踊《おど》り場でトラヴィスとサム・ヒューストンに出会った。ちょうどよかったわ、と思った。年上のきょうだいと年下のきょうだいがいっしょにいるんだもの。

「サム」わたしは声をひそめて、きいた。「お父さんがガルベストンからもどってきて、わたしたちにお金をくれたとき、いくらもらった？」

「金貨で十ドル。どうして？」

「いくらかな、と思って」それからわたしはトラヴィスを見て、きいた。「トラヴィスは五ドルもらったのよね？」

弟のトラヴィスはきょとんとしながら、わたしを悲嘆《ひたん》にくれさせるような言葉を口にした。「ううん、十ドルだよ。だけど、お父さんは、そのことをしゃべっちゃだめだって、いった。お父さんはみんなに十ドルずつくれたんだよ」

「みんなに十ドルずつ」わたしはぼんやりと繰《く》り返した。それじゃあ、年上の三人に十ドル、年下の三人にも十ドルだったのね。だけど、わたしはちがった。わたしだけ五ドルだった。それは、女の子だから？

わたしはふたりを押《お》しのけると、自分の部屋に駆《か》けこみ、マットレスの上に体を投げだした。また、苦い涙《なみだ》があふれでた。なくなった大金のことを思って、泣いた。なくしたのはわたしが悪いというなんてあんまりだと思って、泣いた。自分の将来を思って、将来の見通しのことを考えて、泣いた。年月が過ぎさるにつれて、見通しはひらけていくどころか縮まっていく。ほかの人たちがわたしに望むこと、しかも、気がめいるようなさまざまなことにすっかり取りかこまれて、外に出られなくなるんだわ。

アギーが入ってきて、寝《ね》る支度を始めた。わたしを無視して、ランプをつけ、寝巻きに着替《きが》えている。それから、わたしを無視したまま、髪《かみ》にブラシをかけ、三つ編みにした。

やがて、アギーがいった。「ほら、泣きやみなさいよ」アギーは、ヘビのすみかになっているひきだしからハンカチを出して、わたしに押《お》しつけた。「はい。もう怒《おこ》ってないから。さあ、寝る支度をしなさいよ。

そうしたら、ランプを消せるから」

けれど、わたしは泣きやむことができなかった。アギーに、けんかはもうやめた、といえなかった。泣いているのは、厳しい現実に直面したせいだ、といえなかった。そう、家族のなかで平等に扱《あつか》われていないという現実に直面したせいだ、と。

第15章　感謝祭

わたしにとってずっと謎《なぞ》だったのは、陸から遠く離《はな》れて暮らすアホウドリがなにをえさにして生きているのかということである。わたしの推測はこうだ――アホウドリは、コンドルと同じように、長いあいだなにも食べずにいられるのではないか。悪臭《あくしゅう》を放つクジラの死骸《しがい》をたっぷりと堪能《たんのう》すると、そのあと長い時間もちこたえられるのではないか。

陰鬱《いんうつ》な日々が何週間かつづき、感謝祭が近づいた。といっても、わたし自身についていえば、感謝するようなことはほとんどなかった。我が家では、毎年、三羽の七面鳥を感謝祭用に飼育した。家族用に一羽、雇人《やといにん》用に一羽、そして、町はずれの貧しい人たち用に一羽。まえの年、世話係を命じられたトラヴィスは――当然の成り行きだが――七面鳥と友だちになり、三羽にレジー、オス、ラヴィーニアと名前をつけるまでになった。実際、七面鳥の運命を考えたら、友だちになるなんて、とんでもない。悲惨《ひさん》な結末を迎《むか》えるだけだ。そこで、この年、七面鳥の世話係になったわたしは、トラヴィスに、七面鳥の小屋についてこないようにといった。このときばかりは、トラヴィスも素直に従った。食卓《しょくたく》にのる運命の生き物をかわいがるわけにはいかないということを、まえの年につらい思いをして学んでいたからだ。

わたしも、七面鳥に名前をつけた。といっても、小、中、大、と個人的感情が入らない呼び名で分類していただけだ（たぶん、おばかさん、もっとおばかさん、最高におばかさんと名づけるほうがふさわしかっただろうけど）。一日に二回、水とえさをやりにいったが、わたしは七面鳥に務めてたんたんと接するようにした。

観察ノートに記す疑問。〈オスの七面鳥の頭と、のどの下にある赤い肉のかたまり〈肉垂《にくすい》〉にはなんの意味があるのか？　ずばり容貌《ようぼう》のため（まさかね）、あるいは、体温調節のため、それとも、べつのなにかのため？〉わたしは、ふと、まえに見たトカゲのことを思い出した。玄関《げんかん》まえの通路沿いに植わっているユリの茂《しげ》みに棲《す》んでいたグリーンアノール、学名アノリス・カロリネンシスというトカゲだ。このトカゲは、のどもとにあるピンク色の袋《ふくろ》を広げたりすぼませたりしてメスを誘《さそ》い、オスを威嚇《いかく》して追いはらっていた。けれど、七面鳥の肉垂は、わたしにはものすごく醜《みにく》く見えるから、メスの七面鳥があれを魅力《みりょく》的《てき》だと思うかどうかわからない。

感謝祭の二日まえ、わたしは厳しい監視《かんし》のもと、りんごのタルトを作らされた。アギーは、〈わたしの特製パイ〉ともったいぶって呼ぶ、シロップ漬《づ》けのブラックベリーを上に飾《かざ》った、ブランデー漬けの桃《もも》のパイを作った。盛大な食事をする感謝祭の前日には、ヴァイオラとサンフワナが準備に集中できるよう、わたしたちきょうだいは全員、台所から追いはらわれた。大がかりな準備が必要だったから、母まで袖《そで》をまくりあげ、髪《かみ》にスカーフを巻いて、加わった。母は、周期性頭痛の粉薬と婦人薬の〈リディア・ピンカム〉の力を借りてがんばり、疲《つか》れた顔をしていたもののうれしそうだった。

父は、母の虚弱《きょじゃく》な体質を案じて、いった。「無理をしないよう気をつけるんだぞ」

そして、感謝祭の一日が始まった。朝食は、いつもより少なめだった。あとで盛大な御馳走《ごちそう》が待ちかまえているからだ。その結果、お昼どきには、わたしは飢《う》え死にしそうな気がしていたが、魅惑的《みわくてき》な香《かお》りと湯気が立ちこめ、鍋《なべ》のぶつかる不協和音が騒々《そうぞう》しく響《ひび》く台所は、立ち入り禁止になっていた。

それにもかかわらず（そして、そんなことをしたらどうなるか、わかっているにもかかわらず）、わたしは身構えながらドアのすきまに頭を入れて、のぞいた。ヴァイオラが鍋や大皿を名手品師のように猛烈《もうれつ》な勢いで巧《たく》みに扱《あつか》っている。熟練した動きのひとつひとつにむだがなく、驚異《きょうい》としかいいようがない。ヴァイオラのような才能がほしいとは思わないが、称賛《しょうさん》せずにはいられなかった。ヴァイオラの下唇《したくちびる》は、かみタバコが入っているせいでふくらんでいた。へとへとになるような仕事をしているときには、タバコをかまずにいられないのだ。下唇がふくらんでいるせいで、ヴァイオラは、相手がおじけづくような、けんかごしの顔に見えた。

「ヴァイオラ」わたしは精いっぱい従順そうな声を出した。「わたし――」

「出ていきなさい！」

「でも、わたしはおなかが――」

「出ていきなさい！」

なんて不機嫌《ふきげん》なの、と思った。けれど、ほんとうのところ、無理もないとわかっていた。それで、こういう非常時のために部屋に隠《かく》しておいた古いマカロンを食べて、自分をなぐさめた。心をそそられる香《かお》りが家じゅうに漂《ただよ》っている状況《じょうきょう》では、なんとも貧弱ななぐさめだったけれど。

二時になると、わたしたちは列になって並び、お風呂《ふろ》の順番を待った。三時になると、母が二階に上がって、サファイア色のイヴニングドレスに着替《きが》え、きらきら光る黒玉《こくぎょく》のネックレスをつけた。四時になって、アギーといっしょにいちばん上等な陶器《とうき》とガラスの器を食卓《しょくたく》に並べているとき（男の子たちがいるときに上等な食器を使うなんて、どんな場合にも危険だ）、招待客のプリツカー先生が到着《とうちゃく》した。

食事を待っているあいだ、プリツカー先生と祖父と父は、リオ・グランデ川のむこう側で蔓延《まんえん》している牛のダニ熱や、子牛に多い黒脚症《こつきゃくしょう》や、口蹄疫《こうていえき》など、テキサス州の経済に大混乱をひきおこすウシ亜科《あか》の動物の疾病《しっぺい》について活発な議論を始めた。わたしは、三人の会話がかろうじてききとれるところにひっそりとたたずみ、微生物学《びせいぶつがく》についての祖父の豊富な知識や、プリツカー先生が祖父にはらっている敬意を、誇《ほこ》らしく思った。三人は、ヒ素やタバコや硫黄《いおう》の溶液《ようえき》に家畜《かちく》を浸《ひた》すことの功罪について論争をくりひろげていた。プリツカー先生がいった。「ダニの駆除《くじょ》に電流を使おうという話があります。農工大学の学生が、家畜用の水槽《すいそう》に電気の装置を取りつけて、家畜がなかを通るときに電流を流したということですよ」

進歩的な考えの祖父は、意気ごんで答えた。「興味をそそられる思いつきだ。それで、結果は？」

「残念なことに、牛たちは即死《そくし》したそうです。一方、ダニのほうは死ぬこともなく、新たな家畜の群れを求めて、水のなかを泳いでいったということです」

「わくわくするような話だ」祖父がいった。「電気の適用量を調整する必要がありそうだな」

母は、祖父たちが夢中になっている話を小耳にはさんで身震《みぶる》いすると、晴れやかな作り笑いを浮《う》かべてアギーのほうをむき、両親から最近どんな便りがあったかとたずねた。母は、オースティンの上流社会の華《はな》やかな集りを見習おうと最善を尽《つ》くしていた。そんな母にとって、ダニ熱の話は、たぶん、上流社会の人々がする上品な話とはちがっていたのだろう。

わたしは、電気という驚《おどろ》くべきものについてじっくりと考え、わたしたちの暮らしにも電気があったらいいのにと思った。ロウソクとランプの使用をやめて、スイッチを入れて明かりをつけるような暮らしになるなんて、ほとんど信じられなかった。悲しいけれど、地球上のこのちっぽけな地域ではそんなことは起こらないと、わかっていた。

やがて、待ちに待ったすばらしい時刻、五時になると、階段の下でヴァイオラが銅鑼《どら》を鳴らし、わたしたちは食卓についた。わたしは、プリッツカー先生の隣《となり》にすわりたいと思っていたが、先生が案内された席は、トラヴィスとアギーのあいだだった。それを見て、アギーがかすかに顔をしかめたことに気づいたのはわたしだけかしら?

父は、食前の祈《いの》りを唱えたあと、〈高潮〉の悲劇に見舞《みま》われた親族が無事だったことに特別な感謝をささげた。わたしは、組みあわせた手の陰《かげ》からプリッツカー先生をこっそり見た。礼儀《れいぎ》正しく父のお祈りに耳を傾《かたむ》けているように見えたが、頭を垂れてはいなかった。不思議だ。そして、アギーは、どういうわけか、不機嫌《ふきげん》な顔をしていた。食前の祈《いの》りが終わり、わたしたちは山のような料理をもりもりと食べた。だれもが、慎重《しんちょう》に肘《ひじ》を動かし、料理をフォークでせっせと口に運んだ。まるで、何週間も食べ物を目にしていなかった農場労働者のような勢いだ。プリッカー先生は母の準備した祝宴《しゅくえん》をほめちぎり、母はほめ言葉に頬《ほほ》を紅潮させた。失業者救済を訴《うった》えたジェイコブ・コクシーという人はデモ行進で大勢の失業者を率いたという。その失業者一群のおなかを満たせるほどたくさんの料理が、我が家の食卓《しょくたく》に並んでいた。

カメのスープから始まって、マッシュルームのクリーム煮《に》をトーストにのせた前菜がつづいた。次に、わたしが世話をした七面鳥が運ばれてきたときには、みんなが称賛《しょうさん》の声をあげた。こんがりときれいに焼かれた七面鳥には、スグリのソースがかかっている。これは〈大〉（〈最高におばかさん〉でもある）と名づけた七面鳥かしらと思ったけれど、はっきりとはわからなかった。父がテーブルの上座に立って、ナイフを鋼砥《はがねと》でとぎ、七面鳥の肉を切りわけはじめた。父が猟犬《りょうけん》のエイジャクスと力を合わせてつかまえた二羽のカモも料理されていた。カモ肉は風味豊かだが、わたしは食べるのをやめておいた。一度、肉のなかに残っていた銃弾《じゅうだん》で歯が折れそうになったことがあるからだ。

焼いたジャガイモ、サツマイモ、サヤインゲン、ライマメ、トウモロコシのフリッター、シロップをかけて焼いたカボチャ、ホウレンソウのクリーム煮もあった。全員がおかわりをした。二度目のおかわりをした者もいた。わたしたちが、もうひと口も食べられないと思ったちょうどそのとき、デザートの時間になった。アギーのパイを見て、みんなが、「わあ」とか「おお」といった。まるで、とても特別なものでも見たように。わたしのタルトに大騒《おおさわ》ぎをする者はひとりもいなかった。でも、わたしが気にかけたと思う？　いいえ。

トラヴィスは、プリツカー先生にウサギの世話とえさのやり方についてあれこれ質問していた。あまりにしつこくたずねているので、母がとうとう、トラヴィスが夢中になっている話題から先生を救出するはめになった。

結局、みんなが欲しがっていた七面鳥のウィッシュボーン、つまり、叉骨《さこつ》は、アギーの肉のなかにあった。もっとも、わたしは、母が父の助けを借りて巧妙《こうみょう》にしくんだにちがいないと思っていた。二又《また》の叉骨をふたりでひっぱるとき、アギーはプリツカー先生を相手に選ぶこともできたのに、先生に背をむけてトラヴィスを選んだ。結局、骨が二本に折れたとき、アギーが握《にぎ》っていたほうが長かった——アギーが当たりというわけね。だって、長いほうをもっているものの願いごとがかなうんだもの。アギーは考えこむような様子で、願いごとをじっくりと考えた。あまりに長々と考えているので、みんながそわそわしはじめた。

「あら」アギーは、はっと我にかえって、待ちかまえているわたしたちを見まわした。「ええと、ママとパパとわたしたちの新しい家にとって、それから、ガルベストンにいる大切な友人たちみんなにとって、なにもかもうまくいきますように」わたしたちはみな、礼儀《れいぎ》正しく拍手《はくしゅ》した。けれど、わたしはなぜか、違和感《いわかん》を覚えた。ちょっと優等生的な気がする。とはいうものの、こんな無欲な願いごとにだれが異議を唱られるだろう？　なんといっても、家族と離《はな》れてこんなに遠くまできているのだし、災害にあってつらい思いをしているのだもの。

食事が終わると、おとなたちはワインを飲むために客間へいった。もっとも、わたしには、これだけたくさん食べたあとにたったひと口でも飲めるなんて、考えられなかったけれど。

わたしたち子どもは、外に出て遊ぶよう強くすすめられた。兄弟のうち三人が気乗りのしない様子でサッカーを始めたが、あまりにおなかがいっぱいで、のろのろした動きでよろよろ歩きまわるのが精いっぱいだった。ほかのふたりは二階にいって、ベッドで横になった。わたしも自分のベッドにいきたくてたまらなかったけれど、いったん横になったら、機械の力でも借りないと起きあがれないだろうと考えた。

あと片づけという報われない仕事を担当するのは、サンフワナだった。サンフワナは、盛大な食事のあとの大混乱を片づけるのに、大きいほうの娘《むすめ》ふたりを手伝いにつれてきていた。母は、労を惜《お》しまずよく働いてくれたヴァイオラに、臨時の報酬《ほうしゅう》として銀貨を一枚渡《わた》した。

わたしは抜《ぬ》け目なくトラヴィスをつかまえて、健康のためのちょっとした散歩につきあわせることにした。消化を助けるのにいいと思ったのだ。一日のうちのお気に入りの時間帯のひとつだった――光が紫《むらさき》色《いろ》に変化していく時間帯、仲間から遅《おく》れて渡りをしているガンたちのかすかな鳴き声がときおりきこえるほかは、秋の深い静けさに包まれている時間帯だ。わたしたちは、あれこれ話すのも億劫《おっくう》なほど満腹だったけれど、どちらが先に一番星を見つけるかで、フルーツ味のキャンディー三個を賭《か》けた。

トラヴィスが西の方角にかすかな光を見つけて、唱えた。「星の光、明るい星、今夜見つけた一番星――」

「あれは木星《ジュピター》。恒星《こうせい》じゃなくて惑星《わくせい》だから、一番星とはいえないわ」わたしはいった。

「なんでだよ」トラヴィスが怒《おこ》った。

「ほら、光が動かないでしょ？　またたいてないわ。ということは、惑星なのよ。惑星のことは、おじいちゃんからたくさん教わって、知ってるんだから。ジュピターっていうのはね、ローマの神々の主神ユピテルの英語読みなの」

「キャンディーをくれるのがいやで、そんなこと、いってるんでしょ」

「トラヴィス」わたしは猛烈《もうれつ》な勢いで記憶《きおく》をたどった。「わたしがあなたに嘘《うそ》をついたことがある？」

「ええと……ない。少なくとも、思い出せるようなのはない」

「じゃあ、わかったわね。たとえ最初に空にあらわれた光だとしても、あれは厳密には星ではないの。引き分けっていうことで、お互《たが》いにキャンディーの借りは無しよ」

兄弟のなかでいちばんひとのいいトラヴィスは、いつものようにわたしの提案に賛成した。

わたしたちは綿花工場へと歩いていった。この日は、工場で働く人々もみな、休日をもらっていたから、慣れ親しんだ機械の音がきこえず、工場は不気味なほど静かだった。わたしたちは、工場に動力を供給しているタービンの上のダムまでいって、すわった。そのとき、わたしの腕《うで》くらい太いヌママムシがダムの余水路のなかでとぐろを巻いているのが見えた。余水路には水がなかった。ヘビも静けさのなかで、ひなたぼっこをしているようだ。

わたしがヘビを指さすと、トラヴィスは身震《みぶる》いした。オフラナギャンさんは、ネズミを減らす助けになるので、ヘビが近くにいても大目に見ていた。ネズミは長年、悩《なや》みの種だった。機械を動かす革のベルトをかじるからだ。オフラナギャンさんは、まだおとなになっていない若い猫《ねこ》をたくさん工場につれてきたことがあったが、機械のすさまじい音に感覚器官が耐《た》えられなかったとみえて、一匹《ぴき》、また一匹とどこかへ逃《に》げていった。オフラナギャンさんは、次に、エイジャクスをつれてきた。エイジャクスは興奮した様子で、隅々《すみずみ》のにおいを一時間ほど熱心にかぎまわっていたが、体が大きすぎて巣穴のなかまで追うことができず、結局、ネズミを捕《と》ることはできなかった。ポリーならどうかしら、とわたしは思った。止まり木の鎖《くさり》から放したら、ネズミを捕《つか》まえるかしら？　ポリーがげっ歯類の動物を食べるかどうか、わたしは知らなかった。けれど、ポリーの鉤爪《かぎづめ》を目にしたネズミはみな、郡境まで全速力で逃げていくだろう。

トラヴィスとわたしは、だまってすわっていた。といっても、気まずい沈黙《ちんもく》ではなく、心地よい静けさのなかにいた。静けさをやぶるのは、ときおりきこえる控《ひか》えめなげっぷの音だけだ（この状況《じょうきょう》では、完璧《かんぺき》に理解できることだった）。コウモリが何匹か川のあたりを飛びまわっている。その曲技飛行のような飛び方を、わたしたちはうっとりと眺《なが》めた。間近に迫《せま》った南への渡《わた》りにそなえて昆虫《こんちゅう》を食べ、エネルギーをたくわえながら、たわむれているにちがいない。あるいは、ここで冬を越《こ》そうと決めているのかもしれない。コウモリが越冬《えっとう》したら、雪は降らないというい伝えがある。

トラヴィスがだしぬけに、夢みるような口調でいった。「おとなになったら、なにになりたい？」

全世界のだれひとりとして、わたしにこの質問をしたことがなかった。これほど重大な質問を、わたしの大好きな弟、わたしのことを大好きだと思ってくれる弟トラヴィスが、無邪気《むじゃき》にしてきた。しかも、トラヴィスは、これが触《ふ》れてはいけない話題だとわかっていない。わたしは、心臓がしめつけられるような思いがした。トラヴィスの足元には、たくさんの選択肢《せんたくし》があるというのに、わたしにはなにもないのだ。

トラヴィスがつづけた。「ぼく、ほんとうに動物のお医者さんになりたいな。そんな気がしてきた」

「ほんと？」わたしは、トラヴィスがミミズの内臓を見てひどく動揺《どうよう》したことを思い出した。「動物のお医者さんになったら、ええと、そのう、血とか内臓とかを見なきゃならないのよ。わかってるわよね？」

トラヴィスは少し考えてから、ゆっくり答えた。「たぶん。コーリーはどうして、ああいうものを見ても平気なの？」

じつをいうと、そういうものを見ていやだと思うこともあったが、絶対に口に出して認める気はなかった。とくに、弟には。それで、わたしは小さな嘘《うそ》をついた。「それは、わたしが科学者だからよ」

「だけど、どうやって我慢してるの？　どうしたら我慢できるか、教えてくれる？」

「うーん、よくわからないわ……」

トラヴィスはがっかりしたような顔をした。それから、わたしの助けを絶対に取りつけられる言葉、そう、成功まちがいなしの言葉を口にした。「でも、コーリーは、賢《かしこ》いフクロウを束にしたくらい頭がいいじゃないか。なにかいい方法を考えつくんじゃない？」

「うーん。考えてみるわ。それから、おじいちゃんとも話してみる。わたしが思いつかなくても、おじいちゃんならなにか思いつくかもしれないから」

わたしたちはだまって、もう少しその問題について考えた。そのとき、驚《おどろ》くようなことが起こった。四つ足の小さな生き物がダムから下流側の土手にあがったのだ。

「見て」トラヴィスが息をのんだ。

あの正体不明の動物だった。予想を裏切って、生きのびていたのだ。それどころか、以前よりいくらか元気そうに見える。目やにが出て腫《は》れていた目も治っている。とはいっても、相変わらずひどくやせこけ、黒いかさぶたにおおわれていた。暗くなりはじめていたが、キツネ――気品があって、優美で、華奢《きゃしゃ》な骨格をしたキツネ――ではないと見てとれた。キツネとくらべると、胸が厚く、脚《あし》は短くて太い。キツネというより犬のような姿だ。見れば見るほど、おとなになりきっていない若い犬のように見えた。

その情けない姿をした生き物は、ためらいがちにしっぽを振《ふ》った。まちがいない、キツネの仲間じゃないわ、イヌ科の動物よ。だって、しっぽを振ったもの。

「あれは犬よ。そう思うわ」わたしはいった。

「まさか。ほんとうにそう思うの？　だったら、どんな種類の犬？」

「いわゆる雑種よ」わたしは軽く答えたけれど、実際は、だれかがいくつかの品種を少しずつ集めて袋《ふくろ》に入れ、充分《じゅうぶん》に振ってまぜあわせたあと、こぼした……ような姿だった。

「ね、プリッカー先生が――」

「だめ。現実を直視しないといけないわ。生き物をすべて救うことはできないのよ、そうしたいと思ってるのはわかるけどね」

犬はまた、わたしたちにむかって控《ひか》えめにしっぽを振った。そして、このとき、まちがいなく、悲し気に見つめる犬の目に一瞬《いっしゅん》、親愛の情が浮《う》かんだ。人に飼われていたことがあるにちがいない、と思った。野犬なんかじゃない。野犬だったら、わたしたちが近づいてきたときに、下生えのなかに姿を消しただろうし、けっして、自分の姿を見られるようなことはしない。もちろん、おずおずとしっぽを振ったりしない。怒《いか》りがこみあげてきた。こんな冷酷《れいこく》なことをした飼い主は、いったいだれなの？　飼っていた犬の信《しん》頼《らい》を裏切り、追いはらい、悲惨《ひさん》な運命にその身を委ねさせて、自分でなんとか生きていけと考えるなんて。

そのとき、答えがぱっとひらめいた。今まで気づかなかったなんて、わたしはとんでもないばかだわ。

「あれがなにか、わかった！」わたしはかすれた声でいった。答えは、わかりきっていた。と同時に、ほとんど奇跡《きせき》だとも思われた。

「しーっ、驚いて逃《に》げちゃうよ」

「わかったの。あれは、メイジーの子犬の一匹《ぴき》よ。トラヴィス、わからない？　テリアとコヨーテをかけあわせたら、あんなふうになるわ」

トラヴィスは、わたしをぽかんと見つめた。「ちがう、ちがう、そんなはずないよ。ホラウェイさんが川に沈《しず》めたんだから」

「わかってる。でも、わたしたちは、子犬が入ってた袋《ふくろ》を見てないわ。そうでしょ？　どうやったのかはわからないけど、あの犬は袋から出たにちがいないわ。ホラウェイさんがほかの子犬たちを川に沈めるまえに逃《に》げたのかもしれない。たぶん、波止場に落ちてる魚の内臓やごみ捨て場のごみを食べて生きてきたのよ」そのとき、ふいに、あまりうれしくない考えが浮《う》かんだ。「それと、盗《ぬす》んだニワトリを食べて」ああ、もしそうなら、問題だわ。「でも」わたしは興奮しながらつづけた。「あれは、純粋《じゅんすい》なコイドッグなんだわ。つまり、半分コヨーテで半分犬ってこと」

「うわあ」トラヴィスは声をあげると、あやすような声で呼びかけた。「おいで、わんちゃん」

コイドッグは、少し驚《おどろ》いたような様子を見せると、あとずさって茂《しげ》みのなかに入り、姿を消した。

わたしはトラヴィスにきつい口調でいった。「名前をつけないこと、お医者さんにつれていかないこと、うちにつれてかえらないこと。バンディットのあと、決めたでしょ。もう野生の動物は飼わないって」

「でも、あの子は野生とはいえないよ。半分が野生なだけだよ。残りの半分は飼育された生き物だっていえるよ」

「お父さんがかんかんに怒《おこ》るわよ。あの犬を銃《じゅう》で撃《う》つわよ、お父さんがそうするって、わかってるでしょ。それから、さわろうとしちゃだめよ。アルマンドより悪い病気をもっているかもしれないんだから。約束する？」

「わかったよ」トラヴィスがのろのろと答えた。

「約束する？」

「約束するよ」

うちに帰る道々、わたしたちはほとんどだまっていた。それぞれが物思いにふけっていたからだ。わたしはほんとうの星をふたつ、それから、惑星《わくせい》の土星を指さして、自分とトラヴィスの気持ちをコイドッグからそらそうとした。が、あまりうまくいかなかった。

第16章　世界一みすぼらしい犬

その牧羊犬は肉を食べに、毎日、家にやってくる。そして、肉が与《あた》えられると、まるで恥《は》じいっているかのようにこそこそと去っていく。そうした折、家の番犬たちは暴君のように振《ふ》る舞《ま》い、最も地位の低い番犬が牧羊犬を攻撃《こうげき》し、追いかける。

翌朝、わたしは、日が昇《のぼ》るずっとまえに起きて、忍《しの》び足で台所におりていった。食料貯蔵室で、七面鳥の残骸《ざんがい》から肉をせっせとむしりとってパラフィン紙に包んでいると、いきなり人の気配がして、縮みあがった。忍びこんできたのは、トラヴィスだった。

「こんなところで、なにをしてるの？」わたしはひそひそ声できいた。

「逆だよ、コーリーこそ、こんなところでなにをしてるのさ？」

「たぶん、同じことよ。急いで、あんまり時間がないから。今にもヴァイオラがくるわ」裏庭に面した窓から外を見ると、思ったとおり、薄明《うすあ》かりのなか、ヴァイオラが住まいから鶏小屋《とりごや》にむかって勢いよく歩いていくのが見えた。ヴァイオラの一日は、ほかのだれよりもずっと早く始まる。卵を集め、調理用レンジに火を入れ、たくさんの料理を作らなくてはならないからだ。

「ヴァイオラがくるわ」わたしは小声でいうと、トラヴィスといっしょに玄関《げんかん》から外に出て、そっと扉《とびら》を閉め、馬車の乗り入れ道を駆《か》けて、通りに出た。さらに走りつづけてカーブの先までいったところで、走るのをやめて歩きはじめた。ここまでくれば、もう見られる心配はない。夜明けまえの空気はひんやりしていた。わたしたちはどちらも、コートをもってくることなど考えていなかった。吐《は》く息が白く見える。涼《すず》しい季節がやってくるという、うれしいしるしだ。あたりは、秋の香《かお》りに満ちていた。ゲイツ家の犬のマティルダ——猟犬《りょうけん》のブラッドハウンド種だ——がいつものように早朝の遠吠《とおぼ》えをした。毎朝、日の出とともにマティルダがあげる、この奇妙《きみょう》な、窒息《ちっそく》でもしそうな裏がえった声は、町のどこにいてもきこえる。フェントレスでは、何十羽ものオンドリとマティルダが、汽笛や町の大時計の代わりに夜明けを知らせてくれる。

わたしたちは、まだ暗い工場のまえをそっと通りすぎ、ヌママムシがいないか気を配りながら土手をおりて、ダムまでいった。犬の姿はなかった。

「なんだ」トラヴィスが残念そうにいった。「どうしよう？」

わたしの頭におそろしい考えがうかんだ。あの犬は、夜のあいだに死んでしまったのかもしれない。わたしの心を読んだかのように、トラヴィスがいった。「もしかして……もしかして、あの犬が死んだと思ってるの？」

遅《おそ》すぎたのかもしれない。わたしたちが、もう一日早くきていたら……。わたしは、胸がしめつけられるような気がした。あの犬は飢《う》えのあまり、ヌママムシをつかまえようとして、かまれたのかもしれない。ひょっとしたら膨張《ぼうちょう》した死骸《しがい》が、下流の橋のところで、半分沈《しず》んだ流木の枝のあいだにひっかかっているのかもしれない。もしかしたら——。

「見て！　あそこにいるよ！」

わたしは、トラヴィスが指さす方向を目でたどった。すると、たしかに、六メートルほど離《はな》れた、ダムのコンクリート製土台のむこう側にいた。からみあった植物のつると下生えのなかから小さな茶色い顔をつきだして、わたしたちを見つめている……期待をこめた目で？

ふいに、感謝の念でいっぱいになった。わたしたち——と、あの犬——にもう一度機会を与《あた》えてくださって、ありがとうございます。

「なにをするときにも、あの犬にさわっちゃだめよ」わたしはいった。

「ぜったいにさわらない」トラヴィスは七面鳥の包みをひらいて、やさしく声をかけた。「ほら、いい子だ。朝ごはんをもってきたよ」

犬はよだれをたらし、顎《あご》をなめたが、近づいてこようとしない。

「肉を投げて」わたしはいった。

トラヴィスが肉を下手投げで放った。が、犬は、石や瓶《びん》を投げつけられたときのことを思い出したにちがいない。縮みあがって、キャンと鳴いた。そして、次の瞬間《しゅんかん》、むきを変えて、よろよろと離れていった。

トラヴィスが声をあげた。「どうしよう！　わんちゃん、もどっておいで。ほら、食べ物だよ」

「大丈夫。むこうに投げておけば、あとで見つけるわ」

「ぜったいに見つけるって、いえる？」

「あれは犬よ——ま、犬みたいなものよ——、だから、鼻を使って生きているの。七面鳥のにおいをかぎつけて、わたしたちがいなくなったとたん、食べにくるわよ」

トラヴィスは、残りの肉を投げた。なかなか上手だった。肉の切れ端《はし》のほとんどが、犬が姿を消した場所から一メートル以内に落ちたからだ。わたしたちは、太陽が地平線を赤く染めはじめるなか、少しのあいだ、だまってすわっていた。けれど、犬はもどってこなかった。

わたしたちが玄関《げんかん》に入ったとき、ヴァイオラが玄関ホールで銅鑼《どら》を鳴らして、朝食の合図をしていた。銅鑼のやかましい音がやむと、わたしたちはヴァイオラのあとにつづいて台所に入り、手を洗った。そのとき、ヴァイオラがいった。「なにかにえさをやってますか？」

「やってない」わたしは、トラヴィスが口をひらくよりまえにいった。が、もちろん、トラヴィスは口をひらいて、いった。「どうしてわかったの？」

「どうしてかというと、七面鳥の残りを使って、もう一食用意するつもりだったからです。だけど、もうスープにするくらいしか残ってません」

「ええと」わたしはいった。「スープはおいしいわ」

「ちっ」ヴァイオラはいらいらと舌うちすると、わたしたちにむかって布巾《ふきん》を振《ふ》った。「ふたりとも、さっさといって。あたしには、やらなくちゃならない仕事があるんですからね」

学校からの帰り道、わたしたちはダムの反対側から工場に近づき、犬の姿はないかと探したが、残念ながら、犬は見つけられなかった。わたしたちがおいていった場所に七面鳥の肉がそのまま――アリがたかっていたけれど――残っている。わたしたちはうろたえた。ということは、これでもうおしまいってことね。

ところが、そうではなかった。わたしは、あのかわいそうな生き物のことを忘れることができなかった。悲し気な茶色い目とおびえたような表情を思い出すたびにやましく感じ、心が痛んだ。〈進化し、文明の進んだ種〉、おそらくすぐれた生き物である人間に利用され、虐待《ぎゃくたい》された犬はみんな、あんな表情をする。

三日後の夕暮れどき、わたしはまたこっそり工場のそばの土手にいき、静かにすわって下生えに目をこらした。数分後、辛抱《しんぼう》強く待っていたわたしの耳に、動物が近づいてくる音がきこえた。よかった、あの犬は生きてた！ 手遅《ておく》れじゃなかったのね。わたしは息をつめ、耳をそばだてた。小枝が折れる音がしている。やがて、茂《しげ》みから出てきたのは……トラヴィスだった。わたしたちは、見つめあった。

「犬を見かけた？」わたしはきいた。

「ううん。でも、七面鳥の肉がなくなってた。これは、いいしるしだよね？」

「たぶん。でも、キツネかコヨーテが食べたのかもしれないし、アリがひきずっていったのかもしれないわよ」

トラヴィスが難しい顔をした。「あの肉を全部運ぶなんて、アリには無理だよ」

「アリは、自分の体重の五十倍の重さまで運べるの。そういう意味では、地球上で最強の動物のひとつだといえるわ。もっと尊敬されてもいい生き物なのに、そうされていないのよ」

「これからどうしたらいいかな？」

わたしはためいきをついた。「うちに帰るのがいいと思うわ」

「昨日の夜、あの犬の夢を見たんだ」

「わたしもよ。でも、どんな夢だったかまるで思い出せないわ」

家に帰ろうとむきを変えたとき、目の端《はし》でなにかがほんの少し動いた。入り江《え》のほうだ。振りむくと、ちょうどとがった鼻のいちばん先が土手の穴のなかにひっこむところだった。穴の一部が、雷《かみなり》にうたれた古いペカンの木の陰《かげ》になっている。まさに、バンディットのねぐらがあったところだ。

「トラヴィス」わたしは声をひそめて、いった。「あそこを見て。ペカンの枯《か》れ木の下。ほら、バンディットのねぐらのなかにいるわ」

「ほんと？」トラヴィスの顔が太陽のように輝《かがや》いた。

「もしかすると、あそこは、バンディットのねぐらじゃなかったのかもしれない。最初からずっとコイドッグのねぐらだったのかもしれないわ。ここでじっと静かにしてて。食べ物を探しにいってくるから。ぴくりとも動いちゃだめ、音をたててもだめよ」

トラヴィスはうなずいた。その顔は、しあわせを絵に描《か》いたようだった。わたしは土手から離《はな》れると、飛ぶように工場までいった。すると、オフラナギャンさんが、ポリーの顎《あご》の下を（もしオウムに顎があるなら、顎のあるところを）、なでながら戸締《とじま》りをしようとしていた。

「オフラナギャンさん、クラッカーを少しいただけますか？」

「もちろんだとも、お嬢《じょう》ちゃん、好きなだけもっていくといい」

わたしはお礼をいって、深皿のなかのクラッカーをすくいあげると、広げたエプロンのなかに入れ、駆《か》けだした。うしろからオフラナギャンさんが声をかけてきた。「やれやれ、お嬢ちゃん、うちでちゃんと食べさせてもらってないのかい？」

わたしはそのとき初めて気づいた――オフラナギャンさんは、わたしのことをとびきり変わった子だと思っているらしい。

土手に近づくと、わたしは走る速度をゆるめて、忍《しの》び足になった。なにも、突進《とっしん》するゾウのような音をたてることはない。たぶん、三日まえにここにきたときに、あの犬をずいぶん怖《こわ》がらせてしまったはずだ。

わたしがクラッカーを見せると、トラヴィスは半信半疑の顔でいった。「クラッカーを食べるかな？」

「今は、ぜったいに、なんでも食べると思うわ」わたしは地形をみきわめた。「ほら、その木につかまって。で、わたしがトラヴィスにつかまるから」

わたしは、トラヴィスの手をしっかり握《にぎ》ったまま、横歩きをして土手を途中《とちゅう》までおりると、注意深くねらいを定めて、クラッカーを穴のそばに投げた。さらにクラッカーを投げながら、落ちる位置を五、六十センチずつ遠ざけていった。クラッカーにつられて犬が出てくるように、と考えたのだ。クラッカーを全部投げてしまうと、トラヴィスがわたしを土手の上までひきあげ、わたしたちはすわって、待った。

やがて、鼻づらがあらわれた。すり傷を負った鼻を激しくひくひくさせている。わたしには、犬の考えていることがわかるような気がした。あれは食べられるものか？　罠《わな》か？　罠だとしても、危険をおかしてひと口食べるだけの価値はないか？

犬が、くんくんにおいをかぎながら、半分くらい出てきた。トラヴィスとわたしはその場で凍《こお》りついたようにじっとしていた。

犬はよろよろと前進し、クラッカーを急いで飲みこんだかと思うと、すぐさま巣穴にひっこんだ。わたしたちは、辛抱《しんぼう》強く待った。クラッカーには危険をおかすだけの価値がある、と犬は判断するだろうか。明らかに、そう判断したようだ。すぐに穴から、また姿をあらわした。そのおかげで、このあわれな生き物を初めて、じっくりと見ることができた。不快になると同時に胸が痛くなるような姿をしていた。皮膚《ひふ》のあちこちにできている丸い傷とかさぶたは、鳥や小動物の狩猟《しゅりょう》に使う小粒《こつぶ》の散弾《さんだん》〈バードショット〉の跡《あと》のように見えた。ゲイツさんが散弾銃《さんだんじゅう》の弾《たま》を買ってやっつけようとしていたニワトリ泥棒《どろぼう》は、あの犬だったのかしら？　犬は、用心するような目でわたしたちを見つめた。その目を見て、わたしは思った――

あの犬は、いくらか不安そうにしているけれど、わたしたちがいても、もうそれほどおびえてはいない。犬は脚《あし》をひきずりながら次のクラッカーに近づき、がつがつ食べた。そして、次、また次とクラッカーを食べながら、わたしたちをちらちら見ている。クラッカーをすっかり食べてしまうと、犬はもっとないかと茂《しげ》みのなかを探したが、残念ながら報われなかった。

わたしたちは、急な動きをしないよう注意しながら、ゆっくりと立ちあがった。犬はわたしたちを見ていたが、巣穴に駆《か》けこんだりしなかった。トラヴィスは、励《はげ》ますような、うたうような口調で――ペットや幼い子どもに話しかけるときのような口調で――、声をかけた。「いい子だ、いい子だね」今回、犬は、トラヴィスの声に応えてくれた。しっかりとしっぽを振《ふ》ったのだ。こっちへ、そして、むこうへと、ほんものの犬がするように振った。

トラヴィスが動物にえさをやりつづけていることに最初に気づいたのは、もちろん、食料貯蔵室を管理している人物、つまり、ヴァイオラだった。トラヴィスとわたしには、犬がずっとクラッカーで生きていくわけにはいかない、とわかっていた。犬をもっと元気にしたいと本気で思うなら、肉をくすねなくてはならない。けれど、それは簡単なことではなかった。食料貯蔵室にいくためには、台所に入らなくてはならない。ところが、台所には、ほとんどいつもヴァイオラがいるから、そのわきをそっと通りすぎる必要があった。それに、ヴァイオラはいついかなるときにも、手元にある肉や牛乳やパンや卵の量を正確に知っていた。なにしろ、三人のおとなと、育ち盛りの七人の子どもと、移り住んでいるいとこひとりと、自分自身と、ふたりの雇人《やといにん》のための食事を——少なくとも次の一回分の食事を——用意しなくてはならなかったからだ。

トラヴィスとわたしは、この問題について話しあった。「いちばん簡単なのは、トラヴィスのお弁当のサンドイッチをひと切れ増やしてって頼《たの》むことだと思うの。そうしたら、学校から家に帰る途中《とちゅう》で、あの犬にあげられるわ。学校にもっていくんですもの、ヴァイオラだって、動物にあげてるなんて思わないわよ」

「わあ、コーリーは頭がいいね、それに、ずる賢《がしこ》いよ」

「それは、どうも」

わたしたちは、食事と食事のあいだの時間にヴァイオラのところへいった。ヴァイオラが台所のテーブルのまえにすわって、コーヒーを飲みながらひと休みする時間、めったにない暇《ひま》な時間だ。

わたしが口をひらくより先に、ヴァイオラは目をすがめてわたしたちを見た。「なにがほしいんですか?こんどはどんな生き物にえさをやってるんです?」

「え?」わたしはヴァイオラにみすかされて、呆然《ぼうぜん》とした。

「どうしてわかるの?」トラヴィスの口から言葉が飛びだした。わたしが「そんなことはしていない」というより早かった。

「いつだって、あなたと」——ヴァイオラはわたしをさした——「それに、あなた」——こんどはトラヴイスをさした――「あなたたちがいっしょに台所にいるときは、なにかたくらんでいるときですからね。この家の食べ物のことなら、小さなひとかけらのことまでわかっています。だから、わたしをだませるなんて思わないことです。いいですか？」

わたしたちはヴァイオラを見つめた。結局、わたしはそれほど頭がよくもなければ、ずる賢《がしこ》くもないのだろう。それとも、そうじゃないかも。わたしは猛烈《もうれつ》な勢いで、どんな手段が使えるかしら、どんな圧力をかけられるかしら、と考えをめぐらした。

「わかったわ。ヴァイオラのいうとおりよ。工場に、今にも飢《う》え死にしそうな猫《ねこ》がいるの。その猫にあげてるの」

トラヴィスがぽかんとわたしを見ている。トラヴィスが秘密をばらしてしまいませんように――わたしは心のなかで祈《いの》った。

ヴァイオラの表情がやわらいだ。期待どおりだ。「猫ですって？」ヴァイオラは、かごのなかで眠《ねむ》っている大切な話し相手、アイダベルを見た。

「ひどくやせた猫なの」

わたしはアイダベルをちらっと見た。

ヴァイオラがいった。「工場にはネズミがたくさんいるっていうのに、どうしてネズミをとろうとしないんです？　あなたのお父様がいつもネズミのことをこぼしていらっしゃいますよ」

「とても弱っていて、狩《か》りができないの。すぐになにか食べさせてあげないと、飢え死にしちゃうわ」

「そうなんだよ」トラヴィスもいった。「食べ物が足りなくて、飢え死にしちゃうんだよ。猫が。食べものが必要なんだ」

わ、ものすごい嘘《うそ》つき。わたしはトラヴィスの話をさえぎった。もっとばかなことをいわないうちに、とめないと。「それで、ええと、だれかからなにかきかれるかもしれないけど……実際、トラヴィスは育ち盛りで、育ち盛りの男の子はおなかをすかせているわ。だから、お弁当のサンドイッチをひと切れ増やしたら、トラヴィスは夕食まで我慢できるでしょ」

ヴァイオラはまた、ネコ科の友を愛情のこもったまなざしで見た。「わかりました。明日からそうしましょう。サーディンか、ローストビーフにしてみましょうか。さあ、さっさといって」

わたしたちは、嘘がばれないうちに、大急ぎで立ちさった。

翌日、トラヴィスのお弁当箱のなかに、パラフィン紙の包みがひとつよけいに入っていた。ものすごくにおうサーディンじゃなくて、ローストビーフでよかった。でなかったら、お弁当の時間にだれもトラヴィスの隣《となり》にすわらなかっただろう。たぶん、リューラでさえ。

学校からの帰り道、わたしたちは工場に寄って、土手をおりた。トラヴィスがそっと声をかける。「おいで、わんちゃん、いい子だね」すると、犬が穴から頭をつきだしたので、わたしたちは心底ほっとした。わたしが食べ物を投げると、犬は一瞬《いっしゅん》、穴のなかにひっこんでから、すぐにまた姿をあらわした。犬は脚《あし》をひきずりながらサンドイッチに近づくと、がつがつ食べた。

こうして、トラヴィスの新たな日課が始まった。わたしは、その仕事をトラヴィスに任せたが、そのまえに厳しくいいきかせた――えさをやって助けるのは、犬が元気になるまで。元気になったら、かまわずにそっとしておくこと。トラヴィスはときおり、工場に出入りする父に出くわすことがあったが、土手のあたりで探検ごっこをしているふりをした。父はトラヴィスに手を振《ふ》ると、また仕事にもどった。たいていは犬を見つけられたが、ときおりその姿が見あたらないことがあり、トラヴィスは犬が病気になって死んでしまったのではないかと心配した。けれど、いつも、その翌日には、犬があらわれた。犬は徐々《じょじょ》に体重が増え、「おいで、わんちゃん、いい子だね」と静かに呼びかけるトラヴィスの声がわかるようになった。

そして、わたしはというと、ほかにすることがたくさんあったため、犬にあまり注意をむけなくなった。そうよね、それまでトラヴィスが動物とどんなふうにかかわってきたか、わたしは知っていたんですもの、ほうっておいたらどういうことになるか、わかっていてもよかったのに。

第17章　アイダベルとほかの生き物の苦難

　ジャガーが美味であるかどうかについては、ガウチョたちのあいだでも意見がわかれるところだが、猫《ねこ》の味については、最高だ、とみなが口をそろえていう。

　ヴァイオラが鍋《なべ》の鹿肉《しかにく》のシチューをかきまわしながら、内猫のアイダベルを見て、眉《まゆ》をひそめた。アイダベルは、調理用レンジの横のかごのなかでうずくまっている。

　ヴァイオラがいった。「ちょっと、その子を見て。どこか悪いように見えますか？」

「どういう意味？」

「アイダベルはいつだっておなかをすかせて狩《か》りをしてるっていうのに、どんどんやせていくんです。どこか具合が悪いんじゃないかと思ってね」

　ヴァイオラが溺愛《できあい》しているアイダベルは、ネズミをえさにしていた。ネズミ狩《が》りの名手で、ふだんは充《じゅう》分《ぶん》すぎるほどのネズミを食べて丸々と太り、満足げにしている。

　ヴァイオラがさらにいった。「アイダベルのことが心配で。たえず鳴いてるもんでね」まるでその言葉が合図になったかのように、アイダベルが立ちあがって伸《の》びをすると、わたしの足のあいだで8の字を描《えが》きながらいきつもどりつして、悲しげな鳴き声をあげた。

わたしは、なぐさめようと思ってアイダベルを抱《だ》きあげた。アイダベルは、思ったより軽かった。わ、どうしよう、病気の動物がもう一匹《ぴき》増えるなんて、とんでもないわ。「わたしも、アイダベルがまえよりやせていると思うわ」毛皮の上からあばら骨に触《ふ》れることができた。毛づやも悪くなっている。

ヴァイオラが顔をくもらせた。「あの動物のお医者さんなら、なんとかできると思いますか?」

奇抜《きばつ》な考えだった。というのも、獣医《じゅうい》が関心をもつのは収入をもたらす動物、つまり、大型の動物や家《か》畜《ちく》だったからだ。病気の犬や猫《ねこ》を治療《ちりょう》したなどという話はきいたことがなかった。郡のだれひとりとして、ペットのために、たとえほんのわずかでもお金を使おうなどと考えたことはないだろう。ペットの動物は、自力で回復するか、死ぬかのどちらかしかないのだ。

わたしはいった。「プリッツカー先生にきいてみるわ。アイダベルを診《み》てくれるかもしれない」

「お金はないけど食事をだす、と先生にいってください。町でいちばん料理がうまいってね。あなたのママも、請《う》けあってくださるでしょうよ。サミュエルもね」

わたしは、アルマンド／ジリーを入れていたウサギの檻《おり》をもってきた。トラヴィスは見あたらなかった。わたしを誘《さそ》わずに犬の巣穴にいったのだろうか。

人を疑うことのない、穏《おだ》やかなアイダベルには、なにが起ころうとしているのかまったくわかっていなかったから、抵抗《ていこう》するまえに檻に押《お》しこんで、掛《か》け金をかけることができた。アイダベルはおずおずと檻の床《ゆか》のにおいをかいだ。まえの住人のにおいをかぎつけたにちがいない。うずくまってこちらをにらみつけ、わたしが檻を抱《かか》えあげると、鳴きわめいた。

徒歩でたっぷり十分はかかるプリッカー先生の診療所《しんりょうじょ》に着くまで、アイダベルはわめきつづけた。猫の入った檻は重かったから、診療所の玄関《げんかん》に着いて、メモが貼《は》ってあるのを見つけたときには、汗《あせ》だくになっていた。メモには「マッカーシー農場に往診《おうしん》中。正午にはもどります」と書かれていた。

ということは、このまま丸一時間待っているか、不機嫌《ふきげん》な荷物を抱えてえっちらおっちら家までもどるかのどちらかだ。しまっているだろうと思いながらも押してみると、扉《とびら》があいた。診療所は、備品の少ない、清潔な部屋だった。書類で埋《う》めつくされた机《つくえ》と、まっすぐな背もたれのついた椅子《いす》が二脚《きゃく》と、書類用キャビネットがひとつと、ガラスの扉《とびら》がついた戸棚《とだな》がひとつある。戸棚のなかは、瓶《びん》でいっぱいだ。瓶のラベルには、〈マチン〉、〈硫酸銅《りゅうさんどう》〉、〈ドクニンジン〉、〈酒石酸アンチモン〉といった、興味をそそられるような名前が書かれていた。それから、木製の診察台《しんさつだい》と、亜鉛《あえん》メッキを施《ほどこ》したカウンターがあった。このカウンターで、水薬やエリキシルや下剤《げざい》をまぜたり、量ったりしているにちがいない。さらに、革表紙のすりきれた分厚い本でいっぱいの棚《たな》もあった。

わたしは檻を床におくと、すわって待った。アイダベルのわめき声はおさまり、ときおり絶望したように小さくにゃあというだけだ。先生がもどるまで丸一時間はあるというのに、アイダベルに声をかけてなだめ、自分の指をもてあそぶほかにはなにもすることがない。わたしはたっぷり五分ほどそんなふうに過ごしたが、そのあいだずっと、棚《たな》に並んだ本を食いいるように見つめていた。そのうち、硬《かた》い木の椅子《いす》に音を上げ、立ちあがって脚《あし》を伸《の》ばしたくなった。そのとき、ええ、そう、魅力的《みりょくてき》な分厚い本たちがわたしにささやきかけてきた。〈こっちにきて、見てごらん、キャルパーニア。ほんのちょっとだけ。ちょっと見るだけ。ほんとにそれだけ〉それで、わたしは立ちあがって、本の題名をじっくりと見た――『家畜《かちく》の疾患《しっかん》』、『家畜の羊についての完全入門書』、『食用豚《ぶた》の基礎《きそ》』、『ウマ科の動物の管理――上級編』。猫《ねこ》や犬について書かれた本はない。もちろん、コイドッグの本も。プリツカー先生は、ネコ科やイヌ科の動物のことをなにも知らないかもしれない。

それから一時間ほどたったときには、わたしは羊についていろいろと学んでいた。羊がしばしば子羊を二頭出産すること、ときには三頭出産することさえあること、そうした子羊たちがよく産道でからまりあってしまうこと、その際に子羊たちの三つの頭と十二の脚をうまく離《はな》してやるのが獣医《じゅうい》の仕事であり、母羊を死なせないよう注意深くそっと処置をしなくてはならないこと、がわかった。骨盤位《こつばんい》出産、つまり、逆子について論じている箇所《かしょ》を読みふけっていたとき、ふいに扉《とびら》があいて、取りつけてあるベルが鳴った。わたしはびっくりして飛びあがり――五十センチくらい飛びあがったような気がする――、貴重な本をあやうく落とすところだった。

埃《ほこり》と糞《ふん》にまみれたプリツカー先生がわたしを見て、おもしろそうにいった。「やあ、キャルパーニア、なにか役に立つようなことがあったかい？」

「ええと、ごめんなさい、プリツカー先生。わたし――」

「あやまることなんかない。きみには知識にたいする大いなる渇望《かつぼう》があると、おじいさんからきいている」

先生がウサギの檻《おり》に目をやった。「なにが入っているんだい？　わたしにはなじみのない、新しい品種のウサギのように見えるが」

「これは、内猫のアイダベルです。体重が減っているし、鳴いてばかりいるんです。診《み》ていただけますか？　お金は払《はら》います」それから、あわててつけくわえた。「だけど、四十二セントより多かったら、分割払《ぶんかつばら》いにしないといけません」

「そのことなら、心配はいらない。問題は、昼食をとるようサミュエルを家に帰してしまったことだ。サミュエルがもどるまで待たなくてはならん」

「どうしてですか。わたしがお手伝いできます。アイダベルは小さいから」

先生はためらっているようだった。「きみの両親はなんというかな？」

「問題ありません、ほんとうに。いつもわたしがうちの動物の世話をしてるんです」わたしは、いいはった。実際よりおおげさにいってしまった。でも、ほんのちょびっとよ。

「よろしい。だが、ひっかかれても、文句をいわないでくれよ」

「アイダベルはそんなこと、しません」けれど、ふだんは穏《おだ》やかで人なつっこい猫が、檻に入れられてみじめな姿でうずくまり、絶望を目に宿しているのを見て、わたしはふいに不安になった。

「どんな症状《しょうじょう》がある？　目やには？　鼻水は？　食べ物を吐《は》いてるかい？　下痢《げり》は？」

「どれもありません。でも、体重が減って、鳴いてばかりいます」

「よし、それじゃあ、診察台《しんさつだい》の上にアイダベルをのせて。いっしょに診《み》てみよう」

いよいよ審判《しんぱん》のときがくると、アイダベルは檻《おり》から出されるのはごめんだと思ったようだ。爪《つめ》を檻の金《かな》網《あみ》にしっかりとひっかけて、まるでカサガイのようにしがみついたのだ。四つの足を金網から順にはずしながら、同時に、はずした足を金網から離《はな》しておくことは、それだけで大仕事だった。

わたしは、やっとのことで檻から出したアイダベルを診察台の端《はし》にのせて、首筋をおさえた。プリッカー先生は、アイダベルの頭から診ていった。先生が左右の耳をのぞくとアイダベルがいやがったので、わたしは先生のことが心配になった——怪我《けが》をしていないほうの手まで傷めてしまうんじゃないかしら。けれど、アイダベルは、威嚇《いかく》するような声をあげたりせず、かんだりひっかいたりもしなかったので、わたしは鼻が高かった。先生は耳を診たあと、左右の下まぶたをひきさげて、内側を見た。

「なにを見ているんですか？　なにをしているのか、教えてください。でないと、わからないわ」

「よし。まず、耳のなかに、ただれや黒いものがないか調べるんだ。耳ダニの徴候《ちょうこう》だからね。それから、まぶたを調べて、内側が白いかどうか見る。ここを見てごらん、この膜《まく》だ、これは結膜《けつまく》というんだが、アイダベルの結膜はピンク色をしている。もし結膜が白かったら、内出血か貧血があるということだ。次に、左右の瞳孔《どうこう》だ。大きさは等しいな。うん、いい徴候だ」

「大きさがちがったら？　ちがったら、どういうこと？」

「頭を打って、脳に損傷があるということだ。さて次は、第三眼瞼《だいさんがんけん》または瞬膜《しゅんまく》と呼ばれる第三のまぶたを診てみよう。うん、ひっこんでいるな。もし、はっきりと目をさましているときに瞬膜が出ていたら、たいていは体調不良の徴候だ。ふつう、猫《ねこ》の瞬膜は、眠《ねむ》りかけているときにしか見えない。次は口だ。口がよく見えるように、アイダベルの頭をうしろにそらして、おさえていてくれないか」

わたしがいわれたとおりにすると、先生はアイダベルの唇《くちびる》の両端《りょうたん》をひきあげた。アイダベルは、耳をのぞかれたときよりさらにいやがった。

「ほら、ここを見て。歯茎《はぐき》がピンク色をしていて、健康そうだ。膿瘍《のうよう》もないし、折れた歯もない。ここまでのところ、食欲不振《ふしん》の原因はみあたらない。それじゃあ、首の腺《せん》を調べてみよう」

先生は、動かせるほうの手でアイダベルの顎《あご》の下をさぐった。「なにもない。腺が腫《は》れていたら、感染《かんせん》症《しょう》の徴候だ」次に、先生はアイダベルのおなかに触《ふ》れて、腫瘍《しゅよう》はないと断言した。それから、それぞれの脚《あし》としっぽに手をすべらせて、骨折もないといった。

「しっぽをもちあげて」先生はいうと、アイダベルのおしりをじっくりと見た。「下痢もしていない。目に見える寄生虫もいない。あそこのひきだしをあけて、聴診器《ちょうしんき》を取ってくれないか。黒い管がついた器具だよ」

「聴診器がなにかは、知ってます」わたしは、ちょっとむっとして、答えた。「わたしたちが咳《せき》をしているとき、ウォーカー先生がうちにきて、聴診器《ちょうしんき》で肺《はい》の音を聴《き》くもの。ただ、先生がくるのは、肝油《かんゆ》がきかなかったときだけだけど」母のお気に入りの万能薬のことを考えて、思わず身震《みぶる》いした。

わたしはひきだしから聴診器を出して、先生に渡《わた》した。聴診器はゴムのにおいがした。

先生が聴診器を耳にはめるのに苦労していたので、わたしは手を伸《の》ばして、手伝った。先生は、ありがとうというようにわたしにほほえむと、聴診器をアイダベルの胸にあて、一心に音を聴いた。少しして、先生が聴診器を耳からはずそうとしたから、わたしはまた手伝った。先生は、はずした聴診器をこちらによこした。「心臓と肺の音は正常で、まったく問題がない。聴診器は、もう、しまっていいぞ」

わたしは先生から聴診器を受けとったまま、ためらっていた。それまでに何度もアイダベルの温かい体に耳を押《お》しあてて、かすかに響《ひび》く心臓の音を――ドキドキいう速い鼓動《こどう》を――聴いたことがあった。けれど、その音は遠くて、ほとんどきこえないといってもよかった。ほんものの器具ではっきりと聴く機会が、今、目のまえにある。

「わたしも聴いてみていいですか？」わたしはいった。「お願いします」

先生は明らかにおもしろがっているように見えた。「いいよ。ベルを――そのラッパ状の部分だ――、それをここにあてて」先生は、左前足のうしろを指さした。心臓の音を聴くのに、こんなおかしなところに聴診器をあてるのかしら、と思った。けれど、先生は専門家よね？

わたしは聴診器を耳につけ、ベルをアイダベルの体に押しあてた。たいして期待はしていなかった。とところが、驚《おどろ》いたことに、雷鳴《らいめい》のような音が耳のなかいっぱいに広がった。まるでティンパニーの音が響きわたっているみたいだ。アイダベルの小さな勇ましい心臓が猛烈《もうれつ》に鼓動を打っている。じっくり聴いているうちにわかったことがある。連続した単調な音だと思ったものが、じつは、ふたつの異なる音だったのだ（あとになって、そのふたつが、心臓のなかのさまざまな弁が閉じるときの〈どっ〉という音と〈くん〉という音だということを知った）。聴診器からは、べつの音もきこえた。大きな、風が吹《ふ》くような音だ。アイダベルの肺のなかを通る空気の音にちがいないと思った。

「わあ、すごい」わたしはいった。

先生がほほえんだ。「どこが悪いかわかるかい？」

「どこですか？」わたしはおびえた。

「どこも。まったく悪いところはない。では、最後の検査をしよう」先生は奥《おく》の部屋に入ると、サーディンの入った小さな平べったい缶詰《かんづめ》をもって出てきた。「きみにあけてもらわないとならない。わたしにはできないからね」

サーディンの缶詰は、鍵《かぎ》形の巻きとり器であけるようになっていた。缶《かん》の蓋《ふた》を巻きとってあけると、油《あぶら》漬《づ》けの魚のにおいが部屋いっぱいに広がった。思わず肝油を思い出してしまうようなにおいだ。

「食べるかどうか、試してごらん」先生がいった。

わたしはアイダベルのまえにサーディンをおいた。アイダベルはにおいをかいだかと思うと、サーディンをくわえ、あっというまに飲みこんだ。それから、残りのサーディンに取りかかり、猛烈《もうれつ》な速さでかみさき、飲みくだした。アイダベルは最後に、缶《かん》をきれいになめると、もっとないかとあたりを見まわした。食べおわったアイダベルのおなかがおかしいくらいふくらんでいる。

プリツカー先生がいった。「ほらね、おなかをすかせていただけだ」

「ほんとうに？」わたしは信じられなかった。「それだけ？」

「ああ、どこも悪くない。一日に何回えさをやっているんだい？」

わたしは考えこんだ。「よくわかりません。ネズミを捕《と》るように家のなかで飼っているんです。だけど、ヴァイオラがそれ以外になにかあげているのかどうか、わかりません」

「どうやら、なんらかの原因で、きみの家のネズミの個体数が減ったようだ。家のなかにネズミ捕りをおかなかったかい？」

「おいてないと思います」

「ネズミ用の毒物は？」

「いいえ、おいてません」

「ほかにネズミを狩《か》る猫《ねこ》は？」

「いいえ、ほかの猫は全部、外猫です」

「それじゃあ、えさを補ってやらないとならない。ネズミが増えるまでね。毎日、サーディンをやりなさい。ただし、やりすぎないように。でないと、狩りをしなくなってしまう」

わたしは先生に何度も何度もお礼をいって、アイダベルを檻《おり》にもどした。早くうちに帰って、ヴァイオラにこのうれしいニュースを知らせたかった。檻に入れたとたん、アイダベルがまたわめきはじめた。まえよりももっと大きな声だ。アイダベルの悲痛な鳴き声のなか、わたしは声をはりあげた。命の縮む思いだったけれど、とにかくいわなくてはならない。「プリッカー先生、請求書《せいきゅうしょ》を送っていただけますか？」

先生はおもしろがっているような表情で、机《つくえ》の上の大量の書類にむかって手を振《ふ》った。「たまっている会計の仕事の遅《おく》れを取りもどせたら、送るかもしれない。あるいは、そうだな――わたしのために、伝言をひとつ、ふたつ届ける仕事をしてもらうというのでもいいが。ときおり、サミュエルを使いに出しているあいだ、にっちもさっちもいかなくなることがあるんだ。サミュエルがいないと、とても不便でね。どうだい、取引は成立かい？」

「成立です！　よかった！　それから、犬の診察《しんさつ》もしたことがありますか？　先生の棚《たな》には、犬の本はなかったけど」

「若いころに、牛追いの犬や猟犬《りょうけん》を二、三度治療《ちりょう》したことがある。看護の基本は、本質的には同じだ。病気の犬がいるのかい？」

「えっと……いいえ。でも、そうなるかも。いつか」

先生が不思議そうにこちらを見たが、わたしは説明しても意味がないと考えた。コイドッグを先生のところになんとかつれてこられたとしても、先生は一般的《いっぱんてき》な処置を勧《すす》めるだろうとわかっていたからだ。つまり、すばやく慈悲《じひ》深い弾丸《だんがん》を頭に打ちこむことを。たとえ、そうしなかったとしても、あんなにやせ衰《おとろ》えた生き物の治療代《ちりょうだい》は、たぶん、二十ドルくらいの大金になるだろう。

わたしは、最後にもう一度、あこがれのまなざしで先生の本を見てから、むきを変えた。と、そのとき、先生がいった。「診察《しんさつ》時間のあいだ、ここのドアはあけてあるから、いつでもきたいときにきて、本を読むといい」

「うわあ、ありがとうございます！」ああ、今日は、運のいい日になりはじめているわ。

「もっとも、考えてみると、あそこの本のなかには、若いお嬢《じょう》さんにはふさわしくないものもある。だから、お母さんの許可を得たほうがいいだろう」

おっと、それほど運のいい日じゃなかったみたいだ。

それでも、わたしは明るい気持ちでアイダベルをつれて帰りながら、ネズミはどこにいったのだろうと考えた。そのとき、ある考えが稲妻《いなずま》のようにひらめいた。なんでもっと早く気づかなかったんだろう。わたしったら、どうしようもないまぬけだわ。かわいそうなアイダベル。ネズミ狩《が》りで、あのニセサンゴヘビに負けているのね。

わたしは、アイダベルの入っている檻《おり》を台所にもっていった。すると、ヴァイオラがぱっと立ちあがった。その目に涙《なみだ》がこみあげている。「どこが悪いんです？　死にそうなんですか？」

これほど動揺《どうよう》しているヴァイオラは、見たことがなかった。我が家の家事は、ヴァイオラの周囲で潮のように満ちたり引いたりしたが、ヴァイオラは総じて、完璧《かんぺき》に平静を保っていた（アイダベル以外のだれにたいしても、なにごとにおいても、少々気難しいところはあったけれど）。それまで、ヴァイオラが涙を流すところなど、見たことがなかった。ヴァイオラには、サミュエルをふくめてたくさんの姪《めい》や甥《おい》がいたが、自分自身の子どもはいなかったから、アイダベルはヴァイオラにとって赤ちゃんのような存在だったのだと思う。

「どこも悪くないわ」わたしは答えた。「ネズミが少ないせいで、おなかをすかせているの」

「おなかをすかせてる？　それだけですか？　ああ、神さま、感謝します！」

「プリツカー先生が、アイダベルの体重とネズミが増えるまで、毎日サーディンをやりなさいって」

ヴァイオラはエプロンで涙をぬぐった。「すぐにひと缶《かん》、用意しますよ」

「いいの、いいの、丸々ひと缶食べたところだから。明日まで待って。じゃないと、アイダベルのおなかがはじけちゃうわ」

「神様、感謝します」ヴァイオラは小声でいうと、アイダベルを骨ばった胸に抱《だ》きしめた。「わたしのおちびさんが帰ってきた」ヴァイオラがつぶやくと、アイダベルはヴァイオラのエプロンに体をこすりつけ、大きな音でごろごろとのどを鳴らした。

ヴァイオラがいった。「いったいネズミはどうしたんでしょうね？」

なにも考えずにわたしは答えかけた。「ニセ――おっと」

「にせ夫？　なんのことです？」

「ううん、なんでもないの。ええと、ただの個体数の自然変動よ」

「こんなこと、今まで一度もなかったですけどね」

「いかなくちゃ」わたしは、喜ばしい再会を果たしたヴァイオラとアイダベルを残して、台所から出た。

観察ノートに記す疑問。〈フェリス・ドメスティクス、つまり、イエネコがのどを鳴らすのはまちがいなくいいことだけど、ライオンやトラものどを鳴らすのか？　どうやったら、わかるだろう？〉

その晩、〈にせ夫〉が、最も不愉快《ふゆかい》なあらわれ方をした。ちょうど、サー・アイザック・ニュートンがまた、ねぐらのお皿から逃《に》げだしていた。そして、今回は、不運なことに、ヘビと、そう宿敵と出会ってしまった。わたしが部屋に入っていくと、床《ゆか》の真ん中でとんでもない戦いが起こっていた。イモリ対ヘビの戦いだ。イモリはどんどん不利になっていた。なにしろ、その時点で、体が半分くらいヘビにのみこまれていたからだ。そう、対等な戦いなら、わたしは怒《おこ》ったりしない。でも、これは対等だといえる？　イモリは、内気で、やわらかな体をしている。これじゃあ、あまりに一方的だ。わたしはかんしゃくを起こした。

わたしは飛びだしていくと、サー・アイザック・ニュートンのうしろ半分をつかんで、ひっぱった。ヘビがひきもどす。わたしはさけんだ。「なんていやなヘビなの、わたしのイモリを返して！」ヘビは返そうとせずに、ひっぱりつづける。それで、わたしは唯一《ゆいいつ》思いついたことをした。手を伸《の》ばして、ヘビの鼻先をたたいたのだ。ヘビはひるみ、ぐったりとした餌食《えじき》を吐《は》きだすと、たんすのほうへするすると逃げた。ヘビの唾《つば》をハンカチでふいてやると、サー・アイザックは弱々しく身じろぎした。わたしは励《はげ》ますような言葉をかけ、顎《あご》の下をなでた。サー・アイザックは体をゆすった。疲《つか》れきってはいたものの大丈夫そうに見えたので、わたしはすぐにサー・アイザックをお皿にそっともどして、しっかりと蓋《ふた》をしめた。アギーが、雑貨店にソーダを買いにいっていて、よかった。その場にいたら、ぎゃあぎゃあいったにちがいない。まるでカラスみたいに。

ほんとうに、生涯《しょうがい》忘れられないような大騒《おおさわ》ぎになっただろう。

第18章　バッタの内臓

われわれは、でこぼこした赤茶色の雲状のものが南の方角に浮《う》かんでいることに気づいた。最初、大草原でなにか大きな火事があり、煙《けむり》があがっているのだと思った。ところが、じきに、バッタの大群だとわかった……バッタは、時速十五キロあるいは二十五キロくらいの速度でわれわれに追いついてきた。群れの本体が空を埋《う》めつくした……聖書の〈ヨハネの黙示録《もくしろく》〉に『バッタの翅《はね》の音は、まるで、馬にひかれた二輪戦車が次々に戦場に駆《か》けつけるような音だ』と書かれているが、むしろ、船の索具《さくぐ》のあいだを強い風が吹《ふ》きぬけるような音だ、というべきかもしれない。

そして、大騒《おおさわ》ぎといえば、わたしは、トラヴィスの抱《かか》えている問題についてずいぶん考えた。トラヴィスは血や内臓に直面すると、気分が悪くなる。どうしたら、これを直せるだろう。わたしは書斎《しょさい》で祖父をつかまえて、トラヴィスの難題をもちだした。

「それでは、おまえさんは、ええと……トラヴィスを助けてやりたいのかね？　まえにもきいたと思うが、トラヴィスというのはどの子だったかな？」

「覚えているでしょ、おじいちゃん。去年、七面鳥の世話をしていた子よ。感謝祭に七面鳥を食べることになって、とても動揺《どうよう》してた子」

「ああ、そうだった。それで、おそろしくへたな芝居《しばい》をうったのだったな」

「うん。じゃなくて、ええ」

トラヴィスがペットにしてしまった七面鳥を感謝祭にみんなで食べることになり、トラヴィスはひどく取り乱した。それで、七面鳥が最期を迎《むか》えるまえの晩、おじいちゃんとわたしは絵具とハサミで七面鳥の姿を変え、トラヴィスの七面鳥を近所の七面鳥と交換《こうかん》したのだと信じこませた。七面鳥たちは、もちろん、喜んで変身させられたわけではない。そのせいで、今でもわたしの左肘《ひじ》には小さな傷跡《きずあと》がある。そのときの名残だ(愛する兄弟のためには、苦労もいとわない! ラマーのためには、永遠にしないだろうけど)。

「そして、おまえさんは、その子が、ふむ、吐《は》き気をもよおさなくなるよう手助けをしたいというのかね? それでまちがいないかね?」

「ええ、おじいちゃん」

「どうしてそうしたいのか、理由をきいてもいいかな?」

「トラヴィスは獣医《じゅうい》になりたいの。だから、内臓とか血とかそういったものを扱《あつか》えるようになる必要があるわ。だけど、トラヴィスは、わたしとちがって、まるでたくましくなくて。わたしの解剖《かいぼう》ミミズを見せたときに、吐き気をもよおしたの」

「ほんとうかい」

「ええ、でも、わたしは平気。だって、ものすごく丈夫な胃袋《いぶくろ》をもってるもの。むかついたりしないわ」

「まさにそのとおり」

このすばらしいほめ言葉に、わたしは頬《ほほ》が紅潮するのを感じた。

祖父は一瞬《いっしゅん》考えてから、いった。「興味深い難題だ。彼《かれ》が徐々《じょじょ》に、より生々しく複雑な解剖例《かいぼう》に接していくようにしてはどうかな。この方法で、ショックを与《あた》えすぎることなく、彼の神経系をゆっくりと衝撃《しょうげき》の大きいものに慣らしていくことができる。同時に、おまえさんにとっても、解剖学についてさらに多くのことを学ぶよい機会になるだろう。わしとおまえさんの解剖の勉強は、無脊椎《むせきつい》動物から脊椎動物へと進み、おそらく小型の哺乳《ほにゅう》動物で終えることになろう。彼の指導はおまえさんに任せる。明日、スキストケルカ・アメリカナ、すなわち、アメリカバッタの解剖をするとしよう」

その翌日、わたしは補虫網《あみ》で大きな黄色いバッタをつかまえると、実験室の祖父のところへもっていき、いっしょに、薬品の入った毒瓶《どくびん》に入れて、苦痛を与えないよう安楽死させた。解剖を始めるときに、祖父がいった。「これから解剖するバッタは、無脊椎動物のなかでも最も複雑に進化したもののひとつだ。すべきことは、観察、描写《びょうしゃ》、記述、そして分析《ぶんせき》だ」

わたしは、いわれたとおりにした。ふたつの大きな複眼、三つのとても小さな単眼（あまりに小さいのでほとんど見えない）、二対の羽、三対の脚《あし》について記した。大きな目は視野が広いため、ほかの動物がバッタに忍《しの》びよることを難しくしている。長い柄《え》のついた補虫網がなかったら、バッタをつかまえられなかっただろう。

祖父に教えられながら、わたしはバッタの体を切りひらき、さまざまな部分をピンで留めた。バッタに肺《はい》はなく、気門がある。気門というのは、腹部に並んだ小さな穴で、体のなかに直接空気を吸いこむ、ふいごのような働きをしている。それから、バッタの血液は、ヒトのように血管のなかを通る閉鎖系《へいさけい》ではなく、体のなかのすきまを自由に流れる開放循環系《じゅんかんけい》だ。わたしは、いくつかスケッチをして、注意深くメモもとった。

解剖のあと、わたしは解剖トレイにガーゼをかけて、外にもって出ると、トラヴィスを探した。豚小屋《ぶた》までいくと、トラヴィスがペチュニアの耳のあいだを棒きれでかいてやっていた。

「見て」わたしは、トレイにかけてあった布をめくって、黒い蝋《ろう》の上に点々とおかれた鮮《あざ》やかな黄色の破片を見せた。「今朝、おじいちゃんと解剖したバッタよ」

「ああ」トラヴィスがいった。

「トラヴィス、見なきゃだめ。おじいちゃんが、こうやって慣れていくのがいいって、いってたわ」

「ああ」

たしかに、初心者は解体されたバッタを見て、少々面食らうかもしれないとは思う。けれど、実際のところ、トラヴィスには度胸が必要だった。わたしの助けなしで、どうやって度胸をつけられるっていうの？

「豚の頭をかくのはやめて、見なさい」

トラヴィスはしぶしぶ手を止めると、ちらりとこちらに目をやり、ごくりとつばを飲んだ。

「さわってもいいのよ」わたしは、一対の大きくてたくましいうしろ脚《あし》を指で動かしながら、励《はげ》ますようにいった。「ね、かみついたりしないわよ」

トラヴィスは鼻から深々と息を吸うと、真っ青な顔になった。

「ほら、このうしろ脚は、跳《は》ねるのにとくに適しているわ。わかる？　それから、ここにある大きな目を見て――バッタをなかなかつかまえられない理由のひとつがこの目よ。さあ、このトレイをもって」

「いいよ、ここから見えるから」

「この。トレイを。もちなさい」わたしはトレイをトラヴィスに押《お》しつけた。

トラヴィスはトレイを受けとったものの、目をそらした。手が少し震《ふる》えている。

「動物のお医者さんになりたいの、なりたくないの？」

トラヴィスが、大きく息を吸いこんだ。「なりたいよ。少なくとも……なりたいと思ってる」

「だったら、こっちをむいて、見るのよ。本気でいってるんだからね」

「できそうにないよ、コーリー」

「いいえ、できる。だって、わたしがちゃんと横にいてあげるんだから。わかった？」

返事がない。

「ねえ、『わかった？』っていったの」

「たぶん」

「ほら、ここにあるのが、食べ物をかみくだくための小顎《こあご》と大顎」

「ふうん」

「そして、ここにあるのが触角《しょっかく》。それから、こっちが脳神経節――原始的な脳みたいなものよ」

「うん」

「この翅《はね》の翅脈《しみゃく》の模様を見て。バッタのどの種にも、その種に特有の配列があるのよ。知ってた？」

「ううん」

トラヴィスは目をそらしつづけ、わたしはそのたびに、トレイをしっかり見なさい、といった。トラヴィスの手の震えはようやくおさまってきたが、頰《ほお》は相変わらず血の気がないままだった。わたしたちはそうやって、たっぷり五分間は立っていたにちがいない。わたしはとうとういった。「今日はこれで充分《じゅうぶん》だわ」

「わかった、ありがとう！」トラヴィスはトレイをわたしに押しつけると、納屋にむかって猛烈《もうれつ》な勢いで駆《か》けていった。バニーを抱《だ》きしめて、ふわふわの白い毛に頰をうずめるつもりにちがいない。トラヴィスが自分の気持ちを癒《いや》したいときにする儀式《ぎしき》だった。

わたしはペチュニアを見て、いった。「トラヴィスが耐《た》えられるか、自信がないわ。まだバッタなのに、あんなに苦労してるんだもの」ペチュニアは、ブーと礼儀《れいぎ》正しく返事をした。けれど、ペチュニアがわたしの考えに賛成したのか、反対したのかは、わからなかった。

トラヴィスとジレンマといえば、トラヴィスが告白したことがもうひとつある。学校から帰る途中《とちゅう》のことだった。「あのコイドッグは、結局、どこかに逃《に》げたの？　それとも、まだえさをやってるの？」わたしはきいた。

おっと。

「スクラフィーのこと？」

「トラヴィス、あの犬に名前をつけないようにといったとき、わかったと答えたじゃないの。そうでしょ？」

「ええと、名前をつけてもかまわないと思ったんだ。それに、だれだって、名前が必要だよ。いっしょに見にきて。とっても調子がよさそうなんだ。見るたびに元気になってる」

トラヴィスはわたしの先に立って土手をおり、そっと声をかけた。「スクラフィー、いい子だから、こっちにおいで」

茂《しげ》みから出てきたのは、わたしが知っていたやせ衰《おとろ》えた動物ではなく、だいたいにおいて——そう——犬に見える動物だった。目は輝《かがや》き、鼻はしめっていて、うれしそうにしている。相変わらず脚《あし》をひきずっていたが、まえほどひどくはなかった。ええ、たしかに認めないわけにはいかなかった。たしかに、ふつうのカニス・ファミリアリス、つまり、イエイヌに見えた。小型から中型の赤茶色系のイエイヌだ。コイドッグは、従順を示すように耳を倒《たお》してトラヴィスに近づいてきた。が、わたしを目にしたとたん、振《ふ》っていたしっぽの動きが止まった。

「スクラフィー、大丈夫だよ」トラヴィスが声をかける。「お昼ごはんをもってきたからね」

トラヴィスがサンドイッチをおくと、スクラフィーは、わたしに近づいても大丈夫だと判断したのか、そばにきてサンドイッチをがつがつ食べた。わたしは、スクラフィーをじっくり見た。近くで見ると、鼻が細長く、しっぽがコヨーテのようにふさふさしていて、犬よりコヨーテに似ている。スクラフィーはサンドイッチを食べおわると、口のまわりをなめ、ものほしげにわたしたちを見た。

「今日はそれだけだよ。明日、またもってきてあげるからね」トラヴィスはわたしのほうをむいて、いった。「ね、コーリー、これを見てよ」トラヴィスはまた、スクラフィーのほうにむきなおった。「スクラフィー、おすわり」

スクラフィーがすわった。

わたしは口をあんぐりあけた。さらに、トラヴィスは、べつのことをしてみせた。トラヴィスがなでてやると、スクラフィーがトラヴィスの手をうれしそうにぺろぺろなめたのだ。

「さわっちゃだめよ」わたしは忠告した。「どんな病気をもってるか、わからないでしょ」

「ああ」トラヴィスが快活に答えた。「もし病気をもってたら、とっくにうつってるよ。スクラフィーは、ぼくがなでたり、ダニを取ったりしても嫌《いや》がらないし、ブラシをかけてやると、すごく喜ぶんだ」

心配している姉の忠告にたいする答えは、それだけだった。

「なでたい？　かんだりしないから、大丈夫だよ」トラヴィスは、最高にしあわせそうな顔でわたしにほほえんだ。この笑顔を目にしたら、たいていの人は無力になる。

わたしは片手をスクラフィーにさしだした。すると、スクラフィーは注意深くわたしの手のにおいをかいでから、ぺろっとなめてくれた。わたしは、唾《つば》にふくまれているかもしれない病原菌《びょうげんきん》のことは考えないようにして、頭をなでた。

「ね？」トラヴィスがいった。「すごくなれてるでしょ」

わたしは弟を見て、心を決めた。つらい言葉になるかもしれないけれど、分別のある人間としてはっきりといわなくてはならない。「ね、お母さんはいつも、うちには犬が多すぎる、っていってるわ。お父さんがほしがるのは、純粋種《じゅんすいしゅ》の猟犬《りょうけん》だけ。アルマンドやカケスやバンディットを飼ったときのことを思い出して。野生の動物のこととなると、いつだってトラヴィスの評判は悪いのよ」

「でも、スクラフィーは野生じゃないよ。半分だけ野生なんだ」

「わかってるわ。もしえさをやりつづけたいっていうんなら、それはそれでいいけど、うちにはつれてこられないわよ。お父さんもお母さんもぜったいにいいといわないわ、百万年たってもね」

トラヴィスがため息をついた。心の底からこみあげてきたというような、震《ふる》えるような深いためいきだった。

「だから、スクラフィーは、ここにいさせなさい。自分の巣穴があって、なかで暮らせるし、食べ物をもってきてくれる人もいるんだから。毎日会いにくればいいじゃないの。秘密のペットにできるわ」

トラヴィスはスクラフィーの耳のうしろをかいてから、ようやく返事をした。「わかった……と思う」

「それから、充分《じゅうぶん》に食べ物をあげるようにするのよ。でないと、ニワトリを襲《おそ》ってしまうから。スクラフィーにとっても、トラヴィスにとっても、それだけは避《さ》けないと。さ、いくわよ。うちに帰って、ピアノの練習をしないと」

トラヴィスはスクラフィーを抱《だ》きしめて、しぶしぶさよならをいい、土手の上までいくと、振《ふ》りかえって手を振った。わたしはトラヴィスのことが心配だった。それに、コイドッグのことも。

第19章　内なる世界と外なる世界を航海する

航海中の……あるとても暗い晩、海が、このうえなく美しい驚《おどろ》くべき光景を見せてくれた。さわやかな風が吹《ふ》きわたり、日中は泡《あわ》にしか見えなかった海面のいたるところが青白い光で輝《かがや》いていた。船が進むと、船首のまえに燐《りん》の光を放つふたつのうねりができ、船のうしろには、乳白色の筋が尾《お》のようにつづく。見渡《みわた》すと、波がしらという波がしらが輝き、水平線上の空はこの青白い輝きに照らされて、頭上に広がる天空よりもくっきりと見えた。

学業や、祖父との自然研究や、編みもの（ミトンの製作）や、ピアノの練習の合い間に、わたしはできるかぎりプリツカー先生のところに駆《か》けていった。約束の手伝いをするためだ。アイダベルの治療費《ちりょうひ》代わりに手伝っているのに、先生はお駄賃《だちん》だといって五セント、あるいは、十セントものお金をくれることがあった。

その日、わたしは先生の診療所《しんりょうじょ》に、フライドチキンのおいしそうな香《かお》りがするかごをもっていった。ヴァイオラが作った料理が入っていた。デザートの温かいアップルクランブルもある。診療所に着くと、プリツカー先生が、怪我《けが》をしていないほうの手で棚《たな》からいくつもの瓶《びん》をひきずりだしていた。先生が瓶の中身を乳鉢《にゅうばち》に入れると、サミュエルが乳棒ですりつぶす。

先生が顔をあげた。「おお、いいにおいだ。わたしにもってきてくれたものだといいが」

「ええ、そうです。ヴァイオラが、アイダベルの治療のお礼にって。それから、サミュエル、なかに、サミュエルの分の包みも入っているわ。それと、ヴァイオラが、家に帰るまえに寄ってほしいって――サミュエルのママに伝言があるんですって」

サミュエルは、すりつぶしてできた粉を清潔な瓶に入れた。プリツカー先生が机《つくえ》のまえにいき、ぎこちない手つきで紙のラベルを取りだす。指がまがって力の入らない右手は、よくなっていないように見えた。

先生は、左手で苦労してラベルに文字を書き、できばえをながめた。サミュエルは読み書きができないので、自分で書くしかないのだ。

「ちっ。おそろしくひどい字だ」

たしかにひどかった。J・Bが書いたような字だ。

「えっと、先生？」わたしは声をかけた。「よかったら、先生の代わりに書きましょうか？」

一瞬《いっしゅん》ののち、先生が答えた。「もちろん、頼《たの》みたいよ。大いに助かる。どうしてもっと早く気づかなかったのかな」

先生は、わたしに、新しいラベルと鉛筆《えんぴつ》をよこした。わたしは、失敗しないよう、ひと文字ひと文字離《はな》して、ゆっくりと注意深く書いていった。〈茶さじすりきり二杯《はい》分のパップ剤《ざい》を約三百ミリリットルのぬ

るま湯に入れたものを、一日に三回、耳の裂傷《れっしょう》にあてること〉

「ずっといいできだ」先生がいった。

「これを届けにいきましょうか?」

「そうしてもらえると、たいそうありがたい。それは、マッカーシー農場に届ける薬なんだが、わたしたちは反対の方角に往診《おうしん》にいかなくてはならない。若い雌牛《めうし》が病気でね」

わたしは東にむかって歩き、先生とサミュエルは馬車で西にむかっていった。マッカーシー農場まで、たっぷり二十分はかかる。わたしは、排水溝《はいすいこう》のなかになにか生き物はいないかとつつきながら歩き、途《と》中《ちゅう》の植物相と動物相についてメモをとった。

玄関《げんかん》に出てきたマッカーシー夫人は、日焼けしてがさがさの肌《はだ》をした、やせた主婦だった。夫人は、薬をもってきたわたしに、納屋のほうを指さした。納屋では、夫のマッカーシー氏が、耳にひどい怪我《けが》をした雌牛の世話をしていた。

薬を渡《わた》すと、驚《おどろ》いたことに、マッカーシーさんがだぶだぶのオーバーオールの奥《おく》から五セントを出して、わたしによこした。「ほれ、嬢《じょう》ちゃん」

「いえ、だめです、マッカーシーさん。いただくわけにはいきません」

「いいから、とっておけ。雑貨店で、ソ、ソ、ソーダーでも買いな」

わたしはつっかえながらもごもごお礼をいい、思いがけず手に入れたお金を握《にぎ》りしめて、急いで帰った。

兄弟たちは、さまざまな手伝いをして小銭を稼《かせ》いでいた。一方、プリツカー先生の手伝いを始めるまえのわたしは、綿花の収穫《しゅうかく》の週に子守りをしてお駄賃《だちん》をもらったことがあるだけだ。フェントレス雑貨店の近くまでもどってきたときには、わたしは心を決めていた。ソーダ水売り場で〈ソーダー〉を買うのも悪くないけれど、葉巻の箱の金庫にしまってある二ドル六十七セントに足すほうがいい。それに、新たな収入源ができそうだということを兄弟にいわないでおくというのは？　もっといい考えだわ。

プリツカー先生のところで二、三回午後の時間を過ごして、気がついた。先生は、混合薬の五、六種類を繰《く》り返し、処方している。

それで、わたしはいった。「プリツカー先生、ここにきているあいだに、ラベルをたくさん書いておきましょうか？　アルニカチンキと、カラシの種と、テレビン油の酒精剤《ざい》のラベルを書いておきますけど。先生がこの三種類をよく使うと気がついたんです。今すぐに何枚か書いておいたら、わたしがいないときにもすぐに使えます」

先生はまずわたしにむかってにやりと笑い、次にサミュエルにむかって笑った。「こいつは驚いた、われわれのなかにたいそう賢《かしこ》い人間がいるぞ」

ええ、そういわれて、わたしはとても得意になったわ。そして、とびきり注意深くラベルを書いた。すると、帰るときに、先生が丸々二十五セントもくれた。

わたしは、先生の状況《じょうきょう》と自分の状況について、じっくりと考えた。先生の机《つくえ》の上にカメの甲羅《こうら》のようにこんもりと山積みになっている、今にもすべりおちそうな請求書《せいきゅうしょ》や手紙類のことを考えた。それから、上手とはいえない、自分の文字のことも。そして、ある計画を思いついた。

わたしは、静かに繕《つくろ》いものをしていたアギーに、いきなり声をかけた。「あのタイプライターは戸棚《とだな》にしまったままで、使ってないでしょ。それだったら、わたしにタイプのしかたを教えてくれない？」

アギーが驚《おどろ》いて、顔をあげた。「どうしてそんなことをしなくちゃならないの？　あなたにタイプをする必要なんかないじゃないの」

気弱な子どもだったら、アギーの言葉にくじけて、ひきさがっただろう。けれど、わたしは不屈《ふくつ》の精神の持ち主だった。それに、どうしてアギーがそんなことをいうのか、わたしにはわかっていた。「お金を払《はら》うわ」

「うん」

アギーは、わたしのいったことを考えた。「教えたら、お金を払ってくれるっていうの？」

「どうして？」

「タイプのしかたを覚えたら、お金がもらえるから」

アギーの顔にずるそうな表情が広がった。「ああ、そういうことね。あの、汚《きたな》い老いぼれ獣医《じゅうい》の手伝いをしたいのね、そうなんでしょ？　あの人、ユダヤ人にしては礼儀《れいぎ》正しいけどね。それは認めるわ」

「プリツカー先生のこと？」アギーの言葉に、わたしは当惑《とうわく》し、腹を立てた。「あら、もちろん、ときには汚《きたな》くなるわ。馬小屋や豚《ぶた》小屋なんかで働いたら、アギーだって汚くなるわよ。だけど、先生はいつだって、仕事のあと、手や顔を洗ってるわ。石鹸《せっけん》をかばんに入れて、もち歩いてるんだから。見たことがあるもの。それに、そんなに年をとってないわ」

アギーは、こちらが不快になるような耳ざわりな笑い声をあげた。「なにも知らないのね」

「そんなこと、ない！　わたし、いろんなことを知ってるもん」

「そうね。だれも関心をもたないようなことについては、よく知ってるわよね。イモリとか虫とか……だれも見むきもしないようなことはね」

そんなことをいうなんて、信じられない。わたしのなかで、激しい怒《いか》りがめらめらと燃えあがった。「なんでそんなことがいえるの？　どれもみんな、重要なことよ。おじいちゃんがそういってるわ」

「もうひとりの老いぼれ変人ね。どうしてあんな人に注意をむけるのか、わたしには理解できないわ」アギーがいった。

その瞬間《しゅんかん》にアギーをなぐりつけて、母の猛烈《もうれつ》な怒りに喜んで直面することもできた。けれど、そうなったら、アギーから得たいと思っていることを手に入れられなくなる。とても重要なことを。わたしは、自分のなかにある自制心のかけらというかけらをすべて召集《しょうしゅう》して、必死に自分の気持ちを落ちつけた。

「タイプのしかたを覚えたら、もう少しお金がもらえるようになると思うの」

「じゃあ、お金をもらうためにお金を使おうとしてるわけね」

アギーがそんなふうに口に出していうのをきいて、たしかにあまり賢《かしこ》いやり方ではないと認めざるをえなかった。

「で、わたしにいくら払《はら》ってくれるの？」

この点については、まえもって注意深く考えてあった。「丸一ドル。現金で」

「多いとはいえない金額ね。二ドルはほしいわ」

わたしは、頭のなかですばやく考えをめぐらし、得意の計算をした。なにを使ってアギーをおどしたらいいかしら？　ヘビはどう？　完璧《かんぺき》だと思うけど、アギーはきっとお母さんのところに駆《か》けていくわね。そうしたら、お母さんは、アルベルトにヘビをつかまえるようにいって、始末させるだろう。単なる商売の問題に、なんの罪もないヘビを巻きこむのはよくないように思われた。同情心につけこむという手もあるけれど、アギーには同情心なんかなさそうだ。すぐにほかの案が思い浮かばなかったので、事実に頼るしかないと思った。

わたしは大きく息を吸いこんでから、いった。「アギー、わたしにとって丸々一ドルは大きな金額なの。アギーにとっては、それほどでもないかもしれないけど。でも、わたしには大変な金額なのよ」

アギーはずるそうな目でわたしを見た。アギーも計算しているんだわ。

「一ドル五十セント」

「いいわ」わたしは答え、わたしたちはそれで手を打った。わたしが払ってもいいと思っていた金額より多く、アギーがほしいと思った金額より少なかった。「いつ始める？」

「お金をくれたらすぐに。ああ、それから、タイプライター用のリボンは自分で買ってね。わたしのを使いはたされたら困るわ」

そういうわけで、わたしは死ぬような思いで葉巻の箱から二ドルを取りだして、一ドル五十セントをアギーに渡《わた》し、五十セントのタイプライター用リボンをシアーズのカタログで注文した。シアーズの通信販《はん》売《ばい》はすばやい配達で有名だったが、それでも、リボンが到着《とうちゃく》するまで忍耐《にんたい》というつらい勉強をすることになるだろうと、わかっていた。

ほかにこれといってしたいことがなかったので、わたしは勉強に没頭《ぼっとう》した。学校ではクリストファー・コロンブスや、フェルディナンド・マゼランや、キャプテン・クックといった偉大《いだい》なる探検家たち——まだ〈地球は平らで、地球の端《はし》っこにはつきすすんでくる船をがぶりとのみこもうとする竜《りゅう》がひそんでいる〉と信じる人たちがいるような時代に、ヨーロッパから船出して未知の場所にいった勇敢《ゆうかん》な人たち——のことを勉強していた。ハーボトル先生は、こうした探検家たちが〈星を頼《たよ》りに〉たいそう遠くまで航海したのだとわたしたちに話した。けれど、わたしがもっとくわしくきかせてくださいと頼《たの》むと、うまくかわした。先生はあまりよく知らないんだわ——わたしははっきりと感じとった。

もちろん、わたしは祖父のところへいった。

「ああ」祖父はいうと、棚《たな》から地球儀《ぎ》をおろして、机《つくえ》の上においた。「赤道と平行に走っている線に注目してごらん。何本もあるだろう。これらは、緯度《いど》をあらわす線で、緯線と呼ばれる。それから、極と極のあいだを走るこれらの線は、経度をあらわす経線だ。こうした想像上の線は、ことのほか有用に地球を分割している。緯度と経度をあわせることによって、地球上のいかなる位置も明確にあらわすことができるのだからな」

「だけど、どうやって、星から緯度や経度を知ることができるの？」

「今夜、見せてやろう。だが、まず、〈船乗りのアストロラーベ〉を作らなくてはな。これからいうものを集めなさい。大きい厚紙、分度器、ひも、厚紙でできた筒《つつ》、それに、重いナットかボルトだ。アストロラーべができたら、暗くなってから、昔ながらのやり方で航海の旅に出ようじゃないか」

わたしは、ほんの十分ほどで厚紙と筒とひもとナットを集めた。さあ、次は分度器ね、どこで見つけられるかしら？　そう考えて、わたしは暗い気持ちになった。思いつくのはひとつだけ。あのいやなラマーの分度器だ。げっ。ラマーは、まえの年のクリスマスに、りっぱな革のケースに入った、分度器とコンパスと鋼の定規をもらった（それにたいして、わたしがもらったのは、『家事の科学』という本だった。この世界は不公平だ）。分度器をもたずに祖父のところにもどるなんて、考えられなかった。祖父からたびたび、工夫のできる娘《むすめ》だといわれていたわたしは、この評価を傷つけたくなかった。

わたしは、選択肢《せんたくし》を吟味《ぎんみ》した。ラマーに頼《たの》むのがいちばん簡単かもしれないが、ラマーがせせら笑いながら〈いやだ〉という声がきこえるようだ。それでは、どうする？　そうね、ラマーに気づかれずに〈借りる〉ことができるかもしれない。ばれたら、永遠に地獄《じごく》を見ることになるだろうけど、それ以外にはどんな悪いことがあるっていうの？　わたしは、きょうだい間の関係について考えた——だれがだれに忠実か、だれがだれに献身的《けんしんてき》に尽《つ》くすか、だれとだれが協力しあっているか……。この関係は、目がくらむような速さで変化しつづけているので、だれとだれが仲たがいをしているのか、とらえきれないことがあるほどだ。けれど、常にわたしに忠実な兄弟がひとりだけ、いた。


トラヴィスがいった。「コーリー、それをなにに使うの？」

「おじいちゃんといっしょに、〈船乗りのアストロラーベ〉を作るの。それには、分度器が必要なのよ」

「アストロラーベってなに？」

「科学的な道具。あとで見せてあげるわ。だから、やってくれる？」

「どうしてラマーに頼まないのさ？」

「トラヴィス、ばかなこと、いわないでよ。百万年たっても、わたしには貸してくれないわ」トラヴィスは、だれにたいしても、その人の最もいいところを見ようとするところがあり、わたしはときとして、いらいらさせられた。

「ああ。じゃあ、代わりにぼくに頼んでほしいっていうこと？」

「ちがう。わたしがしてほしいのは……分度器をもってくること。そして、ラマーには、そのことをひと言もいわないこと」

「盗《ぬす》んでくるってこと？」

「盗むんじゃなくて、ただ借りるだけ」

「じゃあ、あとで返すの？」

「もちろん、そうよ」

トラヴィスがさらに異議を唱えるものと思ったけれど、ただこういっただけだった。「わかったよ」

夕食のあと、廊下《ろうか》でトラヴィスがにじり寄ってくると、大きなささやき声で「はい、これ」といって、ひんやりとした金属製の道具をよこした。わたしはそれをエプロンのポケットに隠《かく》してから、祖父を探しに書斎《しょさい》へとむかった。せんさく好きな兄弟も書斎のなかをのぞくことはないから、祖父とわたしはだれからも邪魔《じゃま》されることがない。

祖父に教えられながら、わたしは厚紙を半円形に切った。それから、分度器を使い、半円の縁《ふち》に沿って五度ごとに印をつけた。次に、直線の縁《ふち》の中央に穴をあけてひもを通し、ナットを結びつけた。最

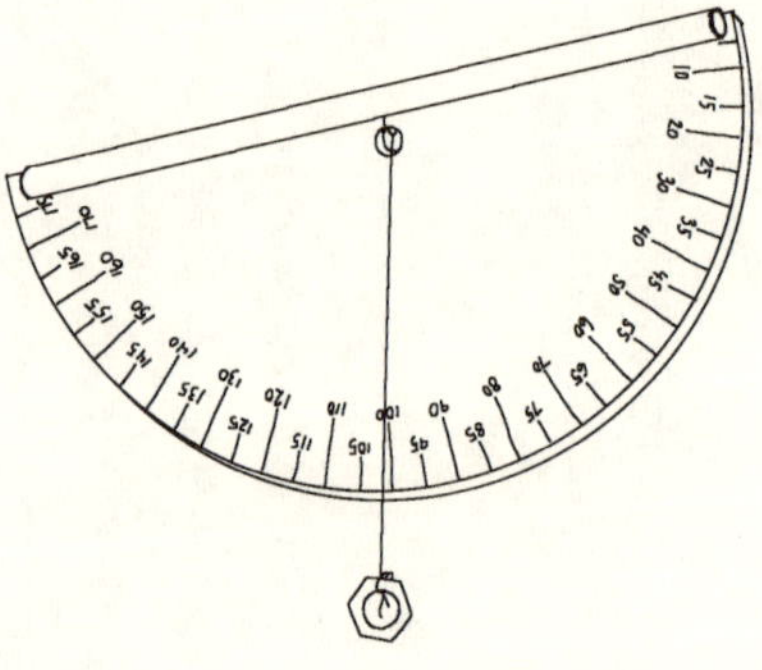

後に、筒《つつ》を直線の縁に糊《のり》づけした。できあがったアストロラーベは、こんなふうだ。

作りおえると、祖父がわたしの作品を調べた。「素朴《そぼく》な道具だが、充分《じゅうぶん》に使える。外に出て、北極星の位置をつきとめてみるかね？　少しばかり明かりが必要だ。星が見づらくならない程度にな」

祖父がランプを灯し、わたしたちは前庭の芝生《しばふ》の中央に立った。わたしたちが近づくと、コオロギのしるような歌声がやんだ。そろそろ寝《ね》る時間だったが、日ごろから祖父に近づかないようにしている母は、わたしを呼びにこなかった。おかげで、たいていいつも、寝るまえに三十分ばかりよけいに祖父と研究課題に取り組むことができた。

祖父が、ランプの炎《ほのお》をホタルの光くらい小さくした。すると、コオロギたちはまた、合唱を始めた。猟《りょう》犬《けん》のマティルダが遠くで一度、ヨーデルのような遠吠《とおぼ》えをした。ほかに、夜の静けさをやぶるものはなかった。

祖父がいった。「どれが北極星か、いってごらん」

わたしは、東西南北を知っていたから――だれもが知っていることだ――、少なくとも、北の方向をあいまいに指さすことはできた。「あっちのほうのどこかにあるはずだわ」

祖父がため息をついた。わたしが、話にならないほど無知だからにちがいない。祖父がいった。「初歩から始めよう。大ぐま座、あるいは、北斗七星《ほくとしちせい》を見つけられるかね？」

「ええ、それなら知ってるわ」わたしは誇《ほこ》らしげに指さした。まちがえようがない。ひしゃくそっくりの形をしているのだから。「でも、クマの形には見えないわ」

「その意見には賛成だ。しかしながら、古代の人々はそう呼んだのだよ。それでは、ひしゃくの器の部分──液体をすくいあげる部分──を見て、その端《はし》にあるふたつの星を見つけてごらん。見えるかね？　それでは、そのふたつの星を結ぶ線を、明るい星のところまで伸《の》ばしてごらん。それは、こぐま座あるいは小北斗七星《しょうほくとしちせい》と呼ばれる星座の、ひしゃくの柄《え》のいちばん端の星だ」

「見つけた」わたしはいった。

「それが、北極星と呼ばれるポラリスだ。地球が自転しているため、ほかの星々は夜空で北極星の周囲を回っているように見える。一方、北極星はほとんど一定の位置にとどまっている。もしおまえさんが北極に立ったら、北極星はほぼ真上に位置するだろう。地球は地軸《ちじく》と呼ばれる軸のまわりを回転していて、この軸がたまたま、ほぼまっすぐに北極星をさしている。そのせいで、北極星は、地球が一日に一回転するときにも、動いていないように見えるのだ。三百年まえ、シェイクスピアは、戯曲《ぎきょく》のひとつにこう書いている。『わたしは北極星のように不動だ』と。北がどの方角かわかれば、当然、ほかの方角もわかる。南半球では北極星が見えぬので、船乗りたちは、代わりに南十字星を利用する。だから、世界のどこにいようとも、どれほど道に迷おうとも、星が家へと導いてくれるというわけだ。船乗りたちは常に、こうした星を〈幸運をもたらすもの〉だと考えた。そこから、〈幸運の星に感謝する〉という表現が生まれたのだよ」

わたしは、フェニキア人や、エジプト人や、ヴァイキングのことを考えた。まったく同じ星を頼《たよ》りに船を進めた勇敢《ゆうかん》な人々。船を操る人々の手腕《しゅわん》と勇気と声が、何世紀もの時間を越《こ》えて、テキサス州フェントレスの少女のところまで――海を見たことがない少女、たぶん、これからも見ることがない少女のところまで――届いているような気がした。わたしは歴史の一部を肌《はだ》で感じると同時に、じつは、少し悲しい気持ちにもなっていた。

「いいかね」祖父がいった。「北極星は、四つの主要な方角を教えてくれるだけではない。船乗りたちは、二千年ものあいだ、海で自分の位置を知るのに北極星を利用してきた。さて、それでは、わしらの緯度《いど》を測定しよう。アストロラーベの筒《つつ》をとおして、北極星を見てごらん」

実際にやってみると、思ったよりも難しかった。筒がとても細いうえ、支える手が揺《ゆ》れるせいで、筒の口からすぐに星がはずれてしまうからだ。わたしはやっとのことで、北極星をとらえた。

「よろしい」祖父がいった。「それでは、筒を動かさぬよう細心の注意をはらってじっとしたまま、ひもが示す角度を読みなさい」

いわれたとおりにすると、ひもは、厚紙に記した目盛りの三十度の位置にさがっていた。つまり、地平線と北極星のあいだの角度が三十度だということだ。

「年のために、もう一度確認しよう」祖父がいい、わたしはもう一度角度を測った。

「うん、三十度」

祖父がじろりとわたしを見た。〈もっときちんとした言葉を話せるはずだぞ〉という目つきだ。

「えっと、はい、といいたかったの。三十度です。だけど、それがどんな役に立つの？」

「家のなかで説明しよう」

家にむかって歩いているとき、心地よいそよ風が吹《ふ》いてきて、わたしの想像をかきたてた。一瞬《いっしゅん》、わたしは水先案内人になっていた。かつての勇敢《ゆうかん》な水先案内人たちの妹だ。果てしなくつづく夜の闇《やみ》のなか、広大な藍色《あいいろ》の海の上で、船首に立ってバランスをとり、風下に顔をむけてさわやかな風を背中に受け、針の先ほどの光に導かれて波おどる大海原を航海している。ああ、みんな、勇敢な探検家だったんだわ！

書斎《しょさい》にもどると、祖父が地球儀《ぎ》で、わたしたちのいる場所を示してくれた。そこは、まさに、赤道から三十度北だった。そして、この緯度《いど》の上を東に航海して、大西洋を渡《わた》ったら、八千キロメートル離《はな》れたカナリア諸島に上陸することになる。祖父が『世界地図帳』を渡してくれたので、わたしはカナリア諸島のカナリアたち（もちろん、カナリアにきまってる）の生態について（驚《おどろ》き！）、数分のあいだ、わくわくしながら読んだ。

「じゃあ、おじいちゃん、経度は？」

「経度の問題を解決するのは、緯度よりかなり難しい。正確な機械式時計の使用が求められるからだ。今日《こんにち》、われわれは機械じかけの時計があるのをあたりまえだと思っているが、三、四百年まえにはそのような時計は存在しなかった。人々は日時計か空の太陽の角度から時を計った。当時の偉大《いだい》な船乗りたちは、オランダ人かスペイン人かポルトガル人だ。一方、英国政府は、十八世紀初め、精度の高い計時器を考案できる発明家に巨額《きょがく》の金を提供することにした。海上では時を計るのが難しい。そういう困難な状況《じょうきょう》で使うことのできる正確な機械式時計があれば、船乗りは経度を測ることができると考えたのだ。三十年以上もの月日がかかったものの、ジョン・ハリソンはそうした時計を完成させた。そのおかげで、英国人は航海で著しく優位に立った。考えてごらん。もしポルトガル人がハリソンより少し早く時計を発明していたら、わしらは、この瞬間《しゅんかん》、英語ではなくポルトガル語を話していたかもしれん」

なんておもしろいんだろう。祖父の考えにわくわくしたけれど、もう寝《ね》る時間だった。

翌日の朝食のとき、わたしはオートミールをがつがつ食べているラマーをたまたま目にして、どきっとした。まだ、ラマーの分度器をもったままだわ。ラマーが学校の勉強で分度器を使うことになったら、どうなるかしら？　分度器がなくなったといって、大騒《おおさわ》ぎをするだろう。そして、ラマーがトラヴィスのことを疑ったら、一巻の終わりだ。ほんのひと吹きで崩《くず》れるトランプの家と同じように、トラヴィスは、ラマーがほんの少し強く出ただけで、もちこたえられなくなるだろう。幸運なことに、ラマーは肩掛《かたか》けかばんをもって、さっさと学校へいった。分度器をさがさなかったということは、学校で幾何《きか》の問題を解く必要がなかったということだ。

放課後、ラマーとサム・ヒューストンとその仲間の何人かが芝生《しばふ》の上に集まっていた。少年たちを興奮させる遊び、野球をやろうとしていたのだ。飼料が入っていた古い袋《ふくろ》に綿《わた》の実の殻《から》を詰《つ》めたものが、ベース代わりだ。野手がひとり足りなかったため、トラヴィスを仲間に入れていた。人数が足りていたら、トラヴィスのことなどばかにして入れなかっただろう。ラマーたちは、ふざけて野次を飛ばしあい、打者が打席に立つたびに「バッター、バッター、バッター」と早口で騒々《そうぞう》しく唱える。あの大声がきこえているあいだは安全ね、とわたしは考えた。

そこで、自分の部屋に駆《か》けこんで、分度器をもってきた。アギーは、一階の客間でまた新たなブラウスを縫《ぬ》っていた。わたしはそっと廊下《ろうか》を進み、ラマーがサム・ヒューストンと共有している部屋のまえまでいき、だれにも見られていないか左右をたしかめると、なかにこそこそ入った。

ラマーは分度器を、お小遣《こづか》いやお菓子《かし》やそのほかのさまざまな宝物といっしょに、ベッドの下のブリキのトランクにしまっているはずだ。窓から外をのぞくと、思ったとおり、ラマーたちは野球に夢中になっていた。サム・ヒューストンが頭をさげ、両腕《りょううで》をばたばた振《ふ》りまわしながら二塁《るい》にむかっている。ボールをもっているトラヴィスに、みんなが大声で「あっちへ投げろ」「いや、そっちだ」などと正反対の指図をしている。

手を触《ふ》れた瞬間《しゅんかん》、重罪人になったようなうしろめたさを感じたものの、わたしはベッドの下からトランクをひっぱりだした。弟のもち物をいじるのは軽い罪だと思うが、ラマーのもち物を勝手にいじったとなったら、絞首刑《こうしゅけい》ものの重罪だろう。少なくとも、ラマーの考えではそうなる。

野球をしている少年たちのさけび声はつづいている。

わたしはトランクをあけた。なかのものに手を触れるまえに、少しのあいだ、すべてのものの位置をじつくりと見た。祖父がいうところの〈元の場所に〉だ。元の位置を覚えておけば、それぞれのものを最初に見たときそのままにもどすことができる。わたしがもっているのとよく似た葉巻の箱がひとつ。チョコレートバーが二つ。それから、シナモン味のキャンディーがぎっしり入った小さな紙袋《かみぶくろ》。小型の辞書、上等な鋼のペン先のついたペン、青インクひと瓶《びん》。ワシの羽根一枚。幼いころにもらった、ぜんまい仕掛《じか》けのピエロ――今はこわれて、内部がさびついている。そして、コンパスと定規の入っている革のケース。分度器をケースの溝《みぞ》のなかにすべりこませ、トランクの蓋《ふた》をしめようとしたそのとき、わたしは手を止めて、葉巻の箱のことを考えた。そうね、ここにきたからには……。

わたしは箱をあけた。一セントと五セントの硬貨《こうか》が数枚散らばっている。それから、十セント硬貨と二十五セント硬貨が二、三枚ずつ。そして、父からもらった十ドル金貨。そのすぐ横に、こちらにむかってきらきら光っている五ドル金貨があった。

わたしは衝撃《しょうげき》を受けて、凍《こお》りついた。わたしの五ドル？　わたしの金貨にちがいない。ほかには考えられない。だけど、どうしたら確かにわたしのものだといえるかしら？　間近でじっくりと見ながら、わたしったらなんてばかなんだろう、と思った。金はやわらかい金属だもの、表面にひっかき傷かなにか作っておけばよかった。そうしたら、まちがいなくわたしのものだとわかる目印になったのに。なんの目印もなかったから、絶対にわたしのものだとはいえない。でも、目印があるかどうかは、そんなに重要なことかしら？　もちろん、ちがう。ええ、そう――ラマーがわたしから盗《ぬす》んだのよ。だけど、いくらラマーでも、そんなひどい罪を犯すかしら？　そこまで考えて、わたしは首を振り、自分にいいきかせた。〈キャルパーニア、しっかりして。いい人ぶるのはやめなさい。ラマーが盗《と》ったの。そして、今、その証拠《しょうこ》を見ているのよ。今考えるべきほんとうの問題は、ただひとつよ――どうやってしかえしをするか。わかった？〉
ふいに、外が静かになっていることに気づいた。まずい。下で玄関《げんかん》の扉《とびら》がバタンと閉まる音がして、わたしは飛びあがりそうになった。いかなきゃ！　そう思ったとたん、深く考えずに金貨を二枚ともつかみ、葉巻の箱とトランクをもとの位置にもどすと、廊下《ろうか》を駆《か》けぬけて自分の部屋にむかった。汗《あせ》ばんだ両手のなかには、重い硬貨《こうか》が一枚ずつあった。
部屋にもどると、必死にあたりを見まわして、安全な隠《かく》し場所を探した。ベッドの下の貯金箱に入れることはできない。もしラマーがここに探しにきたら、いちばん最初にのぞく場所だ。じゃあ、いちばん探しそうにない場所は？　そうよ、もちろん、サー・アイザック・ニュートンのお皿のなかの砂利の下よ。だれひとり――まったくだれひとり――そんなところを見ようなんて思わないだろう。
次の二日間、わたしは、ラマーがいつトランクをあけるかと考えながら、恐怖《きょうふ》と罪の意識から暗い気分で過ごした（正直にいうと、浮《う》かれる気持ちも少しはあった）。盗《ぬす》みという重荷はあまりに大きく、わたしは不安に押《お》しつぶされそうだった。それでも、わたしは自分にいいきかせつづけた――泥棒《どろぼう》に盗まれた自分の財産を盗りかえすことは泥棒じゃないわ。もしそれが自分の財産だったらね。そして、あれはわたしの財産だった。そうよ、そうにちがいない。

夜、眠《ねむ》れないままベッドに横になって、ラマーのお金をもとのところにもどす方法を何通りも考え、計画を練った。ラマーが、お金を返してもらえるような人間だと思ったわけじゃない。あんないやなやつには、その資格はない。わたしが考えた計画のいくつかは、お金を匿名《とくめい》で返すというものだった。それ以外の計画では、わたしが盗ったのだとラマーにわかるように——ラマーにわからせるように——こちらの手の内を見せるつもりだった。けれど、どちらのやり方にするかは、決められなかった。ラマーに選択《せんたく》の機会をもぎとられたからだ。土曜日の昼食のとき、ラマーは、ものすごい勢いで食堂におりてきた。鼻の穴が雄牛《おうし》のように広がり、犯人を捜《さが》そうとして荒々しくあたりを見まわしている。まるで、耳から湯気が出ていそうだった。ラマーは、わたしたちを順ににらみつけた。わたしは勇気をふりしぼって、感情が顔に出ないよう必死に平静を保ち、ラマーのぞっとするようなまなざしの下でたじろがないようにした。肌《はだ》がじんじんしてきた。〈キャルパーニア〉わたしは自分にきっぱりといった。〈ほら、いつもの発疹《はっしん》が出ないようにしなさい。そんなことになったら、秘密がばれてしまう。発疹を。出したら。だめ〉そうしたら、驚《おどろ》くことに、じんじんしていたのがおさまった。

母がラマーのほうをむいた。「ラマー、なにかあったの?」

ラマーは、ひどい苦境に立っていたうえ、怒《いか》りで言葉がつかえて、まともに話せないような状態だった。ラマーに白状する勇気があるかしら? そのとき、ラマーが吐《は》きすてるようにいった。「ないっ!」

わたしたちきょうだいはみな息をのみ、母は驚いてびくりとした。父がラマーをどなりつけた。「ラマー・テイト。お母さんにむかって、そんな口のきき方をするんじゃない。今すぐ席を立って、自分の部屋にいきなさい。あとでわたしがいくから、待ってるんだ」

ラマーは椅子《いす》を押《お》しさげると、勢いよく立って、食堂から荒々しく出ていった。父が母にいった。「あの子はいったいどうしたんだ？」

母は声をつまらせながら、こぼした。「さっぱりわからないわ」わたしは一瞬《いっしゅん》、母が泣きだすのではないかと不安になった。そのあと、落ちつきをとりもどそうとして、鶏肉《とりにく》の煮込《にこ》み料理をふたたび食べはじめたが、灰のような味がした。それから、だれかがだれかにロールパンをまわしてと頼《たの》み、グレービーソースをまわしてほしいと頼まれた。こんなふうに、ゆっくりと、とてもゆっくりと、わたしたちはまったく中身のない会話を再開した。ただひとり、おいしそうに食事をしていたのは祖父だ。食卓《しょくたく》で最も鋭《するど》い観察力をもった祖父は、料理を食べながら考えぶかげにわたしを見つめた。

部屋にやられたラマーは、夕食を抜《ぬ》かれたうえ、父から革の乗馬用鞭《むち》でてのひらを三度打たれた。トラヴィスはラマーのことをかわいそうだと思い、「こっそり食べ物をもっていこうか」とわたしにきいた。「だめ」と答えたとき、トラヴィスはまちがいなくわたしのことを意地悪だと思っただろう。ラマーのトランクのなかにはチョコレートバーがあるから大丈夫だと思ったが、そのことをもらすわけにはいかなかった。

わたしは、抜け目なくラマーを避《さ》けていたものの、ラマーから攻撃《こうげき》されたら、もちこたえられないのではないかとじつは心配だったのだ。けれど、ラマーになにができただろう？　ラマーは、自分のたくらみのせいで身動きがとれなくなっていた。わたしのことを当局（この場合、母と父）に密告したら、自分がより重大な盗《ぬす》みを働いたということがばれるのだから。

一方で、わたしはラマーを少々気の毒に思い、どうやってお金を返そうかと考えた。ラマーはもう、罰《ばつ》を受けたのだから。盗みそのものではなく、そこからひきおこされたできごと、つまり、ひどく乱暴な口をきいたことにたいする罰ではあったけれど。

三日のあいだ、わたしは、エルバ島に追放されたナポレオンのように陰謀《いんぼう》をくわだて、策略を練り、じっと考えこんだ。そして、ある計画を思いついた。

わたしは、トラヴィスをわが軍の副官にし、ラマーのもとに派遣《はけん》した。納屋の裏の、ペチュニアの囲いのわきにラマーをつれてくるのが任務だ（食料にする動物に名前をつけないというきまりを犯しているではないか、と非難されるといけないのでいっておくが、ペチュニアという名前をつけたのはJ・Bだ。泥《どろ》まみれの動物にきれいな花の名前をつけるなんて、ものすごくおもしろい冗談《じょうだん》だと考えたのだ。このとき我が家にいたペチュニアは、とても性質のいい豚《ぶた》で、頭を小枝でかいてもらうのを喜んだ。正直なところ、ペチュニアがつれていかれるところを見るのは少々つらいとわたしも思っていた。それは認めなくてはならない。そうはいっても、ペチュニアには、オーヴンや鍋《なべ》や燻製《くんせい》小屋にいく運命が待っていた。そして、その次の年には、もっと小さくて若い、べつのペチュニアがやってくるのだ)。

わたしは、囲いの柵《さく》によりかかって、ペチュニアにジャガイモの皮を投げていた。ジャガイモの皮は、ペチュニアのお気に入りの間食のひとつだった。ペチュニアは喜んで、ブーブー鳴き声をあげ、飛んでくる皮をペットの犬のように口で受けとめることさえあった。ラマーが近づいてきた。トラヴィスが心配そうな顔で、あとからついてくる。わたしはトラヴィスに、その場にいて成り行きを見ているようにと命じていた。

「なんの用だよ?」ラマーが怒《おこ》った声でいった。その顔を見て、わたしは愉快《ゆかい》な気持ちになった。

「ラマー、わたしにもっと親切にしたほうがいいかもしれないわよ」わたしはペチュニアにさらに皮を投げた。ペチュニアは鼻で泥《どろ》をかきまわし、うれしそうに鼻を鳴らした。

「なんでおまえに親切にしなきゃならないんだよ? ただのばかな妹だっていうのに。おまえに親切にする理由なんかないね」

「あら」わたしは、やさしく明るい声で答えた。「あると思うけど」

すると、ラマーがばかにしたような声でいった。「ちゃんとした理由を一個でもあげてみろよ」

「わかったわ、あげるわよ」わたしはエプロンのポケットに手を入れた。「ほんとはね、一どころか十なの」

わたしは、ラマーにはっきりとまちがいなく見えるように、十ドル金貨を高くかかげた。すると、ラマーのしかめた顔が、一瞬《いっしゅん》、困惑《こんわく》したような青白い色になった。そして、わたしの握《にぎ》っているものがなにかわかると、びっくりしたような赤い色になり、さらに、わたしがどうやって手に入れたか気づくと、怒《いか》りで紫色《むらさきいろ》になった。ラマーの顔の表情――そして、色――の急速な移り変わりは、わたしのそれまでの人生のなかでも圧巻のできごとだった。

「返せ」怒りで声をつまらせている。「返せ、でないと、父さんにいうぞ」

「そんなこと、できっこないわ」わたしは、落ちついた穏《おだ》やかな声で答えた。「だって、そのときには、ラマーが最初にわたしのお金を盗《と》ったんだって、いうもの。そうしたら、何回、手をたたかれることになると思う？　五ドル盗ったから五回？　それとも、たっぷり十回？　もしかしたら、その両方を足した十五回かもね。どう思う？」

ラマーの表情は見ものだった。不思議なことに、ラマーが動揺《どうよう》すればするほど、わたしは落ちついて穏やかになった。わたしたちの立会人、トラヴィスは不安のあまり顔をひきつらせていた。

自分のことを抜《ぬ》け目がないと考えているラマーは、戦術を変えた。「なあ、コーリー」頼《たの》みこむような口調になっている。「そんなことをしなくてもいいだろ。お願いだから返してくれないか？　頼むよ」

「そうね、そこまでいうんなら、わかったわ。ほら」そういうと、わたしは金貨を高く放りあげた。魔法《まほう》でもかかったかのように、時間の進みが遅《おそ》くなった。わたしたち三人は、金貨が陽の光のなかで荘厳《そうごん》な輝《かがや》きを放ちながらゆっくり、ゆっくり飛んで、柵を越《こ》えるのを見つめていた。その一瞬のあいだ、わたしは半人前の市民から一人前の市民になった。世界じゅうにいるほかの半人前の市民のために正義と復讐《ふくしゅう》をおこなう一人前の市民に――いえ、兵士に――いえ、軍隊全体に――変身していた。

金貨は、豚《ぶた》の囲いの真ん中に、ぽちゃんと落ちた。ちょうど、水っぽい糞《ふん》の大きなぬかるみのなかだった。食べ物かもしれないと思ったのだろう。ペチュニアははっとして、重い体のむきを変えると、金貨にむかってのしのし歩きだした。なんであれ、鼻で掘《ほ》りだして、たいらげようと決めていたのだ。

「ほら、ラマー、急いで取ってきなさいよ！」わたしはさけんだ。「じゃないと、もっとひどいことになるわよ」

そういうと、わたしはくるりとむきを変え、家にむかって風のように走った。それまでの人生でいちばん速く走った。もう軍隊ではなく、風そのものになっていた――今日のわたしは、だれにもつかまえられないわ。

それから何か月ものあいだ、ラマーはわたしと口をきかなかった。わたしが気にかけたと思う？

いいえ。

第20章　驚《おどろ》くべき金額

フエゴ島人のなかには、交易の概念《がいねん》ともいうべきものをはっきりと示すものもいた。わたしはある男に、見返りを求めるそぶりをまったく見せずに、釘《くぎ》（このうえなく貴重な贈《おく》り物）を与《あた》えた。ところが、その男はすぐさま魚を二匹《ひき》選びだし、やすの先につきさしてわたしによこした。

わたしたちは、年末年始の休暇《きゅうか》について話しあい、これまででいちばん静かにクリスマスと新年を迎《むか》えることにした。災害でこうむった被害《ひがい》のことを考え、にぎやかなお祝いはまだ控《ひか》えることにしたのだ。母の少女時代の友人ふたりが高潮にさらわれ、まだ遺体が発見されていなかった。それでも、母は必死にがんばって、悲嘆《ひたん》に暮れる姿をあまり見せないよう――少なくとも、弟たちのまえでは――、精いっぱい努力していたと思う。

そううまくはいかないとよくわかっていたにもかかわらず、わたしは、この冬もまた奇跡《きせき》が起こって雪が降りますように、と願っていた。が、雪は降らず、雨が降っただけだった。わたしは、自分で編んだミトンを家族ひとりひとりにプレゼントした。そして、それぞれの家族が、程度の差はあるものの、少なくとも喜んでいるふりはした（ええ、そうよ、世界一りっぱなミトンではなかったわ。ところどころに、編み目が落ちたり、ひきつれたりしているところがあったもの。でも、わたしのミトンが気にいらなければ、次にはシアーズのカタログで注文すればいいのよ)。

そして、大晦日《おおみそか》、わたしたちは、テイト家の伝統にしたがって、〈新年の決意〉を表明した。まえの年、わたしは長いリストを読みあげた。そのなかには、〈雪を見ること〉と〈海を見ること〉が入っていた。けれど、この年、わたしのリストには、ひとつしか書かれていなかった。順番がきたとき、わたしは立ちあがって、深く息を吸うと、いった。「大学にいきたいの。教員免状《めんじょう》をとるためじゃないわ――それじゃ、一年間しか勉強できないもの。そうじゃなくて、学位がとりたいの。そのためには、何年も大学にいく必要があるということは、わかっているわ」

両親がだまりこんだ。やがて、母が口をひらいた。「ええと、そうね、そのことについては、もう少しあとで話しあえると思いますよ。あなたがもう少しおとなになってからね」

口をひらいたわたしは、思っていたより大胆《だいたん》な口調になっていた。「なんで今じゃだめなの?」

J・Bが話に割りこんできた。「どういうこと? コーリー、どこかにいっちゃうの?」

そのとき、なんと祖父が声をあげた。「すばらしい計画だ。マーガレット、そう思わないかね?」

母は実際に祖父をにらみつけるようなまねはしなかったものの、明らかに冷ややかな態度をとり、助けをもとめて父のほうを見た。

父は咳《せき》ばらいをすると、いった。「そうだな……そう、もう少し待ってみようじゃないか。そういうことを考えるのは、まだずっと先のことだからな。この問題については、おまえが十六歳《さい》になったら、また話しあおう」

三年も先だわ！　わたしは父をぽかんと見ながら、自分の考えを認めてもらえるような理由をなにか考えようとした。ところが、思いつくまえに、父がいった。「トラヴィス、おまえの番だよ。さあ、決意をきかせておくれ」

こうして、輪になっていたわたしたちは、順番に決意を述べていった。J・Bがわたしの膝《ひざ》にのってくると、べたべたしたキスをして、小声でいった。「コーリー、どこにいくの？　いかないで。悲しくなっちゃうもん」

「悲しくならないで」わたしも小声で答えた。「どこにもいきそうにないから。たぶん永遠に」

「よかった」J・Bがつぶやくと、温かい息がわたしの頬《ほお》にかかった。J・Bの言葉に、思った──そうね、J・Bにとってはよかったわね。わたしにとってはよくなかったけれど。わたしはJ・Bを抱《だ》きしめて、そっと揺《ゆ》すってやった。けれど、そのときわたしがなだめようとしていたのは、じつは、わたし自身だった。わたしは、家族の輪を見まわした。みんながトラヴィスに注目していた──祖父だけはべつだったが。祖父は、〈おまえさんの考えに賛成だよ〉というようにこちらにむかって、小さくうなずいた。

お祝いを自粛《じしゅく》したせいで、わたしたちは、やや単調な休暇《きゅうか》を過ごしていた。年が明けて十日たった、一九〇一年一月十日、テキサス州南東部に位置するボーモント市のスピンドルトップで、掘削《くっさく》中の油井《ゆせい》から轟音《ごうおん》とともに黒い原油が噴出《ふんしゅつ》した。原油は間欠的に噴出しつづけ、その高さは四十六メートルにも達して、制御《せいぎょ》するのに九日間もかかったという。この油井《ゆせい》の完成が、石油産業の急激な発展を推進することになり、ひいては自動車の増加と馬車の終焉《しゅうえん》をもたらし、わたしたちの家庭や郡や全世界をふくむ、あらゆるものの形を変化させることになるのだった。

正直なところ、原油噴出は、わたしにとって、心にきざんでおくようなできごとではなかった。けれど、なぜか、アギーはそのニュースに興奮して、見たことがないほど活気づいていた。

その週の後半になって、アギーとわたしのあいだに、お互《たが》いに関心がある、驚《おどろ》くような話題がもちあがった。それは、玄関《げんかん》ホールのテーブルにおかれたアギー宛《あ》ての手紙という形でやってきた。ガルベストン・ファースト・ステート銀行からの手紙だった。わたしはそれを見て、珍《めずら》しいことだと思った。わたしの知るかぎり、母はこれまでの人生で一度も銀行から手紙を受けとったことがなかった。お金にかかわる問題は、男性が受けもつ領域だと考えられていたからだ（わたしにはどうしてなのか、わからない。ずっとそうだったからというだけの理由のように思われる）。

あたりにはだれもいなかったから、わたしはその封筒《ふうとう》を手に取った。そっと振《ふ》り、上からなでるように触《ふ》れてみる。硬貨《こうか》のチャリンという音もしなければ、紙幣《しへい》のガサガサいう音もしない。わたしは人の役に立つ人間だったから、手紙を二階にもっていった。部屋では、アギーが机《つくえ》のまえにすわって、また手紙を書いていた。わたしが部屋に入ると、アギーは腕《うで》で手紙をおおって、読まれまいとした。

「ね、アギー、ガルベストンの銀行からなにか届いてるわよ。どうして――」

アギーは椅子《いす》にすわったままこちらをむいたかと思うと、わたしがいいおえるまえに手紙をひったくった。州知事から刑《けい》の執行《しっこう》停止命令でも届いたのかと思うような勢いだ。アギーは、震《ふる》える手で手紙をもったままひと呼吸おくと、ペーパーナイフを取り、けっして中身を傷つけないよう細心の注意をはらってそろそろと封を切った。あれほど気を遣《つか》う必要があるなんて、いったいどんなものが入っているのかしら？

アギーは、手紙にすっかり気をとられていて、わたしが肩越《かたご》しにのぞいていることに気づかない。けれど、わたしに見えたのは、何段か並んだ数字だけだった。工場の父の机をおおっている書類に似ている。

アギーは、指でたどりながらむさぼるように読み、やがて、いちばん下の数字までくると、つぶやいた。

「ああ、よかった」

「アギー、いい知らせなの？」

いつものアギーなら、こういう質問をはねつけるのだが、このときはほっとため息をついて、答えた。

「わたしのお金は無事だったわ。高潮のせいで、銀行の記録のなかには流されてしまったものもあるの。でも、わたしの記録は見つかったって。わたしのお金が無事で、ほんとうによかった」

この言葉に、わたしの好奇心《こうきしん》が刺激《しげき》された。「アギーは、銀行にお金をもってるの？　どこで手に入れたお金なの？」

「パパのお店で働いて、お金を貯めたのよ」

「どんな仕事？」

「事務よ。手紙のタイプや帳簿《ちょうぼ》つけの仕事をして、パパからお金をもらっていたの」

わたしはアギーがいったことをじっくり考えてから、きいた。「いくら？」

「え？」

「お父さんからいくらもらってたの？　銀行にいくらあるの？」

アギーは鼻にしわを寄せて、答えた。「でしゃばりやのお嬢《じょう》ちゃん、あなたには関係ないことよ」

なにかいい手はないかしら――わたしは、アギーが答える気になるようなことを必死に考えた。

「教えてよ。じゃないと、眠《ねむ》っているあいだにサー・アイザック・ニュートンをベッドに入れるわよ」ほんとうのところ、アギーに、あるいは、サー・アイザックに、そんなことをするつもりはなかった。というのも、その結果まちがいなく起こる大騒《おおさわ》ぎのなかで、やわらかい体をしたサー・アイザックはたぶん無事ではすまないだろうから。けれど、口から言葉が飛びだしたとき、これはなかなかいい脅《おど》しだと思った。イモリによる脅し。実際、わたしの脅しのなかではましなほうのひとつだった。

アギーが青ざめた。「まさか。そんなこと、しないわよね？」

「するかもしれないし、しないかもしれない」

アギーが目を細めた。「あなたのお母さんにいうわ」

わたしも目を細めてにらみかえし、はったりをきかせた。「すぐにいいにいきなさいよ。かまうもんですか」

そう、そういうこと。わたしたちは、そのままにらみあった。

わたしはいった。「サラマンドリダエ科、つまり、イモリ科の動物をさわると、冷たくて、ぬるぬるしてるのよ。自分を守るための有毒な被膜《ひまく》を分泌《ぶんぴつ》していて――」

思ったとおり、アギーは抵抗《ていこう》するのをやめた。イモリには役立つことがいろいろある、とわかった。

「そうね、教えても、なにも問題はなさそうね」アギーがいった。「貯金は、百ドル近くになってるわ」

「わあ！ すごい！」十七歳《さい》の未婚《みこん》の女性にとってはもちろんのこと、だれにとっても、びっくりするような金額だ。話が俄然《がぜん》、おもしろくなってきた。「ものすごい金額ね。それだけ貯めるのに、どのくらいかかったの？」

「約一年。パパは、一時間に三十セント払《はら》ってくれたの」

「そのお金をなにに使うの？」

アギーは、少しためらってから、答えた。「まだわからないわ」

わたしは、アギーが嘘《うそ》をついていると思った。どうして？ けれど、アギーがどう使うかには、それほど興味がなかった。興味があったのは、百ドルで買えるさまざまなものだ。ちゃんとした馬を一頭買える。馬は、いきたいと思ったときにいつでも、家から何キロも離《はな》れた場所までつれていってくれる。自由を買うようなものよね。典型的な少女なら、社交界デビューの舞踏会《ぶとうかい》で着るドレスを何着も、あるいは、嫁入《よめい》り支度用の上等なリネン類を買うでしょうね。それもまた、自由を買うことなのかもしれない。そうした少女とちがうタイプだったら、そう、とびきりいい顕微鏡《けんびきょう》と使いきれないくらいの観察ノートを買うでしょうね。まちがいなく、自由を買うことよ。それとも——そのとき、ふいに、ひらめいた——、そうしたものよりずっとすごいものを買えるかもしれない。そう……教育を。あまりに大それた考えだったので、息がつまりそうになった。

アギーがいった。「大丈夫？　様子が変よ」

「え？」

「気絶しそうなの？」

「なんですって？」

「あなたはまだおとなじゃないから、使わせていいかどうかわからないけど、必要なら、かぎ薬があるわよ」

「大丈夫……だと思うわ」

さまざまな考えが頭のなかをかけめぐり、わたしは、くわしくきかせてもらおうとアギーにしつこくあれこれたずねた。どんなに少ない金額であろうと自分のお金を銀行にもっていき、預金口座をひらきたいというだけでいいのだ、とアギーはいった。ええ、そうしたら、銀行はわたしのお金を安全に保管してくれるから、盗《ぬす》みをする兄弟にとられることはない。そうよ、銀行は、いつでもほしいときに、わたしのお金を返してくれる。しかも、銀行はわたしにお金（アギーは、〈利息〉といっていた）を払《はら》って、わたしのお金を管理するんだって。

その翌日、わたしは葉巻の箱を抱《かか》えて大通りをずんずん歩き、工場の先の銀行にいった。銀行のなかに入ったことなどなかったから、一瞬《いっしゅん》、堂々とした真鍮《しんちゅう》の扉《とびら》のまえで、勇気を失った。けれど、わたしは扉を押《お》してなかに入り、ぴかぴかに磨《みが》かれた大理石の床《ゆか》や、装飾《そうしょく》を施《ほどこ》した高い天井《てんじょう》や、きらきら輝《かがや》く痰壷《たんつぼ》や、重要な仕事をせっせとこなしつつも活気をおさえたような静けさに、目をしばたたいた。機械が音をたてる工場の騒《さわ》がしさとは、ひどくちがっていた。

一方の側に、鋼鉄製の巨大《きょだい》な金庫室があり、どう見ても三十センチ以上厚みのある扉が、少しあいていた。もう一方の側には、ナラ材と真鍮でできた檻《おり》のような囲いがあり、そのなかで、口ひげのあるふたりの若い男性が、お金をかぞえている。囲いのなかには、若い娘《むすめ》も、おとなの女の人もいなかった。囲いの奥《おく》のほうに、きちんとした背広に身を包んだ、恰幅《かっぷく》のいい気難しそうな男の人がいた。大きな机《つくえ》のまえで葉巻をふかしながら、お客と真剣《しんけん》に話しこんでいる。お客はこちらに背をむけていたが、わたしにはだれかわかった。父だ。恰幅のいい男の人がわたしを見て、眉《まゆ》をひそめ、なにかいった。すると、父が立ちあがって、心配そうに顔をくもらせて近づいてきた。

「キャルパーニア、なんでこんなところにいるんだ？　家でなにかあったんじゃないだろうね？」

「お父さん、大丈夫よ」わたしは、葉巻の箱をさしだして、いった。「口座をひらきにきたの」自分の声が震《ふる》えているのがわかり、そんな自分にいらだったけれど、ともかくも必死に話しつづけた。「預金口座って呼ばれているものだと思うわ」

父がおもしろそうな顔をした。「いったいどうして、口座が必要なのかね？」

わたしはすばやく考えをめぐらした。「お父さんはいつもわたしたちに、お金を貯めておきなさい、というでしょ。それで、ここが、お金を貯めておくのにいちばんいい場所じゃないかと思ったの」もちろん、この流れからいって、父は次に「なんのために貯めるのか」ときくはずだ。父がこの質問をしませんように、とわたしは願った。父とまたあの話をしたくはなかった。今はまだ。

が、心配することはなかった。父は、ただ、こういったのだ。「ふむ、たしかにそうだ。お金を貯めるようにといったとき、どちらかというと、男の子たちにむかって話したのだが、銀行に預けるというのはすばらしい考えだ。彼《かれ》らのいい手本になるだろう。頭取に紹介《しょうかい》するから、きなさい。それから、口座の開設をしよう」

わたしは、膝《ひざ》を折っておじぎをすると、太った銀行頭取、アプルビー氏と握手《あくしゅ》した。アプルビー氏は、これといった理由もないのに（少なくとも、わたしには思いあたらない）自分自身に満足している、尊大な人に見えた。銀行にくるたびにこんな挨拶《あいさつ》をしなくてもすみますように、と思った。大きくて湿《しめ》っぽいマシュマロと握手をしているような感じだったからだ。アプルビー氏にいわれて、わたしは書類に名前や住所などを書きこんだ。それから、真鍮製《しんちゅうせい》の囲いに案内され、そこで葉巻の箱を渡《わた》した。すると、金銭出納係のひとりがわたしのお金を注意深く二度数えて、総額は七ドル五十八セントだといった。その男の人は、この数字を小さな青い冊子に書きこむと、わたしにさしだした。それから、この冊子を安全なところにしまっておいて、〈預金〉や〈払《はら》いもどし〉をするときにはもってくること、一年に四回〈残高〉に〈利息〉がつくことなどを教えてくれた。

父とわたしは、銀行の扉《とびら》のまえで別れた。父は工場にむかい、わたしは、新しい預金通帳の入っている箱をしっかり抱《かか》えて、家にむかった。途中《とちゅう》、何度も立ちどまっては、きれいな青い表紙をほれぼれとながめた。表紙には、金色の文字で〈フェントレス・ファースト・ナショナル銀行〉と記されている。なかには、ほっそりしたしなやかな文字で口座開設預金額七ドル五十八セントと書かれていて、たくさんの空欄《くうらん》が、これから貯まっていく財産の記録で埋《う》まるのを待っている。なにもかもすてき――わたしは大いに満足していた。

わたしとアギーは、さらに少しうちとけた。わたしは、アギーが銀行について教えてくれたことに感謝して、ちょっとしたときにその気持ちをあらわそうとしていた。一方、アギーは、自分の〈収入と投資〉についてわたしに話すのを楽しんでいた。もっとも、わたしには、アギーの話がすべて理解できたわけではなかったけれど。わたしたちは、通帳の記録を見せあって、預金額が増えていくのをくらべた。貯金の秘密を知られてしまったから、アギーはわたしに親切にする必要があったのかもしれない。じつはそのとき、アギーにはもうひとつ秘密が――しかももっと重要な秘密が――あったのだが、わたしはまったく知らなかった。

このころ、トラヴィスは夕食が終わると、寝《ね》る時間までどこかに姿を消すようになった。実際、ほぼ毎晩、そんなふうだったが、わたしは最初、気にとめていなかった。たくさんの兄弟が周囲でばたばたしていたから、全員の動きを把握《はあく》することは難しかった。けれど、ある朝、学校にむかう途中《とちゅう》、わたしは気づいた。トラヴィスはよく眠《ねむ》れなかったような様子をしているうえ、手にひっかき傷、脚《あし》にはあざができていた。

「ええと、トラヴィス？」

「うん？」

わたしは、トラヴィスの傷を指さした。「なにか話したいことがあるんじゃない？」

「ああ、これ。ひと晩じゅう、スクラフィーが大変だったんだ」

わたしは、その場に立ちどまった。「スクラフィーにやられたの？」

「ちがう、ちがう、スクラフィーはぼくにそんなこと、しないよ！　コヨーテたちだよ」

「コヨーテたち？」

「ええと、正確にいうと、コヨーテたちじゃなくて、茂《しげ》みのなかを駆《か》けぬけたせいで」

「わたしにちゃんと説明する気があるの、それとも、わたしがひと言ずつ、ききださなきゃならないの？」

「ええと、コーリー、ちょっと長い話なんだ」

「いいから、始めなさい」わたしはいらいらしていた。「早く話してよ」

「わかった。イヌ科の動物は群れのなかで仲間と暮らすのがいちばんしあわせだって、まえにぼくに話してくれたのを覚えてる？」

覚えていなかったけれど、いわなかった。

「ぼくね、スクラフィーにも仲間の犬が必要なんじゃないかって、思うようになったんだ。それで、先週、バプテスト教会の裏の空き地につれていった。ほら、あそこは町の犬たちが集まってくるから、スクラフィーをほかの犬にひきあわせようとしたんだ。だけど、どういうわけか、ほかの犬たちはスクラフィーにむかって歯をむいて、追いはらうんだ。たぶん、あの犬たちには、スクラフィーが自分たちとちがうってわかるんだろうな。少なくとも、百パーセント同じってわけじゃないって、わかるんだろうね。でも、それじゃあ、あんまりだよ――だって、半分犬で半分コヨーテに生まれたのは、自分でそうなりたいって望んだわけじゃないんだから。自分ではどうしようもないことなんだから。それに、ニワトリを食べるのだって、しかたがないんだ。そうしないではいられないんだから」

わたしは、スクラフィーが飼育されている鳥を好むようになっていることと、そのせいで、どんな運命をたどることになるかを考えた。

トラヴィスはつづけた。「その次の日の夕方に、スクラフィーのところにいったら、遠くでコヨーテたちが遠吠《とおぼ》えしているのがきこえた。ほら、狩《か》りをするために集まるときの、あの甲高《かんだか》いキャン、キャン、キャンっていう声を知ってるでしょ？　そうしたら、スクラフィーが耳を立てて、目をらんらんとさせたんだ。そのときに、ぼく、気がついたんだ。スクラフィーはコヨーテの仲間なんだって！　なんで、もっと早く気づかなかったんだろう？　あの連中も見た目がみすぼらしいから、スクラフィーはうまくとけこんで、くんくんにおいをかいだり、じゃれあったり、いっしょに狩《か》りをしたりすると思ったんだ。その同じ晩、スクラフィーがコヨーテの群れのリーダーになる夢まで見た。それで、コヨーテたちがどこに集まるのか気をつけているようにしたんだ。そして、わかった。コヨーテは、川のむこうがわの橋の下に集まることがある、って。それで、ふた晩くらい、こっそりと家を抜《ぬ》けだして、スクラフィーをそこにつれていったんだけど、コヨーテはいなかった」

わたしは、トラヴィスが臨機応変に行動していることや、自分の力でスクラフィー問題を解決しようとしたらしいことに、感心した。

「昨日は、コヨーテを探しはじめて三日目だったんだ。夕方に出かけて、川にそって歩いていたら、突《とつ》然《ぜん》、コヨーテと出会った。連中はすぐ近くで、とても大きな声をあげていた。スクラフィーはその声をきくと、また目をらんらんと光らせた。それで、スクラフィーはやっぱりコヨーテの仲間なんだって、わかった。ものすごく悲しかったけど、スクラフィーを抱《だ》きしめて、いったんだ。〈さよなら、スクラフィー。仲間が待ってるよ。これからは、あの群れがおまえの家族なんだ。そういう運命なんだよ〉ってね。そうしたら、スクラフィーは群れのほうに走っていった」

トラヴィスが目をぬぐった。わたしはトラヴィスの体に腕《うで》をまわした。

「群れといっしょになって喜んでいるところを見たかったから、月明かりのなかを、スクラフィーを追って走ったんだ。そのときに、茂《しげ》みのとげでひっかき傷ができたんだ。だけど、追いかけていって、よかったんだよ。だって、うなり声と、キャンキャンいうすさまじい声がまえのほうからきこえてきたから。追いついたとき、三頭のコヨーテがスクラフィーを囲んで、すごい声でおどしながら襲《おそ》いかかろうとしてた。コーリー、ココヨーテはスクラフィーを殺そうとしてたんだ。ココヨーテはスクラフィーを嫌《きら》ってた。スクラフィーを食べようとしてた。だけど、連中が人間をこわがって、よかったよ。ぼくは、大きな枝と大きな石を拾って、スクラフィーがやられるまえになんとか連中を追いはらったんだ」

トラヴィスはまた、目をぬぐった。「かわいそうなスクラフィー。群れのなかに入りたいと思ってただけなのに。犬たちも入れてくれないし、コヨーテたちも入れてくれない。そして、人間は、水に沈《しず》めておぼれさせようとするか、銃《じゅう》で撃《う》とうとするだけだ。それに、スクラフィーには家族がいないといってもいい。だって、きょうだいを全部なくしてるんだもの」

「かわいそうなスクラフィー」わたしは心からそう思った。運命の女神にこれほど悲惨《ひさん》で不利な条件を背負わされて生まれてきた生き物をほかに知らない。「スクラフィーは……スクラフィーはどこかにいってしまったの？」

「いつものねぐらにもどってきた」トラヴィスが元気になった。「それで、ぼくが飼おうと思ってるんだ」

わたしは、トラヴィスのいったことを考えて、それがいいと思った。運命の女神は、コイドッグのスクラフィーを始めは手荒《てあら》に扱ったけれど、トラヴィスを与《あた》えることで充分《じゅうぶん》すぎるほどの埋《う》め合わせをしているのだ。「ぼく以外のだれもスクラフィーをほしいと思ってない。スクラフィーと群れを作る仲間は、きっと、ぼくなんだと思う」トラヴィスははにかんだ様子でわたしを見た。「そうしたければ、コーリーも、群れの仲間になっていいよ」

そういわれて、わたしはこういうほかなかった。「いいわよ。だけど、スクラフィーのことは、これからも秘密よ」

ああ、秘密がどんどん増えていく。

第21章　秘密と恥《はじ》

パタゴニアの地質は興味深い……最もよく見かける貝は、ずっしりとした巨大《きょだい》なカキで、なかには、直径が三十センチにも及《およ》ぶものがある。

寝《ね》るまえに、髪《かみ》の毛にブラシを百回かけながら、アギーにきいた。「アギー、海って、どんなふうに見えるの？　それから、海岸って、どんなふう？　貝殻《かいがら》は？　海岸を歩いて、自由に貝殻を拾ってもいいっていうのは、ほんと？　それとも、お金を払《はら》わなきゃいけないの？」

「お金を払う？　ばかなこと、いわないでよ――だれが払うっていうの？」

「わからない。だから、きいたのよ」

「ほしい貝殻は、どれでも拾っていいの。どうしてわざわざ貝殻なんか拾うのか、わたしにはわからないけど」

「もちろん、貝殻の収集のためよ」一八九九年の大晦日《おおみそか》に表明した決意のひとつは、死ぬまえに海を――どんな海であれ――見るということだった。けれど、実際にはそんな機会は訪れそうになかったから、貝殻のコレクションはなんとかして手に入れたい貴重品だった。

アギーがいった。「なんで汚《きたな》くて古い貝殻《かいがら》をほしがるのか、想像もつかないわ」

がっかりするような会話だと思ったが、わたしは辛抱《しんぼう》強くつづけた。「イルカを見たことはある？　本でイルカのことをいろいろ読んだの。イルカは、哺乳類《ほにゅうるい》の恒温《こうおん》動物で、魚とはぜんぜんちがうのよ」

「魚じゃないなんてことがある？　水のなかで暮らしてるのよ。魚にきまってるわ」

わたしはびっくりしてアギーを見つめた。信じられない。海辺で暮らせるなんて、特別なことだ。特権だといってもいい。それなのに、アギーは、情けないほど海のことを知らない。

わたしはため息をついた。「波のことを教えて」

アギーはまごついたような顔をした。「波はいろいろなものを砂浜《すなはま》に打ちあげるの」

「どんなもの？」

「そうね、腐《くさ》った魚とか、死んだカモメとか、流木とか、古い海藻《かいそう》といったゴミよ。鼻がまがりそうなほど臭《くさ》いときもあるわ。でも、一度、漁師が使うガラスの浮《う》き玉を見つけたことがあるわ――ほら、漁網《ぎょもう》の浮きや目印にする、大きなガラスの玉よ。それから、はるばるジャマイカから流れついた、ラム酒の空き瓶《びん》を見つけたこともあるわね」

「うわあ！　なかに手紙が入ってたの？」

「いいえ」アギーはあくびをした。

「でも、その瓶はとってあるんでしょ？　わたしも、そういうものがほしいな」

「いったいなんのために？　どれもこれも、ただの古いがらくたやごみよ」

アギーとの会話は期待どおりに進まなかったが、ともかくも先へ進めた。「潮の満ち引きのことを教えて」

「なにを話せっていうの？　しばらくのあいだ潮が満ちて、また引いていくのよ。波の音がきこえることもあるわ」

「音がするの？　どんな音？」

「そうね、静かなときは、シュワシュワっていうような音よ。ときどき大きな音をたてるわ。波が岩にあたって砕《くだ》けるときは、うるさいくらいの音よ。時と場合によって、ちがうのよ」

「時と場合って？」

アギーは、わたしが中国語でもしゃべっているというような目でこちらを見た。わけがわからないといった顔だ。「知るわけないでしょ」

アギーの態度は、納得できなかった。どうして知らずにいられるの、どうして答えを見つけずにいられるの、どうして関心をもたずにいられるの？　貧血と神経衰弱《すいじゃく》のほかにも、なにか具合が悪くなったところがあるのかしら、と思った。高潮のなかで、目に見えないような傷を負ったのかもしれない。頭を打った拍子《ひょうし》に、好奇心《こうきしん》がすっかり吹《ふ》っとんでしまったのかもしれないわ。観察ノートに記す疑問。〈なにが波をひきおこすのか？　なにが潮をひきおこすのか？　おじいちゃんとさらに話しあうこと〉

その翌日、アギーに小包が届いた。わたしは、郵便物のあたりでなにげなくぐずぐずして、差出人の住所と氏名が〈ガルベストン市チャーチ通り二四〇〇番地　L・ランプキン〉だと知った。L・ランプキンというのはだれ？　それとも、なに？　アギーのところにもっていこうとしたとき、アギーが外から駆《か》けこんできて、獲物《えもの》にむかって急降下するハヤブサのように小包をつかみ、顔を輝《かがや》かせて抱《だ》きしめた。それから、なにもいわずにくるりと背をむけて、全速力で階段を駆けあがった。

驚《おどろ》いた。なんて失礼なのかしら。そして、なんて興味深いのかしら。

わたしたちの部屋にいくと、アギーは、小包のごつごつしたひもを必死にほどこうとしながら、いらいらと甲高《かんだか》い声をあげた。「はさみ！　はさみをもってきて！」

わたしは階段を駆けおりて客間にいき、わたしの編み物道具が入った袋《ふくろ》からはさみを取ってきた。ところが、部屋にもどると、アギーはなんとか包みをひきちぎってあけていた。包みのなかに入っていたのは箱だった。アギーはその箱を机《つくえ》の上におき、大事そうにそっとあけた。なかには、小さい箱と手紙が入っていた。アギーは胸の上で手を組みあわせ、中身がなんであれ、その瞬間《しゅんかん》を味わっていた。

わたしは、うっかり、つぶやいてしまった。「それはなに？」

すると、アギーがわたしに食ってかかった。「どうやったらこの家でプライバシーを守れるの？　出ていって！」

わたしはむっとして、いった。「どならなくてもいいでしょ！　ひとりになりたがってるかどうかくらい、わたしにだってちゃんとわかるわよ」わたしは腹を立てながら、部屋を出た。深く傷つきながらもしつかりと顔をあげ、うなだれたりはしなかった。それにしても、アギーったらひどい。ずっと、友だちといってもいい間柄《あいだがら》だと思ってきたのに。

わたしは階下へおりて、玄関《げんかん》ホールをうろうろするというへまをした。母に見つかって、ピアノの練習をさせられたのだ。

その晩、アギーとわたしが寝《ね》る支度をしていたとき、アギーがいった。「コーリー、ヘアブラシはどこ？」

わたしはブラシをアギーのまえにぽんと放った。二、三分して、アギーがまた声をかけてきた。「コーリー、軽石を見かけなかった？」

わたしが軽石をまた放ると、アギーが軽石でかかとをこする音が返ってきた。その音は、五分間つづいた。「コーリー、どこに――」

「知らない！　なんのことかわからないけど！　自分で探しなさいよ――わたしはあなたの小間使いじゃないんだから」

部屋のなかが静まりかえり、冷ややかな空気が流れた。アギーの様子を見て、わかった。わたしになにか話したくてたまらないらしい。けれど、わたしたちは努めて相手を無視しつづけた。やがて、ランプを消すころになって、とうとうアギーがいった。「わかったわ。秘密を守れる？」

わたしはむっとして、いいかえした。「もちろん。わたしは子どもじゃないんだから。そうでしょ」

「だれにもいわないって、誓《ちか》える？　右手をあげて、誓って」

わたしはいわれたとおりにした。けれど、これでもまだ満足できない様子で、アギーがいった。「待って。わたしの聖書はどこかしら？」

「アギーったら、もう」

アギーは、衣裳戸棚《いしょうとだな》から聖書をひっぱりだしてくると、その上に右手をおかせた。ああ、大ごとだわ。こういう約束をやぶったからって、地獄《じごく》に落ちたりしないわよね？　でも、もし、秘密をばらすまで熱い火かき棒で傷めつけられたり、先の割れた鞭《むち》でたたかれたりしたら？　その場合には、秘密をばらしても、ゆるされるかしら？　膝《ひざ》と声が少し震《ふる》えた。

「いわないって、誓《ちか》うわ」

「どんなときにも、これから先ずっと、いいません」

「これから先ずっと、いいません。アーメン」

アギーの表情がゆるみ、見たことのないような笑顔が広がった。あら、アギーはけっして不器量じゃないわ。いつも不機嫌《ふきげん》で、不安と苦悩《くのう》を漂《ただよ》わせているせいで、わからなかった。

アギーはうちにきたとき、麻袋《あさぶくろ》に身の回りのものを入れていた。気の毒に思った母は、麻袋の代わりにするようにと、じゅうたん地の旅行かばんをアギーにあげた。アギーは、そのかばんのなかから、小包に入っていた小さな箱を取りだした。それから、わたしを机《つくえ》のまえにすわらせて、その小箱をそうっと渡《わた》した。箱をあけると、額に入った写真があった。写っているのは、二十歳《はたち》くらいの若い男性。ぴったりしたスーツと硬《かた》い襟《えり》のついたシャツを着て窮屈《きゅうくつ》そうにしている姿は、丸焼きにするためにタコ糸でしばった七面鳥みたいだ。肖像《しょうぞう》写真を撮《と》るという特別なできごとのために、ぺたっと髪《かみ》をなでつけている。

「彼《かれ》よ」アギーがささやくような声でいった。初めてガールフレンドができたときのハリーみたいに、ぼうっとした顔になっている。

わたしは、写真の男性の、ふっくらとした青白い顔をじっくりと見た。貧弱な口ひげがあり、少し歯が出ていて、あごひげはうまく生えそろっていない。

「すてきだと思わない?」アギーが、たっぷりと感情のこもった声をもらした。

ええと……いいえ。どっちかというと、キュウリウオみたいだわ。寛大《かんだい》な見方をするなら、写真を撮るあいだ息をつめ、その場でじっと動かないようにしていたせいで、そんなふうに見えたともいえる。けれど、実際に人柄《ひとがら》に問題があるせいだというふうにも見える。おじいちゃんが、ひとの好みはさまざまだ、といったことがある。たしかに、アギーはそのいい見本だわ、と思った。

「アギー、この人はだれなの?」

「ラフェイエット・ランプキンよ。わたしの恋人《こいびと》。でも、だれも知らないの。だから、ぜったいにいっちゃだめよ」アギーが、わたしの肩《かた》をすさまじい力でぎゅっと握《にぎ》った。

「痛い。だれにもいわないわ。約束したでしょ。どんなふうに出会ったの?」

「彼は、パパの店で簿記《ぼき》係をしていたの。だけど、あるとき、わたしを家まで送りたいといったら、その翌日にパパがいいがかりをつけて、彼《かれ》をクビにしたの。でも、彼はなにもまちがったことはしていないわ。パパはただ、彼を追いはらいたかっただけ」

「どうして？」

「パパは、彼の家族が貧民地区の出だからというの。もしかしたら、そうかもしれないけど、わたしはそんなこと、少しも気にしないわ。ラフェイエットは自分の力だけでやってきた人よ」アギーは誇《ほこ》らしげにいった。「通信教育で経理の勉強をして、自分自身を高めるためにあらゆる努力をしたのに、それでは足りないとパパは思ってる。パパは、自分だって独力でやってきたことを忘れているのよ。わたしが、シーリー家とか、ムーディー家とか、ほかのガルベストンの名門の出の人と結婚《けっこん》すべきだと思ってる。みんな、巨万《きょまん》の富をもっていたといわれるクロイソス並みの大金持ちだけど、好意を寄せられても、わたしははねつけるわ」

アギーは写真を手に取ると、そっと抱《だ》きしめた。まなざしがやわらかくなり、夢みるような声になった。

「わたしの心はラフェイエットのものよ」

とてもうっとりするような恋物語《こいものがたり》だ。けれど、両親から許可を得ずに男の人と手紙のやりとりをするのは、危険だ。やっかいな事態を招き、涙《なみだ》の結末を迎《むか》えることになりかねない。なるほどね、アギーが毎日、獲物《えもの》に襲《おそ》いかかる猛禽類《もうきんるい》のように手紙をひったくって、だれにも見られまいとしているのももっともだ。

「ラフェイエットがわたしの写真をほしいといってるの――すてきだと思わない？　でも、もっていたたった一枚の写真をあの災害でなくしてしまったのよ」

「わたしも、写真をもってる。ロックハートのホファケット写真館におじいちゃんといって、ウィキア・タテイイ――ベッチといっしょに写真を撮《と》ったの」

アギーが妙《みょう》な目でわたしを見た。「例の植物といっしょに写真を撮ってもらったっていうの？」

「もちろん、そうよ。特別なできごとを記念して写真を撮ることは大切だって、いうでしょ」

「それは、結婚式とか洗礼式なんかのことをいってるのよ。植物じゃないわ」

「新種の発見は重大なできごとだって、教えてあげる。ほら」わたしは、机《つくえ》のひきだしをあけると、祖父とわたしと〈わたしたちの発見〉の写った写真をひっぱりだした。「ほら、ここを見て」わたしは誇らしげに指さした。

「それがそうなの？」アギーは、少しばかにしたようにいうと、価値のないものでも扱《あつか》うように写真を無造作にひょいとわきにおいた。価値のないもの。アギーにたいする善意の気持ちの大部分が消えてなくなり、わたしはいらだった。ベッチの写真は、ラフェイエット・ランプキンの写真がアギーにとって重要なのと同じように、どの点から見ても重要だった。たしかに、写真のベッチは、暑さで弱っていたあの日の姿そのままで、ぐったりして、魅力的《みりょくてき》に見えないということは認める。けれど、それでも、まったくの新種で、敬意に値する植物なのだ。それなのに、最高に重要なことにも興味をもてない人たちがいるのね。

「ちょっと待って」アギーは写真を手に取ると、こんどは熱心に見た。その様子を見つめながら、アギーはこの写真が科学的にも歴史的にも重要な資料だということを理解したのだ、と思った。アギーの内側に光がさしはじめたにちがいない。なんて喜ばしいことかしら。この瞬間《しゅんかん》まで、アギーはわたしのことをよくても少々変わった仲間、最悪の場合には、いらいらさせられるやつ、と思っていたはずだ。ところが、これからはわたしのいうことを真剣《しんけん》にきくだろう。これからは、お金以外のことについても、お互《たが》いに刺《し》激《げき》となるような話し合いができるだろう。ともに探究者になるだろう。そのとき、アギーが、左下の隅《すみ》に貼《は》ってある、〈ホファケットの高級肖像《しょうぞう》写真〉と浮《う》き彫《ぼ》りになった金色のシールを指でたたいた。

「ロックハートにあるって、いった？」

「裁判所のはすむかいよ。どうして？」

「どうしてですって？」アギーは、鈍《にぶ》いわね、というような目でわたしを見た。「ラフェイエットに送る写真を撮《と》れるでしょ。いくらかかるの、それに、次にロックハートにいくのはいつ？」

ああ。いっしょに自然と科学の探究をする夢は、これでおしまいね。

「一ドルよ。土曜日にアルベルトが馬車で出かけると思うわ」

「よかった。そのときにいくわ」

「わたしもいく」わたしは、ロックハートにいく人数をすばやくかぞえた。アギーもいくとなると、わたしは、ばねがついていてすわり心地がいい御者台《ぎょしゃだい》の席からはじきだされて、荷台にすわらなくてはならない。それでも、大きな市（人口が二三〇六人）には、電気もふくめてたくさんの魅力的《みりょくてき》なものがあり、いつだって、苦労してでも出かけるだけの価値がある。ロックハートには図書館やたくさんの店やお茶が飲める場所があるし、人や馬車がにぎやかにいきかっている。図書館にいくということは、年配の女性図書館員とやりとりをするということだ。このウィップル夫人という図書館員は、意地悪ばあさんで、貸し出す本を注意深く監視《かんし》して、子どもに貸してもいいかどうかを決める。わたしは、ダーウィンの著書『種《しゅ》の起源』の貸し出しを拒否《きょひ》されるという屈辱的《くつじょくてき》な経験をしたことがある。幸運なことに、祖父から『種の起源』を貸してもらって、わたしはすくわれた。とはいえ、ウィップル夫人の不機嫌《ふきげん》そうな目で見つめられると、相変わらず震《ふる》えた。

わたしはアギーにきいた。「写真のことは、どう説明するの？」

「もちろん、災害でなくなってしまった写真の代わりにママとパパに送るって、いうわ」

わあ、驚《おどろ》いた。わたしは自分のことを、必要にせまられたら最高にずるいこともできる人間だと考えていたけれど、アギーにはかなわない。アギーは、すばやく機転をきかせることができる。

土曜日は大好きな曜日だ。その土曜日がめぐってきた。わたしは書斎《しょさい》の扉《とびら》をノックした。すると、いつもと同じように「用があるなら、お入り」という声がきこえてきた。

「おじいちゃん、これからロックハートにいくところなの。おじいちゃんが図書館から借りた本を返してきましょうか？」

「それはありがたい。それから、借りたい本のリストをもっていってもらいたい」

わたしは本とリストを受けとると、馬車へと走った。御者台《ぎょしゃだい》には、アルベルトとハリーとアギーがいたから、わたしはサル・ロスといっしょに荷台の古いキルトの上にすわった。道中、サル・ロスを楽しませようと、もっていた『ビーグル号航海記』のわくわくするような場面を読みきかせた。サル・ロスは、とくに食人風習の場面が気に入ったようだったが、まえの御者台にいるおとなたちにきかれないよう、わたしは声を低くして読まなくてはならなかった。

ロックハートに着くと、ほかのみんなは広場に面したスザーランド百貨店（〈一箇所《かしょ》でほしいものがすべてそろう〉といううたい文句の店だ）にどやどや入っていった。スザーランドは三階建ての大きな店で、魅力的《みりょくてき》な商品――実用的なものもあれば浪費《ろうひ》としか思えないようなものもあったが――であふれている。が、わたしは図書館にむかった。

図書館は薄暗《うすぐら》くて、紙やインクや革や埃《ほこり》のにおいがした。ああ、うっとりするような本のにおい。実際、これよりいいものなんてあるかしら？　そうね、ひとつだけあるかもしれない。それは、常勤のがみがみばあさん、ウィップル夫人がいないこと。

わたしは、返却《へんきゃく》する本をカウンターの上においた。運のいいことに、ウィップル夫人の姿は見あたらない。けれど、ウィップル夫人が一年じゅう着ている、着古した喪服地《もふくじ》の黒い服の衣擦《きぬず》れの音と鯨骨《げいこつ》のコルセットがきしむかすかな音がきこえ、防虫剤《ぼうちゅうざい》のにおいが漂《ただよ》ってくる。ということは、どこか近くにひそんでいるということだ。奇妙《きみょう》だわ。と、そのとき、ウィップル夫人が、まるでびっくり箱の人形のようにいきなりカウンターのむこう側に姿をあらわした。わたしの目のまえだった。わたしはぎょっとして飛びあがり――一キロくらい飛びあがったような気がした――、子ネズミのような声をあげた。が、飛びあがりながらも、がっしりした年配の人がこれほど軽快にすばやく動けることに驚《おどろ》かずにはいられなかった。

「おや」ウィップル夫人がにこりともせずにいった。「キャルパーニア・ヴァージニア・テイトじゃありませんか。いつものようにこそこそ歩きまわっているのね」

なんてひどいの！　こそこそするのがどういうことかくらい、ちゃんとわかってるわ。そして、これは、こそこそしてるんじゃない。どうしてこのおそろしい本の管理人はわたしを目の敵にするのかしら？　わたしたちはどちらも本が大好きよ、そうじゃない？　だったら、わたしたちは気が合うはずだわ。それなのに、なぜか、わたしたちは年がら年じゅうお互《たが》いを怒《おこ》らせてしまう。しかも、簡単に。たぶん、そろそろ仲直りするとき、手斧《ておの》をおくとき、平和の象徴《しょうちょう》のオリーヴの枝をさしだすとき、お互いの過ちにたいして誠実に謝罪するときなのよ。

あるいは、まだ、そのときじゃないのかもしれない。

怒《いか》りが胆汁《たんじゅう》のようにのどにこみあげてきた。わたしは怒りを飲みくだして、なんとか見つけだしたとびきり甘《あま》ったるい声でいった。「こんにちは、ウィップルさん。わたしが〈こそこそしている〉と勘違《かんちが》いさせて、ごめんなさい。ウィップルさんにびっくりしただけです。ほんとに、そんなにどっしりした体なのに機敏《きびん》で、ええと……」

ウィップル夫人の顔が、びっくりするような色に、そう、ビーツみたいに真っ赤になったから、わたしは、いいすぎたかしらと不安になった――ウィップルさんが卒中で命を落とすようなことになったら、わたしのせいだと責められるかもしれない。

「さっさと帰ることです。わたしは生意気な子どもの相手をするほど暇《ひま》ではありませんからね。ほんとうに目もあてられないお行儀《ぎょうぎ》だわ」そういうと、ウィップル夫人は背をむけて、〈テキサスの歴史〉関連の書棚《しょだな》のほうへ歩きだした。

図書館から追いはらわれるなんて！　最低点の更新《こうしん》だわ！　お母さんになんて説明したらいいのかしら？

〈目もあてられない……〉その言葉で、祖父からメモを預かってきたことを思い出した。ある種の人々のあいだでは、祖父の名前を引き合いに出すだけで、わたしにはけっしてひらかれることのない扉《とびら》が魔法《まほう》のように、まさに黄金の鍵《かぎ》を使ったかのように、ひらくことがある。べつの種類の人々――おもに、粗野《そや》で、無学な人々――のあいだでは、祖父は〈頭のおかしな教授〉、異端《いたん》の説を信奉《しんぽう》する危険な人間だと思われている。

ウィップル夫人は、祖父が米国地理学協会の創設メンバーのひとりだと知っていた。それに、祖父がスミソニアン博物館と手紙のやりとりをしていることも知っていた。進化論にたいしてどのような感情をもっているにせよ、オースティンからサンアントニオまでのあいだで、あるいは、もっと広い地域で、祖父が最も博識な人物だと認めないわけにはいかない。

「ウィップルさん、帰るまえに、おじいちゃんから頼《たの》まれた本を借りたいんですけど」わたしはメモを出すと、カウンターの上で注意深くしわを伸《の》ばした。「ね、おじいちゃん用の本です。研究のために必要なんです。個人的な研究です」

ウィップル夫人が振《ふ》りかえった。その表情から、わかってくれたのが見てとれた。必死で我慢しているといった様子で口をきっと結んでいたものの、ウィップル夫人はもどってきて紙をひっつかむと、細めた目をリストに走らせたあと、わたしには見むきもせずにむきを変えて、「二十分」とどなりながら書架《しょか》のあいだに入っていった。

よかった。百貨店の商品を見てまわる時間があるかもしれない。写真を撮《と》りにいくアギーに追いつくことだって、できるかもしれない。わたしはうきうきした気分で、足どりも軽く広場にむかった。わたしたちの郡にはすばらしい図書館があって幸運だ、と思った。テキサス州の大多数の郡には、ひとつも図書館がないのだから。ロックハートの図書館は、若くして亡くなった医師ユージン・クラーク先生の遺言により、先生の一万ドルの遺産で建設されたものだ。先生は、きちんとした図書館兼《けん》文化会館があれば、ある若い女性が——先生が結婚《けっこん》の申し込《こ》みをして断られた女性が——文学や音楽を学ぶことができると考えたのだ。つまり、愛情から建設された図書館というわけだ。そして、わたしたちコールドウェル郡の住民のうち文字を読むことができる者は、その恩恵《おんけい》を受けている。

わたしは自分にいいきかせた。〈キャルパーニア、あなたは幸運だわ。たとえ、本を借りるのにあんなに恐《おそ》ろしい女の人とやりとりしなくちゃならなくてもね〉――でも、そんないい方をするなんて、ほんの少しだけ思いやりがないいんじゃない？　いいえ、明らかに、〈ほんの少し〉じゃなくてもっと思いやりがないわね。だって、よく晴れた気持ちのいい日だっていうのに、広場に着くころには、罪の意識の小さな黒い雲がわたしのなかの地平線にわきおこっていたのだもの。

ウィップル夫人はどうしてあれほどわたしを嫌《きら》うのかしら。以前は納得のいく理由がとくになかったとしても、今はわたしを嫌うものすごく大きな理由がある、と気がついた。わたしが〈さあ、どうぞ〉というように理由を与《あた》えてしまったんだわ。わたしは自分のふるまいを点検して、あたりさわりのない評価をしようとしたけれど、できなかった。そう、わたしのふるまいは、よくいっても、不作法。悪くいえば、残酷《ざんこく》。わたしは、ウィップル夫人の身になって（あるいは、きしみをあげる窮屈《きゅうくつ》なコルセットに押《お》しこめられた身になって、というべきかしら）考えてみようとした。未亡人で、年配で、楽ではない暮らしをやりくりしていて、生意気な子ども、ええと、そう、わたしみたいな生意気な子どもにも我慢《がまん》しなくてはならない図書館員。ウィップル夫人は〈書物の番人〉なのだから、敬われなくてはならないはずよ。たとえ、ウィップル夫人が図書館の本を自分の所有物のように扱《あつか》ったとしても。たとえ、不注意な他人に本を手渡《てわた》すのを渋《しぶ》ったとしても――ええ、そう、書物に敬意を表さないかもしれない他人や、手が汚《よご》れているかもしれない他人や、下線をひいたり余白に書きこんだりするといった過ちを犯すかもしれない他人、あるいは、貴重な本を紛失《ふんしつ》する（！）という、考えられない究極の罪（！）を犯すかもしれない他人、に貸すのを渋ったとしても。

ああ、キャルパーニア、あなたときたら、なんて意地悪なことをしたの。なんとか埋《う》めあわせをしなくちゃ。心からあやまって、やましさから解放されよう。わたしのことを好きになりたくないというなら、嫌いなままでかまわない。でも、わたしは、ウィップル夫人を嫌ったりしない。なにをされても、嫌わないわ。

スザーランド百貨店で、香水《こうすい》と石鹸《せっけん》とおしろいを見て、フェントレス雑貨店の商品よりずっと種類が豊富で上品だと思った。わたしは、華《はな》やかな缶《かん》に入ったおしゃれなラベンダー石鹸に目をひかれた。年配の女性にぴったりの贈《おく》り物だわ。わたしは、ほんの小さなため息をついてから、〈がんばって〉と自分にいいきかせ、二十五セント硬貨《こうか》をひっぱりだした。これを使ってしまうと、ルートビアフロートを飲むお金は残らないけど、かまうもんですか。自分の収入があるんですもの、この先、いくらだって飲めるわよ。

わたしはぶらぶらと中二階の喫茶室《きっさしつ》へいった。そこここに鉢植《はちう》えのヤシがおかれた店内では、ご婦人方が金色の華奢《きゃしゃ》な椅子《いす》にすわり、ボーンチャイナのカップでお茶を飲み、パンの耳を落とした（どうしてかなんて、わたしにきかないで）ちっちゃなサンドイッチを食べている。わたしは店内を見まわして、ため息をもらした。なんてすてきなのかしら。みごとな型押《かたお》し模様が施《ほどこ》されたブリキの天井《てんじょう》、ゆっくりと回転する二枚羽根の電気扇風機《せんぷうき》、空気圧を利用して物をやりとりする〈エアシューター〉。頭上のエアシューターを通ってお金や領収書が店のあちこちにめまぐるしくいったりきたりするたびに、シューと音がする。

一階におりていくと、ハリーが父に頼《たの》まれた葉巻を買っていた。「やあ、コーリー、なにを買ったんだ？」

「図書館員のウィップル夫人に石鹸《せっけん》を買ったの。気に入ってくれると思う？」

「とてもいい買い物だよ。だけど、なんで贈《おく》り物をするんだい？」

「意地悪なことをいったから」わたしは図書館であったことを話したけれど、もってきたお金をすっかり使ってしまったことはいわなかった。ほんとうよ。ところが、ハリーはわたしに同情して、いった。「とてもりっぱなおこないだよ、コーリー。おいで、フロートかサンデーか、どっちでも好きなほうを買ってあげるから」

「うわっ、ほんと？」運がむいてきた。

わたしたちは、ソーダ水売り場の回転椅子《いす》に並んですわった。ハリーは、バナナと見たこともない珍《めずら》しい輸入くだものが入った新製品のサンデーを注文した。もちろん、わたしはルートビアフロートを注文せずにはいられなかった。カウンターの店員がフロートを作る慣れた手つきにほれぼれとしてしまう。チューリップのような形をした背の高い器に、まずバニラアイスクリームをすくって入れ、次に泡《あわ》の立ちぐあいを考えながら——泡が器の縁《ふち》のぎりぎりでとまってあふれないよう、分量に気を配りながら——香《かお》りの強いルートビアを注ぐ。最後に、ホイップクリーム少々とつやつやした赤いさくらんぼで仕上げをして完成だ。店員は、フロートの器をひだ飾《かざ》りのついた紙ナプキンにのせると、スプーンとストローを添《そ》え、カウンターの上をすべらせるようにしてこちらによこした。

わたしは、ホイップクリームをスプーンですくい、アイスクリームを器の底のほうへ押《お》し、シュワシュワいっているルートビアをあまり音がたたないよう注意しながらストローですすった。ハリーはやさしい。だって、サンデーをふた口食べさせてくれたんだもの（ハリーのお気に入りになると、まちがいなく得をする）。新製品のサンデーは信じられないくらいおいしかったから、次にきたときには注文しようと心に決めた。たとえ、三十セントかかるとしてもね！

そのあと、わたしはさまざまな売り場をぶらぶらと歩き、並んでいる商品に目をみはった。けれど、どういうわけか、この百貨店では、書籍《しょせき》を扱《あつか》っていなかった。店の所有者はあまり本を読まないのかもしれない。それとも、図書館があれば充分《じゅうぶん》だと考えたのかもしれない。

百貨店をあとにして通りに出た。ハリーはアルベルトといっしょに、買ったものを馬車に積みこみはじめた。わたしは、ホファケット写真館（〈すばらしい記念の日にすばらしい写真を〉というキャッチフレーズを掲《かか》げている）へと歩いていった。店のなかに入ってアギーを探そうとしたとき、ショウウィンドウのなかのものが目にとまった。そこにあったのは、クマの毛皮の敷物《しきもの》の上にいる裸《はだか》の赤ん坊《ぼう》の写真と結婚《けっこん》式《しき》の貸衣装をまとったやぼったい新郎新婦《しんろうしんぷ》の写真にはさまれた、見慣れた写真だった。そう、祖父とわたしと植物の写真が、世界じゅうの人に――少なくともロックハートじゅうの人に――見られるところに飾《かざ》られていたのだ。わあ、わたしたち、ここでは有名人ね。このせいで、ウィップル夫人はわたしを目の敵にするのかしら？　いいえ、そうじゃない、ウィップル夫人はわたしたちがあの植物を発見するずっとまえからわたしのことを嫌《きら》っていたわ。

扉《とびら》をあけて入るとき、頭上でベルがチリンチリン鳴って、お客がきたことを知らせた。

「椅子《いす》にかけて！」ホファケットさんが奥《おく》のほうからさけんだ。「こっちで写真撮影《さつえい》の真っ最中なのでね」

つづいて、アギーが呼びかけてきた。「キャルパーニアなの？　あなたなら、こっちに入ってきて」

カーテンを押《お》しわけて奥のスタジオに入ると、アギーが、柳《やなぎ》細工の椅子にすわって、ポーズをとっていた。装飾《そうしょく》を施《ほどこ》した椅子は、まるで玉座のようだ。アギーの膝《ひざ》には、花束がのっている。造花のバラにつる性の緑の枝葉をあしらったものだ。アギーは花束を見て、難しい顔をした。「どう思う？　花束があったほうがいい？　ないほうがいい？」

ホファケットさんが顔をあげた。「おや、キャルパーニア嬢《じょう》ちゃん、いらっしゃい。またお目にかかれて、うれしいですよ」ホファケットさんはわたしたちの発見に夢中だったから、ほうっておいたら、発見にまつわることをぺちゃくちゃ長々と話しつづけるだろう。たとえば、発見した植物がどれほど重要なものか、この地球上に新種が存在することを立証するときに自分がどれほど重大な役割を果たしたか、新種ウィキア・タテイイの大写しの写真はスミソニアン博物館にあって、だれでも見ることができ、写真の裏面には自分の——ホファケット写真館の——型押しのシールが貼《は》ってある……などなどだ。

そういうわけで、ホファケットさんより先に話しかけて、「どうしてわたしたちの写真をウィンドウに飾っているんですか？」ときこうとした。ところが、わたしが口をひらくより早く、ホファケットさんが尊敬をこめた口調で、いった。「テイト氏もお嬢ちゃんも元気でしたか？」

礼儀《れいぎ》正しく返事をしてから、改めてウィンドウの写真のことをきくと、ホファケットさんがいった。「お嬢ちゃん、いい質問です。毎日、五、六人の人がここに入ってきて、同じことをききます。そう、じつにいい質問です。そして、質問した人の多くは、そのまま自分たちの写真を撮《と》っていく。あの写真は人々に好奇心《こうきしん》を起こさせ、そこから会話が始まるというわけです。ああ、あの日を思い出す――」

「花があったほうがいいかしら、それとも、ないほうがいい？」アギーがさえぎった。「ホファケットさん、申し訳ないけど、一日じゅうここにいるわけにはいかないの」

「そうですとも、そうですとも」

「それで、どっち？」アギーがわたしを見つめる目には、はっきりといらだちが浮かんでいた。

バラの造花は、ほんもののようによくできていた。明らかに、自然界のほんもののバラをじっくり観察した人が造ったにちがいない。「あったほうがいいと思うわ。とってもきれいですもの。それにしても、写真に色が出ないなんて、残念ね」

すると、ホファケットさんが大笑いした。写真感光板に色をとらえるなんて、と思ったのだろう。アギーが花束の形を整えているあいだに、ホファケットさんはマグネシウムの閃光粉《せんこうふん》を発光器の上に盛り、黒い布の下にもぐった。「じーっとして。三、二、一」点火されたマグネシウムがまぶしい白い光を放ち、部屋のなかを照らした。わたしたちは、一瞬《いっしゅん》、ぼうっとして、目が見えなくなった。

「よし。これでうまくいったはずだ。写真を二枚ほしいといいなさったかね？」ホファケットさんがきいた。

「ええ、二ドルよね？」アギーがいった。

「そうです。三十分ほど時間をください。そうしたら、乾きますからね」

アギーとわたしは百貨店にもどることにしたが、そのまえに、写真館のウィンドウに飾《かざ》られたベッチの写真を指さした。すると、アギーは、ぶつぶついいながらも、いくらか感心したような様子を見せたので、わたしは大いに満足した。

百貨店までもどると、布地やレースを手に取っているアギーを放っておいて、わたしは勇気をふりしぼって図書館にもどった。ウィップル夫人にあやまり、贈《おく》り物を渡《わた》し、求められるどんな償《つぐな》いもしようと思っていた。

わたしは深呼吸すると、決意を固めて、なかに入った。ところが、ウィップル夫人の姿はどこにもなかった。わたしは、うろたえながらもほっとしていた。カウンターの上に、本の小さな山ができていた。ひもでしばって、メモがつけてある。〈フェントレスのウォルター・テイト大尉《たいい》より貸出依頼《いらい》のあった本〉わたしは本をわきの下に抱《かか》えると、本があったのとぴったり同じ場所の真ん中に小さな美しい缶《かん》に入った石鹸《せっけん》を注意深くおいた。勇敢《ゆうかん》なほうのわたしは書架《しょか》のあいだでウィップル夫人を探しだして、計画どおりにやりとげたいと思っていた。臆病《おくびょう》なほうのわたしは、とてもほっとして、考えた。「今度きたときでいいわ」そして、臆病なわたしが勝って、ささやいた。「急いで。馬車が待ってるわ」そうね、待っているかもしれないし、そうじゃないかもしれない。けれど、馬車が待っているというほうを選び、あわてふためいて扉《とびら》から外に出ると、勇敢なわたしと臆病なわたしの両方によくやったわ、といった。

ついでにいうと、わたしは、アギーが月曜日の朝、学校にいく途中《とちゅう》で、郵便局に寄ったことを知っている。

第22章　新しい技術を学ぶ価値

アマガエル属の小さなカエルが、水面から三センチほど上の草の葉にすわって、心地よい声をあげている。カエルたちは、何匹《びき》か集まると、異なる声音で合唱する。わたしは、標本用にこのカエルをつかまえようとして、苦労した。というのも、アマガエル属は、足の指先に小さな吸盤《きゅうばん》をもっているからだ。この吸盤のおかげで、アマガエル属は完全に垂直な窓ガラスもはいあがることができる。

祖父は、次にはカエルをわたしの教材にしようと考えていた。ちょうどそんな折、わたしたちは偶然《ぐうぜん》、入り江《え》で、かなり大きなカエルを見つけた。死んでから間もない様子で、白いおなかを上にして浮《う》かんでいた。ミナミヒョウガエル、学名ラナ・スペノケパラだ。特徴的《とくちょうてき》な黒っぽい斑点《はんてん》があるので、ヒョウガエルと名づけられている。外見からは、死因はわからなかった。

「これを使える？」わたしは祖父にきいた。カエルはほんの少し、ぐたっとしていた。

「大丈夫だろう」祖父がいった。

「なんで死んだのかしら？」

「おそらく、解剖《かいぼう》をしたら、わかるだろう」祖父は答えた。

わたしたちは、カエルをわたしの古い魚釣《さかなつ》り用びくに入れて実験室まで運び、解剖トレイや道具を用意した。解剖の勉強では、進化の過程を少しずつたどり、対象が、脊索動物門脊椎動物亜門《せきさくどうぶつもんせきついどうぶつあもん》——ミミズとはちがって人間と同じように脊椎と脊髄《せきずい》がある動物——のカエルまで進んできた。ミミズといえば、トラヴィスはどこかしら？　解剖しているところを見るといっていたのに。わたしは一瞬《いっしゅん》、トラヴィスをつれてくるべきか悩《なや》んだ。が、すぐに、時間のむだだしトラヴィスがショックを受けるだけだと考えて、やめた。解剖の結果を観察させるだけでも、大変なのだから。それなのに、そんな子が獣医《じゅうい》になりたいの？　うまくいくのかしら？

わたしは祖父の指示に従って、カエルを仰《あお》むけにして、すべての足をピンで蝋《ろう》に留めた。それから、なめらかで丈夫な腹部の皮膚《ひふ》を端《はし》から端までH《エイチ》の形に切開すると、外側にひらいて、注意深くピンで留めた。さらに、同じ手順で、筋膜《きんまく》を切りひらいた。すると、内臓があらわれた。驚《おどろ》くほど大きな肝臓《かんぞう》、小さな膵臓《すいぞう》、ミミズみたいに見える小さな腸、嚢《のう》のような肺《はい》、そして、腎臓《じんぞう》があった。

「心臓に注目してごらん」祖父がピンセットでさししめした。「部屋が四つある哺乳類《ほにゅうるい》や鳥類とちがって、三つしかない。二心房《しんぼう》一心室なのだ。そのため、酸素の多い動脈の血液と、酸素の少ない静脈の血液がまざって、全身に送りだされる。つまり、鳥や人間の心臓ほど効率がよくないということだ。鳥や人間の心臓は、酸素を多くふくんだ血液だけを送りだして、生物体により多くのエネルギーを供給するのでな」

わたしたちは、最後に、腎臓と排泄腔《はいせつこう》と卵巣を観察した。卵はなかったが、卵巣があったので、このカエルはメスだとわかった。たぶん、ほんものの両生類学者なら、死因がわかったかもしれないが、わたしにははっきりと死因を示すようなものが発見できなかった。

わたしは、納屋にいたトラヴィスのところに解剖《かいぼう》トレイをもっていった。トラヴィスは腰掛《こしか》けにすわって、納屋にすみついている猫《ねこ》たちをひもでじゃらしていたが、わたしが近づいていくと、いった。「うわっ、こんどはなに？」

「進化の過程をたどるって説明したでしょ、覚えてる？　そして、脊椎《せきつい》動物のところまできたのよ。今回のはヒョウガエル。川で見たことがあるでしょ」

わたしはトラヴィスにトレイを見せた。

「うっ」トラヴィスはうめき声をあげると、膝《ひざ》のあいだに頭をつっこんだ。吐《は》きそうなときや気を失いそうなときは、頭に血がいくように、こうするといいといわれているからだ。結局、トラヴィスは、吐いたり気を失ったりしなかった。これも進歩といえるかもしれない。

そののち、わたしたちの解剖は、死産で産まれたウサギの赤ちゃんへと進んだ。トラヴィスが飼っているバニーの子どもだ。わたしはトラヴィスに「解剖するところを見なさい」といって、譲《ゆず》らなかった。それから、あわれな小さなウサギを台の上に仰《あお》むけにのせて、足をひもで固定した。次に、刃先《はさき》の鋭《するど》いポケットナイフを手に取り、胸部から腹部にかけて注意深く切りひらいた。目をあげると、ちょうどトラヴィスが白目をむくところだった。わたしはあわててナイフをおくと、床《ゆか》の藁《わら》の上に崩《くず》れおちていくトラヴィスを支えた。

こうして、熱烈《ねつれつ》に動物を愛する――少なくとも、動物の外部を愛する――トラヴィスが、動物の内部に直面したとき、意識を失うということが判明した。


待ちに待って、待ちくたびれたころ、タイプライターのリボンがようやく届いた。わたしは、玄関《げんかん》ホールのテーブルにおかれた小包をあやうく見落とすところだった。ラマーのところに月に二回届く安っぽい小説だと思ったからだ。

リボンをもって二階に駆《か》けあがると、アギーがまたランプに（わたしは、ラフェイエットのことをひそかにこう呼んでいた）長々と手紙を書いているところだった。あんなに退屈《たいくつ》な暮らしのなかであんなに長ったらしい手紙が書けるなんて、わけがわからない。

「アギー、届いたの！」わたしは息を切らしながら、いった。

アギーは顔をあげもしない。「なにが届いたの？」

「リボンよ。もうタイプの練習が始められるわ」

「ああ、それね」アギーは伸《の》びをすると、あくびをした。「わかったわ。明日ね」

「今は？」わたしは、早く始めたくてじりじりしていた。

「忙《いそが》しいの」

「手紙を書いてるだけでしょ」

「いっておくけど」アギーがばかにしたようにいった。「とても重要な手紙なの。たぶん、一生でいちばん重要な手紙よ」

「ほんと？　だったら、その手紙をタイプしたら？　そして、タイプするところを見せて」

「だめよ、個人的な手紙ですもの。どこかにいってよ」

「それは無理。だって、ここはわたしの部屋だもの」少なくとも、以前はそうだった。

「そうね、でも、わたしの部屋でもあるわ。どこかにいって、おじいさんと泥水《どろみず》のなかを歩きまわりなさいよ。いつもふたりでそうしてるんでしょ？」

わたしはアギーのいい方が気に入らなかった。けれど、否定もできなかった。わたしは必死になにくわぬ顔をすると、落ちつきはらった声できっぱりといった。「池の水から星まで、自然界に存在するあらゆる種類のものを研究しているの」

アギーが鼻を鳴らした。わたしは猛烈《もうれつ》に考えて、いった。「それに、アギーだっておじいちゃんと親戚《しんせき》でしょ。おじいちゃんは、アギーの……アギーの……」わたしは頭のなかですばやく系図を描《えが》いた。「アギーの大おじさんよ」

アギーのぎょっとした顔を見て、そのことに初めて気づいたのだとわかった。アギーは、こういいかえした。「結婚《けっこん》でそうなっただけで、血がつながってるわけじゃないわよ」

「それでも、親戚よ。だから、おじいちゃんにもう少し親切にしたほうがいいんじゃない」

「ふん」

翌日、アギーは貴重なアンダーウッド社製タイプライターを衣裳戸棚《いしょうとだな》から出して、机《つくえ》の上におくと、自分のリボンをはずして、わたしのリボンをさまざまな棒のあいだに通しながら、いった。「よく見てるのよ。何度も繰《く》り返すのはいやだから」それから、まっさらな紙をタイプライターに巻きこんで、すばやくキーをカタカタたたいた。〈The quick brown fox jumped over the lazy dog.〉（すばしこい茶色のキツネがのろまな犬を飛びこえた。）

肩越《かたご》しにのぞいていたわたしは、いった。「どうしてキツネはそんなことをしたの？　そんなことをされて、犬はいやがらなかったの？　自尊心のある犬だったら、いやがると思うけど」

「やだ、ばかね、これはタイプの練習よ。この一行のなかに、アルファベットのすべての文字が入っているの」

わたしはすっかり興奮していたので、ばかだといわれても腹を立てなかったし、この文にはSが入っていないと指摘《してき》して――Sを入れるためには、キツネか犬を複数にしなくてはならない――アギーの言葉を否定しようとも思わなかった。わたしたちは場所を入れ替《か》わって、わたしが椅子《いす》にすわった。アギーが、両手を最初におく位置（ホームポジション）を教えてくれた。わたしはものすごくわくわくして、さっそくタイプを開始しようとした。

けれど、そういうわけにはいかなかった。タイプの勉強は単調で退屈《たいくつ》で、想像していたようなわくわくする経験ではまったくないということがわかった。練習を始めるまえ、わたしは、アギーがあまり真剣《しんけん》に取り組んでくれないのではないかと少々心配していた。ところが、そんな心配はいらなかった。アギーは教えてくれるという約束をきちんと守り、わたしにおそろしく退屈な練習（どちらかというと、ピアノの音階練習のような練習）をさせ、わたしが上達しているか毎日たしかめ、わたしが苦労して仕上げた作品をほんものの先生のように採点した。

わたしたちは、ＡＳＤＦから練習を始めた。もちろん、ＡＳＤＦなんていう単語はない。単語にもなっていない文字の練習だ。二つ以上のキーを同時に押《お》してしまうと、キーにつながっているアームと呼ばれる棒がからまってしまうから、キーは、ひとつひとつ押さなくてはならない。ところが、それがなかなかうまくできない。そのせいで、すぐにアームがからまってしまい、タイプしている時間よりからまったアームをほどいている時間のほうが長かった。実際、楽しかったのは、一行の最後まで進んだときに〈チン！〉と満足げな小さな音がしたときだけだった。これは、紙の端《はし》まで近づいているということを知らせる音だ。この音がしたら、改行レバーを思いっきりたたく。そうすると、紙を固定しているキャリッジという装置が動いて、次の行の先頭に文字が打てるようになる。

「ピアノを弾《ひ》くときみたいに、指をまげて」アギーは百万回も繰《く》り返して、注意する。「指がぐにゃぐにゃしないように」わたしは、こうした練習を苦々しく思い、ぼやいた。ただし、小声で。結局のところ、これはすべてわたしの考えから始まったことであり、かなりの現金を出費していたから、アギーにもほかのだれにも、実際には不平をいうことができなかった。

アギーは、わたしが絶えず練習しているせいでいらいらすると文句をいった。もっともだと思ったから、わたしは椅子《いす》と小さなテーブルを物置にもちこみ、毎日三十分、そこで過ごして、コツコツカタカタ音をたててASDF、ASDF、ASDFとキーを打った。次に、練習はFDSAへと進んだ。これは、前進といえるの？　やがて、ついに、実際に存在する単語へと進んだ。これはまあ、進歩といえるかもしれないけれど、進歩という響《ひび》きほどにはわくわくしなかった。わたしは〈cat（猫《ねこ》）〉と〈mat（マット）〉と〈sat（すわった）〉をいやになるほどタイプして、今にもさけびだしそうだと思った。学校の教科書よりうんざりした。次に、〈sad（悲しい）〉と〈lad（若者）〉と〈mad（頭がおかしい）〉をいやになるほど練習して、今にもさけびだしそうだと思った。問題は、左の小指だった。ほかの指よりとびぬけて力がない小指でaの文字を打たなくてはならない。いきあたりばったりに文を選んで調べてみたらわかると思うが、aという文字はいたるところにひそんでいる。aを打たなかったら、たったの一行もタイプできない。左手の小指が弱いということは、わたしが打つすべてのaがほかの文字よりかなり薄《うす》くタイプされるということで、タイプした紙を見わたすと、全体がまだらで、調和がそこなわれている。それでも、わたしは辛《しん》抱《ぼう》づよく練習をつづけた。そして、上達した。

ある日のこと、タイプの練習にすっかり夢中になっていたせいで、わたしは、兄弟が物置の戸口に群がってこちらを見つめていることに気づかなかった。ふと顔をあげたわたしは、ぎょっとした。

「なに？」わたしはいった。

「いや、なんでもない。ただ、なんの音かと思って」

「うるさいと思ったら、扉《とびら》を閉めてよ」

タイプの練習を始めたころのわたしは、こんなふうだった。

カタ……

カタ……

カタ……

しばらくすると、こんなふうになった。

カタ…カタ…カタ…

それから、しばらくすると、こんなふうになった。

カタカタッ、カタカタッ、チン！　バシッ！

これを何週間かつづけたあと、わたしは書斎《しょさい》の祖父のところにいき、こういった。「手紙を送る予定はある？　わたし、タイプライターでタイプする練習をしているの」

「なるほど、新世紀にまた大きな一歩を踏《ふ》みだそうとしているのだな。ここに手紙の下書きがある。ペンで清書しようとしていたところだ。これで腕前《うでまえ》を見せてもらおうか」

わたしは、自分の〈事務室〉に駆《か》けもどると、まっさらな白い紙を一枚取りだして、タイプライターのローラーに巻きつけた。わたしは一瞬《いっしゅん》、キーの上で指を止めた。これが初めての、そして、ほんもののタイプの仕事だということを記憶《きおく》にきざみつけようと思ったのだ。それから、わたしはキーを打ちはじめた。

親愛なるヒギンズ教授、

御《ご》所望のウィキア・タテイイの種《たね》を少々同封《どうふう》いたしますので、お受けとりくだそい。今週初めに郵便にてお送りいただきましたウィキア・ヒギンセイイの種に、深く感謝申し上げます。種は、良好な状態で到《とう》着《ちゃく》いちしました。貴殿《きでん》のウィキア・ヒギンセイイを発芽させること、および、二種類のウィキアの解剖学《かいぼうがく》的構造と生理機能の比較《ひかく》に関しと実り豊かな意見交換《こうかん》を始められねことを、楽しみにしております。

敬具
ウォルター・テイト

さいわい、まちがいがないか読みなおしたおかげで、打ちまちがいを四つ発見した！　うわっ、こんなにたくさんあるなんて！　初めて正式に依頼《いらい》された仕事だっていうのに、だいなしにしてしまったわ。わたしは注意深くタイプしなおし、まちがいがないか二度確認してから、書斎《しょさい》に駆《か》けていった。

祖父がその手紙を読むところを、わたしは肩越《かたご》しにのぞいた。祖父は、ペンをインクに浸《ひた》して署名し、その上を吸い取り紙で押《お》さえて、ほほえんだ。

「すばらしい！　いやはや、連絡《れんらく》をとりあうのに、湿《しめ》った粘土《ねんど》板にとがった枝で文字を彫《ほ》っていたのは、そう遠い昔のことではない。いよいよ、機械の時代の到来《とうらい》だな。キャルパーニア、上出来だ。ほれ」祖父は、チョッキのポケットに手を入れた。「お礼だ」

わたしは、あとずさった。「だめよ、おじいちゃん、もらえないわ」今までにたくさんのものを与《あた》えてくれたおじいちゃんから十セントを受けとるなんて——わたしはショックを受けた。わたしは、祖父から生き生きとした日々を与えてもらった。そう、ほんとうに。祖父は、本と思想と知識の帝国《ていこく》にわたしの目をひらいてくれた。自然界に、そして、科学に、わたしの目をひらいてくれた。ほかの人からだったら、わたしは十セント硬貨《こうか》を受けとっただろう。けれど、祖父からはもらえなかった。

「とてももらえないわ」わたしはいいはった。「だけど、よかったら、その手紙を今すぐ、郵便局にもっていくわ」

「それはありがたい」祖父は、机《つくえ》から切手と封筒《ふうとう》を出した。「日が長くなったら、この種をいっしょに発芽させて、どんな発見があるか見てみよう」

わたしは郵便局まで走っていった。それから、プリッツカー先生の診療所《しんりょうじょ》へと走った。新しく身につけた技術のことを話したくてたまらなかったのだ。けれど、先生は農場に往診《おうしん》にいっていたので、硬《かた》い椅子《いす》のひとつにすわって本をひらき、ウマ科の動物の痙攣性《けいれんせい》の疝痛《せんつう》と鼓腸性《こちょうせい》の疝痛の治療《ちりょう》のちがいについて読み、しあわせな一時間を過ごした。

第23章　初めての手術

　結論をいうと、若い博物学者にとって、遠い国々を旅することほどためになることはないように思う……これから旅立つ博物学者が、わたしのように仲間にめぐまれるとはかぎらないが、それでも、この航海を大いに楽しんだわたしとしては、勧《すす》めずにはいられない。あらゆる機会をとらえ、可能なら陸の旅を、そうでなければ長い航海をするように、と。


　わたしがラベルをタイプしたいというと、プリッカー先生は最初、あまり乗り気ではなかった。けれど、急いで何枚かタイプして見せにいくと、先生の気が変わった。

「キャルパーニア、とてもいい出来だ。専門家の仕事といっていい。きみを雇《やと》おう。一枚につき一セント支払《しはら》うよ」

　そうね、一枚一セント、たいした金額にきこえないかもしれない。けれど、プリッカー先生は、このあたり一帯で唯一《ゆいいつ》の獣医《じゅうい》だったから、治療《ちりょう》を頼《たの》まれることが多く、毎日、水薬や軟膏《なんこう》や粉薬を少なくとも十回は処方した。そのどの薬にも、ラベルが必要だった。わたしは即座《そくざ》に、一週間の収入が五十セント以上になると計算した！

「はい！」わたしは返事をすると、手をさしだして、先生と取り決め成立の握手《あくしゅ》をした。すると、先生はなぜか、おもしろがっているような顔をした。

わたしのタイプの腕前《うでまえ》はだんだんにあがっていった。それにつれて、打ちまちがいが少なくなり、貯金は増えていった。けれど、こんどは、診療所《しんりょうじょ》でタイプをしたいのにタイプライターは家にあるという問題に直面することになった。わたしはずっと、学校が終わるとすぐさま先生の診療所に駆《か》けていき、家までまた駆けていって先生が必要なラベルをタイプしてから診療所にもどるというやり方で、仕事をこなしていた。わたしは、走って行き来するのにうんざりしはじめていた。どうしたらいいかしら？　タイプライターはおそろしく高価だから、買うなんて問題外だった。でも、もしかしたら……借りられるかもしれない。

わたしは、アギーがランプから手紙を受けとって、機嫌《きげん》がよくなるまで待った。その日、アギーはベッドの上で壁《かべ》にもたれて、靴下《くつした》を繕《つくろ》っていた。

「ね、アギー、わたし、ちょっと考えているんだけど……」

「なにを考えてるの？」

「アギーのタイプライターのことよ」

アギーはさっと顔をあげた。「タイプライターをこわしたんじゃないでしょうね？　こわしたりしたら、首をしめるわよ」

「ちがう――はは――そんなことじゃないったら」アギーの場合、〈機嫌《きげん》がいい〉というのは、ふだんとくらべてという意味になる。

「まだ自分のリボンを使ってるわよね？　わたしのリボンを使ったりしないでよ」

「使ってないわ」わたしはむっとして、答えた。アギーったら、わたしが取り決めをやぶったと思ってるのかしら。

「じゃあ、なんなの？」

「あのね、わたし、プリツカー先生のためにラベルをタイプしてるの……それで思ったの……だって、アギーはタイプライターを使ってないから……だから、タイプライターを先生の診療所《しんりょうじょ》にもっていって、そこで使えないかなって」

アギーが声をあげて笑った。「とんでもない。ぜったいにだめ」

「わたしが大切に扱《あつか》うって、わかってるでしょ。ほかのだれにもさわらせないから」

「だめよ」アギーはまた、繕《つくろ》い物に目をむけた。

わたしは次のカードを切った。わたしには、アギーがこちらをむくとわかっていた。「お金を払《はら》うわ」

アギーは顔をあげた。「どういうこと？」

「お金を払って、タイプライターを借りるってこと。そうしたら、診療所にもっていけるでしょ」

「いくら？」

「先生からもらうお金の十パーセントを払うわ」

アギーがいった。「傷ひとつつけないと約束するなら、五十パーセントで貸すけど」

「それはだめ。高すぎるもの」

わたしたちは押《お》し問答のすえ、借り賃を二十パーセントにするということで落ちついた。毎週、会計報告をして、借り賃を支払《しはら》うという条件つきだ。アギーには充分《じゅうぶん》な収入があるのに、どうして少しばかりのお金のことでこんなふうに交渉《こうしょう》するのだろう、と思わずにはいられなかった。そして、そのときは、たぶん、こう考えたのだと思う——なにもかも失った人は、お金のことばかり考えて暮らすようになるんだわ。

わたしは注意をはらってアンダーウッド社製タイプライターをケースに入れ、J・Bのおもちゃの手押《てお》し車に乗せて、先生の診療所までひっぱっていった。先生は、自分の机《つくえ》の隅《すみ》に、タイプライターをおく場所を作ってくれた。

次に祖父の手紙をタイプしたとき、わたしは祖父に断ってから、郵便局にもっていくまえに先生に見せた。

すると、先生は大いに感心して、ラベルのほかに手紙や請求書《せいきゅうしょ》もタイプしてほしいといった。そして、わたしは午後になると、〈スノーフレークの去勢費用の請求書を同封《どうふう》いたしますので、ご査収ください〉とか、だれかが期日までに支払いをしなかったときに〈未経産雌牛《めうし》バターカップの治療代《ちりょうだい》が未払《ばら》いです。ご送金ください。〉といった急ぎの手紙をせっせとタイプすることになった。

じつのところ、しばらくすると、タイプの仕事は退屈《たいくつ》になってきた。けれど、自分の収入を得られるうえ、動物が診療所《しんりょうじょ》につれてこられたときには先生が診察する様子を見られる。そう考えると、わくわくして、単調な仕事もなんのその、充分《じゅうぶん》すぎるほど報いられる気がした。

そして、あるとき、気の毒なことにサミュエルが感染症《かんせんしょう》にかかった。頑強《がんきょう》に抵抗《ていこう》する雄牛《おうし》に足を踏《ふ》まれたのだ。ウォーカー医師は、サミュエルに、脚《あし》を心臓より高い位置にあげて、丸一週間ベッドで寝《ね》ているようにと命じた。わたしはすぐさま、農場に往診にいくときは自分が助手として同行する、とプリツカー先生に申し出た。

すると、先生は半信半疑といった顔をした。「トラヴィスはどうかな？　代わりにトラヴィスがいきたがると思わないかい？」

「ええと、トラヴィスはベッドで横になっています。その、偽膜性喉頭炎《ぎまくせいこうとうえん》になって。病気じゃなかったら、きっと大喜びでお手伝いしたと思います」弟は血のことを考えただけで気絶してしまうくらいだから、血を見るなんてとんでもない——などとうっかりしゃべってしまうわけにはいかなかった。

そういうわけで、わたしは学校が終わると、大急ぎで診療所にいき、先生が診察に必要なものを馬車に積みこむのを手伝った。先生が片手で馬車をあやつれるよう鍛冶屋《かじや》が馬具や手綱《たづな》を調整していたが、それでも、ペニーを馬車につなぐときには手助けが必要だった。獣医《じゅうい》だったら町いちばんの馬をもっているだろうと思うかもしれないが、そうではなかった。胸が薄《うす》く、うしろ脚のまがり方が深すぎるペニーは、最高の姿をしているとはいえなかったが、健康で穏《おだ》やかな性格だったから、先生は手ごろな値段でいい買い物ができたといえる。

「見かけがすべてじゃない」先生がいい、ペニーに同情していたわたしは賛成した。「もちろんです」

先生といっしょに馬車に乗るようになって最初の数日、すれちがう人たちは、笑顔をむけ、手を振《ふ》りながらも、わたしたちを奇妙《きみょう》な目で見た。けれど、わたしは背筋をぴんと伸《の》ばしてすわり、ほんものの助手に見えるよう必死に努力した。農場に着くと、わたしはバケツに水をくみ、先生に石鹸《せっけん》とタオルを渡《わた》した。一方、先生は、動物の病気について農夫と話しあった。農夫はしばしば、動物の様子について、なんの助けにもならない説明をした。「あいつはどうかしてる」とか「病気みたいだ」といったあまりに役に立たないことをいうので、プリッツカー先生はこんなあいまいな説明からどうやって診断《しんだん》するのだろうと思った。けれど、様子をくわしくたずね、注意深く体を診察していくうちに、先生は必要な事実を導きだすのだった。そのあいだ、わたしは器具を渡したり、〈患者《かんじゃ》〉の記録ファイルのためにメモをとったりした。

最高の瞬間《しゅんかん》は、ドーソン牧場を訪問して、牛舎のなかでうつぶせに横たわる雌牛《めうし》を発見したときにやってきた。牛のしっぽに、鉛筆《えんぴつ》で書かれた走り書きが結びつけてあった。〈腹がひどく晴れてる。直してください〉

ドーソン氏と息子たちは牛に焼き印を押《お》しに出ていて、先生の手伝いをする者がいなかった。そう、わたしのほかには。

かわいそうに、雌牛《めうし》はよだれを垂らし、ひと息ごとにうめき声をあげて、とても苦しそうだった。腹部の左側がひどく膨張《ぼうちょう》している。わたしたちは、いつものようにバケツと石鹸《せっけん》と水から始めた。わたしは、器具をくるんでいた布をほどき、先生は診察《しんさつ》を始めた。

これまでずっと先生を〈教育〉してきたおかげで、先生は、なにをしているところかわたしに教えてくれるようになっていた。それで、先生は診察しながら、いった。「左側のここを見てごらん。こんなに膨《ぼう》脹《ちょう》しているのは、ルーメン、つまり、第一胃のなかがぎっしり詰《つ》まっているからだ。麻酔《ますい》をかけて、障害物を取りのぞく必要がある。ドーソン一家がもどってくるまで、待たなくてはならんな」

わたしはきっぱりといった。「わたしにできます。三十ccのアルコールと六十ccのクロロホルムと九十ccのエーテルをまぜて、よく振《ふ》ってから使うんですよね」

先生はとまどったような顔でわたしを見た。「今までずいぶん助けてくれたが、今回は、実際――」

「注意深く呼吸を観察しなくてはいけません」わたしは、精いっぱい、自信に満ちて、聡明《そうめい》にきこえるようにいった。「少なすぎると、牛がのたうちまわる。多すぎると、死んでしまう。そうでしょう？」

「そのとおりだ。だが、きみが怪我《けが》をするかもしれない。そんなことになったら、きみの両親がなんというか」

そう、わたしには両親がなんというかよくわかっていたけれど、そのときは、そんなことを考えるつもりはなかった。先生がわたしの申し出を断るべつの理由を考えつくまえに、わたしは瓶《びん》に入った三つの薬品のコルクをぬいた。刺激臭《しげきしゅう》がする。それから、三種類の薬品を清潔な瓶のなかでまぜて、よく振った。わたしは麻酔用の円錐《えんすい》の道具を取りだすと、精いっぱい専門家のような声でいった。「先生、準備ができました」

先生は緊張《きんちょう》したような顔をして、小声でなにかつぶやいた。「神様、悔《く》やむようなことになりませんように」といっているようにきこえた。

わたしは牛の端綱《はづな》を短く結んで、吸い取り紙でできた円錐を牛の鼻づらの上に押《お》しあてた。よほど具合がわるかったのだろう。牛は抵抗《ていこう》しなかった。わたしは、混合薬を円錐の上からしたたらせた。混合薬を吸いこむにつれて、牛のまぶたがますますさがり、ついには、頭を敷《し》き藁《わら》の上に横たえた。わたしは牛のまぶたを軽くはじいた。プリッツカー先生がやっているのをいつも見ていたから、そのとおりにしたのだ。牛はまばたきをしなかった。ここで肝心《かんじん》なことは、薬を一定の速度でしたたらせて、先生が治療《ちりょう》をしているあいだ、牛が眠《ねむ》っているようにすることだ。けれど、治療のあとでちゃんと目がさめる程度にしなくてはならない。

「とてもいいぞ」先生は、少しほっとしたような顔つきになった。

先生がトロカールという、先がとがった細いチューブを手に取った。「まず、これを試してみよう。これでうまくいくかもしれない」

外科の治療には繊細《せんさい》な技術が必要だと思っているものはみな、次に起こったことに衝撃《しょうげき》を受けるだろう。先生はトロカールを牛のわき腹にぐっとさしこみ、膨張《ぼうちょう》した胃までつっこんだのだ。すると、シューッと大きな音をたててガスが噴《ふ》きだし、つづいて、どろどろの草が飛びだしてきた。どろどろしたものは、数秒のあいだ流れでたあと、したたりになり、止まった。

「ちくしょう」とプリツカー先生がいったので、わたしはとびきり誇《ほこ》らしい気持ちになった。わたしのまえでそんな汚《きたな》い言葉を使ったのに、あやまるのを忘れていたからだ。そう、わたしはもう、小さな女の子じゃない、先生の仕事の助手なんだわ。「トロカールがつまった。切開するしかない。折り込《こ》みメスを」

わたしが湾曲《わんきょく》した長いメスを渡《わた》すと、先生は、いちばん下の肋骨《あばらぼね》のうしろの皮膚《ひふ》に小さな切れ目を入れた。そして、そのままメスをぐっと押《お》しさげて十五センチほどひらき、皮膚と胃の下部のあいだをひと針縫《ぬ》った。それから、手を牛の胃のなかにつっこみ、大量のどろどろをひっぱりだしはじめた。先生がどろどろを抜《ぬ》きとるにつれて、膨《ふく》らんでいた胃がゆっくりとしぼんでいった。

「いやはや、大変なことになってたな。こんなにひどいのは見たことがない」先生は満足げにいうと、胃を縫い、次に皮膚を縫った。

「よし。目をさまさせよう」

わたしは麻酔薬《ますいやく》をしたたらせるのをやめたが、もがきはじめたときに備えて円錐《えんすい》はそのままにしておいた。牛はゆっくりと意識をとりもどし、最後には立ちあがって、この世界に興味をとりもどしたかのようにあたりを見まわした。助かったのね！

わたしは自分の体を見おろした。体に薬品のにおいがうつり、エプロンに糞《ふん》のしみがついていたが、それ以外は傷ひとつついていない。

プリツカー先生がいった。「よくやった、キャルパーニア。きみには、獣医《じゅうい》の才能があるよ」それから、ちょっとこそこそした様子になって、いった。「だが、ええと、きみのお母さんやお父さんに今日のことを話す必要はないと思うがね。どうだい？」

「ええ、先生！」

「よし。よかった」

このときは、先生だけでなくわたしも、バケツの水で手を洗い、先生の石鹸《せっけん》とタオルを使った。その一日、わたしはにこにこしつづけた。

第24章　幸運な犬と不運な犬

これらのオオカミは、探検家のバイロンの記述によりよく知られている。バイロンは、このオオカミのことをひとなつこく、好奇心《こうきしん》が強いと書いている。近づいてこようとしたオオカミを見て、水のなかに駆《か》けこんだ船乗りたちは、こうした性質を知らずに、襲《おそ》われるものと勘違《かんちが》いしたのだ……オオカミがテントのなかに入りこみ、眠《ねむ》っている船乗りの頭の下から実際に肉をひっぱりだすところが、目撃《もくげき》されている。

それからまもなくして、我が家にまた、犬にまつわる災難がふりかかった——ときいたら、ダムにいるコイドッグと関係があると考えるのが自然だろう。けれど、そうではなかった。父の優秀《ゆうしゅう》な鳥猟犬《ちょうりょうけん》エイジャクスと、外犬の一匹《ぴき》のホメーロスに降りかかったできごとだ。どうやら、二匹はやぶのなかでガラガラヘビの巣を発見したようだ。ガラガラヘビのように致命的《ちめいてき》な被害《ひがい》をもたらす生き物がガラガラ音を出すのは、まさにこうした破滅的《はめつてき》なできごとを防ぐためだ、とわたしはいつも考えていた。ところが、エイジャクスとホメーロスは軽率にもヘビの巣を調べてみようと考えたらしい。たぶん、互《たが》いに相手をそそのかしたのだろう。その結果、二匹は、かろうじて家までたどりついたものの、正面のポーチでくずおれた。

鼻づらと前足にくっきりとついた牙《きば》の跡《あと》が悲劇を物語っていた。このとき、父は工場にいた。そこで、サル・ロスが父を呼びに走り、さらに、プリツカー先生を探しにいった。ふたりがやってきたころには、犬たちの鼻は、見分けがつかないほどすさまじく腫《は》れあがっていた。エイジャクスは、苦しそうにぜえぜえいい、ホメーロスは、痛がってあわれな声をあげていた。

プリツカー先生は、最初にエイジャクスの上にかがみこみ、次にホメーロスの上にかがみこんだ。先生の表情を見て、治療《ちりょう》のしようがないのだとわかった。「アルフレッド、残念だが、もう手のほどこしようがない」先生が父にいった。

わたしは、あれほど取り乱した父を見たことがなかった。犬たち、とくにエイジャクスは、何年ものあいだ、父の忠実な相棒だった。秋に猟に出ると、夜明けまえの寒さのなか、頭上からガンの鳴き声がきこえてくるのを辛抱《しんぼう》強く待ちながら、隠《かく》れている場所で身を寄せあって互いの体を温めたのだ。エイジャクスと父のあいだには、強い絆《きずな》ができていた。

サミュエルが馬車からプリツカー先生の古い回転式拳銃《けんじゅう》をもってきて、弾薬《だんやく》をふたつこめた。

父は、ようやく口がきけるようになって、いった。「わたしが……わたしがすべきだろう」

「いや、アルフレッド、わたしにまかせてもらえまいか。子どもたちをつれて、家のなかに入っていてほしい」先生がいった。

父はそのときまで、サル・ロスとわたし、それから、あとからやってきたハリーとラマーが芝生《しばふ》の上に立っていることに気づいていなかった。

「なかに入りなさい、全員だ」父はわたしたちにいうと、先生にむかってうなずき、あとから家のなかに入ってきた。それから、まっすぐ食器棚《しょっきだな》までいって、ウィスキーをグラスに注いだ。最初の銃声《じゅうせい》が響《ひび》き、わたしは縮みあがった。父が、グラスのウィスキーをゆっくりとひと息で飲みほした。昼日中にアルコールを飲むところなど見たことがなかった。二発目の銃声が響いた。父は、ひと言もいわずに、部屋から出ていった。階段を一段一段のぼっていく重い足音がきこえた。

わたしは窓辺に立って、サミュエルがぐたっとした亡骸《なきがら》をひとつずつ麻袋《あさぶくろ》でくるみ、馬車に運んでいくのを見つめていた。トラヴィスがいなくて、ほんとうによかった――わたしは心から思った――川にいって、コイドッグと過ごしているといいけど。

その日の夕方、トラヴィスがもどってきたとき、だれが悲しい出来事を伝えたのか、覚えていない。わたしではなかったということだけはわかっている。

父は、それから数日間沈《しず》みこんでいた。そんなある晩、夕食をともにすることになってやってきたプリツカー先生が、なにげなく――とてもなにげなく――、こうもらしたのだ。「オリー・クラウチャーのプリシラというレトリーバーが、少しまえに健康でりっぱな子犬を六匹《ぴき》産んでね。あと二、三日もすれば、親から離《はな》せる。それで、一匹もらおうかと考えているところだ」

J・Bが話にわりこんだ。「うわあ、子犬だって。うちにも一匹もらっていい？」

母がいった。「ええ、いいと思うわよ」母は励ますようにJ・Bにむかってほほえみ、父に、そして、トラヴィスにも笑顔をむけた。「あなたたちも賛成でしょ？　日曜日に、みんなで子犬を見にいきましょうよ。きっと楽しいわよ」

J・Bも、きっと楽しいよ、といい、父は弱々しくほほえんで、いい考えだ、といった。妙《みょう》なことに、トラヴィスはなにもいわずに、料理をせっせと口に運んでいるだけだ。わたしはトラヴィスと目を合わせようとしたが、トラヴィスはわたしを見ようとしなかった。わたしを見ようとしないときには、なにか大きな意味がある。

まさにわたしの予想どおり、夕食のあと、トラヴィスはわたしを正面のポーチへと手招きした。外に出ると、トラヴィスが小声で話しかけてきた。取り乱した様子だ。「コーリー、助けて。スクラフィーをうちにつれてくるのを手伝って。新しい犬を飼うのにぴったりの時期だからね。お母さんだってそういってるんだし」

「それはわかってるけど、お母さんがいったのは、純血種の猟犬《りょうけん》のことよ」

「スクラフィーだって、猟ができるよ。ずうっと、ニワトリをとってるんだから」

「そのことは、だれにもいっちゃだめよ――それも問題のひとつなんだから」

「手伝ってくれる？　スクラフィーの味方になってくれる？」弟のトラヴィスは、不安で胸がはちきれそうに見えた。「みんなに、スクラフィーは手に負えないおかしな動物じゃないって、いってよ。ぼくたちみんなのいいペットになるって、いって」

「わかったわ。トラヴィスとスクラフィーのためにできることはする。だけど、トラヴィス、気づいてないの？　わたしには、このうちで起こっていることに口を出す権利があんまりないみたいなの」

それでも、トラヴィスは、見るからにほっとしたような顔になった。「コーリー、ありがとう。明日、いっしょにスクラフィーのところにいって、計画を練ろうよ」

わたしたちは家のなかにもどって、寝《ね》る支度をした。わたしに相談して不安を軽くしたトラヴィスは、その晩、ぐっすり眠《ねむ》れたかもしれない。けれど、その分の不安がわたしのものになっていた。わたしは、暗闇《くらやみ》のなかで横になって、スクラフィーをペットにすることを両親に納得させる方法を考えていた。

翌日、わたしはトラヴィスのあとにつづき、工場から下流にむかって、びっしりと生えた下生えのなかを、鹿《しか》の踏《ふ》み分け道、あるいは、コイドッグの踏み分け道をたどっていった。やがて、スクラフィーが茂《しげ》みのなかから出てくると、わたしたちを見てうれしそうにした。体にはしっかりと肉がつき、毛並みもつやつやしていた。そのうえ、トラヴィスがつけた首輪までしている。

「ね？」トラヴィスが誇《ほこ》らしげにいった。「りっぱに見えない？」

「ええ、まえよりずっといいわ」わたしは認めた。

「スクラフィーは作業犬だともいえるよ。だって、このまえ、ネズミをつかまえたからね。ねえ、わき腹にただれたところがいくつかあるんだ。見てくれる？　石鹸《せっけん》と水でずっと洗ってるんだけど、治らなくて」

トラヴィスは、スクラフィーの首輪をつかんだ。「いい子だ、スクラフィー。大丈夫だからね」

わたしは、口のあいた傷のひとつを見て、傷口を指でそっとひらいた。スクラフィーはあわれっぽい鳴き声を少しあげたが、それだけだった。傷そのものは大きくないが、慢性的《まんせいてき》なものに見える。ああ、プリツカー先生がもってる探針がここにあったらな……。探針というのは、先端《せんたん》が、まがった針のようになっている棒状の器具だ。探針があれば、傷の深さを調べることができる。わたしはスクラフィーをなでた。傷口をさわられて痛い思いをしているというのに、スクラフィーはいやがるどころか、まえにきたときと同じように、わたしの手をなめてくれた。なんていい子なんだろう。

トラヴィスがいった。「それほど大きな傷じゃないのに、どうして治らないんだろう？」

「表面はそれほど大きくないけど、深い傷なんだと思うわ。奥《おく》のほうになにかがあって、治らないのよ。散弾《さんだん》かもしれない」

トラヴィスが顔をしかめた。「治せるの？」

「本格的な手術が必要よ。まず体内の異物を取りださないと。それから、きちんと治るように、その周辺の組織をかきだすか、熱した鉄で焼灼《しょうしゃく》するか――つまり、焼くか――しないとならないわ」

「でも、コーリーにできるの？」トラヴィスが心配そうにいった。

「麻酔薬《ますいやく》を与《あた》えることはできるけど、手術はプリツカー先生にしてもらわないと」

「じゃあ、先生に頼《たの》んでくれる？　コーリーが頼めば、先生はきっと手術してくれるよ。お小遣《こづか》いからお金を払《はら》うからって、いって。ただれがなかったら、お母さんはスクラフィーのことをもっとずっと好きになると思うんだ」

「わかったわ。先生に話してみる」わたしはスクラフィーを厳しい目で観察した。「傷がよくなったら、体を洗ってやらないとならないわ。お客がくるときにお母さんが出してくる上等な石鹸《せっけん》を使ってね。そうしたら、さらによくなるわ」

「すごくいい考えだよ」トラヴィスが感心したような顔で、にこにこ笑った。

「それから、首まわりの毛も少し刈《か》ったほうがいいわ。ぼさぼさのしっぽもね。ハサミでできるわ。そうしたら、いくらかこぎれいになるわよ」

「うん、すごいよ!」トラヴィスはわたしに最高の笑顔をむけた。まさに、あらがうことのできない笑顔、友人であろうと見知らぬものであろうとみなトラヴィスの懇願《こんがん》に――そのなかには、のちのち必ずやっかいなことをひきおこしてしまうような頼《たの》みごともあったけれど――降参してしまうような笑顔だった。

「それから、わたしのヘアリボンのどれかを使って、蝶《ちょう》形のリボンを作るの。それをつけたら、もっとかわいく見えるわ」リボンだけではとても足りないと思ったけれど、わたしはいわずにおいた。

「ね?」トラヴィスがスクラフィーの毛をくしゃくしゃになでまわしながら、いった。「すっごくりっぱなペットになるよ」

トラヴィスはしゃがんでスクラフィーの体に腕《うで》をまわすと、温かい毛に頭を押《お》しつけた。体を寄せあったひとりと一匹《ぴき》は、そう、少年と犬は、とてもしあわせそうだ。その犬は、世界一見栄えがするというわけではなかったが、少年のすばらしいペットだった。わたしは心から願った――お母さんとお父さんが血統や見かけではなくて、今わたしが目にしているものを見てくれますように。トラヴィスがとうとう自分にぴったりのペットを見つけたということに気がついてくれますように。

「いつプリツカー先生に話してくれるの？　早いほうがいいよね。あんまり時間がないもん。だって、日曜日に子犬を見にいくことになってるからね。子犬を一匹もらうことになったら、スクラフィーは飼ってもらえないかもしれないよ」

「わかったわ。明日の午後、先生にきいてみる」

ところが、次の日の午後になるまえに、不運が襲《おそ》ってきた。ヴァイオラという思いがけない姿で。

朝食を終えようとしていたとき、家の裏手でドーンという鈍《にぶ》い音がした。

「なんの音かしら？」母がいった。

「十二番口径の散弾銃《さんだんじゅう》のようだな」父がいった。裏のポーチには、害獣《がいじゅう》がきたときのためにいつも散弾銃がかけてあった。

それからすぐに、ヴァイオラが食堂に入ってきた。「テイトさま、コヨーテを撃《う》ちました。トウモロコシの貯蔵庫と鶏小屋《とりごや》のあいだの草むらにいたんです。脚《あし》をひきずっていましたから、弾《たま》が当たっていると思います」

トラヴィスとわたしは、顔を見あわせた——まさか！　恐怖《きょうふ》で顔がひきつった。トラヴィスは、椅子《いす》を倒《たお》しながらぱっと立ちあがると、部屋から飛びだしていった。わたしも勢いよく立ちあがると、必死にトラヴィスを追いかけた。おろおろした声やがやがや騒《さわ》ぐ声があがっていたが、すべて無視した。わたしは全速力で裏口から飛びだしながら、まえをいくトラヴィスにむかってさけんだ。「スクラフィーじゃないかもしれない！　ほんとうにコヨーテだったのかもしれない！」

わたしたちはトウモロコシの貯蔵庫までくると、血の跡《あと》をたどって、丈《たけ》の高い草むらのなかを進んでいった。〈血が多すぎる、血の量が多すぎる〉わたしはそれしか考えられなかった。やがて、地面の上に横たわっている〈コヨーテ〉を発見した。そして、それはもちろん、コヨーテではなかった。けれど、生きていた。あえぎ、苦しそうな鳴き声をもらしていたが、生きていた。

「嘘《うそ》だ！」トラヴィスは苦し気な声をあげた。スクラフィーの腰《こし》が血まみれになっているのを見て、よろめいている。

ああ、トラヴィス、こんなときにやめて——わたしは、心のなかでいった——お願いだから、今は倒れかかってきたりしないで。「血を見ちゃだめ。手押《てお》し車をもってきて。急いで」

トラヴィスは背をむけると、菜園の物置へと走っていった。わたしは納屋に駆《か》けていくと、鞍《くら》の下に敷《し》く毛布をつかんだ。

トラヴィスとわたしがスクラフィーのところにもどってきたときには、父とハリーとラマーがきていて、混乱した様子で矢継《やつ》ぎ早に質問や指図を浴びせかけてきた。「コヨーテには見えないな」「どうして首輪をしてるんだ？」「さわるんじゃない――狂犬病《きょうけんびょう》にかかっているかもしれないからな」「散弾銃《さんだんじゅう》はどこだ？　楽にしてやろう」

「だめ、だめよ」わたしはさけんだ。「トラヴィスの犬なの」わたしはスクラフィーに毛布をかけた。体を冷やさないように、そして、血を隠《かく》すために。

「トラヴィスは犬を飼っていない」父がいった。

「飼ってるんだ」トラヴィスが泣きながらいった。血が見えなくなったおかげで、またしっかりと立てるようになっていた。

「そうなの、飼ってるの」わたしもいった。「だれか、手押し車に乗せるのを手伝って。プリッツカー先生のところにつれていかなくちゃ」

「そいつを？」ラマーがいった。「ただの雑種じゃないか。お父さん、散弾銃を取ってこようか？」

「ちゃんと名前があるんだから。スクラフィーっていうんだ」トラヴィスが声をあげた。

みんながとまどったようにわたしたちを見つめた。スクラフィーが毛布の下でキューンと鳴いた。

父がなにかぶつぶついっていた。「自分の家でなにが起こっているのか知らないとはな」とか、「いうことをきかない息子たちだ」とか、「動物が多すぎる」とか、「これ以上ペットはいらない」とか……。父は、深く心を痛めているように見えた。トラヴィスがすすり泣いているせいなのか、スクラフィーがキュンキユン鳴いているせいなのか、わからなかった。ただいえるのは、ひどい怪我《けが》をしている犬を見て、父がエイジャクスを思い出したことはたしかだ。さらに、トラヴィスの一連のペット、数々のとんでもないペットのことを思い出したこともたしかだ。

ラマーがいった。「こいつに、助ける値打ちなんかない。ふん、銃《じゅう》を使う値打ちだってないくらいだ」

ラマーと父はわたしたちに背をむけると、家にもどっていった。ふたりは銃を取りにいったのかしら？　それとも、助けを呼びに？　答えはわかっていると思った。けれど、そんなことをよくよく考えている暇《ひま》はなかった。

「手を貸して」わたしはトラヴィスとハリーにいった。が、ハリーは勘弁《かんべん》してくれ、というように両手をあげて、あとずさった。

だれも手伝ってくれない。わたしは、スクラフィーの首輪のほうへそろそろと手を伸《の》ばした。痛みに苦しんでいる犬が――たとえ、ふだんは世界一穏《おだ》やかな犬だったとしても――なにをするかわからないので、用心したのだ。けれど、スクラフィーはかみつかなかった。トラヴィスとふたりで体を持ちあげて手《て》押《お》し車に乗せたときに、キャンといっただけだ。血まみれのうしろ脚《あし》が手押し車からはみだし、トラヴィスがよろめいて、目をぎゅっと閉じた。わたしはあわてて毛布をかけなおして隠《かく》した。

「いい子ね」わたしは声をかけたものの、トラヴィスにいったのか、スクラフィーにいったのか、自分でもよくわからなかった。「もう目をあけても大丈夫よ。ほら、急いで。でないと、お父さんがもどってきちゃうわ」わたしたちは、手押し車の取っ手をひとつずつ握《にぎ》って、門までつづく馬車道のほうへ押《お》していった。ハリーはなにもいわずに、わたしたちがいくのを見ていた。手を貸すつもりはないが、邪魔《じゃま》をするつもりもないということだ。この状況《じょうきょう》では、これ以上は望めなかったと思う。けれど、その一方で、常にハリーのお気に入りだったわたしの心のなかには、この瞬間《しゅんかん》を忘れることはないだろうという思いもあった。

砂利を敷《し》いた馬車道を進むのは大変だった。前輪が、まるで悪夢のなかにいるかのようにのろのろした動きでよろめいて、倒《たお》れそうになる。トラヴィスは泣きくずれそうになるのを必死にこらえ、むだ口をきかずに、目のまえの困難な作業に集中している。馬車道を抜《ぬ》けて、外の通りに出たところで、トラヴィスが転び、手押し車があやうくひっくりかえりそうになった。トラヴィスは両手と両膝《ひざ》をすりむいたが、痛いともいわずにだまって立ちあがり、取っ手を握ると、ふたたび押しはじめた。わたしたちは、あぶなっかしい小走りで、懸命《けんめい》に手押し車を押した。毛布の下からはなんの物音もしない。必死に押しながら、わたしは、ひとつのことばかり考えていた。プリツカー先生がいなかったら、どうしよう？　先生が往診《おうしん》にいっていたら、どうしよう？　先生がいなかったら、どうしよう？

わたしたちが間に合わせの〈救急車〉を押して角をまがると、ちょうど先生が診療所《しんりょうじょ》の鍵《かぎ》をあけようとしているところだった。よかった！　これほどほっとしたことはなかった。わたしたちがあたふた近づいていくと、先生が驚《おどろ》いた顔でこちらを見た。

「先生、助けてください」わたしはぜえぜえあえぎながら、いった。「わたしたちの犬が撃《う》たれたんです。まちがって、撃たれたんです。ヴァイオラがコヨーテだって、勘違《かんちが》いして」

「でも、ココーテじゃなくて、ぼくたちのスクラフィーなんです」トラヴィスもあえいでいた。

「なかに入れて、さあ、なかに」先生が扉《とびら》を押《お》さえてくれた。ところが、手押《てお》し車の幅《はば》が大きすぎて、なかへ入れることができない。トラヴィスとわたしは、スクラフィーを手押し車から抱《かか》えあげなくてはならなかった。診察台《しんさつだい》に運ぶ途中《とちゅう》で、毛布がすべりおち、血が床《ゆか》にしたたりおちた。けれど、トラヴィスは動きを止めずに、すべきことをちゃんとやりとおした。スクラフィーをなんとか診察台に横たえたあと、トラヴィスは「ぼく……ぼく、少しすわるよ」といって、椅子《いす》にどすんとすわると、膝《ひざ》のあいだに顔をつっこんだ。

プリツカー先生は、トラヴィスを不思議そうに見て、わたしにいった。「トラヴィスは大丈夫かい？」

「えっと……ええ。あとで説明します。この犬を助けられますか？」

プリツカー先生は患者《かんじゃ》のスクラフィーを見て、難しい顔をした。はあはあああえいでいるスクラフィーの呼吸は、おそろしいほど速くなっていた。

「どんな弾《たま》で撃たれた？」先生がきいた。

「バードショットです。十二番口径の散弾銃《さんだんじゅう》で撃たれたんです」

「それはいい。大粒《おおつぶ》の鹿弾《しかだま》よりましだ」

トラヴィスはなんとか顔をあげて「先生、助けてくれますよね？」とつぶやくと、すぐにまた膝のあいだに顔をつっこんだ。

わたしは、不思議なほど落ちついていた。「麻酔薬《ますいやく》を取ってきます」診療所《しんりょうじょ》にいるのだと思うと、すぐに治療《ちりょう》を受けられるところにいるのだと思うと、そして、自分にはその治療の助手をするという務めがあるのだと思うと、恐怖《きょうふ》が薄らいでいった。

「まず、口輪だ」先生がいい、わたしは、先生が革製の口輪をスクラフィーにつけるのを手伝った。スクラフィーはまったく抵抗《ていこう》しなかった。

「スクラフィーは、人をかんだことがありません」トラヴィスが、頭をさげたままいった。

「それは関係がない。怪我《けが》をした犬には必ず口輪をつける。診察《しんさつ》の際にはそうすると決めていることのひとつだ。クロロホルムの準備はできたかい？」

わたしは口輪の上に円錐《えんすい》をつけて、麻酔薬をしたたらせた。スクラフィーのまぶたが下がり、呼吸の速度が遅《おそ》くなった。プリツカー先生は、血がついて毛のからまったスクラフィーの腰《こし》をゆっくりとさぐって、うめいた。

「どうしたんですか？」トラヴィスはすばやく顔をあげたかと思うと、同じくらいすばやく目をそらした。

「腰に問題はない。だが、下腿《かたい》の一部が粉々になっている。この脚《あし》では、二度と歩けないだろう」

「でも、命は助けられるでしょう？」トラヴィスがいった。

プリツカー先生は顔をしかめた。「膝《ひざ》関節――人間でいうと、膝――のところで切断することになるかもしれないが、そんなことになったら、この犬にとっては死んだも同然だ。純血種じゃないから、なんの役にもたたなくなる。それに、だれが三本脚《あし》の犬をほしいと思う？」

「ぼくだよ。ぼくが思う」トラヴィスがいった。

「わたしも」わたしもトラヴィスといっしょにいった。それから、器具をくるんでいた布を広げ、縫《ぬ》い糸を準備して、先生を待った。

先生はわたしたちふたりを見た。少しして、先生はため息をつくと、いった。「わかったよ」

先生は、探針で探り、壊死《えし》した組織を取りのぞき、さらに、骨のかけらを抜《ぬ》きとって、いった。「おお、驚《おどろ》いたな。膝窩《しっか》部《ぶ》の――膝のうしろのくぼんだ部分のことだ――ここの動脈は無傷だ。幸運とはまさにこのことだ。脚を切断せずにすむかもしれない。だが、保証はできないぞ、いいね？」

「はい」トラヴィスがもごもごといった。

プリツカー先生が筋膜《きんまく》の縫合を終えたときに、父とハリーが診療所《しんりょうじょ》に入ってきた。

「ああ、アルフレッド」プリツカー先生が父にいった。「ちょうど傷口を縫合するところだ。まもなく終わるよ。足元に注意して。そこらじゅう、血で汚《よご》れているからな」

トラヴィスがうめいた。

「ああ」先生がいいたした。「それから、トラヴィスを外につれていったほうがいいかもしれないな。少々

いった。

「顔色が悪いようだ」

父は不満げに咳《せき》ばらいした。が、父とハリーは両側から腕《うで》を取って、トラヴィスを外のベンチにつれていった。

トラヴィスが何度も深呼吸している音がきこえた。父が一呼吸おいてからいった。「トラヴィス、これはいったい全体、どういうことだ？　すっかり話しなさい」

トラヴィスはスクラフィーのことを話しはじめた。始めは、とぎれとぎれに話していたが、しだいにすらすらと説明できるようになった。スクラフィーにはテリアとコヨーテの血が流れていること、犬の群れには入れてもらえなかったこと、コヨーテの群れには殺されそうになったこと、ホラウェイさんがスクラフィーをおぼれさせようとしたこと、それから、まえにはゲイツさんから、そして、今回はヴァイオラから銃《じゅう》で撃《う》たれたこと、さらに、この世界でトラヴィスだけがスクラフィーの友だちであり、スクラフィーを裏切るつもりがないことを、話した。

父がいった。「コヨーテの血が半分流れているって？　いや、だめだ、うちの周辺にそういう生き物をおいておくことなどできない。安全ではないからだ。いいかい、わたしは、プリシラが産んだ子犬を一匹《ぴき》もらって、猟犬《りょうけん》にしようと決めた。生後七週間になって、もう乳離《ちばな》れさせられる。おまえも子犬を一匹選んで、自分の犬として育てたらいい。いちばんりっぱな子犬を選んでもいいぞ」

トラヴィスは声を高くして、わめいた。「子犬なんて、いらない。もう犬がいるんだから。ちゃんとスクラフィーっていう名前があるんだ。ぼくがほしいのはスクラフィーだけだよ」

トラヴィスは、自分の言い分を述べつづけた。わたしは、外にいて援護《えんご》してあげられないのを残念に思った。先生に包帯を渡《わた》すので忙《いそが》しかったからだ。かわいそうなスクラフィーは、血だまりのなかに横たわっていた。犬にも、コヨーテにも、コイドッグにも見えない。どんな生き物にも見えない。血まみれのぼろぞうきんみたいな姿をしていた。けれど、それでも、息をしていた。

先生とわたしは脚《あし》に包帯を巻いた。そのとき、ほかにも古傷があることを思い出した。

「プリツカー先生、ここに古い瘻孔《ろうこう》があるんです」わたしは先生に声をかけた。瘻孔というのは、管状の穴のことだ。「麻酔《ますい》が効いているあいだに、診《み》ていただけますか？　お金は払《はら》います」

「キャルパーニア・ヴァージニア・テイト」先生がため息をついた。「払う必要などない」

わたしが探針を渡すと、先生は少しのあいだ探ってから、わたしの小指の爪《つめ》の半分ほどの大きさの、変形した金属の弾《たま》を勝ち誇《ほこ》ったように抜《ぬ》きとった。それから、もうひとつ。さらに、もうひとつ。

「見てごらん。以前にも銃弾《じゅうだん》を浴びている。しかも、一度だけじゃない。小さなたくましい闘士《とうし》だ。おまけに、幸運《ラッキー》な犬だ。名前をラッキーにしたほうがいいんじゃないか」

「いいえ、ちゃんと名前があります。スクラフィーっていう名前が」

父は、しばらく、この事態を苦々しく思っているようだった。が、結局、トラヴィスはペットを飼うことをゆるされた。もっとも、工場で飼うことが条件で、けっして家につれてきてはいけないと厳しくいわれていた。スクラフィーは少しずつ回復にむかっていった。トラヴィスはスクラフィーを洗って、ブラシをかけ、〈お手〉を教えたりした。

やがて、スクラフィーの傷がすっかり癒《い》えると、わたしたちは交替《こうたい》で散歩につれていき、歩く訓練をさせた。毎日少しずつ距離《きょり》を増やしていくうち、負傷した脚を支えるために負傷しなかった側の腰《こし》の筋肉が発達した。スクラフィーはがくがく体を揺《ゆ》らしながら、上手に歩くようになった。やがて、猛《もう》スピードで走れるまでになった――少なくとも、短距離なら。

そして、ある日、スクラフィーは工場でネズミをつかまえ、荷積み用の船着き場にもっていった。幸運なできごとだった。というのも、船着き場には、たまたま父がいて、葉巻を吸っていたからだ。スクラフィーは、ネズミの死骸《しがい》を父の足元におき、期待に満ちたまなざしで父を見あげた。父はびっくりしてネズミを見ると、なにやら考えこむような様子で葉巻をふかした。工場ではどれほどネズミに悩《なや》まされているか考えていたのだと思う。父はかがんで、スクラフィーの赤茶色の頭をなでると、「いい子だ」といった。

そして、スクラフィーは、見捨てられたコイドッグからすこぶる貴重な作業犬に変わった。その晩、父が自らスクラフィーをうちにつれてかえり、スクラフィーはあっというまに正面のポーチに落ちついた。まるで、ずっとそこにいたみたいにすぐになじんだ。そして、そのポーチから、スクラフィーとトラヴィスはひそかに合同作戦を開始した。スクラフィーを〈外犬〉から〈内犬〉に、さらには〈ベッド犬〉にしようという作戦だ。〈ベッド犬〉だなんて、それまで、我が家では耳にしたこともなかった。

こうして、スクラフィーは、テイト家という群れの一員になり、トラヴィスはついに自分にぴったりのペットを見つけたのだった。

これが、ハッピーエンドに終わったスクラフィーの物語であり、この年我が家で起こった最もわくわくするできごとのひとつだった。そのとき、わたしたちのだれが、さらに興奮するようなことが待ちうけているると知っていただろう？

第25章　わたしのハリセンボン

小さな空間に目をこらしたら、さまざまなものの美を発見するだろう。

ある日の夕食の席で、母がほほえんで、いった。「明日は、アギーの十八回めのお誕生日よ。アギーは、明日、ほんとうにおとなになるの」

アギーは顔を少し赤らめたかって？　ええ、そうだったと思うわ。

「だから」母はつづける。「わたしたちは、あなたをアガサと呼ぶことに慣れなくてはね。だって、明日からは、ほんとうの意味でのお嬢《じょう》さんですもの」

「まあ、とんでもないわ、マーガレットおばさま。これまでずっとアギーと呼ばれてきて、そう呼ばれることに慣れていますから」

「あなたのお父様とお母様がここでいっしょにお祝いできないなんて、ほんとうに残念だわ。でも、その埋《う》めあわせができるよう、みんなで精いっぱいのことをしますからね」

寝《ね》るまえにおやすみのキスをしたとき、母が小声でいった。「アギーになにかすてきなプレゼントを買ってあげてほしいの」

「ええと」わたしは、銀行預金の残高を思いうかべ、いくらくらい使うことを期待されているのだろうかと考えた。苦労して手に入れたお金をつまらないものに使うなんて、いやだった。自分用のキャンディーを買うことさえやめていたのだから。犠牲《ぎせい》を払《はら》うなんて、とんでもない！

「はい、一ドルあるわ。なにかすてきなものを買ってちょうだい、忘れずにね」

「ええ、必ず！」わたしはすっかり元気になった。そして、翌日、雑貨店にいって、ライラックの香《かお》りのにおい袋《ぶくろ》をいくつかと、香料《こうりょう》入りのパウダーをひと缶《かん》、買った。おとなになりたての女性にぴったりの贈《おく》り物だ。

お誕生日の夕食に、ヴァイオラはアギーの好物、牛肉のパイ皮包み焼きと、デザートのケーキ——真っ白でふわふわの〈エンジェル・フード・ケーキ〉——を用意した。父は、ポンと高らかに音をたててシャンパンのコルクを抜《ぬ》き、アギーのグラスに半分ほど注いだ。

「まあ、くすぐったい！」初めてのシャンパンをひと口すすって、アギーがくすくす笑った。アギーがくすくす笑う声をきいたのは、そのときが初めてだと思う。頰《ほほ》に赤みがさして——あえていいましょうか？——シャンデリアのロウソクの揺《ゆ》らめく光のなかで、美人だといってもいいくらいきれいだった。アギーは、みんなからもらったプレゼントをあけては、うれしそうに声をあげた。それから、かなりの額の小切手が同封《どうふう》された、愛する両親からの手紙を声に出して読んだ。手紙には、あとひと月ほどでアギーのところに迎《むか》えのものをやりたいと書かれていた。わたしたちはピアノのまわりに集まり、アギーのために歌をうたった。そのあと、わたしは、新しく習っている曲、ヨハン・シュトラウスの『美しく青きドナウ』をつかえつかえ弾《ひ》いた。わたしが弾きまちがえるたびに、母が歯をかみしめる音がきこえたように思ったけれど、気のせいだったろうか？

わたしが弾きおわると、母がいった。「コーリー、よかったわよ。その曲をきちんと弾けるようになったら、もっとよくなるにちがいないわ。ねえ、アギー、あなたもなにか弾いてくれる？」

アギーはわたしに代わって鍵盤《けんばん》のまえにすわり、同じ曲を完璧《かんぺき》に演奏しはじめた。弾きまちがいがないだけでなく、いわゆる〈抒情的《じょじょうてき》な〉演奏をした。わたしたちはみな、アギーの演奏にあわせて、体を揺らした。さいわいなことに、わたしは音楽の演奏に関しては自尊心をもっていなかったから、アギーがみんなから称賛《しょうさん》されてもねたんだりしなかった。わたしたちは、アギーに盛大な拍手《はくしゅ》を送った。

実際、高潮のニュースを知って以来、最も楽しいひとときだった。

夜中の十二時に時計が鳴って、誕生日を迎えたとき、アギーは突然《とつぜん》、ちがう自分になったように感じたのかしら。シンデレラみたいに自分が変わったと感じたのかしら——といっても、シンデレラは、もとの自分にもどったのだけれど。

蚊《か》がまぶたをしつこく刺《さ》そうとしなかったら、わたしはたぶん、まったく目をさまさなかったと思う。うつらうつらしているとき、なにかがこすれるようなかすかな音がした。またヘビが出てきたのかもしれ

ない。寝床《ねどこ》の上で寝返《ねがえ》りをうち、眠《ねむ》りに落ちそうになったとき、アギーが忍《しの》び足で部屋を横切っているこ
とに気づいた。ぼんやりとした月明かりのなか、アギーの姿が見えた。手探りで衣裳《いしょう》戸棚《とだな》へとむかって
いる。

「アギー」わたしは小声で呼びかけた。「大丈夫？」

アギーが立ちすくんだ。

「見えてるのよ」わたしはまた、小声でいった。

「静かにしてよ」アギーも小声でいう。その声から、頼《たの》みこむような気配を感じて、わたしはびっくりした。

「なにをしてるの？　ロウソクを灯してもいいのよ」

「ロウソクなんて、だめ！」アギーがしゃがれ声でいった。「だまって、寝《ね》なさいよ」

「なにをしてるのか教えてくれたらね」

アギーは戸棚をあけて、驚《おどろ》いたことに、じゅうたん地の旅行かばんを出した。それから、かばんをベッドの上にもってくると、また手探りで戸棚までもどり、衣類を出しはじめた。

「そういうことなら、なおさら、話してもらわなくちゃ。でないと、お母さんとお父さんを起こすわよ」

「だめ、そんなことをしちゃ、だめよ」アギーは懇願《こんがん》するようにいった。

「だったら話したほうがいいわよ」

表情は見えなかったが、長い間があいたので、アギーが次になんといったらいいか悩《なや》み、必死に考えて

いるのだとわかった。やがて、アギーがようやく口をひらいた。「ラフェイエット・ランプキンに会いにいくの。そして、ふたりでボーモントに駆《か》け落ちして、結婚《けっこん》するの」

「うわ、アギー！」アギーの大胆《だいたん》な計画に、わたしは息をのんだ。きちんとした家庭で育ったきちんとした娘《むすめ》がするようなことではない。「大変なことになるわよ」

「しっ！　小さな声で話して。だれかにつかまるまえに結婚できたら、問題ないわ。わたしは十八歳《さい》なのよ。結婚できるわ」

「でも、アギーのお母さんとお父さんは？　ものすごく悲しむと思うわ。それに、うちの両親は？　怒《いか》りくるうと思うわ」アギーがしようとしていることは、信じられないくらい無謀《むぼう》で、家名を汚《けが》すようなことだった。

「鏡台の上に手紙がおいてあるわ。そこになにもかも書いてあるから」

「アギーのお金は？」

アギーはかばんをたたいた。「今日、銀行から全部ひきだしてきたわ。わたしの貯金で、ラフェイエットは仕事を始められるのよ。ボーモントにはたくさんの原油が眠っているって、彼《かれ》がいうの。早く商売を始めた者が、たくさん収入を得られる、って。わたしたち、お金持ちになるのよ」

そううまくはいかないだろうと思ったけれど、わたしはだまったまま、アギーが衣類をかばんに詰《つ》めて、忍び足でドアのほうへ歩いていくのを見ていた。アギーは扉《とびら》のノブに手をかけて、振《ふ》りかえった。「ラフエイエットがロックハートにいく道で待ってるの。お願いだから、朝食まで、なにもいわないでね。そうしてくれたら、プレゼントを送るわ。お願いよ、コーリー」

そのとき、アギーの将来はわたしにかかっているのだ、と気づいた。わたしがひと声さけんだだけで、わたしが驚《おどろ》きの声をあげただけで、アギーの計画は失敗に終わる。

わたしは考えた。わたしたちのあいだに、姉妹のような愛情は芽生えなかった。けれど、その一方で、お互《たが》いの生き方を大目に見るようになっていた。それに、わたしはアギーから貴重なことをいくつか教わった。

わたしは、うん、とはいえなかった。「わたしが叱《しか》られるわ」

「ううん、そんなことにはならない。なんの音もきこえなかったというふりをするのよ。ずっと眠《ねむ》っていて、知らなかったといえばいいの」

わたしは、そんな主張が通用する見こみがあるかどうか考えて、答えた。「ばれたら、ひどいめにあうわ」

「お願いよ、コーリー。まえに聖書に誓《ちか》ったじゃないの」

「あれは、写真のことでしょ。これとはぜんぜんちがう」

「お願い、コーリー。わたしのタイプライターをあげるから」

わたしはためいきをついた。たぶん自分の決断を一生後悔《こうかい》するだろうとわかっていた。「わかった。朝食までなにもいわない」

「約束する？」

「約束するわ、アギー」

「ね、あなたって、それほど悪い子じゃないわ」

「タイプライターをおいていかなくてもいいわ。どっちにしても、なにもいわないから」

「重くてもっていけないのよ。そのうち、べつなのを買わないと。だから、あのタイプライターはもって
て。あなたにあげる。じゃ、さよなら」

「さよなら、アギー。幸運を願ってるわ」

けれど、この場面で、この言葉だけでは足りないような気がした。アギーが去っていくとわかって、わたしはアギーにいかないでほしいと思った。少なくとも、またいつか会えるといってほしかった。

「手紙をくれる？」わたしは小声できいた。

けれど、アギーは返事をしなかった。なにもいわずに戸口を抜《ぬ》けて、部屋の外に出ただけだ。扉《とびら》の閉まるかすかな音がした。こんなふうにして、アギーはいってしまった。なんとやすやすといってしまったことか。アギーはいとも簡単に我が家から、わたしたち家族から、わたしから離《はな》れて、自由の身になった。

わたしがひと晩じゅう、眠れぬまま天井《てんじょう》を見つめ、まぶたをかき、アギーの行動に恐《おそ》れおののき、その結果におびえて震《ふる》えていたかって？　そのとおりよ、当たり。朝になって、やっかいなことはなにも起こらなかったかって？　とんでもない、大ありだった。

翌朝、不安で気分が悪かったが、懸命《けんめい》に平静を装って食堂に入った。お気に入りのウェッジウッドのカップでコーヒーを飲んでいた母が顔をあげて、たずねた。「アギーは朝食におりてこないの？　具合が悪いのかしら？」

「わからないわ」わたしは声が震《ふる》えないよう必死に努力した。「アギーは部屋にいないから」

母が顔をしかめた。「〈部屋にいない〉ってどういうこと？」

「鏡台の上にこれがあったの」わたしは手紙を渡《わた》した。それから、食卓《しょくたく》の自分の席について、いつもと変わらぬ食欲があるふりをした。もっとも、そんなふりをするのは、たとえ演技力があったとしても、難しかった。わたしは震える手でフォークを握《にぎ》り、卵をつつきまわした。

母のカップからコーヒーがこぼれ、ダマスク織りの白いテーブルクロスに染みを作った。「アルフレッド！」母がさけんだ。「アギーが出ていってしまったわ！」

たちまち大騒《おおさわ》ぎになった。父とハリーとアルベルトは馬に乗り、それぞれがべつべつの方向へ――サンマルコス、ロックハート、ルリングへと――全速力でむかった。さらに、隣《となり》あう郡の保安官に電報も打った。そして、わたしは、知っていることを白状しないとひどい目にあわせると脅《おど》されたが、目がさめたらアギーはもういなかったという主張をがんとしてまげなかった。

それから数日のあいだ、激しい怒《いか》りのまじった恐怖《きょうふ》の暗雲が我が家にたれこめた。ただひとつよかったことは（もちろん、アンダーウッド社製タイプライターのほかに）、わたしがまた自分のベッドを取りもどせたことだ。最初の二、三日はベッドがやわらかすぎるように感じて、じつのところ、ごつごつした木綿のマットレスが懐《なつ》かしかった。けれど、すぐに、そうした気持ちもなくなった。

ガスおじさんとソフローニアおばさんはかんかんに怒《おこ》って、なにもかもうちの両親のせいだと責めた。アギーが手紙に、自分をゆるしてほしいと、そして、うちの両親にはなんの責任もないのだと書いていたというのに。あとになって、わかったのは、アギーとラフェイエットがオースティンにいって結婚《けっこん》したこと、そこから列車でボーモントへいき、小さな家を借りたこと、アギーが苦心して貯めたお金でラフェイエットが石油関係の仕事——石油会社のために地主と交渉《こうしょう》する仕事——を始めたということだ。それからさらにあとになって、最初の子どもが生まれることになり、とても喜んでいるという知らせが届いた。

喜んでいるといえば、アギーはわたしに手紙をくれなかったが、何か月かたって、わたし宛《あ》ての木箱が届いた。なかには手紙やメモはなかった。ただ、梱包《こんぽう》用の詰《つ》め物に注意深くくるまれた、見たこともない貝殻《かいがら》がたくさん入っていた。なんてすばらしいのかしら——わたしはわくわくした。そして、祖父とともに、貝殻の目録を作りながら、何時間もしあわせな時間を過ごし、〈天使の翼《つばさ》〉、〈船乗りの耳〉、〈猫《ねこ》の手〉、〈稲妻《いなずま》の巻貝〉などと呼ばれる貝殻のことを学んだ。アギーが送ってくれた木箱のなかには、乾燥《かんそう》させたハリセンボンまで入っていた。体をふくらませる魚、ハリセンボン。わたしのハリセンボンだわ。わたしは、胴体《どうたい》のなかほどに細くて長い青色のリボンを巻きつけて結び、天井《てんじょう》に画びょうで留めた。ハリセンボンは、あけはなった窓から入るそよ風のなかで静かに揺《ゆ》れて、水ならぬ空気の流れのなかで泳いだ。わたしは、このハリセンボンが気に入った。それに、堂々としたダイオウイトマキボラも。三十センチもの長さがあるというだけでなく、耳に当てると、かすかにシューシューと波の音がするからだ。

そう、わたしが海岸にいくことはなかった。けれど、海岸のほうでわたしのところにきてくれた。

そして、わたしは、結局、わたしのイモリを放してやった。といっても、ほんとうのところ〈わたしの〉というわけではなかったのだけれど——あのイモリは、〈母なる自然〉から借りていただけだ。そして、わたしはイモリから学べるだけのことを学ばせてもらった。だから、あのイモリには元の排水溝《はいすいこう》にもどって、寿命《じゅみょう》がつづくかぎり静かに暮らす権利がある。

たんすのなかにいたヘビはどうなったかって？　そう、あのヘビは、相変わらず、出たり入ったりしていた。部屋のどこかにいるが、お互《たが》いに気にかけることはない。祖父は、「いつか大きくなりすぎて、たんすの隅《すみ》の穴を通りぬけられなくなるだろうよ」といった。そのときには、べつの手段を講じないといけないだろう。でも、いっこうにかまわないわ——わたしは思った。

訳者あとがき

首を長くして待っていた、『ダーウィンと出会った夏』の続編がとうとう出版されました。

好奇心が強くて元気いっぱいの少女、キャルパーニア・ヴァージニア・テイトの物語です。キャルパーニアは、アメリカ南部のテキサス州で、祖父、両親、六人（！）の兄弟と暮らしています。

前作『ダーウィンと出会った夏』では、気難しくて変わり者だと敬遠されているおじいちゃんと仲良くなったキャルパーニアが、いっしょに自然観察に出かけたり、実験をおこなったりするうち、博物学の世界に目を開かれていきます。この物語の舞台は、テキサス州コールドウェル郡の小さな町フェントレス。時は、一八九九年。いよいよ一九〇〇年代に突入《とつにゅう》するというときのことです。初めて電話線がひかれ、共進会で展示された自動車に人だかりができ、子どもたちが〈コカ・コーラ〉という飲み物を初めて飲んで感動する……当時のそんな様子が生き生きとユーモラスに描《えが》かれています。この年、キャルパーニアとおじいちゃんにとって、すばらしいことが起こります。ふたりで植物の新種を発見したのです。おじいちゃんとともに動植物の観察をしたり実験をしたりしているとき、キャルパーニアは自分が自分らしく生きていると感じ、自然界について、この世界について、さらに多くのことを学びたいと考えます。ところが、両親の考えはちがっていました。両親は、キャルパーニアが料理や裁縫《さいほう》などの技術を身につけ、十八歳《さい》で社交界にデビューし、良家の出のりっぱな若者と出会って良い家庭を作ることを望んでいたのです。女性が良き妻、良き母になることがあたりまえだと考えられ、少女たちの多くもまた、それを望む時代でした。そういう社会のなかで、キャルパーニアは、理解されないことを悲しみ、自分らしく生きたいともがきながら、一九〇〇年という新たな年を迎えます。年が明けて一九〇〇年になった朝、まさかかなうとは思っていなかったキャルパーニアの願いがひとつ、かないます。何十年も雪の降ったことがないフェントレスが、白銀の世界になったのです。雪を見たキャルパーニアは、この新しい年には、なにかが変わるのではないか、特別なことが起こるのではないか、と期待に胸をふくらませます。

キャルパーニアの願いは、かなったのでしょうか。

その続編にあたる本書は、キャルパーニアのその後を描いています。

物語は、一九〇〇年の春に始まります。

新しい年になり、数か月が過ぎましたが、期待していたような変化もなく、キャルパーニアは相変わらずの日常生活を送っています。唯一《ゆいいつ》のなぐさめとなっているのは、祖父と過ごす時間です。

そんな生活に大きな変化が訪れます。九月に、テキサス州ガルベストンを巨大なハリケーンが襲《おそ》い、被災《ひさい》した従姉《いとこ》アギーが同居することになったのです。意見が合わずにけんかをしながらも、キャルパーニアはたくましいアギーからいくつかの貴重なことを学び、自分の生活に生かそうとします。ハリケーンがキャルパーニアにもたらしたのは、アギーだけではありません。獣医《じゅうい》のプリッカー先生との出会いもまた、キャルパーニアに大きな影響を及《およ》ぼします。好奇心いっぱいのキャルパーニアと動物好きのトラヴィスは、興味津々《しんしん》で先生に近づいていきます。

この続編には、たくさんの動物が登場します。動物を愛してやまないトラヴィスが、野生動物と出会っては、家につれてくるからです。『ダーウィンと出会った夏』でも、感謝祭のご馳走《ちそう》用に飼育されていた七面鳥と〈友だち〉になってしまい、（当然のことながら）悲劇が起こりました。今回も、トラヴィスは動物にまつわるたくさんの騒動《そうどう》をひきおこし、たくさんの涙《なみだ》を流すことになります。そんな心やさしい（そして、気の弱い）トラヴィスを、しっかり者の姉キャルパーニアが支えます。

動物といえば、作者のジャクリーン・ケリーが、こんなことを書いています。

『若い読者のみなさんに伝えたいことがあります。安易《あんい》に野生の動物を抱《だ》きあげたり、さわったりしないでください。とくに、怪我《けが》をしているように見える場合や、夜に活動するはずの動物が昼間にいる場合には（野生のコウモリによく見られることです）、注意してください。こうした動物は、病気をもっていることがあります』

すぐに野生動物にさわってしまうトラヴィスのまねをしないでください、と呼びかけているのですね。

この作品のなかで、アルマジロを扱っていた博物学者がハンセン病にかかったという報告が紹介されています。ハンセン病とは、らい菌《きん》によってひきおこされる感染症です。らい菌に自然に感染するのは、ヒトと三種のサルとココノオビアルマジロだという研究報告があり、ココノオビアルマジロに触《ふ》れてハンセン病にかかる人もいるとのことです。この作品の舞台となる一九〇〇年には、まだ有効な薬がなかったため、ほかの人への感染を防ぐという理由でハンセン病患者を施設《しせつ》に隔離《かくり》していました。ですから、キャルパーニアとトラヴィスが大あわてでアルマジロを放し、ごしごし手を洗ったのも無理からぬことでした。けれど、一九四一年にアメリカで優れた治療薬《ちりょうやく》が開発されてから、ハンセン病は治る病気になり、しだいに隔離治療《ちりょう》から通院治療へと変わっていきました。

日本では、一九三一年に制定された〈らい予防法〉という法律によって、患者を強制的に療養所に入所させてきました。この法律がようやく廃止《はいし》されたのは、一九九六年のことです。廃止までにこれほど長い時間がかかったのは、病気にたいする無理解や誤解、偏見《へんけん》、無関心があったためです。

現在、ハンセン病患者は外来で治療を受け、ふつうに通学や通勤をしたり、遊びにでかけたりできます。ハンセン病は、恐ろしい病気ではないのです。

作者は、野生動物にみだりに触れないようにと注意する一方で、野生動物とのすばらしい出会いについても、書いています。

『この作品にたくさんのインスピレーションを与えてくれた実在のスクラフィーに、大きな感謝のひと声を。ワン！　スクラフィーは、わたしたち家族が飼っているコイドッグで、おそらくチャウチャウ犬とコヨーテのあいだに産まれたと思われます。わたしたちが発見したとき、スクラフィーは、フェントレスの川の近くで、人から施《ほどこ》されるわずかな食べ物でなんとか命をつないでいる野犬でした。飢《う》えに苦しみ、やせこけたさまは——率直にいって——〈世界一魅力的《みりょくてき》〉とはいいがたい姿でした。けれど、わたしたちは、スクラフィーを〈わたしたちの群れ〉に迎えいれました。今では、スクラフィーは、群れの大切なメンバーになっているばかりか、わたしたちの目にはとても愛らしく見えます。スクラフィー、ありがとう！』

なんと、スクラフィーは、ほんとうにいたのです！　しかも、仲間と出会い、その〈群れ〉のメンバーになっている！　うれしくなってしまいます！

スクラフィーのエピソードが生き生きとして真にせまっているのは、こうしたわけがあったからなのですね。

キャルパーニアたちに大きな影響を及《およ》ぼしたガルベストンのハリケーンは、約一万人もの人が命を奪われた、アメリカ史上最大の自然災害です。町が高潮《たかしお》にのまれていく場面では、東日本大震災《だいしんさい》を思い出さずにはいられませんでした。なにもかも失ってふさぎこんでいたアギーが徐々《じょじょ》に元気を取りもどしていく様子に、ほっとします。

自分らしく生きたいと思うキャルパーニアは今回も、悩んだり悲しんだりします。自分が男の兄弟と同じように扱われないことに腹を立て、失望します。けれど、そこでくじけたりはしません。興味をもったことにむかってつきすすみ、ときには少々荒っぽい手段で〈正義〉を求め、疑問をはっきりと口に出す様子に、胸がすく思いがします。

女性に選挙権がない時代、女性が一人前だとみなされない時代に生きるキャルパーニアの挑戦《ちょうせん》は、まだまだ続きそうです。しかも、その挑戦は、けっして楽なものではないでしょう。この先、どんなことが待ちうけているのでしょうか。キャルパーニアは、それをどう乗りこえていくのでしょうか。

挑戦の数々をもっと見せてほしいと心から願い、キャルパーニアにエールを送りたいと思います。それから、心やさしいトラヴィスと、自分の〈群れ〉を見つけたスクラフィーにも、エールを！

本書の完成にかかわってくださったすべての方に感謝します。ことに、自然科学について相談にのってくださった西山雅子さんと星輝行さん、たくさんの力を貸してくださった編集者、木村美津穂さんに心からの感謝を。

二〇一六年六月

斎藤倫子

作者・訳者紹介

ジャクリーン・ケリー　Jacqueline Kelly
ニュージーランドに生まれ、カナダで育つ。米国テキサス州の大学へ進み、医者として長年働いたのち、テキサス大学法科大学院へ入学。弁護士として活躍後、小説を書きはじめる。前作『ダーウィンと出会った夏』でデビューし、ニューベリー賞オナーに選ばれた。

斎藤　倫子　さいとう　みちこ
1954年生まれ。国際基督教大学卒。訳書に、『シカゴよりこわい町』（産経児童出版文化賞、東京創元社）、『仮面の街』『影なき者の歌』（東京創元社）、『サースキの笛がきこえる』（偕成社）など多数。東京都在住。

ダーウィンと旅して

ジャクリーン・ケリー 著
斎藤倫子 訳

2016年8月25日　第1刷発行

発行者…高橋信幸
発行所…株式会社ほるぷ出版
〒101-0061　東京都千代田区三崎町3-8-5
電話03-3556-3991／ファックス03-3556-3992
http://www.holp-pub.co.jp
印刷・製本…共同印刷株式会社
NDC933／408P／182×128mm／ISBN978-4-593-53496-8